北鸟南飞

蒋亦乔 著

团结出版社

图书在版编目（CIP）数据

北鸟南飞/蒋亦乔著. --北京：团结出版社，2017.7（2024.1重印）
ISBN 978-7-5126-5297-2

Ⅰ．①北… Ⅱ．①蒋… Ⅲ．①小说集－中国－当代
Ⅳ．①I247

中国版本图书馆CIP数据核字（2017）第155116号

出　　版	团结出版社	
	（北京市东城区东皇城根南街84号　邮编：100006）	
电　　话	（010）65228880 65244790	
网　　址	http://www.tjpress.com	
E－mail	65244790@163.com	
经　　销	全国新华书店	
印　　刷	三河市京兰印务有限公司	
装帧设计	成都天恒仁文化传播有限责任公司	
开　　本	170mm×240mm 1/16	
印　　张	20	
字　　数	272千字	
版　　次	2017年7月第1版	
印　　次	2024年1月第3次印刷	
书　　号	ISBN 978-7-5126-5297-2	
定　　价	69.80元	

（　版权所属　　　　盗版必究　）

目 录

CONTENTS

那根枪

一

霜降过了，这里还没见霜的影子。菜叶不黄、树叶不红、红薯叶不黑。然而，来了场大风，没有预报，没有前兆，摧枯拉朽，横扫城乡，迅猛顽强，给即将欢度红叶节的北汝地区带来了冬天的景象。

大风呼啸着，像一头巨型猛兽，仿佛要吞噬两山夹一川的草木和村庄。大风所到之处，大片的农业设施被毁，万亩紫薯示范方成灾，河滩上的鸭群无家可归，山坡上的棚养柴鸡如同开闸放水。最让人头疼的是，在自然灾害突袭的同时，以养猪为畜牧业支柱的北汝市，口蹄疫疫情也呈现出爆发之势。

作为刚组建一年多的农牧集团，再次面临着严峻考验。集团是农业现代化的成果，农工贸一体化、种养加一条龙、产供销一盘棋，集团具有里程碑意义。好事多磨，人们说新生事物的出现，少不了伴随撕心裂肺的阵痛。这一点，体会最深刻的莫过于集团总经理黄顺平了。他说这段经历可以写成一本砖头厚的书。苦辣酸甜才是人生，话是这样说，可人都是尽可能地远离那些苦辣的、麻烦的，黄顺平何尝不是如此。接近年终，大事小事排成了多路纵队，等待你去检阅和应对，偏偏又添乱似地过境了这么一场糟透的风，黄顺平觉得自己简直要崩溃，即使自己的心和脑是钢铁也该解体了。

一位心理学家研究的成果表明，冬日干燥的季风每加大一个级别，就给人们情绪中的狂躁份额提升近十个百分点。连日的抗风救灾，连轴运转，使口干舌燥的黄顺平更加烦躁不安，他说自己几乎接近爆炸的边缘。

面对风灾和疫情，黄顺平觉得自己有责任和义务带领农牧集团全力以赴抗风救灾，组织群众努力把灾害带来的损失降低到最轻限度。可好些遭了灾无处发泄的群众，竟然当着他的面骂，说自打有了农牧集团，自打来了黄经理，不是鸡瘟就是猪口蹄疫，年底了又降下这场恶风，黄、黄，一切都他妈的黄了。他无言以对，自己的确姓黄，生下来就姓黄。还有一些养殖户对撤销畜牧局不满意，说畜牧业是北汝市农业的支柱，应该有专业机构对这个重要的产业负责，专业机构都撤了，畜牧业还不成了无娘的孩子，农牧集团这个后娘，看着啥都管其实啥都不管，不是亲生的才不心疼呢！特别是一把手不通业务，咱要吃豆腐炒白菜，人家偏偏端上盘杂烩菜。面对发牢骚的群众，吃点话头黄顺平可以接受，谁让咱占着这个位置呢？反过来想想，要是群众都有很高水平和觉悟的话，人家还当领导呢！最让黄顺平不理解的是个别人怨天尤人，说他咋球搞的，出这么多乱子，防患于未然这么浅显的道理都不懂，口蹄疫为什么你干着才大发生？当着面他不能解释，更不能反驳。他心里难受，像刀子戳。

遇到风浪的船，亟待驶入避风港湾。受了委屈的黄顺平，这才感觉到家的温馨可爱。于是，自大风和口蹄疫出现，自遭受围攻和谩骂，只要属于自由支配的时间，他就想到回家。过去，他总是觉得单位才是最吸引他的地方。如今家的感觉油然而生，他心里问自己，这算不算革命意志衰退呢？

那些天，他委实对农牧集团机关反感，仿佛那里有烤人的火，有吹干人的风。他看见农牧集团几个大字就怵，进了那个院落就莫名其妙地心烦。这种情绪好像传染给了司机，司机便把这种烦躁，次生出一件不应有的风波。那天，瓜瓜出现在农牧集团大院。瓜瓜是个残疾人，据说他患过脑垂体综合征和小儿麻痹病。瓜瓜瞅见黄总的汽车要出集团大门，就慌忙从他那辆破得掉漆的三轮车上翻下来，身子像一辆瘪了一边轮胎的小四轮拖拉机，歪歪斜斜地冲过来，几乎撞上汽车的前杠。瓜瓜并不惊慌，傻笑着，露出麻将牌似的门牙，比着要烟吸的手势，目光牢牢地盯着司机汪银涛。瓜瓜不是百分之百的傻瓜，他一部分的心脑还相当正常，因此，他竭力塑造自己的正常形象。比如，他很注意扬长避短，知道自己口吃，就尽量以动作和姿势助说话。其实，他的动作也相当别扭，肢体有明显缺陷的人只能这样了。瓜瓜有独特的思维，和那些冬天钻煤渣道拱麦秸窝脏兮兮的准傻瓜不同，那些家秋们狗图一食，讨半碗剩饭、要三五毛零钱就欢天喜地了。瓜瓜虽有缺陷，但他有自信，觉得自己和正常人差距不大，稍加掩饰就能以次充好，就完全应该享有正常人的一切。譬如他去相亲，手里还不忘拿一本《时代青年》或《青年文摘》作道具，坐下来还煞有介事地翻看，完全是一副斯文青年的派头。或者这种相亲是家长对他的安慰，注定无疾而终。女方见他那个样子，二话不说就断然拒绝，或者借机逃离，而瓜瓜却没有被人小觑、被人冷落的忧伤，离开相亲现场，他还逢人就讲那女的多么粗鲁多么肤浅，总之是女方素质太差。至于什么时候学会向人索要钱物，已无法考究，他自己说兴他们也兴我。他说那一年有好几个小报记者来到北汝市，挨单位窜，说接群众举报你们单位有严重问题，单位领导害怕揭短，就给这些记者送钱送东西。瓜瓜从中悟出了门道，现在的人都怕揭短，都怕挨骂，特别是公家单位的领导、有钱单位的领导，为了虚名不惜用河水洗船，拿公家钱消灾。瓜瓜很知道好歹，凡给了他东西的，就在公众场合说赞美的话，拒绝他的便遭到很恶毒的咒骂。久而久之，瓜瓜就修筑了自己的形象，北汝这一带就出现了纵容瓜瓜的风气，他进公家单位要东西甚至要钱近乎成为概念和程式。有一个单位在接受上级审计时，发现一张两百多元的食品发票，背后标注着开支用途，"给瓜瓜芙蓉王香烟一条"，经过解释，竟然得到审计部门的认可。瓜瓜伸手索要的单位，大都开锯见末，谁不怕被贬低被歪曲呢？这天瓜瓜来农牧集团，正赶上老总因风灾和疫情心里焦躁，无暇顾及这个编外重点人物，看见他就更为厌烦了。司机汪银涛就根本不把瓜瓜当成一个人，换换场合早就拳脚伺候了，司机才不怕你诅咒谩骂歪曲呢，握好方向盘，处理好行车中的情况，不出问题谁奈我何？汪银涛曾在一家焦化企业开后八轮，带着一种私密使命到农牧集团开小车。很多人不知道，他是集团老总的妻侄，有着很优越的背景。这些天，汪银涛眼见老总终日奔波辛苦，仍不被上级体谅，也不被百姓理解，几乎焦头烂额了，这种时候你瓜瓜一个傻蛋竟敢来添乱搅局，这不和趁火打劫的强盗一样吗？汪银涛只知道农牧集团老总是不小的官，原来四五个局合并的单位应该比局大，究竟大到多少尚没有探究，自己作为一个大官的司机，平时没有机会为他分忧，现在有人要骑到大官头上了，自己再袖手旁观就太没有用处了。于是，他佯装没有看见蹒跚而来打手势讨烟吸的瓜瓜，待他横挡在车前时，猛地打开车门冲出去，一巴掌把毫无戒备的瓜瓜打了个仰八叉，等他反应过来想爬起来时，又给了他重重的一脚，差点把他踢到道沿。瓜瓜从没受过这种气，平常市里大大小小的官见了他都赔笑递烟，芙蓉王、软中华、苏烟、黄鹤楼成包成包地给他，谁敢小看他、欺负他？今天偏偏杀出个程咬金，冒出一个生猛茬儿，冷不防给了他一个下马威。瓜瓜在一个单位的大门口摔了灰布袋，还有那么多过往者看了笑话，这种打击使他感到很憋屈很受伤。他连滚带爬靠在道沿上，指着车窗骂起来："× 你娘哩银涛，等着，你舅子等着，爷跟你到不了底！"汪银涛正兴奋，又拉开了车门，没打过瘾似的。他很清楚，瓜瓜这种货，只有你能彻底震慑他、真正降服他，使他口服心服，事后才可能风平浪静。否则，他那张广播喇叭一般的嘴，那种无处不去的厚脸皮子，再编出一些荒诞不经的传言，足以让一个人吃不完兜着走。突然，坐在车后座的黄顺平厉声制止了汪银涛，批评他为什么要跟一个残疾人较真呢，有能力像鲁智深拳打镇关西，欺负一个有毛病的人算啥能耐？

汽车驶出了农牧集团大门，黄总还在批评，"瓜瓜和别的有缺陷者不同，他已经是臭出了名堂、臭出了档次，可有哪只好鞋又踩臭狗屎呢？况且这号人，根本没有什么顾忌，赤脚者不怕穿鞋的，倚残卖残破罐破摔，他怕谁，他可以跟任何人无休止地对抗，你有那工夫吗？……"

拐弯时，汪银涛扫了一眼倒车镜，瓜瓜还耍死狗半躺着，嘴噘得高高的，不停地蠕动，还在骂骂咧咧。他身边已经站了好几个逗他开心的人，其中穿风衣的那个正给他递烟。

这次教训瓜瓜，汪银涛用心良苦，他不仅想让这个傻帽儿知道什么叫厉害，而且也有意让集团里不安分的家伙们明白什么叫尊严。然而，老总却曲解了他，无情地训斥了他，使他心里别扭。

这天，黄总多少有些微的宽慰，救灾工作开始转入恢复生产阶段，口蹄疫的蔓延已经得到遏制。黄总重点到了三个大型养猪场，捎带查看了五个大棚养鸡场，中午在山神庙煤矿外的兴达炒鸡店吃了饭。煤矿改名兴达煤业，这一带的饺子店、烩面馆也紧跟形势更名为兴达什么店和兴达什么馆了。下午，黄总又看了两处农业产业化特色园，和几个农民聊了半天。他没带办公室同志，也没通知电视台，没有造势，没有目的性，信马由缰，平平常常自自然然。太阳落山的时候，黄顺平还回绝了几个饭局，推说在外地开会。掌灯的时候，他们才回到了市区。过了兴旺大道，汪银涛问："单位？"黄总说："回府。"漫长的一天，他们只有这四个字的对话，好像都有心事，或者都在别劲儿。

目送黄总的身影消逝，汪银涛深深地吐了一口气，然后踩了下油门，汽车便发泄似地汇进了那条路灯高挑、车灯闪烁、人声鼎沸的前进路。

忽然，汪银涛的电话响了，铃声是那首激情四射的《套马杆》，乌兰托娅的歌声奔放激越。是林婵婵打来的，声音哽咽且颤抖。汪银涛问她在哪里，出了什么事，很关切的样子。林婵婵是蓝月亮洗脚城的服务员，和汪银涛前不久在朋友们的生日PATAY上认识的。那天大家在一起吃了饭，那是北汝最高档的凯旋宫商务酒店。由于格外开心，大家喝得有些高，他们饭后又到了练歌坊，其实就是过去的 KTV。汪银涛最擅长黄梅戏《夫妻双双把家还》，林婵婵那天给他合唱，是那种默契的配合，赢得了金童玉女的美誉。他觉得林婵婵这女孩，很像超级女声中一位获奖歌手，大方、文静、温柔、可爱这些词用在她身上都当之无愧。他们就交换了电话号码，之后就有了问候，就有了约会，就有了表白，就有了某种眷恋。

林婵婵说她乘 109 路公交车来了红叶岭，太欣赏晚霞里的红叶就走得远了点儿，当她发现最末一道美丽晚霞就要和她再见时，回头奔跑起来，可最后一班公交车早已走了。她说现在一个人在苍茫暮色里，真的好孤单，好害怕，好冷！

"你等我！"汪银涛说的三个字斩钉截铁。紧接着，他就驾车向着红叶岭景区飞也似的奔去。这个时候，听到一个女孩的哀求，尤其他心仪的女孩的哀求，他是愉快的。女孩的颤抖声一扫笼罩他心中一整天的阴霾，仿佛他的天晴空万里了。

红叶岭带给人们观赏兴致的同时，也扩大了北汝市的知名度。当然，方方面面的事宜，林林总总的安排，都给诸多部门加大了工作量。森林防火、景区建设、治安防范、星级服务，无不成为重要的议事日程。红叶岭地处卧岭乡行政区，卧岭乡就得站前排唱主角。

卧岭乡派出所的民警，以及他们的联防队员，除了正常值勤，所里还为他们每人配一盏矿灯，那是让山神庙煤矿赞助的，用这盏灯执行特殊任务。这年头，人们寻求精神享受远远超越了欣赏美景，特别是那些年轻男女，情绪来了忘乎所以，那么就难免在雪亮的矿灯光里被束手就擒。

红叶岭的天黑得真快，说黑一下子就黑了。卧岭派出所的联防队员最善于夜间巡逻，他们在偌大的黑色夜幕中，竟然发现了那辆溶入夜景里的黑色轿车。这辆车深夜了为什么不抓紧离开，还在这里走走停停、停停走走，车速那样缓慢，这就引起了队员们的疑惑。后来，这辆汽车不再往前走了，而是拐到了另外一条狭窄的岔道上。他们没有打开矿灯，而是悄悄地向汽车包剿，经验要求他们这样做，任何灯光和声响都会打草惊蛇的。他们接近了汽车，屏住呼吸，红叶岭的夜出奇的静，队员们静待这里的"火候"。车里男女对话声比较清晰，男的说自己实在忍无可忍了，女的附和说她也是。紧接着，车里就传出咬牙切齿和巴掌拍击的声音，再后来就是杀猪般声嘶力竭地叫嚷了。火候到了，当好几盏矿灯聚焦这儿的时候，汽车减震还在有节奏地上下晃动，承受不了重负般地吱吱响着。

联防队员们很逗，说他们今天最大的收获就是免费观看了一场真枪实弹的三级片。他们把车和人带到了派出所，打了胜仗似地兴奋不已。至于问口供作笔录的环节，就有正式民警进行了，联防队员的软肋就是没有资格办案。

二

黄顺平和汪大花都觉得，自己的家庭最近才像个家庭了。

自风灾和口蹄疫流行以来，黄顺平受了不少委屈，三天两头遭到来自多方面的质疑和批评，当然有主观主义的因素，也有遍布乡村养殖户不负责的信口开河。现在的人说话像刮风一样，只是风的级别不同，刮的全是阵风，说刮就刮，管你是否防范得住，接受得了。过去，黄顺平可没受过这种气，他连哭丧脸也不愿看，谁敢呢？好多光环笼罩着，成捆的钞票支撑着，人们讨好他还来不及呢！那时，他看到的是清一色的笑脸，讨好的、巴结的、祈求的，他有用，是潜力股。而眼下呢，他被换到了这里——农牧集团，人们还指望他什么呢，打防疫针免费，疫苗没到政策早已宣传得家喻户晓了。还有补贴，良种有、卖粮有、种树有、农机有，连养老母猪都补上了，而且全部戴帽下达，几亩地、几头猪、几亩林、多少鸡，清单上写得明明白白。作为业务部门，你不仅不敢截留分文，兑现晚了人们就围上机关大门，理直气壮地问咋着回事，那钱是否走了小路？

这些日常的磨牙费舌，黄顺平由开始的不习惯、发脾气，甚至还对那些看着都不顺眼的人争执两句，当然，每次都是他自己吃亏。有的人根本不像来询问，而像是上门找茬子，顷刻间就窝子狗一般不分青红皂白，汪汪一阵猛咬。有正义感的机关同志这时就劝黄顺平回避，说应对窝子狗的活儿就交给他们。一次次碰钉子，黄顺平悟出了道理，对待找事的农民，就让下面的人去应付，农民对会摆官架子的干部反而相当敬畏。从那一刻起，他就学会了装大牲口、装鳖、装聋、装哑。

平平静静的日子总是不那么久长，艳阳高照之后便阴雨天气。秋冬交替时节，北汝突如其来地刮起了狂风，又闹起了口蹄疫，农民都知道那是五号病，原本有规律的生活，硬是给搅得一团糟。全市农村每天像抗御侵略者似的，他从早到晚，通宵达旦，赴疫区、进农家，设隔离带，洒防疫液，跋山涉水，还要看白眼、听责骂，干事者简直成了坏红薯。吃苦遭累受委屈，有苦不能言，还要表决心严防死守，岗位建功。这中间受罪最多的还属黄顺平，一个搞了十多年煤炭的人，如今与动植物打起了交道，往上汇报常说掉板话，面对手下一大堆专业人员，举例子打比方很难得体，三五句话就拐到煤炭生产上，弄得专业人员直撇嘴。有人给他发信息说：你过去搞的是化石，那是几万年前的活物，现在你面对的都是活蹦乱跳的动物和正在蓬勃生长的植物，也许几万年后你的理论才有价值，你的工作才会称职！

风灾和口蹄疫病发生后，黄顺平自知责任重大，然而却提不起精神，虽然他依然勤奋敬业，但根本得不到正确的评价，也得不到起码的认可。然而，他却有了意外收获，这种意外竟使他在心情不好时，有了些许的慰藉。他觉得这种情况很像寒冬中得到了阳光的照射，又觉得像迷途中看到了可贵的路标。"东边日出西边雨，道是无晴却有晴"的意境在他心里油然而生。总之，他觉得这日子还能过，就把工作上的不愉快淡化了许多。这种收获完全来自他老婆的夸奖和鼓励。

汪大花这些日子常说："黄顺平，你现在才正儿八经像个男人。看这多好，上班出门，下班回家，在外边野着的哪像个男人……"汪大花是黄顺平的老婆。经老婆这么一说，黄顺平在意地反复想，想来想去，越想越觉得他现在才真正像个有家的男人，这个家才更加像一个名副其实的家。

汪大花没有多少文化，她也说自己斗大的字认不了几升。汪大花当年在矿上开卷扬机，曾经是一道靓丽的风景，十七八岁的姑娘，水灵灵的，如同绽放在荒山野岭上的杜鹃花。煤矿在岭上，干旱的岭上少有植物，这花就更显得珍贵和养眼。有一阵子，煤矿形势差得几乎要关门，黄顺平是一个穷矿长，他说自己急得要当小偷。井上就三间半房子，财务室里住着黄顺平，配电房里住着汪大花，另一间里是副矿长、采掘队长和机电班长。工人们多为岭上的农民，他们上班下井，下班回家，不在矿上住宿，另外那半间房子就作了伙房。离矿井不远的地方，孤单地矗立着一间破损严重的山神庙，经过加固就成了矿上的仓库和矿灯充电室。汪大花在这里很有人气，全矿人都对她的卷扬机感兴趣，闲来没事就会坐在那简陋的油毡棚下看机器转。当然汪大花知道醉翁之意不在酒，那些人根本不是稀罕机器。煤矿形势就像闹肚子的病人，好一阵子坏一阵子。形势好了，矿工就不分远近投奔来了，湖南湖北四川重庆，哪来的都有，住的地方就成问题。有人建议，矿长常在外跑业务，汪大花搬到矿长那间屋，这不就腾出一间安置远道来的蛮子们。就这样，不论提议者居心如何，汪大花还是住进了那间屋。后来呢，一个偶然的事件，天作之合，汪大花就成了黄顺平的老婆。

汪大花的记忆里，她和黄顺平有过深深切切的爱。那时候，他们几乎形影相随，恩爱得难舍难分。后来，钱多了，事业发达了，孩子也有了，他们就没有了以前的如胶似漆，相反，分居两地反而成了习惯。外人眼里，他们有一个富裕美满的家。汪大花心里，她的名字只是用来供黄顺平填表的，她的家只是供黄顺平住店的，家的概念在这里完全被扭曲了。多少次，她想骂一顿黄顺平，让他学学别人家的男人。

没想到，柳暗花明又一村，黄顺平突然又爱起家来，竟然表现得比当初还要完美。汪大花表扬了黄顺平，还要进一步奖励黄顺平。她兴致勃勃地到了农贸市场，专挑黄顺平平时爱吃的买，好歹这么多年了，她最了解老黄的胃口。一连好几天，她都是这样，觉得好开心。按时回家的黄顺平，对汪大花有求必应，而且淋漓酣畅。汪大花便产生了劫后余生的幸运感，被突然间飞来的爱抚、温暖，感动得热泪盈眶，不善言辞的她更找不到表达心意的言辞了，她闭上眼，不想让泪滴下来，也不想让幸福稍纵即逝。她回味着甜蜜，不停呢喃般地重复着"看这多好，看这多好……"

汪大花又到了农贸市场。从她们家到这里不远，大约两华里多点，步行大致需要五六分钟。可她每次都要超过十分钟，路上与她打招呼的人多，有些是很熟悉的人，还有的看着有些面熟，似乎在什么场所见过面，一时又想不起人家姓名的人，更有的人根本就不认识，敢保证一次面也没见过，他们都十分友好地跟她寒暄。她像电视里的大首长那样应付着，比如人家说一声嫂子赶集哩，她就应一声老弟你也赶集？过后想想自己都憋不住想笑，这多像电视上演的阅兵式，首长一个人站在车上，过一阵就要对对话，说同志们好，回答说为人民服务……对话好像提前打过稿一样。汪大花跟别人打招呼是她人生的进步。她刚进城时，见了人心里就跳得慌，脸上就热得发烫，别人问候她竟不知如何回答是好，城里人问候没有乡下人的直爽。本来，乡下人对城里人有一种不好的印象，总觉得之间存在着沟沟壑壑，总觉得不是一路人，弄不好就会遭城里人笑话。这不像在矿上开卷扬机，多少米就探住底，多大时候就出了井，她驾轻就熟，毫不含糊，似乎自己特别适合这种环境。到了城里，并不是因为自己有，也不是因为自己男人当点儿什么，就摆起架子，土生土长的乡里人哪敢有什么架子，反正她没有，不和别人打招呼并不能说明她心地不善良不友好。她心里这样诠释着自己的做法。就因为她的不适应，或者说由此表现得木讷冷淡，就有人背后议论她，说她摆谱卖架子，看不起别人，觉得自己老公干点儿啥，就了不得。日子久了，这话就传到了黄顺平耳朵里，黄顺平就对汪大花有了成见。他觉得自己还不敢摆架子打官腔，担心自己不够谦虚得罪了别人，遇到组织部门考核谁使一下黑笔头就是一张不称职票，你一个女人家烧什么包呢！他训了汪大花，说她没吃过猪肉难道没见过猪走，不会跟别的女人学学，即使不当巧嘴八哥，起码也不能当看大门的石狮子呀！汪大花没有辩解，她知道自己是哑巴吃黄连有苦说不出，当时她的泪水就在眼眶里打转。黄顺平当然不完全了解自己女人的心事，只管摆自己的。他说一个女人混到没人理睬，没有朋友，让人说三道四，让人戳脊梁骨，那就算混砸了、混臭了。汪大花忍耐着忍耐着，泪水就流了出来，还把鼻涕也带了出来。她不是在痛悔，是十分不服气，为什么在乡下在矿上一个惹人待见的女人，进了城竟然变成不情理还摆架子的人了呢？那以后，她就热情起来，不管心里热情不热情，表面上就学着电视里演的。只是她还是不愿意先问候别人，她怕出岔。因为有一回她很热情地跟一个似乎面熟的人打招呼，哪知人家开口就问，你要几斤豆腐？原来这人是卖豆腐的，弄得大院里的邻里们笑弯了腰。

这天汪大花盘算着到了农贸市场买几个大鱼头，再买几斤彩椒，黄顺平爱吃剁椒鱼头。听别人说，这年头，食品安全成了大事，弄不对就吃出毛病来。人都坏良心了，猪饲料里掺搅了瘦肉精，牛羊饲料里置放了添加剂，柴鸡柴鸡蛋都是假的，连黄鳝鱼也喂了避孕药。社会上就流传着，吃四条腿的不如两条腿的，吃两条腿的不如没有腿的，看来最让人放心的就是鱼了，当然黄鳝除外。按说，自己老公干着农牧这一行，对食品安全是有责任的，自己就不该听信社会上的传言，可不知为什么，汪大花和许多人一样，就是自信不起来。

汪大花找到了那个摊位，是专卖大鱼头的。卖鱼的真怪，他把鱼开剥之后，很珍惜地把鱼头展示在案桌上，而把肥墩墩的鱼身子毫不在乎地扔到一旁的大水盆里，好像要不要都行。汪大花很是纳闷，过去杀鱼，鱼头割下就扔了，这个部位没有啥肉，鱼身子是珍贵的，而如今不同了，莫非这也算是社会的发展和进步？她摇着头，很茫然的样子。汪大花次第把几个鱼头翻了个儿，挑拣着，卖鱼头的也很热情，顺着她的意，嘴里应和着，"这个，还有这个，这俩都行！"

正在这时，有人叫了声嫂子。这人是农牧集团的办公室副主任张旺水，这个四十多岁的老小伙子，常到家里来，嫂子长嫂子短地议论着单位的球长毛短，不住地称赞黄总的英明，自称是黄总的贴心下属。汪大花对张旺水有了好感，觉得他才是电视上演的忠臣。只是黄顺平讲了他的历史，汪大花有了戒备，但她还是认为这个人可以。黄顺平那天对她说，当年还是农业局时，老局长发现了张旺水的言行不一，常假借局长名义为自己谋私，司机和会计在单位最难更换，除非提拔，老局长对他来了个明升暗降，表面上让他当了办公室副主任，享受副股级待遇，实际上是抛弃了他。谁都知道，局长的司机是无冕副局长。

张旺水比画着，示意让汪大花走近他，那种神秘兮兮的表情准是有悄悄话要说。汪大花觉得这家伙肯定有事向她"汇报"，就把拣好的鱼头"扑腾扑腾"扔在鱼案上，提起篮子走过去。汇报这个词汪大花是在张旺水那里笑纳的。张旺水凡是向她说到单位里的事，比如说有几个人有想法，或者哪几个人有小动作，都用汇报这个词。听得多了，汪大花就对汇报这个词有了兴趣，对不说汇报这个词的人就有了轻视，就觉得他们狗屁不通，连基本的礼貌用语都不会。

张旺水往汪大花跟前一靠近，捂着半个脸担心风把话刮走似地说："嫂子，兄弟我这个人心里搁不住事，有啥总是先向您汇报，不汇报良心上过不去。嫂子，不过有点事儿连我都不相信。我先问问您，听说啥了没有？"

汪大花有些急，心里想你这家伙今天得了便秘病似的，屙得那么艰难！就不高兴地说："没有。"

"哥呢？"张旺水很有分寸，在单位喊黄顺平黄总，离开单位就称哥。

"八点就上班去了。公家的人心里就是有单位。"

"这就对了，越早越主动，八点出门不晚，当今社会不跑不中啊！"张旺水这会儿说话又像拉肚子鸡。

"什么？"汪大花对"越早越主动"、"不跑不行"这些话很不理解，就打量了一遍张旺水，这会儿的张旺水不阴不阳、不惊不乍，跟大街边的树下扳着女人手指算命的人差不多。汪大花不禁加大嗓门质问他："到底要汇报啥？"

张旺水一脸严肃，很坦诚地对汪大花说："有些事，不知道或许更好，免生闲气，反正没有啥跨不过的坎儿，只要黄总，对，哥重视了，就没有摆不平的！"

"你今天是咋的了？开始得结症屙不出，现在屙出来了又要吞进去！"汪大花一急，开卷扬机时的野劲儿就来了，就不管自己在什么场合，面对着什么人了。"你害怕屙出来熏人，那何必要放闲屁呢？"

见汪大花发脾气，提着篮子要走，张旺水没趣儿极了，连忙说："嫂子，我是怕你往心里搁，万一你不冷静，戳了疤痈眼，害的可是你弟我呀，再说了，大半辈子的人了，我可不是那种八卦婆！"

"放，只管放！"汪大花没有了刚才的客气。

张旺水这才把早晨才听说的传闻说了出来。昨天晚上，黄总的司机汪银涛拉一个女孩到红叶岭，在车上发生关系时，被卧岭派出所抓了，那女的说黄总跟她也有那种事。

没等张旺水说完，应该说汇报完，汪大花的脸色就十分难看了，她把菜篮子一摔，恶狠狠地说："狗改不了吃屎！日他妈又是那根枪！"

汪大花没理张旺水，招呼也没打就气冲冲地要离开。张旺水丢了魂似的望着她的背，觉得很失落，又好像办错了什么事，尤其对汪大花说的那根枪怎么怎么，突然生出了后怕，这汪大花莫非要对黄总动枪，很早就听说她会玩枪，那年还打死过人。张旺水怯了,他真想喊叫:嫂子,没事的事,很可能是造谣,你千万不敢闹出人命。

汪大花拂袖而去。那个卖鱼头的慌了,朝着她的背影吼叫起来:"哎哎哎,那妇女,还要鱼头不要?"

汪大花哪里还有买鱼头的心思,她还想买包老鼠药兑到鱼头里,闹死爱吃鱼头的家伙呢!她脑子里完全被怨恨所占据,心里骂着,黄顺平我日你娘,你玩得真够花的,别人是在外彩旗飘飘,在家大旗不倒,你更厉害,明修栈道,暗度陈仓!

那卖鱼头的见吼着无效,就吆喝起来:"你不买鱼头,那挑拣啥球呢!犯贱了不是?"刚才还赔着笑恭维着要卖鱼头给汪大花的家伙,见生意没了,翻脸就骂起了大街。

三

黄顺平突然感到农牧集团大院竟然这般陌生。一向乱哄哄、吵嚷嚷、门庭若市、车水马龙的大单位,这天却异常静谧,初冬的落叶着地都听得到声音。

和往常一样,他走进机关,首先要搜寻一下自己的那辆车,实际上不用寻找就一目了然,因为那个显眼的车位好像天经地义属于他的。张旺水对他说过,他是一把手,应该停那里,单位的同志把那个地方叫一号车位。黄顺平眼里,那车位并没有特殊的地方,也没有明显的标志。只不过是当年还叫农业局时,老局长时代曾经让办公室用立邦漆划了好几个停车的格子,目的是改变乱停乱放车辆的状况,创建文明单位要从领导抓起,或许他的初衷根本就没有让自己的车停明显位置这一点。这一号车位的提法,最早应该出自张旺水之口,他把局长的车称作一号车,把一号车停放的位置称一号车位。还有一句潜台词,人人都心知肚明,他张旺水就是一号车司机,司机里的一号人物。

一号车位空着，其他车位的车辆都停放有序。黄顺平感到奇怪，要求同志们做到的为什么自己做不到呢？黄顺平憋着气进了门卫室。门卫郭老头刚与老总打过招呼，松了口气坐在瞭望窗口继续吃他的早饭，见黄总拐回门卫室，心想一定是有事。黄总一般情况下是不到门卫室的，这种岗位都由办公室管。郭老头慌忙站起来为黄总让座，黄总没坐，拿起墙上挂着的那本机关停车登记簿。那是专为限制司机私自出车而设置的记录本，上面有一栏填写夜间停车的时间。这些年，司机开公车办私事成了家常便饭，出车祸闯红灯惹麻烦一类的事随之多得惊人。年轻人凑到一块弄几瓶酒玩玩正常不过，胡言乱语喷大话也算能让人接受，打架斗殴、找小姐泡妞、撞人后逃逸就严重了。那种不好的社会影响难以消除。司机撞了人出了事不可怕，可怕的就是传言四起，某某单位的车、某某单位的司机怎么怎么了，好像这个单位出了问题，这个单位的领导出了问题，群众最不能容忍公家车撞人出事，又巴望着坐公车的人车毁人亡。上级一再强调，领导要管好自己，管好自己的亲属，管好自己身边的工作人员，很及时很中肯很必要，说透了是形象问题，是公信力问题。

登记簿上并没有一号车的信息。刚才还一脸茫然的郭老头，一下子察觉到了黄总的来意，贴近黄总说："没见车回来，也没见汪师傅，昨晚到现在。"郭老头声音很小，显得他十分懂得分寸，并不晕。黄总客气地说："郭师傅，你辛苦了。什么时候车回来或是人回来，让小汪如实登记，别迁就他。"黄顺平的话表明，他只是履行公务，只是正常的查岗。临出门卫室，黄总又对郭老头交代，见到司机让他马上找自己一下。

汪银涛这小兔崽子升天了、地遁了？黄顺平拨了司机的电话，语音提示说："您拨的号码是空号。"怎么会呢？再拨，那声音又提示："您拨的电话无法接通，我们将以短信形式通知机主……"

农牧集团办公楼里静悄悄的，办公室昔日不怎么响亮的电话铃声这天格外聒耳，接听电话者的声音也十分清亮。黄顺平在集团班子会议上，根据救灾和防治口蹄疫的工作进展，引用了一句陈副市长的话，已经大获全胜，已经一举战胜了疯魔，已经拿下了肆虐的病魔。他在会上提出可以让辛苦了十多天的同志们放松一下，休息两天。单位不逢节假日和星期天随便让大家休息是违犯规定的，但可以来一个软放假，那就是让班子成员通知自己分管的线或口，就说这两天不再签到，工作人员就心领神会，让休息哩。尽管不签到，机关里照样有人，谁都清楚，签到打卡只是形式，那是给外人看，给上级看的，干活者永远有干不完的活儿，不干活者永远有忙不完的私事，干活者必须到单位来，那里好像有自己的魂儿。干活者永远是静寂的，只有那些不干活者到了机关，机关才有了活力，机关才会亢奋，机关才有大声交谈的声音，机关才像个机关。

接电话的小苗，在走廊里喊："张主任，电话！"张主任就是张旺水，虽然上边有正主任，但他还是不想让人们称他副主任。他曾经办过别人难堪，凡称他副主任的宁肯装聋也不开口答应，或者该办的事推着不给办。

"吱扭——"张旺水开了门，门里传出了好几个人得意的笑声。人们似乎是在闭门聊天。

张旺水喂了一声，之后就只听到他"嗯嗯嗯"的声音。他对电话那端说了句自己在洗耳恭听，一阵子"嗯嗯是是"，末了他声音紧促地说："放心，我知道了，我保证做到！"挂断电话，张副主任一阵小跑，重新回到刚才聊天的那个团队中。就是从这一刻起，那件让黄顺平蒙在鼓里的事情就在农牧集团悄悄公开了。张副主任对电话里发誓要守口如瓶的保证，在闲聊团队那里三下五去二就被瓦解了。刚才的电话是市政策研究室的司机打的，他是张旺水的战友。电话里他问黄顺平的车在不在单位，说刚才在香池子洗浴中心听瓜瓜说："农牧集团黄总的司机嫖娼被抓，连车带人被扣在卧岭派出所，牵连出了黄总。"政研室司机向张旺水传递的这条尚未加以澄清的信息，在张旺水那里立马成了一种资本。他既可以在闲聊团队中显示自己信息来源的迅捷，又可以到黄总家属汪大花那里表达亲信的忠诚。

张旺水昨夜值班，没见一号车回单位，今天上午仍没见，黄总也没来机关，种种迹象，无不使他坚信战友信息的真实。

墙都是透风的。尽管张旺水让闲聊团队的人们一个个发了毒誓，包括一名副总，说谁要乱传播就死他一家人，但传播小道消息的途径就像推销某些商品，人人都有团队，团队又有子团队，都发毒誓，又都违约。于是，信息就刮风般地扩散开来。

黄顺平觉得这天好奇怪，手机好几次都莫名其妙地只响一声就戛然而止。他懒得去搭理这种电话，有人说这是一种生意，专门套取对方电话费的，你一旦回过去，那么计费器上就会狠狠地记你一笔，不敢保证这是营业部门和不良分子合伙进行的坑人勾当，但事实上他们双方收到了共赢的效果。有一次，黄顺平正要往外拨号，来电铃响了一下被他歪打正着地接通，那边很客气地说："上着班的吧？没啥事，听说这几天你们防治五号病效果挺好，只是问问，打搅了，你忙吧！"真怪，黄顺平还没来得及说一句话，还不知道对方是谁，电话就挂断了。他重拨了司机的号，依然不通，不过提示音这次换成了"你要的电话不在服务区"。见鬼，到处都林立着铁塔，广告词也写着我们的服务无处不在，可到了用户那里，却常常不在服务区。

临近中午的时候，黄顺平接到了朋友的电话，这个朋友在市纪检委监察六室当副主任，专门负责举报电话和信访工作。朋友开门见山问他在哪里，当他回答在办公室时，朋友又问没有遇到什么麻烦吧，还问他的司机现在在哪里，他说没有麻烦，只是司机这小子没联系上。朋友在电话里说，看看，肯定有事，你赶紧找到他，我们这边都听说了。朋友只是点拨般地打这个电话，究竟那边听说了什么，到底他这边发生了什么事，人家没说，可能不方便，人家也有组织原则，给捎个信儿就够意思了，怎么好意思问人家那么多呢！黄顺平这会儿完全进入了云里雾里，或者说此时他的眼睛不比瞎子明，耳朵不比聋子灵。只有见了司机，或者打通他的电话，这一切才会水落石出。可偏偏关键时刻，急死人也联系不上这个鳖孙司机。黄顺平这会儿肺都想气炸，肚子里翻腾着许多骂司机的话。

司机汪银涛虽然是临时工，但因为他是汪大花的同族侄子，就表现得很有底气。开上一号车对外的理由很简单，汪银涛为人忠诚且聪明伶俐，车技良好又勤快负责。摆不上桌面的理由，汪银涛是黄顺平的内亲，或者说更隐秘的是汪大花安插在黄顺平身边的"特工"。

有专车以来，汪银涛是他的第三任司机。三任司机只有第一任是黄顺平未经老婆同意先斩后奏安排的，第二第三任都是汪大花先政审后推荐给黄顺平的。当然，这中间有些秘密，有些不那么阳光，外人是绝不知道的。对于选择司机，黄顺平明白，这在北汝市无可厚非，因为大家都是这样。在几年前，北汝市的乡镇级主要领导就开始兴起了专车，条件好的，副职也配有专车，并有专车司机，那是改革开放后形势发展的需要。黄顺平工作调动而更换司机，并没有什么人议论，也就没有多少风波。大家秃子对和尚、半斤对八两，自然约定俗成。假如别开生面破破例让办公室去安排司机，人们不说你是作秀，就会说你神经，甚至会说你人混得不中，连一个贴心的司机也找不来。黄顺平并没有太多的私事，也没有摆不上桌面的丑事，需要选个守口如瓶的司机去办理，退一步说即使有很多私事，他过去在煤业战线经营多年，跟着他帮福而飞黄腾达的煤窑主一摸一大把，他们要什么样的车没有？实事求是地说，在使用司机方面，他是最没有微词的基层领导干部。

真没想到，过了多少大江大河，经受了多少狂风巨浪，他都泰然处之、安然无恙，司机也为他遵章守规、恪守道德、增光添彩。这个经汪大花考察举荐，一向以忠厚诚实闻名于北汝的汪银涛，到底会出怎样的问题呢？如果真是戳了娄子，在这个时间段，无疑是对准黄顺平挥出的双刃剑啊！从事行政工作的人都清楚，年终岁尾领导干部们都面临一道关口。

到底发生了什么事，黄顺平不得而知。人们的异常表现，还有朋友的关切电话，目前还只能是某种猜测或道听途说。黄顺平急得冒火，又十分无奈。在焦急中，黄顺平曾想到给家中打个电话，问汪大花得没得到汪银涛的消息，他们毕竟是姑侄，而且姑还赋予侄儿特殊的使命。电话通了，没人接，再打，依然。黄顺平索性不打了，打通了问汪银涛跟你通过话吗？汪大花肯定不高兴的，不高兴就会反问，你司机的事情却问别人，你是疑心姑侄联手，还是心里有虚而不自信了？黄顺平又觉得不问汪大花更好，那就只有耐心等，汪银涛只要不在北汝蒸发！

在等待中，那种只嘀一声就挂断的电话又打来十个以上，快中午的时候终于来了一个连续叫嚷的电话，号码很陌生。黄顺平慌忙接听，有些饥不择食的味道。没想到这个陌生号码给了他一个惊喜，是汪银涛打来的，他说借别人手机打的。

汪银涛声音很低沉，有一种压抑的感觉，好像在什么地方潜伏着，大声一点儿怕被人发现似的，口气还夹杂着忏悔和祈求。汪银涛说："姑父，对不起，您听着千万别生气，"他们早就说过，在外边只准称黄总，到家里随便，这家伙此刻躲在哪里，居然称呼起姑父来了，声音里还充满晚辈对长辈的敬畏，与昨天一天只说了两个字的他，简直判若两人。黄顺平催他快讲。汪银涛这才把话说得有所连贯，他说："姑父，我出事了。"

"什么事？"

"交通事故，车撞人了。"

"严重吗？人伤得怎样？"

"不太严重，撞了一个女的，她的亲戚在卧岭派出所，把咱车也扣了。"

黄顺平稍微松了一口气，问："人在医院是不是？"

"人无大碍，不用去医院。派出所那边就是要钱，想让咱公家包钱给她。"

"多少？"黄顺平没有好气地问。

"六七千吧。"汪银涛说钱数时，底气不足。

"人既然无大碍，不用去医院治疗，还要那么多，这不仅讹人，而且还宰人！"黄顺平当年的煤矿就在卧岭乡，他与派出所打了多年的交道，知道有潜规则。现在，总算脱离那地方，不再因为一些罚款让他犯难了，这该死的汪银涛，你他妈犯了什么贱，竟然又撞上了他们的亲戚！

听口气便知道黄顺平对钱的事十分生气，为了缓和气氛，汪银涛补充说："钱我已经打发一半了，还有一半正筹措，只有把钱送到，那边才放人放车。姑父，您放心，我会尽力把这事处理妥当的！"

"这事都谁知道？"

"没多少人，事情发生在夜里，只有卧岭村因选举打群架的十几个老百姓，他们将要被拘留，顾不了那么多。不过，还有几十个在外面闹嚷的家属。"

"知道了。"黄顺平放下电话，心里想，真的是无风不起浪，没有窟窿不犯蛆。难怪今天好多现象都怪怪的。

四

汪大花回到家里，心里乱七八糟，猫抓似的，仿佛这个意外收获的家就是容易发生意外的地方。比如，这个小区的名字叫"知心"，知心小区里居住着成分复杂的富人，而知心二字对许多家都名不副实，她更是，黄顺平当年就怀着二心购买（以物抵钱）的，是她无意间发现了这个秘密，才捍卫了主权。见了自家的盼盼门就油然生气，人家都盼着天伦之乐，而她却盼来男人在外出轨的消息。进了门，打开灯首先映入眼帘的就是墙上镜框里黄顺平那张笑脸，好像在挑逗她，说你汪大花知道不知道暗度陈仓的典故？其次就是那副字画，字写得像嫦娥奔月，也像天女散花，她只认识那恶心人的顺平二字，书法家把嫦娥、天女这些女性包围了顺平，这不是存心在欺负她吗？打开电视机，臭长的电视连续剧清一色播放着家庭婚变一类的东西，有些情节跟自己家发生的事情雷同，电视节目也在作践人。关了灯关了电视，闭一会儿眼，那要命的电话就会吵闹起来，硬是和人作对，家里电话的铃声设置的是一首流行歌曲，手机则是一个男孩子的呼唤，不管女孩子的歌声，男孩子的叫声，听起来都让汪大花心烦。刚回家时，她曾接了几个电话，自己喂喂热情呼唤，那边却啪地挂断了，显得自己自作多情，恼了，汪大花就对电话铃声充耳不闻，管你是谁的电话！

关了灯、关了电视，也不理睬电话，靠在沙发上想安静一会儿，可此时的汪大花，硬是静不下来。于是再开灯、再开电视，看见听见的仍是她不愿意听到和看到的东西，这些令她更加心烦。她就再关灯、再关电视，再次闭上眼睛寻找安静。

汪大花不看相框里的黄顺平，而活生生的黄顺平就不停地在她眼前、脑子里出现。而且此刻的黄顺平就如同坐在照相馆的灯光下，当所有的灯全打开时，不仅他的衣着，不仅他的五官，就是脸庞上小小的黑蝇子屎都清晰可见。

当年在卧岭乡山神庙开卷扬机的汪大花，为了顾全大局，就顺应着大伙的意见，搬进了黄顺平办公的那间房子。她之所以让步，前提是黄顺平只能在那间房里办公，不得在里面住宿。黄顺平笑着表示按姑娘的要求办，还开玩笑说，保证汪姑娘完完整整、清清白白。黄顺平又要外出办事了，说是十天半月，他把一个大提包交给汪大花。黄顺平说其实早就想让她搬过来住，这样他出去再长时间也没有后顾之忧。汪大花问包里什么东西，黄顺平说是机密，不到万不得已不告诉她，请她理解。"臭黄顺平，还玩高科技呢，有什么机密，总不会是原子弹图纸吧？臭男人，不说我也不问，谁稀罕问！"汪大花心里想着，就把那大提包藏在了床下，上班前、下班后都要看看摸摸那东西。不管怎么说，那是责任和义务，她领着黄顺平发的工资，应该忠诚人家的事业。

后来，煤矿形势说好就好起来了，每天都要有好多现金进到汪大花所住的房间，一捆捆的钱放在床下，放在那个有机密的大提包旁边，汪大花的责任更大了。她觉得自己很累，做梦都是有人来抢钱，她与劫匪搏斗，喊人又喊不出口，自己便被人打死了。光天化日，汪大花有时候会瞎想一些事，比如自己要是那种贪财的人，把钱转移到某个角落，事后再拿走；或者干脆就趁人不防，背起一包远走高飞，足够一辈子吃香喝辣了。这种念头一出来，她就心里发热，真有点跃跃欲试的冲动。但这种冲动仅存在一刹那就悄无声息地溜走了，这时她就感到脸红，心里说，一个乡下姑娘还挺野的，还想玩个大动作呢！人家黄顺平待咱不薄，每月发好几千块，还把那个机密提包交咱保管，还淹不住咱的心？她没有了私心杂念，在心里很深的地方，只想着多干点儿事，多做些贡献，要知恩图报，一个人活在世上不容易。

煤矿挣钱多了，招致的麻烦也就来了。运煤的车辆来往的那条路，有人公开给断了，说那条农业生产路不允许过大车。黄顺平不在矿上，正在市里办理税费手续，闻讯把电话打到矿上，指名道姓让汪大花接电话。黄顺平说，花花，你拿五叠钱，一叠就是人家银行盖章的纸条封的原数，送给山北村二队的老虎，就说黄顺平不在家，失礼了，请多包涵。汪大花对黄顺平称自己花花很感动，小时候，本家的哥哥姐姐都这样叫她。汪大花嘴上答应着黄矿长，心里却禁不住一阵抽搐，吓死我了，五万块的钱，够一个农民十年剁腾，一下子就给了那个只有十多户人家的小组长！

汪大花还是照办了。人家叫老虎的队长还真够派气，连连训斥社员们谁的缠都打，太不懂事了。扭过脸又看着汪大花埋怨黄顺平太外气，说自家兄弟只要打个招呼啥都有了，硬要汪大花把这五叠子钱拿回去。汪大花不晕，知道现在的人面子活都作得天衣无缝，不为钱断什么路？于是就假装哀求的样子说，虎哥，您不收下，妹子就完不成任务，给妹子个面子吧！老虎趁梯子下楼，这才让人把钱接了，同时还说等有空还要把钱退给黄矿长。汪大花返回煤矿的路上，就看不见设在路上拦车的卡子了，群众挖的那条战壕一样的断路沟也平上了。

山神庙南的庄子叫山南村，有六个村民组，老百姓说有六个小队；北边的叫山北村，有七个村民组，老百姓说是七个生产队。自从老虎那个队断了路以后，每个小组都千方百计找茬子，反正矿上必须交买路钱才行。当然，生产队长们有老有少，有土有洋，有坐飞机到澳门赌过牌的，有连火车也没有坐过的，境界不同口气也有差异，有的七八千块就满足了，有的给一万多还骂着说这是打发叫花子。黄顺平回到矿上，把十万块钱往汪大花跟前一扔，说："花花，剩的队长们你看着办吧！"

黄顺平对汪大花的信任，委实令她受宠若惊，也使她顾虑重重。这种代表矿长出头露面的事，偶尔一两次还行，如果多了，生产队的人该怎么看，矿上的人该怎么看，他们会不会胡乱猜测从而说三道四呢？万一有了闲话，那自己将怎么办呢，女孩子的名声太关紧了。汪大花找了个借口推辞说："黄矿长，出点力我不怕，只是这钱我一个女孩子家送着不合适吧，万一路上遇到截路的，那不一切都完了！"

黄顺平说："放心去吧，咱这钱就是送给截路人的。"黄顺平完全没有理解汪大花的心事，简洁的回答弄得汪大花非去不可了。

汪大花仍不甘心，就再推拖一下，心想实在推不掉就算了，她说："黄矿长，我是想矿上那么多人，你不会让副矿长去？"

"花花，你要真不愿意去办，那么从现在起什么也不用干了，卷起你的铺盖回家休息吧！"黄顺平火了，脸上青筋像蚯蚓在爬。

没想到黄顺平此时会动真格，汪大花眼睛里闪着泪光，心里十分憋屈，她赌气似地拿起那些钱头也不回地扬长而去。这次，她没有了见老虎时的慷慨，每到一处，她都先让那些早已垂涎三尺的队长们开价，口气小的就不再还价，只夸这队长开明通达，就如数给了钱，对口气大的，她就玩起了斯文，先强调矿上的困难，再聊二水平拓展的投入，三吹未来的光明前景及可造福山南山北的宏大目标，弄得那些只要现报不要未来的家伙，耐不住性子地踱起步子。汪大花不急，她继续说自己的，说别看山神庙煤矿形势不错，萝卜大着呢，光投资的利息就把黄矿长压垮了，他为什么不来，是不敢来，腰里没货怕你们口气大了难以招架。那些家伙才不管这些呢，还只管狮子大开口。汪大花这才扯到实质上，说："你们开的价真的不高，只是等矿上以后兴旺发达了，再多点儿也不算多，只是这次能不能再给个价？"

就靠着这种迂回作战的方法，十多个生产队跑完，才花了六万三千块，还把个个队长弄得眉开眼笑。汪大花把剩下的钱还给了黄顺平。黄顺平喜上眉梢，正要夸她，她早已离开了。黄顺平认得好多好多不同层面的人，有不少还自称是仗义疏财的大老爷们，然而见了钱，眼珠都不会转动了，他们连汪大花这个乡下姑娘都不如。

之后的一天，黄顺平和几个副矿长商量，不让汪大花再开卷扬机了，说是另有任务。汪大花对于矿上这个决定，不仅不高兴，还失魂落魄似地立即变了脸色，接着就禁不住哭了起来。她边哭边说，开卷扬机是她的正业，卷扬机是她的饭碗，反正死活不愿离开卷扬机。大家好说歹说她就是听不进去，谁劝她她顶谁。最后矿上让了步，尊重了一半汪大花的意见，她还继续留在卷扬机旁，但必须培养一个徒弟，理由是万一哪天她提升走了，或者嫁人离矿了，连个接替的人也没有。当那个黑黢黢的姑娘站在她跟前，不等她教就直接坐在那把椅子上操作卷扬机时，汪大花才恍然大悟，官大自奸，在别人手下干，不服从是不可能的，他们总有办法让你跳圈儿。这黑姑娘是外地人，勤快嘴甜，她称汪大花为师傅，让汪大花坐在旁边指导。汪大花笑了，这开卷扬机升上来就停机，降到底就停机，来来回回、上上下下、反反复复，没有多少技术含量，你黑姑娘本来就会，还故意谦虚个屁呢！也好，汪大花终于有了左顾右盼的机会，也有了发现问题的机会，或者说她慢慢地就有了向黄矿长汇报的内容。

黄顺平还是经常不在矿上，方方面面的事情都需要他去处理，尤其是诸多的关节需要他去疏通。那天吃午饭的时候，汪大花见到一辆越野车停在了煤堆旁，从上面跳下来三四个留锅铲头发的男人，穿同一款式的藏青色中华立领上装，其中一人大声吆喝着要见矿长。副矿长慌忙上前递烟问候，这几个人理也不理，继续叫喊着要见矿长。副矿长一再解释，说黄矿长确实一大早就进了市，有什么事尽管说，他会原汁原味地向矿长汇报。这几个人看了看副矿长，几个人对视了一下，其中一个白胖的说，你转告黄矿长，就说有几个弟兄日子寡得很，想啃点儿骨头，让矿长关照关照。说完这几个人就坐上了车，一踩油门车就趔趄着冲出去，留下了一个黑色的漩涡。

第二天中午，这几个人又来了，而且还带来了两辆中巴，上面坐满了人。听说矿长仍不在矿上，他们就让副矿长把井上井下的工人、上班的、休班的工人全部集合起来。很像抗战影视片上，日本鬼子扫荡进村时的情形。副矿长说那恐怕不太合适吧，停产可是大事，煤矿不像其他地面企业，下边的事很复杂，有水还有气，哪方面出了事，都是非同一般的大事。这几个人不服气，摇摇头说，我们大哥的话难道不重要？文化下乡下矿，是大哥特意安排的，机会难得，过了这村就找不着这店。井下存点水，瓦斯超点密度算不了什么，即使戳了大窟窿，我们大哥也能补住！他们警告副矿长不要敬酒不吃吃罚酒，放着排场不排场，等爷们找到电闸门一下子拉下来，不停产焖死你们。副矿长被唬得惊呆了，他除了在影视里见到强盗这样蛮横无理，在生活中长这么大还从来没见过这种不按路数办事的人呢。副矿长只好安排让井下人停产升井，井上人待升井完毕统统到山神庙前集合，观看文化进煤矿表演。

几十个只有牙是白的，眼珠不停转动的采掘工和十多个井上勤杂工，稀里糊涂地观看着武术表演。所谓的文化进煤矿，既没有主持人，也没有合理的编排，纯粹是一场打闹。刀光剑影、鞭起棍落，令人不寒而栗。别看井下矿工很闭塞，但他们串过很多矿井，明白这种武术表演的真正含义，那跟项庄舞剑的道理基本一样，凡是争夺矿山，都是武力威胁。中午，矿工们的午餐让给了这些人，下午他们还要继续表演，让矿工们开开眼界。

在通信业发达的当今社会，黄顺平纵然在天南地北，也会立即得知煤矿上发生的最新情况，不仅他，有点儿成就的矿长都是在一旁遥控指挥。黄顺平想，这些家伙们急于发财简直都急疯了，若是还不出面恐怕要出大事，且不说耽误一天就损失几百万。傍晚，黄顺平回到了矿上。山神庙前的小平地上，表演者累了，观众疲惫了，可以用东倒西歪来形容这个场面。这里还有些像刚刚进行过一场大屠杀，死伤者躺的坐的黑压压一片。

黄顺平先把汪大花找到，低声交代了几句，之后又找来副矿长，几句话后，他们径直到了几个穿立领上装人那里。黄顺平把几条中华香烟拿出来，让副矿长发给大家，说让辛苦一天的表演队提提神。黄顺平自己亲自应酬这几个立领。顿时，场面又活跃起来。

黄顺平眼见那几个立领傲慢得像旧时候的山寨匪首，立即憋了一肚子气，但他还是很客气地说："李矿长打电话说了，亲兄们有点儿想法，我已着手安置了。可兄弟们来这一手，兴师动众，是不是太陡然了，弄得我措手不及！"

"啥球毛的措手不及，你早就应该考虑到，弟兄们无非是想啃点儿骨头，喝点儿腥汤。你还玩躲猫猫呢，露脸了又拐弯抹角，就不能来点爽快的？你看看，一天了，你在城里串酒场坐包厢，弟兄们在这里喝西北风，说吧，咋弄？"

黄顺平煤矿形势好了，早就考虑着加强安全保卫，只是没有选好合作单位。那些武术学校的教练、市体校的教练，都找过他，想把他们的弟子介绍到矿上干保安，还有人建议成立一个篮球队，球员们也可以当保安，说这都是企业文化呀！好多天了，市里武校体校都在巴结他，教练们能不把学员受雇到矿上的消息第一时间告诉他？黄顺平心里有底，才不在乎这几个混社会者呢！回矿上之前，他还特意带上了武术教练，还有运输公司经理，这些人听说黄老板有请，个个求之不得呢。

面对炒菜铲头发、立领上衣的几个家伙，放在煤矿刚出煤时，黄顺平可能要退让三分，而如今，并不是黄顺平腰粗了，财大了，就不怎么看起这些家伙了，而是说不出来的那种感觉，让黄顺平看不起这些人，这不是跟丐帮差不许多吗？尽管心理上有些轻视眼前的家伙们，但他还是表现得很有尺度。他想起了每年过年都要在山神庙前烧香上供的事，本来只供奉山神的，他还是多烧几炷香，多供奉几道菜，心想人间有憨子傻蛋，阴间肯定有游神野鬼，这些家伙饥饿了也会闹事的，哪路鬼魂都得罪不起啊！他全当是面对游神野鬼，语气客套地说："兄弟们今天送文化下乡进矿，辛苦了，我马上安排让几位在矿上吃饭。先让武术队员们上车，他们教练为他们准备好了晚餐，运输公司中巴车的车费我已付过，司机每人一个红包也交给经理了。中巴车可以拉武术队员去吃饭了，矿区的路况不好，各位要多加小心，我就不远送了！"

立领铲锅头嘀咕了一阵，最后由那个胖子作为代表发了话："不行！当我们没吃过饭，荒山野岭上有啥球好吃的？今天不说出个道道，没一个人离开的！中巴车司机，你们敢走就放了你轮胎的气！"胖子的口气很坚决，果然镇住了中巴车司机，已经打着火的汽车，噗噜噜地熄了火。

"嘿嘿，弟兄们小看我这小煤窑了。我这地方看着不强，可是常放光芒啊！"黄顺平笑着说，他是有意在气人。"软中华不算好，我一拿几十条，酒菜就不能有几席啦？既然弟兄们要我说个道道来，那咱就明人不做暗事，让在场的都见证咱们的交易吧！"黄顺平朝中巴车挥了挥手接着说："王教练、张教练，你们组织好学生站在左边；万经理，你的司机若是怕人轧了轮胎，让他们下车吧，和武术队员站在一起；既然煤矿停产一天了，再停半天也无妨，矿上职工请站右边。"

山神庙前一阵骚动，很短时间就形成了队列，明显地两个方阵，很有秩序。

太阳趁着人们的骚乱悄悄地落下山坡，使空旷的山神庙一带更加灰暗苍凉。任何处在这种时空的文化人，绝对会油然想起马致远的那首小令："枯藤老树昏鸦，古道西风瘦马，夕阳西下，断肠人在天涯。"这里的确让人想不起"小桥流水人家"。

太阳落山后的黑暗速度飞一般的快，弹指挥手间，山神庙已被笼罩在朦朦胧胧的夜色中了。人们这时才发现，在遥远的天际边缘，一枚镰刀般的月牙儿，十分像谁家贪玩的孩子，不知什么时候从家里偷偷地溜了出来，悠闲自在地游荡在广袤的夜空中。

汪大花轻轻地过来了，两只手分别提着一大一小两个包，她把那个小提包交给了黄顺平。她说："矿长，您要的东西。"说完，站在了黄矿长身后，简直像一名贴身保镖。

"弟兄们，这里边有三十个，不嫌少的话，先将就着拿去。日后矿上日子好了，自然忘不了各位。"黄顺平把那个小提包以扔代递地给了立领们。像飞来的东西，这几个人没有接的准备，"扑通"一声掉在地上。

接道理说，这几个人该见好就收了。然而，轻松一表演就得到三十万，太容易的意外财富却滋长了他们的贪欲。这几个人抱着试一试的态度，有意虚晃一枪，玩起了大牌混混，其中有个人说："三十个，打发要饭的是不是？不要！"

"那弟兄们想咋办？"黄顺平不卑不亢地问。

"入股煤矿，五五制。你当经理，弟兄们当股东。"胖子的声音，他好像是这几个人的新闻发言人，似乎略通经济管理。

黄顺平早就料到来者不善，善者不来，这些人是来夺矿、讹矿。千难万难、千辛万苦，他黄顺平把全部家当、毕生精力都耗在这里，煤窑是他的希望和未来，是他的伴侣和生命，无论如何也不能让这些人渣去玷污去侵犯！黄顺平立即火了，语气也变了，说"做梦吧，不可能！"

"妈的，这小子财大气粗，拿下他！"黑暗中有人说。

由于武术队员、煤矿职工都屏气静听，双方的对话在这个夜晚便无比清晰。

几个幽灵似的黑影围住了黄顺平和汪大花，他们挥舞着什么东西，一步步逼近。一旁观望的职工中，有人被眼前的情形惊吓得禁不住叫出声来。即使那些看似淡定的人们，也不由自主地冒出冷汗。

突然，这黑影中闪起两团火光，"嘭、嘭"两声，有人开枪了，一个人影应声倒下。接着便有人喊"大哥大哥"。刚才还气势汹汹要拿下黄顺平的几个人，此刻全都蹲在地上。他们的大哥不幸中弹，现在最重要的不是敲诈，而是抢救人。

卧岭派出所警察赶到的时候，山神庙煤矿已经恢复了往日的平静。微弱的灯光下，汪大花把手伸给警察，说："公安局，是我开的枪，带我走吧！"乡下人都把公安人员称作公安局。

警车到达现场的同时，呼啸着的120救护车也冲了过来。不等医护人员动手，铲锅头发立领衫们已经抬起了他们奄奄一息的大哥。

中巴车再次发动了，不知道哪个人大声说："公安局的伙计，什么时候取证通知我们啊！"

……

山神庙煤矿第二天就恢复了生产，而且延续着日进斗金的神话。汪大花在拘留所里住了两星期，就回到了矿上。

后来，黄顺平就和汪大花在山神庙前成了亲。

婚礼并不张扬，没有其他有钱人那样烧包，没请亲戚朋友，更没请政商界要员，自己的喜事自己欢喜就足够了，黄顺平只是让矿上的人们放了半天假，中午聚餐一顿。氛围倒是热烈奔放，职工们一兴奋，来自各地的人们就把家乡传统的祝福献给了新郎新娘。开卷扬机的黑姑娘来自云南昭通，天生好嗓子，她带给婚礼的是一首云南民歌：

哥是天上一条龙，

妹是地上花一蓬，

龙不翻身不下雨，

雨不洒花花不红……

那天，黑姑娘的歌声把婚礼推向了高潮。

想起那天的歌声，想起那个朴素又热闹的婚礼，汪大花就禁不住热泪盈眶。

五

中午，风还在刮，只是没有上午那么有劲，也没有那天造成灾害时的凶猛。这种阵风不断的现象，就是北汝市独特的小气候。

黄顺平那颗沉甸甸悬着的心，由于接到了汪银涛的电话，终于放下了。现在，他只有一个念头，回家。他知道的这一切，肯定早已传到了汪大花那里。当然，汪银涛不会给汪大花打电话，这孩子在他姑姑那里只报喜不报忧，弄砸了的事情，汪大花不拷问他是不会主动承认的，他最怕汪大花脾气一上来，给他弄个从哪里来还滚到哪里去的判决。即使汪银涛不吭声，汪银涛以外的人，那些有着各种想法的人不一定不把听到的闲言碎语，经过添油加醋地整合，有目的地传播到汪大花那里。汪大花的脾气自从那年进了拘留所后，就发生了变化，特别是结婚生子以后，原来的开朗率真，换成了暴躁粗鲁。四十多点儿的女人，尚不到更年期，应该是人生的黄金时段，是讨人喜欢的年龄，乐观成熟自信充满魅力。可汪大花却不是这样，她变得比更年期的女人还令人难以捉摸，使得黄顺平无比失望。

起初，汪大花似乎很懂得家丑不外扬的重要，哪家没有本难念的经，谁家的男人没有拈花惹草的念头，人要想过得好，家是不可缺少的，遇点情况汪大花总能顾全大局，使那种外力对家的冲击减少到最轻最轻。她脾气和个性的演变，以及向黄顺平发出离婚警告，都是因为这套失而复得的住房。

有了孩子黄宝之后，汪大花就率先在市区住下来。孩子不是感冒发烧就是咳嗽拉肚，三天两头要进医院找大夫，在矿上住着没有条件，黄顺平就在市区弄了个三室一厅的套房，说是为了黄宝暂时先两地分居。汪大花在乡村生活惯了，根本不愿到城市住，觉得那比住拘留所还难受。黄顺平知道她一人在市区着急，就让一个亲戚专门带她找地方开心。汪大花一月下来，就认识了同样是从乡村迁到城区的梅小佳、郭如心、王晓雨等，慢慢地不再闹着回矿上了。乡村迁到城里的女人们很会玩，她们说不定在方方面面早已超过了城里的女人。城里的女人晚饭不回家，还要编个理由打电话给老公，老公还要问问在什么场合和什么人在一起。而乡村进城的女人，一般都很当老公的家，不需要请示汇报，天马行空独往独来。汪大花跟人到过练歌坊、到过酒店、坐过麻将场。唱歌不是她的强项，自己五音不全，还讨厌有的人破喉咙烂嗓子唱出的歌比杀鸡还难听，她也不想把杀鸡的声音留给别人。喝酒她没学会，又苦又辣到胃里翻肠子般难受，她每到酒场就对人说自己酒精过敏，喝下去就要死不得活。时间稍长点，她觉得同是从乡村来城市的女人中，有人心术不正，借着酒力使歪点子。她们喜欢和男人在一块儿玩，还假惺惺地为汪大花也找来两个替酒的。这两个男人都很年轻，一指甲掐不出水，还想作怪，向她献媚，喝点酒就往她身上蹭。她明白了，这小白脸向她大献殷勤，无非是想着她家男人开着煤矿，听人家说这叫傍富婆！她听说男人有老牛吃嫩草的，也听说有的富婆包养小白脸，日他妈，都是吃饱撑的了。后来，她就不再奔别人的饭局了，吃人家的嘴软，拿人家的手软，筷子头上不仅有交易，还有阴谋诡计。她学会了打牌，但基本上输的多赢的少。她作人很排场，不打牌便罢，打了就很硬气，输了就出钱。牌桌上的人们都夸她义气，都想和她玩。玩着玩着就有了瘾。晚上听着麻将机呼啦啦地响她就格外来精神，然而每次都是她输又令她沮丧。她不服气，有的人长得牛头马面、黑得像乌鸡，可手气总是那么好，而她一个五官端正眉清目秀的人，难道就不会有顺风顺水时来运转的时候？她要捞，要把输掉的再捞回来。可是运气总是很背，好多次都要成了，她需要的那张牌偏偏就是不来。还有几次，她运气来了，真的赢了钱，还要继续，就来了警察。警察突然出现，迅雷不及掩耳，人们落荒而逃唯恐被抓，谁还顾上小抽屉的钱还没装起来。牌友们说又"炸场儿"了。牌友们在一起很开心，日子久了就随便起来，常常报告一些小道消息和男女趣闻，也算是"叨八卦"。就是在打牌场上的"叨八卦"，无意间提醒她对老公黄顺平要进一步关怀。汪大花认为，关怀黄顺平的关键一着就是掌握财政大权，牌桌上的人说男人有钱就学坏，女人学坏就有钱，道理很深刻的，她不能让黄顺平手里有框外钱！

那以后，黄顺平矿上出现大小情况，凡花钱都要过汪大花的关，汪大花就认真审查，比审计局还要过细，之后才允许出账。就是因为这种运行体制，逼着黄顺平建起了小金库。当然，汪大花在矿上从开卷扬机开始，干到了"矿长助理"这一重要位置，后来还当上了老板娘，她就是不在矿上，有些情况她也会通过线人而得知。黄顺平骂人说，这小小的煤矿也有"军统"。

一个男人混到了这一步，窝囊得猪狗一般，黄顺平就产生了逆反心理。为了体面，为了舒畅，黄顺平开始了脱离汪大花统治、营造新生活的行动。他把原煤给了一家砖厂，砖厂把砖给了某房地产公司，房地产公司把房子给砖厂，砖厂再把房子抵账给了黄顺平，名义上是为了偷漏税款。这件事因为没有见账，汪大花在矿的"军统"也没发现。更严密的是，这个原煤换房的举措，只有矿上司机李庆丰知根知底。李庆丰是矿上素质最好的司机，兼着小车班班长。好长一段时间，煤炭产销形势好得惊人。为了树立企业形象，黄顺平设法为矿上一次提回五辆小汽车，那时汪大花还没有过多参政。黄顺平奔驰越野，副矿长丰田霸道，经营部长越野凌志，财务部长丰田酷路泽，生活用车是福特皮卡，平时这些车辆往矿上一停，真有点儿威风八面。单凭这一点，企业就被市里高看，明星企业的牌子能不挂在这里。那年，正好有一批退伍士兵需要安置，黄顺平就毫不犹豫地站出来为市里排忧解难，接纳安置对象二十个。李庆丰就是其中一个，他当年曾是武警某部小车班司机，是军中有名的"小机灵"。

小机灵李庆丰退伍后谈了个女朋友，追他追得很紧。女方各方面条件都不错，长相对得起观众，家庭状况中等靠上，父母都当着官，姑娘在机关当公务员旱涝保收，养尊处优的生活，让本来就天生丽质婀娜出众的姑娘更加招人喜爱。这种女孩打着灯笼也难找，小机灵当然不愿丢失这种千载难逢的良缘。于是，每次回到市区，就被勾去灵魂似的迫不及待地联系那姑娘。有句俗话叫西施眼里出情人，很对。这姑娘在见到小机灵前，见过好几个男生，有副镇长、副局长、副主任科员，更多的是科室长，竟然没有人使她心动。那回全市安全检查，她坐了小机灵的车，仅仅那么一次，他们就有了似曾相识的感觉，就交换了电话号码。之后，他们就像旅游途中坐上了观光缆车，捷足先登地到达了热恋的境界。寸步不离、形影相随几乎成了他们的专利词汇。他们发誓坦诚相待、不离不弃，互相不存在任何私密。关于原煤换套房一事，李庆丰再三强调要姑娘保密，姑娘为此还假装生气，嗔怪他对女朋友都信不过。姑娘还说，我是市政府机关的机要员，难道市长都信任的保密工作者还要向一个矿工发誓不成。话说起来言之凿凿，事情的发展却往往不以人的意志为转移。有一天，在换房这个小区，姑娘在楼道里跟她同学的大姐走了照面，躲闪不及只好硬着头皮搭了腔。同学的大姐说："晓晴，你家也在这买了新房？"姑娘完全可以支支吾吾应付过去，可不知哪根神经驱使她说了一句多余的话。她说："小李在此给他领导帮忙呢，我家不在这。""我还以为你们收拾新房，把喜事办在这里呢？"同学的姐显得很成熟，说着就离开了。那天以后，同学的姐姐还是走进了那套正在装修的房子，表面上称赞装修得好，内心里却充斥着嫉妒。她还狗咬耗子地打听出李庆丰在山神庙煤矿开小车，那矿的矿长叫黄顺平，家里富得流油。这个女人喜欢打牌，很有心计，专找富婆打，据说她在省城的汉兴街高价买了副眼镜，能够洞察牌友们手中的牌，从那时起她就只赢不输。打牌使她由穷到富、从无到有，她在市区买了几处房产，其中一处就在这个新区，计划再赢了钱就开始装修。汪大花被好多人视为富婆，牌场上人夸她义气，起场后就笑话她傻。这个打假牌的女人早就对汪大花有觊觎之心。为了不让汪大花看出破绽，她们就采用了诱敌深入的战术，故意让汪大花赢钱。一天晚上，汪大花来了运气，时间不长就净赢三万多，换人可能要见好就收，推说家里有事而离场。但汪大花和那些人不同，她经不住别人的怂恿，真的以为自己那晚手气好，还想再扩大战果。城西驻军吹响起床号角时，她早把三万多元输光，还搭进去两万多的本钱。熬眼磨屁股，还输得血淋淋的。她怒形于色，心里埋怨自己笨，骂着那些赢钱的人奸，甚至怀疑她们合伙给自己下套，起身时还生气地摔了牌。那个拥有高科技眼镜的女人很会安慰人，她说做生意还有赔有挣呢，何况这打牌！说不定明晚你就会赢一大把。不过，大花，你怕啥，别说输了几万，就是输几十万也伤不了元气。你家在新区的房子，那可是羊群的圪尖挂着帅哩！

"房子，新区？"正输得恼火的汪大花，一下子冷静下来，听完这女人的话，她马上清醒了，意识到里面的问题十分严重。

汪大花在城市里生活的这段时间，交的各路朋友都有，好坏人都有，三头六臂的家伙也有。她在别人的帮助下，找到了开锁师傅，哭丧着脸说自家新房子的钥匙被人盗了，需要抓紧换锁。开锁师傅见多识广，想做她的生意又故意卖个关子，说这种生意他不情愿做，个中原因人人明白。再者，如今的防盗门锁技术含量高，费多大劲也不一定能打开。汪大花不知道开锁师傅在卖关子，心里一急话就出了口，说师傅你只管开个价吧。开锁师傅好不容易遇到这么一宗生意，心想你急我不急，你越急我越有利润，故意深沉地说那不好开，况且新区还这么远。汪大花说："开锁费、打车费都是我掏，换新锁就换你店的，拣最好的换！"开锁师傅觉得火候到了，这才叹着气，很无奈的样子，慢腾腾地站起来，从桌上拿起计算器"嘀嘀嘀"按起来。按了一阵子，他眉头一皱，说，开锁、打车、换新锁，三大项共九百九十六元。汪大花也知道，现在的生意人最会作秀，明明想要一千块，偏偏弄个差几元达不到，听起来只是九百多块钱。

就这样，汪大花轻而易举地掌管了新房。李庆丰再和女朋友到此约会，拿着钥匙却开不了房门，只觉得好奇怪。

接下来的斗争就明朗化、白热化。为了影响、为了名誉、为了更深层的东西，黄顺平发誓那不是他的房子，还让副矿长、财务部长向汪大花解释，说那房子只是作为未来的山神庙煤矿驻市区办事处。汪大花说："你们玩弄憨子蛋吧，三岁小孩才相信呢！"尽管汪大花很生这套房子的气，但这件事还是慢慢地冷了下来。只是，当黄顺平与汪大花处在一块时，汪大花还有意识地问："是不是那根枪又有新靶子了，偷偷地想试试能不能打中！"黄顺平假装思考问题，心想，这种爱挑衅的女人，越搭理她她就越人来疯！

就是从这件事起，汪大花的脾气和性子陡然变了。黄顺平有些后悔，当初不该把汪大花一个人放在城市，更不该支持她结交朋友出入牌场，城市里不仅街道繁华，人的思想也比农村山区人复杂得多！

黄顺平在自己家门口正掏钥匙时，隐约听到家里汪大花的啜泣。他想，谁又捅马蜂窝了？

六

门口掏钥匙的声音告诉汪大花，那个曾让她尊重、佩服、喜爱、依赖，又惹她生气对她冷酷的男人回来了。多么不可思议，刚刚给了她几天温暖，获得"看这多好"称赞的男人，却在表扬声中做了对不起她的不要脸的丑事，又犯了擦枪走火的老毛病。过去她只是怀疑，只是宽容，看来严是爱宽是害啊！她不再饶恕他的那根枪了，那是带给她麻烦、痛苦和悲伤的东西。甚至，她想到了要远离这个道貌岸然、背信弃义的黄顺平，永远不再和他好。

她又想到了和黄顺平的结缘，牵线者就是枪，那简直是神使鬼差。

山神庙煤矿即将遭劫的那个夜晚，她和黄顺平面对那几个穷凶极恶、挥舞刀剑、气势逼人的立领男子，那根五连发只射出了两发，劫难就随着"大哥"的倒下而收场了。当时，汪大花手中的那根枪正递给黄顺平，黄顺平基本就算拿到了枪，由于高度紧张，她真的记不清到底是谁扣动了枪的扳机。枪响之后，她一下子清醒了过来，胆怯的感觉全然没有了。他知道这回矿上闯了大祸。如果是黄顺平抠了扳机，那么，这个煤矿就要大难临头了，抓人、停产、封闭井口、冻结账户，说不定这里的一切都要完蛋。如果是汪大花自己把枪弄响，一个女人，根本就没玩过那东西，很可能是因为胆小颤抖，不小心触动了那个机关，公安来了，大不了先让她暂停当卷扬机师傅的工作。

她当时只是这样简单地思考，并没有替黄顺平承担责任的想法，更没有走近他的奢望。

警车到来以后，汪大花变得勇敢无比，主动承认是自己触动了枪的扳机，只是轻轻碰了一下，就走了火。她毫不犹豫地伸出了双手，让公安拴她。卧岭派出所带走了她，也没收了那根曾装在大提包里与她朝夕相处的枪。警察们很认真地审讯了她，还要她在那十多张笔录上签字，在所有写她名字的地方，还有弄成墨疙瘩的地方用中指蘸上印油往上按，说那是指纹。警察说他们还要外调，看到底汪大花讲的是不是实话。审讯过后，她被送到城市的拘留所里。印象中，这个地方离公安局不远。每天蒙蒙亮的清晨，她总是被公安人员出操那整齐的脚步和响亮的口令唤醒。在这里住着很省心，没人打她骂她，饿了有饭吃，闷了还有人陪着聊天，她适应了这里有规律的生活。只是在这里过得糊里糊涂，不像在矿上，能记住日子，每月的十五号发工资，即使你忘了，别人也会提醒你。在这里就没有巴望发工资的念头了。不清楚过了多少天，反正是送走一个白天就迎来一个夜晚，夜晚送走了就来一个白天，这样反复了好多次，一天有个警察通知她，说是十五天了，可以回矿上了，这时她才知道原来十五天竟然这么短暂。她被警察从矿上带走时，曾想着要住监狱十年八年哩，打死了一个人那会轻饶咱，不叫枪毙就算前世积德了。谁知，她这么快就要出狱了。但她一点也高兴不起来，以为这里面肯定有啥玄虚。

卧岭派出所的办案警察告诉她，这个案子还没有了结，什么时候需要她来再通知她。汪大花答应他们早喊早到晚喊晚到，绝不躲闪。办理出拘留所手续还要签名，她虽然感到烦琐但还是签了，让签哪就签哪，反正开卷扬机的人签的字不值钱。

出狱这天她很惊喜，也有些晕乎乎的，不过这种晕还带着痛快和幸福。黄顺平那么忙还亲自来接她，并且抱了她，一抱就把她抱到了车里，没有丝毫准备，就只有晕了。汪大花当时有些茫然不知所措，一个男人零距离接近她，是拒绝还是接受呢？她没有拒绝，因为她看到黄顺平哭了，泪光里闪烁着真诚和期待。

回到矿上没有多久，黄顺平就和她在山神庙前办了婚事。结婚时，汪大花还有顾虑，不定哪天自己还会进公安局，那不就要连累黄顺平的。好长时间，汪大花心里都像一块石头悬着，几乎没有一天轻松过。她耳畔不时地回响着派出所那个办案民警的话，不定什么时候就要通知她回拘留所，那根枪的事并没有结案。不知为什么，好多天过去了，甚至好几年过去了，卧岭派出所从来也没有传唤过她。尽管如此，那颗悬着的心依旧令她十分不自在，心想还不如早些传唤她，早些把这根枪的案子了结该多幸福！奇怪的是，黄顺平倒是常常被传唤，特别是逢年过节几乎没幸免过。而每次黄顺平被传被带离煤矿，回到家里总是那句话，就为那根枪嘛！这时，汪大花就心里难过，觉得怪对不起丈夫。

　　汪大花觉得女人就应该嫁鸡跟鸡飞、嫁狗跟狗咬，在这个世界上，她最惦记的人只有黄顺平，说自己的人自己不膺记，让别人惦着那就出大毛病了。于是，看到黄顺平接受传唤后回到家中，她总是免不了要问："这回公安局传咱是啥事？"黄顺平就说："别问了，还不是因为那根枪！"汪大花就没话可说了，心里骂着，有些部门真坏，故意放这个口子关键时候就出来要钱勒索。

　　这年头，由于编制控制得严了，许多单位就雇用临时工，临时工的工资不在上级计划，谁用人谁负担，自收自支，不想方设法弄点钱，工资问题就无法解决。还有，逢年过节各单位都比着搞福利，以福利多少来评价领导的能耐，不想法子弄些外快怎么搞福利，领导怎么来建立威望？再者，逢年过节，红白喜事，都得走走动动，人情世故不可少的。这样一想，汪大花就不那么生气了，觉得传唤黄顺平似乎有些合情合理，谁让他的企业运气那么好呢，开始出煤煤价就高得惊人，而且好几年只提价不降价。还有，最关键的是咱有把柄在人家手里握着。破财能消灾，任何时候都是这样。越想汪大花就越感激自己的丈夫，本来应该传唤的是自己呀！天长日久，慢慢地，汪大花那颗悬着的心竟然放下来，日子也随之过得更加熨帖了。

　　人似乎不能没有压力，不能没有烦心事，日子也不能太熨帖，汪大花的心平静下来，就对过去思考过的东西再反刍一遍。果然就有了崭新的发现，奇怪，这几年矿上违章用炸药被人举报，煤矿整改期间偷偷生产被人查获，还有偷电漏税，甚至越界开采……那么多事，有些还属于公安局应该查处的，为什么这些相当严重的问题不传唤黄顺平，那些问题处理起来的含金量要比那根枪的高得多。

　　待到黄顺平再度被传唤时，汪大花终于出现在了派出所。过去她是回避派出所，觉得自己犯有毛病，不想也不敢再惹出新麻烦，现在时过境迁风平浪静了，到派出所问问情况，只要态度好，假装老实点，怕什么呢？汪大花如愿以偿地发现了问题，黄顺平这次被传唤绝对不是因为那根枪！按黄顺平对民警说的，那天煤矿迎接系统组织的安全检查，中午请客人吃饭，吃饱喝高后有人提议到包厢唱歌，黄顺平为了表达诚意，给每人安排一个单间，每个包间配两名小姐，适逢公安部门进行特种行业排查，卧岭派出所警察们推开包厢，厢厢抓住现行，有的人衣服还扔在一旁呢。汪大花了解的情况，比黄顺平说的还要恶心。

到了家里，汪大花就玩起了成熟，笑着说："顺平，这回还是那根枪？"

黄顺平看出汪大花的笑很奸，就说："是。"

汪大花认真起来，说："啥时间咱花点儿钱，把那根枪的案子结一下吧。要不，三天两头为这根枪传咱，节假日也过不太平。"

黄顺平说："是呀，结了他们就断财路了。我想，会了结的，只是时间问题。"

汪大花停了一会儿，慢腾腾地说："派出所有时候也不实事求是！"

黄顺平愣住了，觉得汪大花这次为什么神秘兮兮的。的确，汪大花这次很有分寸，或者说当时她还没到更年期。她是想等到再发现问题时，新账旧账一齐算，眼下家庭安定团结十分重要，矿上依然存在内忧外患，堡垒最容易从内部攻破，再说了，她身上还正实施着希望工程。

那根枪的事过去好多年了，黄顺平还常被公安局传唤，每次黄顺平回到家中都感叹那根枪造成的不幸，汪大花尽管有怀疑，但有些事情是根本打探不出实情的。但她心里有初步的定论，黄顺平的事情大多与那根枪毫无关系！

黄顺平并没有先知先觉，但他却在煤炭形势发生重大转变时，早已把百分之五十一的股份卖给了一家大型国企。他拿出一些股份疏通了自己的仕途。后来，他就改了行，步入了仕途。他先是到一家企业当了副总，一年后就调任一事业单位的负责人。他知道，这叫过渡。市里的单位很多，人事变动也像运煤的传送带，这一槽走了，新的一槽就装上。五十出头的人都让了位，他四十多点，如日中天，就坐上了传送带。一年半前，市里把好几个单位合并成农牧集团，他就成了黄总。他们集团就相当于十多年前的委员会，是赋予政府行政职能的。他知道，不少人对挖煤出身的他，保持着顽固的偏见。天也无情，这一年多什么口蹄疫、鸡瘟、红薯茎线虫、棉花棉铃虫、树上杨小舟袋蛾，这些不该发生的病虫害都发生了，最要命的还是这个秋收冬藏的时节，竟然出现罕见狂风，飞沙走石的状况令他后怕。

黄顺平换了岗位，尤其是执掌这集团之后，汪大花把自己的侄子汪银涛安排在了黄顺平身边，这样就有效地防止了那根枪问题的出现。果然，这一年多，卧岭派出所乃至整个公安局再没有因为那根枪而传唤黄顺平。汪大花的情绪有了好转，她心疼黄顺平，虽然他每天都陪客吃饭，多数时间夜半三更才回家，而且醉眼迷离的，但她还是很放心，"军统"跟着担心什么呢？黄顺平变得越来越好，近段时间还能按时下班回家，还对她亲爱如初。这让她十分激动，本来就不善言辞的她，只能重复着"看这多好"了。人有旦夕祸福，没想到，这黄顺平又犯了老毛病，有"军统"监督还这样放肆！汪大花此时的心情非同一般，心想这次要是再忍下去，那我汪大花连鳖都不如！这回豁出去了，你黄顺平叫我活不好，我汪大花让你官当不成！这回最好连那根枪的案一并了结，弄到哪里是哪里！

对枪的深层理解，或者说对枪进一步厌恶，应该还是从麻将桌上开始。除了赢钱输钱，麻将人还把"叨八卦"当作取乐的手段，当然，除了骂官场贪腐风气不正，就议论房价物价，还骂现在的教师们也学会了捞钱，他们把该教会学生的知识故意留下一部分，让孩子们星期天到老师家补习，还封口说收费全市最低。骂完后，就开始说那些刺激的，偷情、私奔、红灯街等，几乎连垃圾都要搬牌桌上了。汪大花那时并没有太在意这些，她把全部精力都投入到输钱的沮丧和捞钱的渴望上了。别人以为她听得津津有味，不知道她心不在焉。那个叫老古的骚家伙，完全被汪大花的假象所迷惑，认定这个曾经的煤老板的女人，之所以天天进入牌场，绝对是耐不住寂寞了才到此来散心，要不她竟那么爱听男女风流之事。或者，人心隔肚皮，这老古还有觊觎之心，趁着兴致，他竟然讲起了自己的婚姻和艳遇，婚姻的不幸和吃天鹅肉的梦幻，使他羞愧不已。他说，那个叫瓜瓜的残疾人还有艳遇呢，咱混成啥了！人们提醒他启牌掏钱时，他还沉浸在遗憾之中，还不时地把目光扫向汪大花。老古输了钱，掏腰包时还发着人生的感慨，说："爹妈生我一根枪，枪枪打中老地方，如今作风管松了，可惜子弹已打光！"这回是汪大花赢钱，心神集中到了牌桌上，那敏感的枪字使她完全听懂了老古打油诗的意思，禁不住脸上一阵热辣。她觉得老古很恶心，连他掏出的钱都骚臭难闻，就厉声说："今天不打了，再打牌说话要讲究，别死猫烂狗都端出来。"临走，汪大花还"恶心恶心"地重复着。

就是从那时起，她对臭男人们关于枪的话题有了进一步的排斥，甚至对市场上卖的枪、对枪这个字眼也产生了扭曲和嫉恨。那次黄宝嚷着要玩枪，说邻居家的胖胖和臭蛋都有枪，咱就没有。汪大花立即火了，说别人家的孩子吃屎你也吃屎！黄宝哭了。孩子的哭声唤醒了汪大花的理智，她问自己，为什么要这样对待一个天真无辜的儿童呢？

七

黄顺平觉得自己插错了门钥匙，虽然和往常一样插进了锁孔，却转不动。他马上意识到是汪大花反锁了门，故意不让他进来。这种情况，在他们家时有发生，好像家常便饭，黄顺平已经由起初的愤怒，演变为默默接受，觉得女人怄气使点手腕很正常。

黄顺平体谅汪大花。女人嘛，对自己的男人撒撒娇、发发脾气，使使本事，摔摔东西，骂骂咧咧，给男人一点儿颜色，一点儿都不算过分，在家里，她们除了这样做，还有什么可以发泄自己的牢骚呢？黄顺平对汪大花的宽容，无形中滋长了她的坏脾气，也加快了她走向"更年期"的进程。但他还是认为汪大花作为女人，主流是好的或者是比较好的，比起那些动不动就撒泼，就当众揭男人短处的女人好得太多太多。现实中，不少当官的，就是因为老婆的不明事理、糊涂少道，要么闯进组织部门大义灭亲地检举老公的问题，或者敲锣打鼓到领导那里诉说丈夫的罪行，再不就到工作单位控诉自家男人的劣迹。这种搞得满城风雨，到头来两败俱伤、倾家荡产甚至家破人亡的例子触目惊心、比比皆是。他内心深处无不感激妻子，风风雨雨、刀光剑影下营建的企业和家庭，有她一半的功劳！就连自己步入仕途，也有妻子的心血和汗水啊！

汪大花的居功自傲是近几年才有的，不知是不是那次在车站的地摊上让人掐了一卦的缘故，总之从那时起，宿命论的东西便在她嘴里出现了。汪大花常说她是旺夫命，这辈子不论跟了谁谁都会飞黄腾达、步步幸运。她曾经半开玩笑半认真地告诫黄顺平，让他不要太过分，千万不要忘了根本。黄顺平笑了，嘴上虽没有反驳她，心里却实在不服气。他心里说，是改革开放的政策好，是社会发展的形势好，才有了我黄顺平的今天，难道说那些升了大官发了大财的男人，都是因为妻子旺夫吗？有的人至今还没有娶媳妇呢，那将如何解释？对于黄顺平的只笑不语，汪大花误认为他无言以对，默认了她旺夫的命，就严肃认真地要求黄顺平以后要善待妻子，以实际行动对她好点。

黄顺平了解妻子的心思，她的要求并不高，只是想和其他女人一样，定期得到男人的安慰，享受到基本的天伦之乐。然而，一个男人也很难，人在江湖，身不由己；人在官场，事业为重，鱼和熊掌不好兼得。他常常踏着露珠出门，披星戴月回家。夜半三更，不是汪大花睡熟了，就是他没有情绪。好多时候，他陪客人喝酒，喝多了喝醉了，被司机送回家，汪大花美梦泡汤，便骂他夹着一只死老鼠回来干啥！有时，他喝得确实不醉，头脑十分清醒，看得出汪大花的良苦用心，就是缺少那方面的兴致，汪大花激发再三仍效果不佳，他就很抱歉地安慰汪大花睡一觉再说。汪大花立即恼了，骂他不爱她，还假装累。哄小孩子吧，那根枪有劲使给别的女人吧！

时间长了，汪大花对他也失去了信心，慢慢地觉得这种事就像大年初一拾了只兔，有它也过没它也过。话是这样说，汪大花还是不时地发牢骚，说这个家只能算黄顺平的旅店，没地方吃饭睡觉了才会回来。他承认了，不承认又怎样，那是事实，他承认自己欠汪大花很多。这次要不是风灾和疫情搅得他焦头烂额，要不是那么多人说长道短，要不是他革命意志衰退，他还会在应酬中，在酒桌上、在唱歌房、在洗脚城、在茶楼里，人不能不要社会关系。他按时回家并不是他良心发现，也不是峰回路转，他是在别劲，在偷懒，就是这少有的消极意外地得到了汪大花"看这多好"的夸奖。

紧闭的房门就像一张生硬的狰狞的面孔，特别是那怒目圆瞪的门神，此刻更加恐怖。黄顺平感到了陌生和冷漠。本来，这套房子是汪大花的额外收获，或许就不该属于他黄顺平，天意呀！

敲门，不开；再敲，依然。

黄顺平借机思考起一个问题，面对汪大花，第一句话该怎样说？此刻，他俨然一位作家，煞费苦心地寻思着一篇文章的切口。

嘤嘤的啜泣早就停了。房间里开始有了汪大花的说话声，她在接打着电话，不时还夹带着很不自然的笑。

后来，门开了，汪大花没有看他，自言自语说客人马上要到。显然，汪大花无视门外黄顺平的存在，仿佛他是谁放在门外还未扔掉的废物。

就是在汪大花开门的瞬间，黄顺平像下山的猛虎，连扑带冲地闯进了家门。套房里采光很好，加上装修特意点缀的几盏效果灯，既光彩耀人又不失柔和舒适，那副国家书协副主席题写的字画首先跃入眼帘："天若无雪霜青松不如草，人生不坎坷何以显顺平。"一刹那，黄顺平淡化了在门外的落寞，底气一下子恢复过来，也学着汪大花的口气说："咋的，神经了，闭门想对策？谁不知道我们单位遇到了一点儿麻烦。"

"有啥麻烦？不就因为那根枪嘛！"汪大花似乎早就准备好了话，冷嘲热讽，充满揶揄。

"错！这次不是因为那根枪，是车！"黄顺平坦率地说。

房里一阵静默。汪大花的面色变脸似的，一阵灰白，一阵铁青，出奇地冷酷，俨如人们描绘的地狱里的判官。还是黄顺平的话冲破了这比死还难受的静寂，说："车撞了人，汪银涛开车撞了人，戳了马蜂窝！"

"车撞了人？不是枪撞了人？我听说得多了，但都不关车！"汪大花根本不相信黄顺平的话。

"你不信，你打电话问汪银涛，就是他开的车，就是他撞的人！"黄顺平差点要把汪银涛说成"军统"，他太生这小子的气了。

"不用问，他刚才打了电话，是你们俩商量好的，他打电话你进家门，一个口气对外。"汪大花顿了一下，提高嗓门说："你他妈的汪银涛也会变节，等着吧！"

黄顺平这才联想到，他站在门口受冷漠时，其中有个电话是汪银涛打的。尽管汪大花依旧很凶，但感觉得出，刚才还紧张得即将爆炸的空气此刻已经有所缓解，于是，黄顺平也随之松了口气。

黄顺平想着刚才汪大花骂汪银涛变节的话，多么搞笑，咋能说得出口，使得尴尬中的黄顺平几乎要笑起来。你汪大花终于承认把卧底放在我身边，把我看成了某种意义上的敌对势力。这乡下女人进了城，见得多了，听得多了，看谍战片子多了，还能脱口就把"变节"一词用出来。说不定，汪大花下一步还要锄奸呢。

黄顺平还是想取得汪大花谅解，就说："你不信我，也不信你家银涛，那你到底信谁呢，这个事总不能说不清吧，这事很简单就是撞了人，没有必要把它复杂化！"

"黄顺平，你是越来越难对付了，真的是人老奸，驴老滑，兔子老了鹰难抓！过去还编个假话说那根枪惹的麻烦，现在连枪也回避了，过去还偷偷摸摸，现在还明修栈道暗度陈仓！"汪大花振振有词，还引经据典。

黄顺平终于被汪大花激恼了，就说："汪大花，人家的女人拼着命往家里揽银子揽钱，你不缺银子不缺钱，揽点荣誉好不好，为啥却要揽脏呢？却要把尿盆子屎盆子往自己男人头上扣呢！"

"话先不要说这么早，屎盆尿盆自作自受，恶有恶报。我这回想通了，清者自清，不管别人咋说，特别是叛徒汪银涛的话，我都不会轻易相信，我要亲自调查，不弄个水落石出，决不收兵，等弄清楚了，看我不把那根枪毁掉！"汪大花说话气势如虎，咬牙切齿。

"随你便。反正就是这个事，想咋调查都行！"

黑夜不声不响就来临了。小区各家各户都亮起了灯，那些长方形的窗子像一张张人脸，你看着我，我看着你，似乎在相互勉励，也似乎在相互敌视。

黄顺平想，不知道是不是每家都这样，旧的烦恼去了，新的烦恼就接踵而至？

门外有脚步声，不止一个人的，接着啪啪地拍门，有门铃不按却要使劲拍打，是汪大花的牌友，她们串门总是惊天动地。为首的就是打假牌的女人，因为那年她帮忙汪大花收复了失地，于是就以有功者成为汪大花最好的姐们。牌友们说，下午她们就来过一次，听到家里正热闹，就出去进了茶馆，现在是来请汪大花去打牌的。汪大花说她不想去。打假牌的姐说，打打牌散散心，跟臭男人们较真划不来！

黄顺平听了客厅里这些人的话，心里想，你们是一群教唆犯，你们的爹，你们的男人才是臭男人呢！

八

农牧集团汪银涛在红叶岭发生的这件事，像一块正发酵蒸馍的面团，不停地发虚变大。社会传言、集团内部议论和家庭里的争吵，黄顺平成了最关键的主角。

纪检监察六科的那位朋友打来电话，郑重其事地告诉黄顺平，领导那里已经收到了大量的检举书、告状信，才两天时间，就沸沸扬扬，到底什么原因？

黄顺平想说，有些事情是秃子头上的虱子。

农业、林业、畜牧、外贸、协作办这么多局委办合并成了农牧集团，本身就是一项复杂的社会系统工程，其本身就存在着社会意识、思想意识、改革理念、前瞻觉悟和自身素养等诸多元素，忽略了哪一点都是要出问题的。原来的散沙要做成强有力的砂轮，如果没有高档次的黏合剂，没有高技术的合成技术，遇到外力注定要解体的，何况我们的员工素质，负责任和敬业程度都是砂轮质量好坏与否的因素。不同的部门原本就有庞大的领导班子，他们习惯了自由自在的独立运行模式，整合后并没有提升整体规格，尽管保留每个单位正副职的级别，那几十名领导干部挤在一块儿，密不透风，大家都不知道何时才能熬出个名堂，也就是说大家都看不到整合的优势和自己的前途，很难去适应。五六个正职、三四十个副职组合在一起，大家都希望自己进步，都希望排名靠前一些，都希望自己进入上级的视野，这就像排队购买稀有物品，排队靠后担心买不到东西的，肯定不会那么安分，他们要么想办法加塞，要么就干脆制造点事端，我买不到，大家都别想顺顺当当买到！

组建集团是市场经济发展的趋势，初衷是好的。有些事情并不以哪个人的意志为转移，农业、林业、畜牧、外贸、协作办的一把手都有当老总的愿望，他们为了当上集团老总，表面上一团和气，转过身就明争暗斗，除了走官场捷径外，小动作也神秘登场，你说我球长我说你毛短，几乎都有软肋。突然来了黄顺平，是挖煤起家的，根本不懂农林牧这一行，这就给原本竞争中撕破了脸皮的人们为利益而重新和好的机会。农业局长说本来这位置应该给畜牧局长，因为畜牧产值已达到农业产值份额的百分之六十；畜牧局长说就应该农业局长当，畜牧业属于大农业的范畴。外贸局、协作办的一把手都有充分理由当集团老总，外贸出口翻番，对外呈现顺差，北汝走向世界离不开外贸；协作办是老牌劲旅，在全市经济发展中、社会进步中连横合纵、主动出击、功不可没。唯独没有人说黄顺平称职，鄙薄他最多的是靠着手中的钱，弄了顶压得出不来气的帽子。

黄顺平手下有一个当面恭维背后拆台的庞杂班子，他没有怨天尤人，事在人为嘛。他竭力组织几十号人马的大班子大合唱，在有人跑调、假唱中，经受着天和人的考验。小麦赤霉病、吸浆虫、干热风过后，先旱后涝、光照不足、积温不够又影响着玉米。立冬前的这场风，风灾、疫情……不仅是指向他的双刃剑。

形势刚刚好转，又出现了汪银涛这事，家里汪大花闹着不到底，组织上要立案查处，社会上趁火打劫乱传一气，集团内部活像老鳖犯嘬。黄顺平觉得现实生活中的好多情况就像奔流的大河，无风不起浪，有风浪更高，推波助澜已形成风气，落井下石更是官场伎俩。

他还想说，眼下机关里差不多清一色的吃财政人员，正经的业务量就那么多，人浮于事，干完了闲着，人们能不在一起八卦八卦？于是，有些根本不存在的，有些属于鸡毛蒜皮的，就像滚雪球那样，越滚越大，把稻草传成了金条，把鹅毛传成了大雪。

……

六科那个朋友是站在保护干部的角度，充满担忧地问黄顺平，心里到底踏实不踏实，经得起立案调查吗？朋友说，他已经没有了信心，已经相信了无风不起浪的老话。黄顺平向他保证，这事情没有他个人的问题，敢以人格作保！那位朋友依旧不放心，挂断电话时还特意强调，过去出了事的干部都表态自己是清白的。

不就是一起交通事故，或者叫交通肇事，用得着立案查处吗？黄顺平依然相信司机的话，无非是这起事故牵扯着派出所，把车扣了把人押了，还想利用舆论来压着多赔偿。

事情发生后的第四天，朋友所在的六科开始履行公务，业内人说外围调查。朋友并没有告诉黄顺平，这是大事，需要秘密进行，要坚持组织原则。

调查组叫"12·2"事件调查组。调查组很巧妙地通知了农牧集团办公室，说经研究要抽调汪银涛到市里帮助工作，农牧集团的一号车随人参与，让汪马上开车到富丽华酒店。汪银涛不敢怠慢，三分钟就到了那里。

通知有问题的人到××酒店，要比到××科室舒缓得多，起码不给人有太多的误解。组长明确宣布汪银涛在×房间等待，饭就在酒店吃自助餐，车钥匙暂且交出来。这时的汪银涛像患了重感冒，浑身乏力，头也沉甸甸的。他知道，到了这里就是要他交代问题的，组长已经强调，别有侥幸心理，别抱任何幻想。平时不学政策，不懂法律的汪银涛，意识到自己的行为，可能触犯了党纪国法。于是，他乖得就像小时候，大人们用粉笔在地上画个圈，要他站进去，说私自出圈就要死掉，他就畏惧着站在里边，风吹日晒硬是不敢走出圈子。"12·2"调查组没有交通工具，往往都借下边单位的车用。

调查组第一站就去了卧岭派出所，要求查阅最近半年来治案案件的卷宗。纪检监察部门办事，总是很严密，他们本来可以直接抽调那天的卷，可以直接要那天处理的嫖娼案记录，开口见山又事半功倍，但他们却扩大了阅卷范围，无意间淡化了人们的防范心理。

精明勤奋的调查成员，紧张地工作了半天，把六个多月来的档案卷宗都翻了，偏偏没有黄顺平的名字，也没"12·2"红叶岭嫖娼的任何记录。

再翻翻，认真些，过细点儿，组长要求大家重新查阅卷宗，不要漏掉任何有价值的东西。调查组人员绝大多数是借调的，有的来自企业，有的来自事业，他们十分勤奋和顺从，为了有个美好的归宿，未来也像组长一样成功，组长是正式的纪检干部。

最终还是没有这起嫖案的东西。组长要所长口头汇报那天的情况，所长叫来副所长，说那天副所长值班，副所长来了，还带着办案的警察，说具体情况他能说清。

办案警察说："×月×日晚十一时许，我所联防队员×××、×××、×××和×××，在红叶岭景区执行巡逻任务时，发现一台牌子为××××的车辆，在一条生产路上走走停停，停停走走，形迹十分可疑。这几名队员在协警××同志的亲自带领下，尾随包剿，紧跟不放，目睹了车内发生的不堪入目的鬼混过程。随后将嫌疑人汪某、林某及其车辆带回我所。"

办案警察稍稍停顿，轻轻地咳嗽了两声，看了看调查组的同志，发现他们正低头记录，就继续说下去："经我所正式民警突审，嫌疑人汪某、林某对他们违犯治安条例的事实供认不讳。当场表示愿意接受处罚，并决心痛改前非。我所民警对他们进行了教育和帮助，林某当即就有了立功表现。林某通过回忆，还承认了自己以前的问题，主动揭发了嫖客×××和×××。鉴于该案涉及一些领导同志，为了消除恶劣影响，我们让汪某向×××领导传信，让他主动接受处罚。"待汪××及×××领导接受处罚后，该案才圆满收官，嫌疑人和车辆才予以放行。

组长问林×是如何供出×××和×××的？办案民警说："我所民警晓之以理动之以情，利用政策攻心。"

组长打断民警的话，问当时你们是怎样说的。办案民警说："我们问她以前是否有过这种事情，开始她吞吞吐吐，我们厉声呵斥，说如果不深入交代就办手续劳教她，她哭了，想了半天才说，她主要是不想当叛徒，那种事都是两相情愿的。她还说，人家都是大官，都是正经人，说出来坏良心，再说了时间久了，记不清名字了。见她还想蒙混过关，我所干警就用了车轮战的办法，把她熬得实在受不住了，她才要求看一下领导干部通讯录。我们把全市《工作通讯录》拿给她看，她翻了好大一会儿，通过电话号码就供出了×××和

×××。"

组长问他们处罚了几个人，办案民警说三个，汪某、林某和×××，林某供出的另外一人我们将另案处理。组长问一人罚多少，民警说三千，由于林某有立功表现实罚一千。

办案民警情绪高涨，还说："林某临走时还对汪×说，早知道这样能过关，我应该再说几个人的名字，我在看电视时还记住了几个人名。"

由于没有记录，也没有罚款手续，这种丑事的处理都是有人愿打有人愿挨，民警不说出来，嫌疑人咋好意思说呢！调查组按规定暂收了这七千元，在卧岭派出所的调查就算告一段落。

九

要不是黄宝回到家中，汪大花就根本不知道这是个星期天。在农村、在煤矿，每天都要干很多事，几乎没有休息过，不像单位和学校还要歇星期天；因此汪大花脑子里根本没有星期的概念。

汪大花对黄顺平问题的调查，就是在这个星期天开始的。

黄宝在一家所谓的贵族学校读书，每星期回家一次。贵族学校全名是密西西比双语学校，除了学英语也学汉语，其他课程跟普通学校没太大差别，就因为叫了密西西比，学费就比普通学校高了两倍，进该校读书便成了荣誉和地位的象征。从娃娃抓起，任何家长都不愿自己的孩子落后在起跑线上。因此，在百万人口的北汝市，密西西比双语学校就成为人们心目中清华北大、哈佛剑桥乃至斯坦福大学的附小。

黄宝很勤奋，天刚亮就起了床，先是背了一阵英语单词，汪大花没学过英语，就把孩子读英语单词说成讲洋话。孩子有钉子精神，这让汪大花既高兴又宽慰，孩子出息了，足以弥补自己让人瞧不起的学历缺陷，现在家长们炫耀的资本除了家庭富有就是子女学习成绩的优异。

黄宝见妈妈有事要出门，就喊叫着让她给自己的语文作业上签字。汪大花问语文老师留的什么作业，多不多？问话里充满了厌烦。黄宝说，不多，老师让把枪字的注释抄三遍，然后再组十五个词。一听枪字，汪大花就有一种厌恶的感觉，心想这球老师怎么布置这种作业，还组什么词哩！上个星期老师要黄宝用爸字组词，也是要求组十几个，黄宝动了半天脑子，才组了不到十个，好爸、坏爸、亲爸、后爸、干爸、我爸、他爸、你爸、狗爸、猪爸，令汪大花啼笑皆非。老师可能实在没有什么作业可布置，汪大花心里虽然不满，但还是满口答应给孩子签字。

孩子的字写得很工整。枪，①旧式兵器，在长柄的一端装有尖锐的金属头，如红缨枪、标枪。②口径在2厘米以下，发射枪弹的武器，如手枪、步枪、机枪等。③性能或形状像枪的器械，如发射电子的电子枪，气焊用的焊枪。

黄宝组的十多个词没有抄袭字典，完全是自己动脑筋组的。长枪、短枪、好枪、坏枪、钢枪、土枪、洋枪、水枪、气枪、硬枪、软枪、真枪、假枪……汪大花大致数了数，不止十五个，有的很牵强，有的很可笑，可这个字组的词再可笑她也笑不起来，恶心。汪大花在作业纸的右上角签上了自己的名字，别看她不识几个字，自己的姓名写得还算顺当。有一次的家长会上，老师还夸她的字写得帅，汪大花不知怎样回答，就说，不算帅，一般般，龙飞凤舞的有啥帅呢！

出了电梯，在小区的曲径上走着，汪大花给张旺水打了电话。张旺水问她啥事。她说要找找那个叫瓜瓜的人，亲自问他那点事。那天，张旺水在汪大花离开农贸市场后，又打电话专门告诉她，消息的来源是瓜瓜。张旺水说，嫂子，瓜瓜这种人不好找，打游击似的一会儿城东一会城西。

张旺水不想让人怀疑自己是在说谎，就说："嫂子，您要不信，那今天老弟就陪您去找。我又没什么事，更不怕麻烦，只要您不嫌我的私家车旧，我情愿为嫂子效劳！"说好在小区外的步行街南门集合，汪大花就顺着细长的步行街往南走。街上行人不少，星期天逛街的要比平时多好几倍。

步行街南门的牌坊下面站着两排人，她们不停地挥动着手中的报纸，像是夹道欢迎重要人物似的。汪大花随着缓缓通过的人流走，就有人把手中的彩页或小报塞给她。这些宣传品大多是售房广告，汪大花不感兴趣，房价高得令人望而却步，广告词再天花乱坠也感动不了人，谁舍得把两三辈子的工资拿出来买一套猪圈般大小的房子呢？她马上要从这夹道中突围时，一位中年妇女横在她面前，很关切地唤了一声美女大姐，说看看这个或许有用处的。

那是一张卖药的《虫草固肾》彩色报纸，在显眼的位置排着一行黑体字："老公兵器短小，我红杏出墙，有多少爱可以重来？"汪大花眼前几乎要冒出金星，他妈的，这报纸简直在欺负老娘！转眼找那女人，已经不见了，倒是好几个手持彩报的男人，正贪婪地浏览着报纸上"最美妙的一刻，最销魂的一夜"标题下的文字，津津有味地感受着赤男裸女插图带来的刺激。

张旺水开着没牌子的普桑来了，笑着对汪大花说："让嫂子坐这种拖拉机一样的车委屈了！"汪大花笑了笑，没有说话，拉开车门坐了进去。张旺水踩了油门，汽车发出突突突的爆破声，排气筒沤烂了。他觉得不好意思，就自我解嘲地说了一句小贴士的话："我开的不是车，是心情！"

普桑老牛破车般行走着，汪大花和张旺水都使劲地盯着街道两旁，每个小小的角落也不放过。朝阳路、广成路、前进路、丹阳路、兴旺大道、中大街、汝河路、火神庙街、站前街、站后街、城隍庙街、塔寺街、柴禾巷、青龙巷、白虎巷、朱雀巷、节妇祠巷……整整一个上午，什么都没发现，张旺水说："只要看见那辆烂三轮，瓜瓜就找到了。""可惜，就是没找到那辆三轮车。"汪大花随口回应着。

又转了一会儿，张旺水说："啥样，嫂子，我不捣你吧？瓜瓜这家伙就是一个鬼，你找他时，他就像失了踪一样，你不找他了，他就在你眼皮下晃来晃去。好多时候，找人就很怪，踏破铁鞋无觅处，得来全不费工夫。"汪大花点了点头，算是对张旺水一番话的肯定。该转的街巷差不多转了个遍，丝毫没有情况，汪大花说今天白转了，熬眼费神不说，还糟蹋了你好几升汽油。张旺水表现得很慷慨，他说只要嫂子不嫌兄弟的车赖，下午我接住你，咱继续转，不把这鬼找出来决不收兵。汪大花有些失望，少气无力地说下午再说吧。

只能是这样，张旺水早就觉得已经尽力了，再转也转不出个结果来。别听他表态那么坚决，其实心里想着早点结束吧。汪大花在她上车的地方下了车，挥手和张旺水再见，眼看着普桑突突突地冒着青烟走远。汪大花没有立即回家，她想起了一个人，或许这个人可以帮助自己找到瓜瓜，起码她能提供一些瓜瓜的线索。

这个人叫小雪，是山神庙村六组的农民。小雪的男人当年在矿上干掘进工时，一次塌方使他高位截瘫，终生残疾。矿上在商量赔偿金时，已经板上钉钉的时候，小雪红肿着泪眼找到了汪大花，扑腾跪在地上，说上有老下有小，人残了一切就没有了，等于把一家人都往死路上引呀，就凭这点赔偿钱咋着都不中，以后这一家人咋活哩！汪大花哭了，觉得这一家确实难，特别是小雪，年纪轻轻，孩子不满周岁，守着一个死了般的活人，还要照看老老小小，日子咋往前过呢！汪大花找到黄顺平，说这一家没有人闹是因为没有能露面的人，不闹不等于实际问题少。那时煤矿业正忙着整合，黄顺平从会议室出来，听了小雪的情况，就特批了五万元的矿长备用金给小雪。打那以后，小雪就成了汪大花的好朋友。后来，小雪专门到市里找汪大花，说她们村支书常常通知她到大队去孕检，有时候支书喝得醉醺醺的，对她动手动脚，她害怕死了。汪大花说，这畜生，明明知道你男人不会作那事，怎么会怀孕，又怎么谈得上去孕检呢？这不明摆着欺负人想占便宜吗！小雪说她想进城，打工端盘当保姆都行，再苦再累再脏都不嫌，发展好的话，就把一家人都弄来。要不，那畜生想到做到，她只有死路一条了。小雪说着就失声哭起来，哭得感天动地，汪大花也禁不住哭起来。后来，汪大花把小雪介绍到一家餐馆端盘子，每月管吃管住给一千五百元工资。小雪拿到第一个月工资时，跑来告诉汪大花，说她真幸福，从来也没有这么富裕过！时间不长，这家餐厅的老板又发展了新业务，具体做什么生意不清楚，小雪也从此没了信儿。前些天，山神庙有人来市里办事见汪大花还八卦起小雪，说小雪现在干大了，在火车站附近的一条小街当老板，把一家老少都农转非了。虽然没说得那么明朗，但话里流露出一些贬义，意思是小雪的生意不光彩。上午张旺水说瓜瓜有了钱，还到火车站附近的红灯街鬼混，这句话使她想到了小雪。瓜瓜骑一辆旧三轮，相貌特征不同一般人，说不定小雪见过他，认识他。可是，如何找小雪呢，如果真像别人八卦她的，那么她们这一行是看不见的战线，通常习惯于假名假姓假地址，你问小雪，能打听出来吗？汪大花一会儿自信，一会儿又不自信，一会儿觉得容易，一会儿又觉得困难。最终，她抱着大海捞针的态度，拦住一辆出租车就直达火车站。

这儿小街很多，平时只听说红灯街，到这一带看一看，并没见到一盏红灯，怎么确定哪条是红灯街呢？她不敢往任何小街里拐，万一真的拐到了那条街，被熟人看见了，人家会多心，说这女人到这里干什么？

她站的地方离火车站很近，候车室顶端的北汝站三个字清晰可见。她觉得火车的声音很刺激，很怀旧，小时候她曾坐着父亲的牛车，风尘仆仆地到铁路边去看火车，去听火车的鸣叫，过火车时还嗵呱嗵呱地响着，然后那好几十节车厢呼啸着跑远了。这一切真令人亢奋。那时候她觉得自己很幸福，村里那么多小孩只有她见过火车。做梦都没有想过，若干年后，她竟住在这座有火车站有汽车站的城市。太阳稍微偏西的时候，汪大花给黄宝打了电话，说冰箱里有他爱吃的金华火腿和苏北狗肉，烤箱里还有保着温的面包，拣着吃，渴了就喝特仑苏。她自己进了开业不久的加州李先生牛肉面馆，这里有套餐、有牛肉面，还有多种饮品。

牛肉面馆生意火爆，新开业打九折优惠，加上美国加州这个洋牌子，吃饭的就排成了长队，每张桌子跟前都有几个找座位的顾客。北汝人似乎有捷足先登、抢占先机的传统，不论什么门店，只要是新开张的，就一定有门庭若市、顾客盈门的景象。那年为了旅游城市达标，市里突击建了一批星级厕所，开放那天，人们有尿没尿都挤进去尿，有屎没屎都进去屙，有人占住便池不拉屎，就是为了凑个热闹，看个稀罕，厕所里有电视、空调，还有免费手纸。乡下人说的新娶媳妇三天香，新建茅厕三日光，相当恰切。

大厅里人声鼎沸，一个挨一个的人头，每张桌子都坐得密密实实的，整个大厅乱哄哄的如同会场，汪大花有些眼花缭乱了。她立即打消了在此吃饭的念头，转身就走，越快越好。这时候，有人很亲热地叫着大花姐，汪大花以为不是叫她的，同名的人多的是，就没理睬，直到有人拦腰抱了她。定睛一看，竟然是小雪。小雪热情地把她拉回餐厅，让她坐下，小雪来得早，三个人占了四个人的位子，当人问座位有人吗，小雪就应付说人上洗手间。没想到无意中给自己的恩人占了一个席位。天不算太冷，小雪就穿上了白狐皮大衣，只是大衣里面却是一件短裤，短裤下边是一双超过膝盖的长筒马靴，属北汝市街头最抢眼的装束。仔细端详小雪的脸，白里透红，虽年近四十，却没有一丝皱纹。可能是上街吃饭的缘故，小雪还打了眼线，抹了口红，描了眉，使这张本来就姣好的脸庞平添了几分妖冶。刚坐下，小雪就作起了深刻检讨，说自己不该这么长时间不主动联系大花姐，知恩必报才是常理，自己非常失礼。

原来，小雪进城不久就跟饭店老板好上了。后来，老板离了婚，非娶小雪不可，小雪不同意，说良心上过不去。老板动了真格，说要是小雪不同意他就喝毒自杀，小雪无奈地让了步，但有个前提，他必须照顾好小雪的残疾前夫和孩子，每月给小雪公婆每人三百元养老钱。就这样，小雪和老板结了婚。小雪说，别人结婚欢天喜地，而她却异常难过，这种事毕竟不是多么正规，不了解情况的人说不定还骂她是小三呢！小雪有心向汪大花汇报，但她又怕见汪大花，觉得有种说不出的羞怯。

小雪现在的丈夫也在，人虽黑胡子拉碴，然而一看就知道很腼腆，属于憨厚的那种。整个一顿饭，他只是在结束时说了"单埋过了，咱走吧"七个字，除此就是不停地露出不合时宜的微笑。临走，胡子还专门为小雪前夫捎了一份套餐。

出了餐厅，小雪让胡子和小孩先走，说她多年没见大花姐了，一肚子的话要汇报汇报。

在北汝火车站广场上，两个久别的女人，无所顾忌地诉说着女人的心事。小雪向汪大花通报了她的生意。小雪当年服务的那个餐馆，由于现任丈夫和前妻的吵闹打斗，生意日渐冷淡，被迫转让。小雪就在火车站附近的明星街开了家政服务公司，专门招收下岗职工和农民工，按钟点或者任务量给人做家务、做保洁，没想到生意那么红火，很短时间就有了大的发展。接着她又开办了连锁店，随着大量的农民工进城，她的连锁店延伸了十多家。这些年想发大财的人多，梦想一夜暴富的也不少，单凭家政公司的正常业务挣不了那么多，有的连锁店就开始挂羊头卖狗肉，做起了邪门歪道的营生。人们所传说的红灯街，过去好几家都是小雪的连锁店。由于他们干的这种行当很危险，很坏良心，不定哪一天就会祸及总店，小雪已下决心让这条街上的几个店马上脱钩。

汪大花所要了解的情况，恰好小雪和盘托出，令她十分高兴。她顺势问小雪知不知道有个叫瓜瓜的人，就是常常蹬着三轮车到处乱窜的那个。小雪笑了，说："咋会不知道，剥了他的皮也认识他骨头。连锁店哪个不认识，找他干啥？"汪大花说问点事，关紧事。小雪很惊讶："问他点事情？"汪大花说："怎么，不能问？"小雪摇摇头说："不是那意思。"小雪看了看周围，附近空荡荡的，稍远的地方有两个人在学骑自行车。小雪接着刚才的话题说："这个残疾人，说起他你可别怪我直，咱们都是过来人，我才说。这家伙的玩枪功力，比好多正常人还厉害。别看他走路像偏三轮，干起那事如狼似虎，而且像打机枪，不停地开火。好几个乡下来的妇女都叫苦不迭，听说他来吓得往厕所钻。"

又是枪，汪大花马上条件反射，她的那种难受的表情简直像妇女们的妊娠反应，恶心得几乎要吐出来。小雪以为中午的牛肉面太硬使汪大花反胃，连忙说外国的牛肉面，还没有街头地摊的吃着得劲儿。汪大花摇摇头，说不是牛肉面不好，是自己近来胃热。

小雪这才又回到了主题上，她说："连锁店里差不多是三四十的小媳妇，过了那个年龄，明显不怎么抢手，登不了大雅之堂，桑拿部看不上，洗脚城相不中，美容店也不收，只能在下三滥小店里守株待兔。来这里耍枪的多是年岁大的退休男人、老光棍们，三二十块钱就能打一次靶，只是有的男人半天了还上不去战场。那天来了个骑三轮的残疾小伙子，吹牛说他父母都是干部，可以帮农民工们的忙，可以帮她们的子女上学入托。聊着聊着，这家伙就动起手来，想白白占一回便宜。小店里的女人才不管干部子弟不干部子弟，她们不见兔子不撒鹰，不给票子不脱衣，欠账不启牌。这残疾人急于开战，就搞起价来，从三十搞到二十，还说自己只是为了饱饱眼福。有个乡瓜子女人，见钱就动了心，二十也不嫌少，想一个残疾人说不定三两分钟就滚蛋了，就同意和他进了房间。哪知，一个小时后，这乡瓜子女人哭着出来了。说日他娘，真倒霉，今天遇上了一个狼猪星，上去就不下来，快把人糟蹋死了！其实，外边的人已经掌握了房间里的情况，她们在好奇地偷听，这残疾人到底行不行。当听到那铁床吱扭吱扭响个不停时，这些听房的女人们禁不住异口同声地喊"爷呀。"次数一多，人们都知道这家伙叫瓜瓜。

"他常来吧？"汪大花问。

"常来。"

"今天呢？"

"很有可能。因为刮大风那几天没见他，这种人，吃蜜蜜罐会上瘾的，耐不住的！"

"是这样，我有急事，今上午大街小巷都跑遍了，找不到他。今天他迟早到这地方来，你通知我一声。"汪大花把自己的手机号码告诉了小雪。小雪很自信地说："大花姐，目前这些小店还听咱，小雪保证完成任务！"

……

晚上将近九点的时候，小雪的电话来了，说是有敌情。小雪之所以说话像地下工作者，是不想让黄顺平发现问题，虽然汪大花并没要求她对黄顺平保密，但她还是很谨慎，女人之间的秘密，有时候是不能公开的。汪大花想，小雪进城这几年进步真快，学得够狡猾鬼机灵的。

由于和黄顺平闹了矛盾，她们就各自为政，分房分铺，你吹你的号，我唱我的调，减省了好多过场，汪大花不用打招呼就出了门。这天夜里阴得很重，天气预报阴有小雨，实际上北汝从九点起就零零星星地飘起了细小的雪花。出租车下雨天就更忙，许多亮着空车红灯的，在她跟前呼啸而过，里面已坐上了人。等了足有半个小时，终于有一辆出租车在她眼前停了下来。"火车站。"汪大花说。"十块"。司机说。"平常不是五块嘛？"汪大花漫不经心地问，意思是管你几块，只要不把人看成傻子就行。"那是平常，今天有雨雪，就不是平常，坐咱就走、不坐你下去。"司机很傲慢，好像离了他，别人就要步行不可，北汝的出租车司机大都是这种姿态。汪大花就不再说什么了，这么晚了，好不容易等来了一辆车，贵就贵吧，谁让咱有特殊任务呢！

小雪在路边等她，很耐心，还是白天的那身装束，只是又多了一条长长的围巾。小雪还真的够意思，天下着雪，还这么冷。汪大花很感动，下了车就连忙拉住小雪的手。小雪关心地问："姐，是不是车不好搭？""是呀，雨雪天坐车的人多。"汪大花说。

小雪指了指前方不远的地方，昏淡的路灯下一辆老年三轮车孤寂地停在那里。小雪说，我早就盯在这里，看瓜瓜今天要去哪家，你看，就在三轮车靠东十米远的那座房子。这些年，人都学得像地下工作者，车停在西，人却去了东，连残缺不全的人也有了安全防范意识。

小雪原地不动打了个电话，一会儿从胡同里走出一个女人，浓妆艳抹，人还没到香水味就先到了。小雪贴着她耳朵说了几句话，转身介绍给汪大花，那女的很热情地走上来，拉住了汪大花的手说："大花姐，早就听雪姐说过您，相见恨晚啊，您是雪姐的恩人自然也是我的恩人。今晚这事我全力配合您！"

雪还下着，似乎比刚才紧了不少，这天晚上的小雪，宛如一只美丽的白狐。她要走了，说若有需要她马上再来，还一再强调那位叫红红的女老板一定要把大花姐的事办好。小雪的机智聪明，就在于她并不打探汪大花找瓜瓜到底什么事，朋友的秘密知道得太多不一定是什么好事。尽管汪大花受不了那浓烈的薰衣草香味，但她还是紧跟着那个叫红红的女老板，进了那个散发着暗红光线的小店。红红指了指二楼那个房间，告诉汪大花瓜瓜就在那里。红红又在二楼给汪大花开了一个房间，倒了一杯水递过去，让汪大花喝着水等一会儿。红红出去了，她说有事下楼一趟，汪大花猜她去楼下迎客了。

这是一座临街的三层小楼，三面临路，小楼既有前门后门，还有侧门，若有紧急情况很容易疏散。这里很幽暗，像医院设在角落的太平间，也像恐怖电影里神秘的鬼宅。汪大花顿时觉得很不自在，心里禁不住嗵嗵乱跳。由于离铁路很近，不时传来的火车鸣叫又让汪大花感到温馨。小楼上好几个房间都有客人，铁床承压后吱吱咛咛的声响中夹带着女人们轻佻的呻吟，仿佛纺织厂大车间在上着夜班。汪大花曾干过一年挡车工，她最讨厌那种令人神经紊乱的嘈杂，这儿比那种嘈杂更令人厌烦。汪大花的思绪飞远了，忘记了恐惧，也忘记了漫长等待给人的不快。

门外终于有了说话声，红红推开了房门，身后跟着一个白白胖胖的男人。红红笑着说："高干子弟，这个姐找你有事，你可别把她当外人，她可是你红红姐的大恩人。"那男的有些结巴，慢吞吞地说："红红姐，我可是讲义气的人，你只管把心放进肚里！"红红把一包帝豪烟扔给那男人，转过头告诉汪大花，这个高干子弟就是瓜瓜。红红轻轻地把门掩上，离开了。汪大花问："你就叫瓜瓜？"那男的抽出一支烟，在桌子上轻轻一磕，掏出火柴，并没有马上点燃。他十分老练地看着汪大花，回答说："是，咋着哩？"

"红红也告诉你了，我们关系铁着呢，她说你很讲义气，我也看得出来。咱就直说吧，你也别把老姐当外人，过后老姐给你买烟。"汪大花说。

短暂的停顿后，汪大花问了农牧集团老总和司机的事。瓜瓜说那天汪银涛这狗东西打了他，正好那天晚上这舅子犯了事，被卧岭派出所抓了，车上还有个鸡。汪大花问，听别人说你说黄总也犯事了？瓜瓜吸了一大口烟，马上长长地吐了出来。瓜瓜想了想说："我还是听农牧集团的一个副总说的。"

汪大花说："瓜瓜真的义气，有啥说啥。你能不能把你说的写两句话？"瓜瓜说他写的不美，不过只要不是写作文，写两句话估计能写。他提了一个条件，每写一句话给五十块钱。汪大花答应了，并且把两张五十元掏出来放在跟前。

这时，小楼上脚步声乱成一片，像失了火人们急于逃生。突然，这间房门被推开，几名公安人员冲了进来，看着桌上的两张五十元钱说："嫖资还在桌上，又抓了一个现行。"元旦快要到了，为了人民群众过一个祥和愉快的节日，公安人员提前进行社会治安综合治理了。公安人员把这座小楼上的嫌疑男女统统赶上了车，只有汪大花坚决不上。汪大花说她是有重要事情才来的，警察说深更半夜到这种地方还会干什么重要事！汪大花说他们弄错了，警察说错不了，嫖资还没来得及收呢！汪大花说你们仔细看看我像不像那种人，警察说，那种人脸上也没有刺字，你分明就是那种人。汪大花气得要哭，大声喊自己冤枉，还说你们问瓜瓜，看我到底是干什么的。警察说，你还认识瓜瓜，他可是老嫖客了！汪大花还是死活不上车，她说自己真的不是那种人，不信你们问红红。警察说，红红，我们就是要抓她的。汪大花哭了，说她真的是冤枉啊。警察说，先上车再说，这种人哪个会轻易承认，哪个不喊叫自己冤枉！

如果当时汪大花说她是农牧集团黄总的老婆，或许这种误会就解除了。可她恼黄顺平，就是不说他。就这样，汪大花同卖淫嫖娼的嫌疑人一道被塞进窖萝卜一样的面包车里拉走了。

十

集团老总涉嫌嫖娼这起案子在社会上流传很广影响很大，不断有短信要求严惩嫌疑人。市里为了息事宁人、肃清流毒，在原来调查组的基础上，又组建了专案小组，同时让黄顺平停止工作。

尽管汪银涛交代了事情的真相，但由于当事人林婵婵去向不明，这桩涉及领导干部嫖娼的案件；就只能暂不结案。黄顺平到上级部门要求上班，部门的领导说，让他停职是市领导们决定的，恢复工作还需要市领导们通知才行。

黄顺平说自己是无辜的。组织上负责接待的同志，包括六室那位朋友也劝他，说当事人还没问材料，谁敢说你是无辜的！

黄顺平想想也是，只好很无奈地离开了上级部门接访室。

在没有黄顺平的日子里，市里每召开单位一把手会议，集团席位上就不断换着面孔，牵涉农业的就由原农业局长参加，牵涉牧畜的就由原畜牧局长参加……农牧集团依旧在那座美轮美奂的大楼上办公，只是大门口集团的牌子旁边，又挂起了已经放进仓库里的那几块牌子：北汝××局、北汝××局……

汪大花被错抓的事虽得到了澄清，但她还是十分怨恨黄顺平，不是他犯事，自己就不可能被误抓。倒是小雪，还有牌友们替汪大花鸣不平，写信向上级反映汪大花被草菅人命的事情，要求上级查处。

上级对汪大花的信访问题很重视，要求有关部门写出书面汇报材料。一月后，上级部门反馈了情况：

那晚并没有错抓汪大花，她曾在十多年前藏匿过枪支……

\ 61 \

北鸟南飞

杨瑞觉得，那是一个充满希望的夏天。

而立之年的杨瑞，曾经是王畿市交通系统的先进工作者，也是最有担当的后备干部，在交通系统干部职工眼里，他是最靠谱的副局长人选。孰料那年市委选拔干部时，他硬是在民主推荐这一环节上掉了链子。机会十分难得，三位副局长因年龄问题要退居二线，组织上明确提出要在交通系统选择三位思想觉悟高、业务素质强、群众基础好、年富力强、勇于担当的同志，充实到交通的领导班子中来。大家议论说，这是多年难遇的机会，杨瑞、李玉岩这两人前辈子烧高香，这辈子运气这么好。然而，让他们万万没有想到，对他们提意见最多的竟是马上退来的贾松江和段仁，诟病他们有骄傲的情绪、做事冒失。尤其对杨瑞，他们强调说这青年人目中无人、狂妄自大，听不进副局长们的建议和意见，提拔谁都不能提拔他。

过后，杨瑞反思了自己，认为自己不会投人所好，尤其是逢年过节，没有到这些副局长家里走动走动，一份薄礼也没备过，不是杨瑞没有这种心思，主要是他没有这方面的物质条件。杨瑞农村出身，父母亲只会务农，供自己读完大学不知脱了几层皮，后来结婚，还欠下了不少的债务……没有当上副局长，杨瑞没有怨天尤人，也没有为此消沉，他选择了停薪留职，下海经商。

三年时间，杨瑞当上了模范山煤业有限公司的总经理，经济上翻身，发达了。他不留恋那种玩钱的工作，就想继续回到交通部门发展。他公路交通大学的高才生，虽然工作方面没别人顺利，但还是想在专业上展示才华，觉得长期从事所学专业之外的工作，并不是自己的初衷，同时，在同学们眼里就是不务正业。

杨瑞觉得现实已经活生生地告诉他，人托生在世上，就要面临许多困难和问题，电视剧《西游记》开头唱得很中肯，"踏平坎坷成大道，斗罢艰险又出发"。他毕业就分配到了市××局，应该说是很幸运的，时间不长就当上了科长，还被作为后备领导干部重点培养。他觉得应该感恩社会，于是就努力工作，诚恳待人，不辜负组织。至于在民主推荐方面被人吐槽，遭受诟病，他能正确看待。贾松江副局长、段仁副局长都在交通系统形成了庞大而且盘根错节的体系，很多时候牵一发而动全身，他们咳嗽一声，整个办公楼都会抖上几抖；只要他们觉得谁不顺眼，那么谁就面临倒霉，年终考核就可能得到几十张不称职票。杨瑞的停薪留职，无形中缓解了许多矛盾，但几年后再度上班，难免还会出现新的矛盾和问题。

这次回局上班，杨瑞考虑很久，也设计好了化解矛盾和问题的方案。当他很谦虚地汇报了自己想请一次客，安排贾松江、段仁等老领导到南方"参观考察"一下时，没想到竟得到了贾松江和段仁的一致好评。杨瑞故意把"旅游"改口为"参观考察"，他俩虽不在一个场合，但发出的声音都如出一口，他们夸杨瑞成熟了，想得很周到，老干部们辛辛苦苦操劳一生，连飞机都没坐过，甚至从没有离开王畿，出门考察，看一下国家的大好形势，尤其是学学兄弟地区的先进经验，回来后写一个考察报告，还能用来指导改进我们的工作，好事哇！

在贾松江、段仁的支持下，王畿市××局的考察团开启了南方之行。

一

　　飞机在登机口接纳了一百多位乘客之后，像一只雨后孕育了满肚子卵的母"天牛"，蹒跚着离开那座过渡乘客的登机架，沉甸甸地向跑道行进。其他几个登机口还停着几架正在上人或下人的波音客机，这些客机机尾下部的信号灯不约而同地忽闪着。

　　傍晚的王畿机场，似乎正进入一天最繁忙的阶段。四条跑道上每五分钟便有一架飞机起飞或降落。

　　贾松江此刻正坐在这架航班号为 NX1385 波音 737 客机上，他有生以来第一次坐飞机，母"天牛"的比喻发自他的想象。农村出身，后来参加革命工作的他，实在想不起来比这更贴切的比方。

　　随着这架飞机的移动，贾松江心里也在酝酿着一种情绪，而且是一开始就比较强烈。情绪培养过程中，他脑际里竟然又浮现了一位留着胡子伟人严肃的面容。继而，伟人的惊世骇人的名言如同洪钟敲了起来，沉默啊，沉默；不在沉默中爆发，便在沉默中灭亡。这句话的深刻内涵是什么，他并没有超越别人的理解，他是在一次部门举办的演讲比赛中听一位青年人讲的，才知道出自一位大人物之口。他当时就开始琢磨着这句名言的意思大概就是"该出手时就出手"。演讲会后，他经常在重要场合、重要事情上想起这句话，还神使鬼差地用这句话支配自己的行为。

　　飞机还在趔趄地行进着，两翼上的信号灯发着夺目的光。贾松江身边 E 座上的同事李玉岩碰了一下贾松江的臂，提醒着要与他对话。李玉岩把目光指向窗口说："生就空中的东西，就不适合在陆地；造就陆地的东西，就难行走在水中。你看这飞机，上了蓝天一个小时就能飞千儿八百公里，可现在在陆地上爬得比犁地的拖拉机还慢。"贾松江还沉浸在他的思维空间里，对临座李玉岩的提醒和议论根本没有察觉。讨了无趣的李玉岩只好加大嗓门对 F 座的杨瑞说："对吧，杨经理？"杨瑞这时候也在想着与自己有关的什么事，被突如其来的问话弄得晕乎乎的，只好随口应付地说对。

李玉岩下意识地使自己坐端正，既不偏向 D 座的贾松江，也不依靠 F 座的杨瑞。他觉得一个人想与谁聊两句时，遭到冷漠地对待多么令人失望，多么小身份。这种情况下，李玉岩觉得只有自己坐直坐正，才能显示出一个人的尊严，才能缓解自己不被尊重的难过。其实，如果换在过去，他绝对不会讨好似地与贾松江搭话。当年贾松江从畜牧兽医站来这儿当副局长，可能是地位和权利的陡变，他的特权思想，他的小小伎俩也随之活脱脱地华丽转身。他曾以清正、刚直、担当的考核评语，升任 ×× 局副局长。他到局里的第一个春运，本应该藏起狐狸尾巴，收敛贪婪本性，多干少说，勤俭清廉、温恭谦让，这是一般领导干部初来乍到都要表现的。而他呢，到运管办、交管站、客运室检查工作，实际上是在搞商品营销。他的小姨子开有印刷厂，引进了一台塑料印品线。于是，他在运管办大谈"文明用语"、"客运服务十不准"应该制成小塑料版面，每车强制性地装一块。聪明的运管办主任，当天就到塑印部订了两万张的合同，每张按一百元结算。当时有人提意见说太多了，五年也发不完。贾副局长就批评说，这是塑料牌子，既不会生虫，又不会发芽，怕个什么？他在畜牧兽医站时，老婆无事开了个女性购物商店，长期生意惨淡，到 ×× 局后交代妇女主任以后全局的妇女用品，不能再到其他地方购买。贾副局长老婆店里的物品统统高于其他同类商店物品的价格。尽管如此，×× 局一次购回的东西除了发给妇女同志外，还给每个运输户强行摊派一百元的妇女用品，此外，妇女主任办公室里堆积了足够发十年的卫生巾。贾副局长对这一切喜在心上，嘴上说，这下我们的卫生工作要上新的台阶了，妇女工作也要在王畿市领跑了。×× 局这个单位有点与众不同，这里特别能包容崭新面目的领导。科室站所的负责人更是千方百计地维护新来领导的尊严，用河水洗船的事，往往拉近了与领导的距离，从此不用担心领导在一旁给自己穿小鞋。贾松江没当上副局长时，常听人说××局的权威、××局的富裕，也听说××局下属单位负责人的机灵。当他真的踏入这块领地的时候，耳闻目睹了现实中的一切，特别是轻松暗示带来了丰厚的回报之后，信心和勇气就更加充分了。

飞机笨重地转了一个大弯，立定在宽宽的跑道上。漂亮的乘务员小姐一下子走出来三个，她们分别站在前、中、后三个位置，随着机上播音员的讲解，比画着安全自救的示范动作。在系安全带时，李玉岩不经意发现了贾松江极为奇怪而难看的表情。

这种表情李玉岩过去曾见到过，那是王畿市自上而下开展"爱王畿、比奉献、树形象、促发展"活动时。贾松江副局长文化不高，但对讲话稿要求很高，不该用成语的时候偏要求办公室追加两个，以显示自己粗中有细、假文凭不假。日常事务中，他明明不够廉洁、不够检点，偏偏在办公室里挂上"清正廉洁"、"一身正气两袖清风"等条幅。那次因为贾松江安排一个歌厅小姐进运管办，把大学毕业后在运管办见习近三年的李玉岩苦苦等来的编制占了。弄得李玉岩"逾期死，举大计亦死"，就不由分说闯进贾松江的办公室，骂他是当婊子立牌坊，一定要到"爱、比、树、促"办公室告他不可。贾松江那时的表情失去了往日的奸诈和圆滑，变得相当难看。从那以后，李玉岩跟贾松江老死不相往来，甚至连搭腔寒暄的礼节也省去了。后来，贾松江退居了二线，沉匿了一段时间。正当人们将他忘怀的时候，他又常常在××局大楼上参加议政、指点江山了，弄得现任局长对他毫无办法，只能假惺惺地高接远送，并多次强调对贾局长这样的老干部要高看一眼、厚爱一层，专门指出年轻同志一定要放下知识分子的架子，主动对老同志开展好"六个一"活动。那以后，李玉岩跟贾松江的关系有了表里不一的发展。李玉岩必须学乖，因为贾松江坚决退而不休，务必要参加××局的一切活动，包括推荐后备干部、民主生活会等。这次陪贾松江、段仁等老干部去南方考察，组织上安排他配合好杨瑞，实际上是为他们服务的。这种名为考察实为旅游，更深层的是让他们少参加参政议政的活动，只有他李玉岩心知肚明，至于杨瑞，则另有一番原因。李玉岩觉得自己堂堂正正，完全没有必要表现出讨好献媚的奴态。大家都开始系安全带了，连后排的段仁及经特许携带的夫人都在议论着怎么才能扣紧，而D座的贾松江仍麻木地坐着，依旧露出狰狞的面容。李玉岩决心不理睬他，留着让漂亮的空姐来教训他吧。

飞机的油门慢慢地在加大，轰鸣声越来越震耳欲聋。乘过飞机的人们都明白，在这一阵拼命的机器轰鸣过后，飞机便疯了似的在跑道上撒野，接下来就会腾的一声离开地面，斜着身子挣扎着进入蓝天。贾松江听人描述过飞机起飞前的情况。他脑子里也在加大油门，轰鸣声绝不亚于飞机。他在倒计着时间，仿佛与这瞬间腾空而起的飞机比赛着。0.3秒、0.2秒……不在沉默里爆发，就在沉默中灭亡。他脑际还闪过由于这两年来的爆发，才赢得了现任××局长的重视，才赢得了全局干部职工的尊重和理解，才赢得了敬畏、宽容和这次难得的乘坐飞机。

没有系上安全带的贾松江"猫惊尸"般地蹿了起来，呼喊着"赶快停机、赶快停机……"

刚刚报道过国内劫机事件不久，欧洲一个国家的劫机还处在僵持阶段，普天下对这个难以预料的问题都谈虎色变、惊魂未定。人们正抑制自己平心静气等待起飞的紧要关头，那种声嘶力竭的叫喊，不能不使大伙迅速进入惊悸和紧张状态。机组人员马上做出反应，刚才震耳欲聋的轰鸣声一下子变得温和宜人了。已经系好安全带的乘客，有的捧着报纸杂志、有的疲惫地闭上了眼睛，那些初次乘机者高度集中地等待着起飞。这一刹那间，都被眼前的叫喊弄得不知所措了。

这架NX1385号航班，本来是下午两点半起飞的。由于机械故障的原因，经过几个小时的维修，推迟到傍晚时分。那是机场播音室、候机厅电子显示屏幕告诉大家的。几个小时的等待，让那些已经联系好接站的乘客十分不满，也让贾松江、段仁这些首次乘机的老干部大发牢骚。人们焦急地等到了登机的消息，那种因民航部门延误而产生的愤懑，随着进入豪华的机舱有所缓解。然而，这意想不到的叫喊，又让人们被恐惧严严实实地笼罩起来。

经验丰富的机组人员，很警觉很麻利地向贾松江包剿过来，以最快的速度控制了局面。

"你要干什么?!"当欲与客机共存亡的机组人员发现叫喊者只是一位手无寸铁、面目清瘦、鹤发童颜的老人时，没有采取制服的行动，只是口气严厉地质问着。

"同志们!"贾松江并没有回答机组人员的问话，而是提高嗓门，像当年面对交通部门几百号干部职工，发表着他冗长的讲话一样。由于贾松江身材较高，座位又在中间，前后的乘客很自然地投来诧异的目光，他顷刻成为大家共同关注的焦点。

"我是管交通运输的领导干部"，贾松江在"同志们"之后又强调了一句，告诉大家他的身份。之后他的声音缓和了一些，"而并且是分管交通安全监理工作的。"虽然现代汉语关联词里只有"而且"或"并且"，没有"而并且"，但贾松江总是把"而并且"连贯得自然流畅，如同许多词语约定俗成似的，得到了畜牧兽医站、××局干部职工的认可。介绍了自己的身份之后，贾松江把目光扫射了一遍机上噤若寒蝉的乘客们。他们的表情各式各样，但更多的是期待和钦佩的神态，特别是那几位在候机厅不停打手机、不停地拖着拉杆箱来回游走、染烫着怪发的女孩子，更是目光专注地看着他。这时，贾松江也进一步领会了同行者的表现。他身边的李玉岩、杨瑞，一个煞有介事地闭眼思考着什么，一个拿杂志遮住面部，好像有强烈的光线照射过来一样。过道那边的以及身后的段仁夫妇，都表现出垂头丧气的样子。他真为自己伙伴的麻木而气愤，为什么他们总是在关键时刻当鳖呢，利害面前为什么总是躲躲闪闪呢？

"我们交通安全上有很多规定，"贾松江很自豪地讲着，"凡是车辆维修过后，都要先试试性能、试试制动，确保正常、万无一失了，才允许上路营运。这叫对生命财产、对事业负责。我们要求杜绝带病上路。可你们，飞机经过几个小时的维修，也不试飞一下，敢保证一切正常啦？"

这时，机舱里严肃得凝结一般的气氛得到了一些缓和，低低的嘀咕声、解安全带纽扣的磕碰声以及个别如释重负后有意无意的咳嗽声都出现了。

"先生，您放心坐下吧！我们绝不敢拿人民生命和国家财产当儿戏。我们的飞机经仪器监测过了……"

贾松江抢过话说："我不能麻木不仁，我作为受党培养教育多年的领导干部，有责任有义务为民请愿，为生命财产安全呼吁！"他完全表现出一副为民请命，替天行道的姿态。

"您冷静一下，老先生！我们的心情跟您一样，以人为本、安全第一也是我们的出发点和落脚点……"

不管怎么讲，贾松江就是不肯坐下。他就是以这种提意见、挑毛病无所畏惧、一往直前的精神，让王畿市委、市政府的领导难为其情，更令××局年轻班子不敢逾越。他也在这种环境中逐步建立了一定范围的联盟，确立了"老有所为"、"焕发青春"的威信。他坚信，这次阻拦飞机起飞，照样能建立自己在这个航班乘客中的威信，起码给麻木不仁的人一次安全的警示。他站得更为挺拔、更为坚磐。

"起飞吧，别再胡缠乱搅了。"终于从后边发出洪亮的焦急的催促声。随即，应和之声全机响起。本来已经延误了几个小时，人们已经急不可耐，再加上这位见少识浅的老交通这么无聊地一挡，刚平息了的焦躁和不耐烦禁不住油然而起。

李玉岩放下手中的杂志，悄悄地拉了一个贾松江的衣角，示意他到此为止吧。在这种环境中，李玉岩也不好意思显示出自己是贾松江的同行者，那会使自己也陷入狼狈尴尬的泥沼中。实际上当贾松江叫嚷停机并介绍自己是管交通的招来机舱里的几乎所有人的目光时，不论贾松江如何地自认为自豪和风光，但坐在他旁边的李玉岩却委实像有几百道灼人的光线无情地刺过来。李玉岩的脸上、心里羞得热辣辣的。为了不让周围歧视的目光和态度继续升级，他只得冒着受贾松江批评的风险悄悄地提示性地拉了衣角。坐在后排的段仁夫妇，从来都保持着那么一种事不关己漠然处之的暧昧态度。杨瑞呢，一尊蜡像似地依旧拿着报纸遮住脸。

果然，贾松江把目光对着身边的李玉岩，"拉什么呢？我知道你想制止我。为了人民的生命财产安全，我这副老脸捐出来了！"

机舱里的人们好像都不想再无端地耽误时间了，异口同声地叫喊着："起飞吧，起飞吧。"

还有人干脆就对贾松江发起火来："老人家，怕死就请下去，兴许还能扒上一趟运煤火车呢！"

刚才还好像投来羡慕目光的拉杆箱女孩们，这会也来了个态度大转弯，嘴里不很干净地嘟囔着。意思是今天太晦气，飞机因故障延误，登机后又遇到了这么一个"丧门星"，还自称是管交通运输的，姑奶奶们可要搭个大黄昏呢。

贾松江失去了人气支持，感到脸面全丢尽，但为了给自己一个下楼的梯子，自我解嘲地说："只要大伙都认为这样不危险，我六十多岁的人了，土埋到脖子处的人了，还有什么遗憾的呢！"

贾松江如同泄了气的皮球，瘫软地坐进他的座位。透过飞机小窗，机场上的一下子增添了许多飞机，那些上人下人的飞机、等待起飞正在滑翔的飞机上，信号灯仿佛闪耀得更加急促。暮色更浓了，几条跑道连同空旷的停机坪都沉浸在苍茫之中。这架 737 飞机又开始了疯狂的轰鸣。贾松江愤愤不平地系好安全带，然后委屈地闭上了眼睛。

二

　　飞机咯噔咯噔地奔跑起来，跑道两边橘黄色的指示灯被无情地甩在后边。这只母天牛一般笨重的家伙，赛过高速公路上飞奔的汽车。贾松江尽管有一肚子的委屈和愤怒，终于禁不住飞机将要离开地面时的诱惑。这个庞然大物怎么能跃入云端呢？

　　腾的一声，飞机的前舱昂扬起来，贾松江再往窗口看的时候，那星光般闪烁的指示灯、信号灯已经在脚下了。大约五分钟时间，飞机前后平衡了。他及其他乘客头顶上核桃大小的射灯都不偏不倚地光顾着各自的主人，机舱很静，请求乘务员服务的柔和铃声不时地响起。他猛然间产生了想召唤乘务员问问卫生间在哪里的念头，心里不舒服肚子也隐隐作痛。然而，面对着头顶上三四个指示按键，他真的不知怎么按才不至于闹出洋相。记得那年参加省里的政协委员会议，那次也是他一生开的最高规格的会议，他被安排到大河宾馆里。那是一家在万里长城的图案上镶嵌了四颗五角星的宾馆，入住的客人大都一人一间。大会秘书处在他们下榻时就特意提醒过，各位委员若需服务送水、洗衣什么的，请及时按桌头的服务键。上面的按键一共三个：请勿打扰、请打扫卫生……他从未住过这么高级的房间，初次见到抽水马桶那么洁净，不仅解不成大便，还不停地提醒自己千万别弄错了。特别是那几个神秘的按键，他觉得特别好奇。他不相信这么几个纽扣一般的家伙，能产生那么大的作用。住进一个舒适豪华的房间，他怎么也进不了梦乡。于是，他怀疑地试着按了三个按键中的一个。不到一分钟，他房间响起了轻微敲门声，接着随着钥匙开门的声音，一位美丽的服务员姑娘彬彬有礼地问他有什么事。他本来没什么事，只是试验一下这几个按键的神奇功能，没想到真的降临一位貌若天仙的女孩，他在十分尴尬中，急中生出一句话，说我想问一下小卖部在哪里。姑娘热情的告诉了他后，轻盈的离开了房间，走时还特别强调说这儿二十四小时值班，随时为先生服务。贾松江干革命工作几十年，还从来没有领教过这么热情、周到、大方的服务。于是，他睡不着的时候，就好奇地按那纽扣般的键，就唤来服务人员的热情询问。那天夜里，他终于遭到了比较严厉的批评。那是宾馆保安部的经理，批评他深更半夜按什么键，打扫卫生是天亮以后的事。可能是了解到他来自基层畜牧兽医站，才没有怀疑他心存不轨的问题，只是第二天中午，大会秘书处为他调整了一间没有按键服务的房间，而且和大会其他委员不在一座楼里。就是这夜的盲目按键，他品尝了离群索居的冷漠。

他不能再按错指示键了。前排有位中年人碰了一下键，一位乘务员走过来问他有什么事，中年人被问得张口结舌，简直跟他那次开会遭遇的情景一模一样。他暂时放弃了方便的念头。因为飞机的音箱里正播放着："我们的飞机正受着气流影响，请大家系好安全带，不要走动。"即使没有气流，他也不愿走动的，因为在他为乘客安全勇敢地请愿时，机上有人不理解地骂他是神经蛋。说不定人们还真要见他神经蛋的面呢。他不愿意再见到这航班上的任何一个人。他捧着一颗火热的心，反而得到一盆无情的冷水。他不能不哀伤和愤怒，对这个航班的人真有点哀其不幸、怒其不争。

短暂的颠簸之后，飞机既平稳又安静地行进着。音箱里又飘扬着温柔流利的女声："我们的飞机开始供应晚餐了……"是飞机起飞前在过道里做手势的那几位姑娘，这一次悉数登场，她们两人一辆食品推车，并且每人都围上了一个精美大方的围裙。一辆车从前，车辆从后，有条不紊地往乘客手里递送着盒饭。

坐在机舱中部的乘客，是最后得到食物。贾松江这一排恰恰是最后的最后，他原以为这几位空姐会为刚才他的举动，给他一些颜色的，因为在王畿市这种情况司空见惯。哪知，空姐们好像忘了刚才的一切，也忘了这位鹤发童颜者曾办了一桩可笑的事情。在递上一盒食品之后，她们热情地询问贾松江用什么饮品，那态度简直是不计前嫌了。再环顾一下，机上的所有乘客好像都很和善，没有一位的目光与他的目光接触时，表现出异样或歧视。这周围的一切，使他恢复了体力和精神，他不再感到难受，反倒产生了释去重负后的轻快和舒畅。

看见有乘客在中间的通道里走动，贾松江又有了方便的念头，他已经发觉卫生间就在机舱的后部。他解开安全带，站起来的当儿，看见身后的段仁正拿着一粒虎皮花生往妻子曹冬至的嘴里送，曹冬至把嘴伸出最长限度迎接着。贾松江不由得头皮发麻，假装什么也没看见地朝后舱走去。这一对老家伙，年轻时就没有什么和谐日子，年老了倒玩起了年轻的人的罗曼蒂克。贾松江轻蔑这不屑一顾的表演。当他悄然返回座位时，曹冬至往段仁嘴里塞巧克力的动作又被他撞见了。

段仁和曹冬至这夫妻俩也是第一次乘坐飞机，难掩幸福和惊喜的表情。他们特像身着撅肚棉袄、脚穿老款解放鞋步入舞场的人，在五颜六色的灯光下，拙劣的表演成为人们鄙视的对象。

贾松江跟段仁年岁不相上下，他们都在桐树岭镇工作过。不同的是他是畜牧兽医站，段仁的单位是农机管理站。他们年轻时都曾因婚姻问题受到过组织上的诫勉谈话。后来，他们又殊途同归地落脚到了市××局。

贾松江十六岁进了县大队，后来整建制转为中国人民解放军××独立团。转业那年，他的职务是副排长，组织上安排他到桐树岭畜牧兽医站当副站长。当副站长前，他已经成了婚，这桩婚姻是他尚未出生时父亲就给订下的。农村的孩子，在部队里摔打几年，除了见识过机枪大炮外，没有机会享受其他生活，甚至对什么美什么丑都没有真正意义上的认识。他在父亲的精心策划下，与父亲那位换帖兄弟的女儿麦丰收结了婚。后来，他们站长家的姑娘出现了，而且走进了他的生活。站长史志坚新中国成立前是旧军里的饲养员，他们的部队被解放军打垮后，他又转身成了解放军某骑兵团的马医。新中国成立后史志坚转业到了地方，根据他的履历，当上了公社畜牧兽医站的站长。

新中国成立初期，农业机械几乎为零，一直到五十年代中期，公社才分配了一台 54 型履带拖拉机，这里的人们欢呼着迎来了"链轨车"。那时拖拉机站还没有成立，暂时挂靠在交管站里，段仁成为社里第一位拖拉机手，是第一位百姓箪食壶浆热情接待的"师傅"。交管站虽有拖拉机、汽车，却与畜牧兽医站有着密切的联系。广大农村基本上都靠牲口犁地耙地，轰隆隆拉犁的拖拉机是在农忙时才出来为上级领导表演的；那些右方向的破汽车，也只会在一定场合拉出来壮壮阵势。人们出行大都坐在牛车上，社长一级才能搭上胶皮轮子的马车。老百姓对着乘上胶轮车的社长喊："大胶车、皮轱轮儿，上边坐着鳖孙子儿……"畜牧兽医站里引养了好几匹马、好几头驴，目的是让它们交配后生出膘肥体壮的骡子，服务于农业生产和交通运输。那时，中央下发文件题目就是《关于做好大牧畜配种的通知》，之后才有《关于大力发展农田水利事业的通知》和《关于做好春耕生产的意见》。畜牧兽医站的地位自然是居高临下，加之如果把交管站实底揭穿，告诉上级耕作靠畜力、交通运输靠畜力，不抓几个典型做反面教材才怪呢！于是，交管站几乎依赖畜牧站，两站的关系也自然相当友好。因为这种关系，段仁到史站长家去过几趟，认识了史志坚的长女史蕊，之后，段仁好长时间对史蕊昼思夜想，经常做出一些神不守舍的举动，连夜里与曹冬至做爱都要假设成是史蕊在下边，否则就是兴味索然。他开拖拉机或开汽车，使用者都会把家里最好的食物、最好的香烟甚至最甜蜜的微笑献给他。而他总是摆出一副高深莫测令人敬畏的高傲和神秘。只有到了史家特别是见了史家大小姐，他的本来面目才能完整表现。最早，段仁得到的食物忘不了拿回家与曹冬至分享，后来这些小恩小惠成了踏进史门的理由和道具了。他思念史家大小姐简直到了夜不能寐、茶饭无味的地步，然而史家大小姐的心里却是一张白纸空空如也。段仁想取得一些突破，却总是举步维艰。无奈他只好停在幻觉和默默的祈祷上。他希望来一场千年不遇的大水，让桐树岭一带变成茫茫大海，无家可归的史家大小姐裸体在浪里起伏，白皙的手臂伸出水面，向他挥动着说:"快救我,仁!"幻觉若是白天,他会迅速为之振作,站上的工作就会干得无比出色,好像有一股用之不竭的力量源泉在支撑。夜深人静的时候,他不仅在水中救起了魂牵梦萦的史蕊,还和她腾云驾雾地甜蜜起来……他醒后,总是趁天没亮把床单收拾得干干净净。站长的伙计以及家属都夸奖他太注意卫生和整洁了。这种时候,他总是不好意思地说过奖了,差得远哪。没人夸他还好些,一旦有人夸他勤洗衣服,就立即感到脸上发烧。好多时候,单相思带给他遐想是幸福甜美的,从而虚化出虽短暂却精彩的幻觉。幻觉之后,他仿佛真的与史蕊有过,再到史家时反倒十分的不自然。见了史蕊就觉得脸上发热。尽管意念中的亵渎或者侵犯离现实有着迢迢的空间,但段仁总是在心里告诫自己,今生一定要敬重她、爱护她。把她当成自己追求的最高境界。他心理上与曹冬至的距离拉开了许多,即使同床也总是表现得疲惫不堪。几次曹冬至主动脱得精光,只待东风时,却失望地等来了段仁如雷贯耳的鼾鸣。曹冬至生气地拍着他那软绵绵的东西,骂他一星期不回家,回家夹了一只死老鼠。他被曹冬至的咆哮闹醒后,假惺惺地说站上最近要引进一台天津铁牛,资料一大堆,看得眼花心烦,累得要死,以此搪塞一下欲火旺盛而无可奈何的曹冬至。聪明伶俐的曹冬至又一次捉住死老鼠问他:"是不是又犯老毛病了?这死老鼠换换窝是不是就活了?""不可能,老毛病他妈的早几百年就痊愈了!"

曹冬至说的老毛病,是段仁两年前的一段不光彩的生活插曲,也就是这个插曲,使他与已经到手的交管站长失之交臂。那个季节人们为了抢种,拖拉机成了香饽饽,你请我拉不可开交。公社北有个妇女队长对他说:"段师傅,你开恩先把俺队那一百亩地犁了吧,您吃啥俺给你买啥怎么样?"段仁坐在驾驶室里往外一看,双眼顿时一亮,懒惰和疲惫仿佛一下子跑光了。他沉着老练地指了指驾驶室的副司机座说:"你看,这一堆好吃的正发愁呢?不吃!你们再等等吧!"妇女队长好像明白了什么,指着不远处的一片尚未收割的玉米地说:"段师傅,我看你累得过度了,到那边休息三分钟怎么样?"黄昏时分，大田里只剩下为数不多的几个人，分散在田块里点燃着杂草和秸秆。段仁和女队长到那片遮拦目光的玉米地里歇三分钟去了。段仁出人意料地连夜把妇女队长辖区的一百亩地犁耙得保质保量。然而，那玉米地的男女苟合也随之传播开来，更有人不怀好意地写了封信向曹冬至添枝加叶地描绘这件见不得人的事。年轻气盛的曹冬至找到了女队长，要讨个说法。哪知女队长曾经沧海，羞辱她连个鸟男人都管不了，好狗咬不出村，撒狗屁野呢！曹冬至怎么能咽下这口气，一定要管教管教自己的男人不行。于是，她借着公社上班集合点名的机会，拣起院里不知谁扔掉的破脸盆敲起来，边敲边喊：拖拉机司机不要脸，玉米地里狗恋蛋，公社书记要不管，老子一定闹翻天。几句顺口溜之后，曹冬至提高嗓门叫喊："段仁，你个不要脸！段仁……"一直到公社书记安排人把她按捺住，要不她还会继续又蹦又闹。段仁在公社机关丢人现眼不说，还失去了晋升站长的机会。公社书记找到他说，本来，这次水到渠成，都因为那块玉米地……段仁下决心离开曹冬至，因为她的偏激造成赔了夫人又折兵。他咽不下这口气，是可忍，孰不可忍！他心里发誓，从此以后，就是死老鼠也不准曹冬至碰一下。公开闹离婚可能会影响自己前程，段仁选择了家庭软暴力，要拖垮曹冬至。有时候，没有打闹的冷战更让对方难受。冷战给了曹冬至许多反思，连她娘家爹也批评她不会处理问题，娘家爹是一位教师，劝女儿读一读《一千零一夜》，看人家丞相的女儿是怎么教育开导多情好色的国王的。再说，没有不吃腥的猫，没有不好色的男人。关键问题是把握尺度，掌握政策和原则。当时，优秀的女孩子能嫁给开车的、当官的，都是十分体面的。曹冬至眼前出现了一片亮光，她已经想通了，这次对段仁心灵的打击太惨重了，他提出离婚体现了男子汉的魄力，离婚后他完全可以再找一个比曹冬至条件好得多的女人，还一定是黄花大闺女。而自己呢，虽然没结过果生过孩子，可毕竟已经开过花，能嫁一个更好的男人吗？即使嫁个好男人，能保证他就安分守己、不恋声色犬马吗？曹冬至决心低三下四一回，哀求他原谅自己，不然就采取极端的作法。她成功了，功夫不负有心人，她终于在哭哭啼啼的辩解和痛改前非的表态中，拿下了誓与她一刀两断的段师傅。然而，那道裂痕始终笼罩在他们的生活里，尤其是夫妻卧在那张床上时，天花板上就出现傍晚烟雾中的玉米地，耳畔还伴奏着破烂脸盆的响声。后来，是生理的需要，他们之间的隔阂消除了一些，因伤害而形成的疤痕也在随着时光逐渐修复。偏偏这时，段仁又陷入史蕊的情海里难以自拔，当曹冬至问到老毛病时，他心里痛恨自己当初的懦弱和无知，假如那次与她决绝了，现在他完全可以名正言顺地向史蕊求婚。然而，现实告诉他，面对的仍然是曹冬至，必须正确对待她，妥善地稳住她，不能再让破烂盆和呐喊再次影响他的人生。他不敢讲真话，这种时候也不应该过早地暴露他心里五彩缤纷的世界。

史蕊没有表现出任何特殊对待段仁的地方，把段仁的殷勤看作是对史站长政治上的巴结。史志坚也以为段仁到史家主要是和自己加深感情，根本没考虑他是否有觊觎之心。史蕊说段仁常到史家，是黄鼠狼给鸡拜年，没安好心，还说这种男人看见就恶心。贬低了段仁后，史蕊顺口还说，自己要是看中哪个男人，只要他优秀、他顺眼，即使他有老婆孩子，自己都会无条件地追求他。对女儿史蕊流露出的思想，他曾狠狠地批评过了，教育她及早打消那种想法，根本就不要做出来，那种事是不会有好结果的，到头来吃亏的只能是她史蕊。史蕊听不进父亲劝阻，只是冷冷地告诉父亲，她的事自己做主，今生不论走到什么地方，不论遭到什么样的报应，她都会义无反顾和勇往直前的。

那天，史蕊问父亲对自己的事有什么考虑。父亲明白她指的是婚姻方面，也知道女儿到了那个年龄段想探探父辈的指导思想，于是不假思考地说，咱一个普通人家的孩子，一不高攀当官的，二不寻找有钱的，找一个吃皇粮的知道疼爱咱的工作人员就行。史蕊问农民行不行。父亲说好歹咱也是站长之家，女儿已在畜牧兽医站工作，找个农民别人会低看咱，说不定还怀疑咱有缺陷，绝对不行，压根儿就别提。史站长不知女儿葫芦里卖什么药，动起了真格。史蕊这时很认真地告诉父亲，说她想嫁给贾松江。父亲一听立即暴跳如雷，骂女儿疯了，怎么能跟上一个结过婚的人。史蕊说，结过婚可以离婚，即使离不了，她也会耐心地等下去，还说自己铁了心。父女为此变成了陌路人。没有多久，贾松江被一纸调令弄到了那个叫三不管的鸡鸣闻三县的地方，依旧是畜牧兽医站。

史志坚五十岁上当了站长，自己也常说这辈子政治舞台上的戏只剩下大结局了，把所有的希望和祖坟上的风水都留给子女。大女儿史蕊中学毕业赶上了中等专业学校招生，填报志愿时父亲让她填报当官专业。史蕊查遍了所有的招生学校，竟没有一家设有当官专业的，就再度征求父亲意见，问当护士和医生行不行，父亲说行是行，但必须是畜牧兽医方面的。女儿争辩说，天底下根本就没有女的报这个专业。父亲坚定不移地说，正因为天底下没女的报，咱才敢为天下先，听从了父亲，她哭着对父亲说，女儿的事情下不为例。史志坚有自己的想法，女孩子学医护毕业进医院，那么多同行业的竞争者，永远难有出头之日。相反，女孩子进兽医站为畜牧业的繁荣做贡献，听起来好像不顺当，但稍有成绩便会名扬天下，个中自有人们的传统观念作祟，也有领导选人用人上的反向思维。果然，女儿毕业后，很快攻下了两个课题：1.《繁殖马骡自然受精的缺陷》；2.《繁育驴骡人工授精的尝试和公马性心理障碍的排除》。史蕊在事业上的初步成效，贾松江功不可没。然而贾松江当了无名英雄，首都过来的一群记者采访史蕊时，他向史站长请了假。后来，报纸、广播上不停地宣传着畜牧战线上的巾帼英雄，王畿市推荐她当三八红旗手。史蕊在掌声和鲜花中哭了，她觉得这一切都离不开松江哥呀，从那时起，她爱起了贾松江，甚至把自己置身于一种真空之中。贾松江是被一辆牛车接走的，三不管地区的畜牧兽医站只有为牛羊猪配种和为畜禽防疫的任务。那辆咯吱咯吱的木轮子车如同受委屈者在倾诉，整整诉说了一个白天，才把这一堆行李拉到了三不管地区。

段仁由忌妒到憎恨，躲在一旁看着那架牛车咯吱咯吱的拉着贾松江走出了公社。贾松江走了，段仁感到十分轻松和称意。他到公社找到书记，请求到畜牧兽医站当副站长，说因为前两年发生过玉米地那件事，开起拖拉机就心猿意马，保不定什么时间就闹出一桩车祸来。公社书记的外甥正好想到交管站上班，当即便答应下来。只是那个副站长的位子，公社书记表示暂时还有难度，主要是来自上级的压力。段仁很理解公社书记，因为他了解其中的内幕。贾松江离开的那天夜里，史蕊抱着贾松江痛哭，说自己害了他。那是个月光皎洁的晚上，这对男女如同披着曼妙的轻纱，如同处在仙境一般。史蕊明知有人窃听，故意大骂老天不公，还有意把贾松江抱得更紧。她有意识地让人听到他的话，说贾站长，你一定会回来的，我敢保证。之后不久，一位分管农业的副省长会见了史蕊，鼓励她再创辉煌，这时史蕊心酸的哭诉了这儿发生的一切。陪同副省长来的地方官员，当即表示这个问题一定会圆满解决。

那以后，贾松江并没能回来。因为隔三岔五有匿名告状信返回地方。告贾松江在兽医站不仅进行牲畜的杂交配种，还利用职务之便乱搞男女关系，致使一位有成就的女畜牧师精神失常。更严重的是有人把匿名信用砖块坠住深夜掷进史站长家，骂史站长眼皮子底下，还有人敢与他女儿杂交……

女播音员甜润的声音又响起来："先生们，女士们，我们的飞机经过三个小时的飞行，飞越了黄河、淮河、长江、湘江和珠江，飞经了郑州、武汉、长沙、广州，马上就要降落了……"汉语之后，是贾松江所听不懂的叽里呱啦的洋话，贾松江估计说的是英语，因为他知道"三克油"是英语，他曾经从一位美国伤兵那里听到过，还知道那三个字是谢谢的意思。

贾松江讨厌段仁夫妇的当众作秀，有意瞥了她们一眼。见曹冬至此刻还靠在段仁的肩膀上瞌睡，贾松江禁不住在心里骂了起来。

三

波音飞机在黄田机场降落了，"咯噔"着地的那一瞬间，舱里连续发车了好一阵子惊险后的感叹或如释重负的吐气声。贾松江身后的段仁、曹冬至更是欣喜得亲吻起来。飞机在跑道上凭借着惯性撒欢一阵后，温顺地滑到登机下机的对接架处。机舱里压抑三个多小时的氛围来了个一百八十度的转变，人们关闭了几个小时的手机也开始接二连三的响起来。那些边从货架上取行李边接听电话的人们，面带甜蜜的笑容。只有贾松江这边此时反倒十分反常，他们好像没有一点到达目的地的喜悦。一直等乘客大部分都离开了，他们才开始拿上各自的行李物品。走到过道时，贾松江的膀子上被后边拍了一下，接着段仁问他刚才是否睡了一会儿。段仁这种不痛不痒、不着边际的问话，让贾松江不知怎么回答才好。曹冬至紧跟着插话，说弟妹这一次一块出来才好呢。贾松江点头说是，心里却在说，哪像你们，在家天天打骂，结婚几十年了连个兔娃也没怀过，在人前却表现得恩爱有加，简直要让人起鸡皮疙瘩。

黄田机场外边人声鼎沸、灯火辉煌。杨瑞招手叫住一辆出租中巴汽车，说了声海天饭店，出租汽车载上人后很快并入摩肩击毂的车队里。杨瑞这次的任务是让退而不休的老领导们开心。老干部们往往在关键时刻表现出觉悟和水平，他们说主要是考察学习，看改革开放先进地区交通运输行业如何管理。他们要求带上局里办公室主任李玉岩，好完成一份高质量的考察报告。

杨瑞在登机前已经与海天饭店通了电话，预订了相对应的房间。比如段仁带有夫人，要双人床房间；贾松江动辄提意见，为他安排个不受打搅的房间；还有……杨瑞下海这几年，学会的东西太多了。他不仅在商海里徜徉自如，在官场也学着左右逢源。前不久选拔年轻干部，他再度被内定为××局副局长人选，只是有几个退居二线的老同志告状说这是权钱交易，才暂时搁浅，待调查落实后，实际上是让杨瑞私下摆平后再予公布。地理学上人们常说居高临下、登高望远，社会学上也是如此，领导干部职位越高，对属下的情况越清楚明白，信息来源的渠道又宽又广，解决问题的方法步骤更具有指导性。他们不可能直截了当地告诉杨瑞谁反映的情况，如何处理。可能只提示一下老同志一辈子了，没出过远门，南方开放地区人们的观念、生活应该看一看。他们对于社会上的不公平、分配上的差异，特别是从领导岗位上退下来形成的思想落差，都有一个缓冲和适应过程。杨瑞承包了交通大修厂，在市场经济尚未成熟的时期，行政干预的杠杆发挥着很大作用，个人感情的因素也起着支配作用。过去年年亏损的集体企业转到了个人名下便风生水起、活色生香。体制的改革、机制的创新，裁减了冗员，工作效率带来了经济效益。杨瑞几年工夫，从××局无人问津的科员，成为王畿市不驻会的人大常委。

海天饭店坐落在海边，登上高层，在每个房间，极目望去都有一种海天相连的感觉，即使夜间，市区无限延伸的街灯、海港的霓虹灯、海上的航灯渔火也和天空的星光相衔接。由于航班的延误，大伙都有着兴致全无和浑身困乏的感觉，饥不择食地要求杨瑞随便安排一下早点休息。

按照预订的房间，那些身着法国拿破仑时代仪仗服的服务生，帮他们拿着行李，另外几位服务生还特意搀扶着贾松江、段仁和曹冬至他们。早已候在房间门口的绿衣小姐礼貌地向他们致意，之后把身份证大小的磁卡塞进房门拉手上端的小缝里，随着"嘀"的一声，黄绿色的信号一闪，小姐推开房门做出"请进"的手势。几位老同志被这一系列的热情接待吸引住了，他们经历过"斗私批修""全心全意为人民服务""转变工作作风""讲文明、讲礼貌""尊老爱幼"的专题教育，但从来没有经受过这么优质的服务，从来没有见过这么尊重老人的。

夏日的C市，潮湿的海边，这是一个风平浪静的夜晚，30多度的气温，使人感到闷热。几位老干部提出今天太累，原则上是回各自房间休息，或自由活动，明天再安排参观学习。他们永远都思想领先政治挂帅，这次到南方沿海地区，参观学习什么，年逾花甲之人到底能学进去多少东西，尽管如此，他们永不言游玩二字。贾松江觉得两条腿几乎挪动不得，太沉重太疲软，进门后，就把门闩好，躺在席梦思双人床上。他虽然没有带家属，杨瑞是为他安排了跟段仁一模一样的房间，不过对人说是单人床。贾松江反而困乏全无了，他饶有兴致地瞪着天花板，然后从这令人耳目一新的天花板转为浏览着整个房间。这是一个带小套间的居室，素洁的壁上挂着一幅宋代米芾的画，套间和卧房由一堵雕琢精细的红木博物柜分隔开来，房间里还留存着淡淡的兰香味，书桌、茶几、落地灯与房间十分协调地摆放着。借着室内柔和的灯光，贾松江看到床头柜的小花瓶里插着一枝散发幽香的玫瑰，柜子上错落有致地标志着各种激光按键。这些按键让贾松江感到错综复杂，要比他曾按错过的多出十多项服务功能，他告诫自己这次千万别让人把自己当作傻老帽，宁可不要任何服务。

电话铃响了。夜晚的铃声总是比白昼高出好多分贝，尽管星级房间都采用了音乐振铃，仍然使沉思中的人们为之震撼。一个女孩子的声音，似乎怕惊吓住客人，轻柔地问他需要服务吗。贾松江以为是楼层的工作人员，连忙说了声"可以"，又十分礼貌地补了句"谢谢你"。半分钟不到，门铃响了起来，贾松江跃起身子，精神十足地拉开了已上了保险的门。一位身着湖蓝色乔其纱晚装的姑娘问他可以进去吗，贾松江以为高档宾馆训练有素的工作人员可能都是这样举手投足彬彬有礼，便面带笑容地答应她走进房间。姑娘很快把门关上，并且使用了保险门闩。贾松江这才感到了事情并不像他想象的，工作人员为客人服务怎么会把门关严实呢？他禁不住抽了长长一口气，甚至产生了不寒而栗的反应。但他又很快平静下来，他面前只不过是一位纤弱的女孩子，毕竟不是五大三粗的江洋大盗令他毛骨悚然。他问女孩想干什么。女孩说不干什么。他要女孩快走。女孩说不走。女孩还说你答应过的，老板安排的，怎么能说改变就改变呢，即使改变主意也得有个说法，是否嫌小妹不够档次。姑娘机关枪一样连续地质问，虽然不愠不怒，却把一向健谈善侃的贾松江弄得无言以对。他只好说自己太累不需要服务，只需要抓紧时间休息。女孩说按按身子可以解乏，晚上睡得香甜。说着，女孩子走近了贾松江，贾松江这才认真地端详了面前的姑娘，千里迢迢来此，萍水相逢的女孩为什么似曾相识。他使劲回忆着，蓦地他眼前一亮，这就是跟自己坐同一航班拖拉杆箱姑娘中的一个。他真佩服现在女孩们的身份转换之快、工作效率之高。几个小时前，她们还像女学生一样文质彬彬地坐在航班上，转眼间便成为宾馆里的按摩女。在大庭广众面前，她们是尊贵的淑女。夜幕降临后的酒店里，又变换了新的角色……面对同机而至的女孩，贾松江恻隐之心油然而生，他知道这些北方的女孩子到陌生之地也举步维艰，甚至想给她十元钱让其另寻顾客。他问女孩，聊聊天多少钱，女孩说聊天不要钱。他又问抱抱呢。女孩依旧不动声色，说抱抱也不要钱。贾松江这时倒替女孩着了急，这不要钱，那不要钱，你不赔到底了。女孩说，我们干这一行的，一旦有电话答应，就进房间，客人若对小姐不满意可以当即退回去。只要不退回去，肯定不会赔钱的，像您这样的客人我们基本没有遇见过。你雷声很大，就是没有雨落下来。看您的模样，知道您是干部，在飞机上您的话真让我们敬佩。北方过来的白领，基本上都是磨磨蹭蹭，既想玩女人，又要假正经，有时白白浪费我们的感情。等到我们失望时，他们便提出做一做，弄得做也不是不做也不是，与他们做事简直就是和在性用品店里买回的假器官摩擦。他们把做爱当成了做贼，因为北方的公安部门把抓嫖作为经济的来源之一，抓赌抓嫖个个都想捷足先登。那是北方的经济的不发达，穷有穷的弄钱办法。在这儿不同了，开房间、包房间都知道干什么，大家见面点头寒暄，各干各的，不打听不跟踪，公安保安视而不见，你们有顾虑我们清楚，但是这种顾虑在这儿真是不太应该了，再说，当一个人什么都做不动时，再回想起当年应有的良宵佳辰，失去了岂不含带遗憾进入坟墓。那时，见到马克思、列宁、毛泽东、邓小平这些革命导师，汇报说自己清白一生，困苦一生、性饥饿一生，连他们也会发笑说，贫穷绝不是社会主义，没有七情六欲者绝非是革命者……

贾松江觉得面前这个姑娘是在批判北方人，她一会儿"他们"，一会儿"你们"，实际都是指贾松江，是在开导自己。这个女孩子真是心理学专家。同时，他感到自己潜在的一股思潮翻腾起来。这深更半夜，自己即使与女孩只是聊聊天，那谁能证明？话说回来，与她有那种关系，又有谁能发现？这种事不像面缸里的面，挖走一瓢就明显一个坑。想到这里，他产生了年轻时才有的强烈的占有欲望。他挥手让女孩走近些，女孩心领神会地一秒钟时间内让贾松江看到了三点一线。贾松江还想说什么，但这时候喉咙里好像充斥了什么东西。他身体有点打战，继而像一头发狂的野猪把三点一线紧紧地抱在怀里。末了，贾松江像一位老人送别自己的女儿一样，告诫她不要只为钱而忽视健康，说这年头有性病的男人太多，那可是一种特别麻烦的病。他还说，不像我们这号人洁身自好，从不越雷池半步，今晚的事情纯属意外，纯属对女孩的关照。女孩出门时，他还一再强调，要女孩自珍自爱，不要做金钱的奴隶。

女孩出门后，贾松江睡意全无了。他想起晚饭时杨瑞递给他两片白色的药，说是既抗疲劳，又治失眠，怀疑自己是不是对此药不适应，或者是出现了过敏反应。他觉得烦躁，便亲手打开了空调。本来，他可以唤来服务员来帮助，可又一想，夜半三更唤人不便，别人还会小看他连空调都不会使用，难怪在飞机上献丑呢。

空调的风呼呼地吹起来，贾松江没有感到丝毫的凉爽，相反，更是烦躁难当了。他先是烦刚才自己做的事多么不光彩，连他们兽医站的种马都不如，种马尚能择优异性交配呢！种马遇到自己不乐意的对象还能厌倦得没有性欲，甚至做出让人们震惊的罢工行为。他当年为了促使全公社畜牧工作的快速发展，通过原来部队的首长，在内蒙古伊金霍格军马场挑选了一匹健壮剽悍、性欲旺盛的公马，用以生育驴骡。哪知，这匹种马并不是见异性同类或者异性的驴子都会起性，它择偶而交。一般见到体格健壮的马或驴，才会表现出自身的健康和性欲。见到劣马或者劣驴，即使对方发出强烈的邀请，它几乎是充耳不闻、视而不见，表现得清心寡欲、旁若无物。为此，调皮天真的史蕊还指桑骂槐地说，男人要是达到这种境界，也足以让喜欢他的女人们放心和满足了。针对这种情况，为了畜牧业，为了农业生产，他们俩对这匹奇怪的公马采取了相应的措施。他们知道这匹马特别喜欢蛮子洼的那头草驴，于是每当有农民牵母驴配种时，他们就以两元钱一次的报酬，邀请蛮子洼拥有那头草驴的人到兽医站来，之后把两头母驴都牵到种马附近。待种马性欲提升到高潮时，他们就把两头驴交换调包，这样，种马匆忙中在贾史二人的阴谋中搞错对象。想起这件事，贾松江脸上火热火热，心里也进一步烦躁。他又想到了刚才那事，尽管自己没有付现金，肯定会有人付的，小姐讨要劳务费时肯定会照实说的，再说那只安全套就是老板控制小姐的有效手段，一只套子要收六十元的管理费，女孩还重复说过。贾松江已经想好，天亮后专门找杨瑞，就说自己同情那些艰难的女孩子，才为她签了单，不过什么也没干。贾松江这时有点累了，有点想瞌睡的意思。但这屋子里热得如同桑拿间，他安慰自己说可能 C 市这个地方就是这样，就是热得很。他强迫自己平静下心来，心静自然凉。他进入了梦乡。不知什么时候，他如同到了著名的庞贝城，跟着逃避火山爆发的人们跑起来，他怎么也跑不快，想飞又飞不起来。那是一张名画，他不懂意思，还是杨瑞告诉他火山爆发，庞贝城到了末日。他惊醒了，发现房间更热了，自己浑身都是汗水。他生气地走到走廊里，恨自己不该来这一趟南方。飞机上的事、女孩子的事、热燥难睡的事，他觉得真是在家千般好，出外万事难。他随着年龄的加大，发牢骚也成了家常便饭。他不停地骂着，说 C 市不好，说南方不如北方，说 C 市不如王畿，骂声惊醒了其他房客，也招来了保安和服务人员。人们发现贾松江打开的是制热键，空调机正在拼命地吐着热浪。

这个南方之夜，在飞机上恩爱有加的段仁、曹冬至夫妇，他们也没有入睡。那是因为十点多钟的一个匿名服务电话，问段仁要不要服务。由于声音响亮，被警惕性很高的曹冬至尽收耳间。她当即骂段仁，说难怪不愿带她来南

方，原来是有约在先，有情人搞定鹊桥相会。不论段仁如何解释，曹冬至死活不信。为掩人耳目，曹冬至把电视机音量开大，说今晚日他妈都甭睡了。她从段仁偷情玉米地暗恋女名人史蕊，到河边偷窥女人洗澡，公共汽车上顶女孩屁股，一直挖掘到深夜女人打电话。曹冬至如数家珍地絮叨着。

第二天的早茶，杨瑞安排在海天酒楼的"好望角"，这是第七十七层的豪华间。进到门里还不停打呵欠的段仁禁不住说了声："早饭，随便弄碗小米粥、油条就行了，这不太浪费了！"贾松江倒没有被这种气派所吸引，他示意要杨瑞到门外说点情况。他说："杨总"，平素他没有这么称呼过，在一边他整天骂杨瑞是蛀虫，是投机商人。接着，他贴在杨瑞的耳边说："昨晚我只是可怜那个女孩子，施舍给她点小费算了，咱可啥事都没干！"他的嘴离开杨瑞耳朵时，提高嗓门说，"你可别乱花冤枉钱啊，干公司也不容易啊！"

人们几乎都会听见贾松江的话，如同一位善良的老者对涉世尚浅的晚辈进行勤俭节约的谆谆教诲。

四

飞机真是个了不起的怪物，半个小时前还在黄田机场，三十多分钟时间，竟把他们这二百多号人送到了美丽的海岛。段仁夫妇在飞机上仍然秀着恩爱，他们依偎着，尽管他们之前生了两天气，但那只是在房间里，对骂、撕打，闹得不可开交。一上飞机，若不是两个座位之间有扶手相隔，说不定他们又扭在一块了。他们若无其事地向同行者展示着忠贞不渝的爱情，亲热地讨论着飞机的伟大和神奇。

美兰机场地处 A 市的西南十八公里处，是建省后新建的一座大型国际机场，这里每天有上百个航班进出港。飞机在琼山上空似乎没有怎么盘旋，就徐徐降落下来。这是一个难得的晴好天气。蔚蓝的天空中，浮动着几朵靓丽的白云，白云不停地变幻着姿态，接下来便向着更广大的天际深处游去，随之又飘来一朵朵更加惹人喜爱的云彩。蓝天下面，布满热带植物的丘陵和山岗笼罩在绿色之间，其间繁茂的椰林正在含有热湿的风中甩动着长发般的枝叶，如同热情好客的当地人站在道路两旁夹道欢迎着他们这些远到的客人。贾松江觉得这儿很美丽，究竟美在哪里，他又觉得自己表达不出来，形容不出来，总之是比自己生活过的任何地方都美。他观察了一下同行的人们，除了杨瑞像被人追捕一样地在前边匆匆地走着外，其他几位都悄无声息地左顾右盼着。杨瑞真有点神通广大，转眼工夫不知从哪里领来一辆丰田中型轿车。当他从副司机位上跳下来时，这群第一次踏进 D 省一切都新奇陌生的考察人员，如同观看魔术表演一样，禁不住惊奇和兴奋。段仁和曹冬至到 D 省后表现得异常高兴，脸上堆的笑足以说明他们已从那晚不愉快的吵闹声中摆脱出来。他们俩抢在别人前头相拥着踏上了丰田车，扑扑腾腾落座在更理应是首长坐的位置。接着，曹冬至露出了洁白的牙齿灿烂地笑着招呼大家说："随便坐吧，随便坐！"贾松江坐在后排，他总是与段仁夫妇保持一定的距离，仿佛他们两人身上发出的气味足以导致他窒息似的。由于人少，大伙坐得相对分散。车上的喇叭突然响了起来，人们这才发现车上不知从哪冒出来一个漂亮姑娘。

"各位来宾，各位朋友：欢迎各位跨越琼州海峡，来到我们风景秀丽、物华天宝的 D 省。我作下自我介绍，我叫莫蔚然，是我们琼 A-32737 车的导游，大家叫我小莫好了！如果您乘飞机过来，那么从机窗俯瞰，便会发现在碧波万顷的南海中，一颗颗如同珍珠的岛屿镶嵌在这里，在众多的珍珠中间，有一颗最为璀璨夺目泛着绿色的光芒，那就是我们脚下的这块热土。从今天起，我将陪同各位度过这段美好的时光。我们这几天的日程是：今天自由活动，晚上住海甸粤东摩天大厦。好了，大家旅途劳累，咱们放松一下好吗？"莫蔚然小姐微笑着问大家，见大家神态各异、鸦雀无声，便自我解嘲说："我先给大家讲个笑话，起个抛砖引玉的作用，欢迎各位隆重推出更好的节目！"

　　莫蔚然看了一下司机，小声地嘀咕了一句。其实她用的粤语或者客家话即使声音大点，车上的其他人也不会听懂的。司机会意的笑着点点头。车在椰树夹道的高速路上行进，前边市区的高楼已开始闯入眼帘，路旁标牌箭头指向了"龙昆大道"。莫导游讲，D省的植被很好，而且四季常青。由于常年这儿的人们受自然条件的限制，很少越过琼州海峡，特别是很少到祖国的北方去。建省那年，A市旅行社也就是我们这个社，适逢春节期间组织了一个别开生面的冬令营活动，题目是"我到北京去采风"，也属于D省小记者北方行。孩子们去的时候，正好赶上了一场大雪，千里冰封、万里雪飘，好一派壮阔的北国风光。孩子们很开心，于是在闭营时，都写出了一篇有着真情实感的采访手记。孩子们写道，祖国的北方不论是丘陵山区，还是千里沃野，都盖上了一层洁白的雪被。在农村，远远望去，雪原里恬静的村庄，农舍还不时地冒出一股股炊烟。走进村子，那些穿红戴绿的女孩们正在打着雪仗，发出阵阵银铃般地笑声……北京则更具王者之气。宽阔的大街、鳞次栉比的高楼大厦，其间车水马龙、川流不息，熙熙攘攘的人群，匆匆地移动着，一派繁荣祥和的气象。纷纷落下的雪花，给这座五颜六彩的都市又增添了一些童话一般的梦幻之美。

　　"孩子们描绘得出神入化，刻画得千姿百态"，莫蔚然说着对大家莞尔一笑。"有个别孩子结尾还点了一笔南国和北方的差异。"

　　不少小孩子都写道，在祖国辽阔的北方，不论你坐在奔跑的火车上，还是徜徉在大街小巷里，我们很少看见有象征生命的绿色。这与我们D省简直是天壤之别。更直露的是，有一个孩子还写道，过去听说北方人喜欢弄虚作假搞浮夸，这次仅树木一项，就如窥一斑。北方人把路道两旁插上了许多没有叶子的枯树，以此来装点。

　　"D省的孩子们没有见过落叶乔木，他们竟冤枉了可爱的北方朋友！"莫蔚然这句议论很显然是担心和北方人之间产生隔阂。

　　"莫导，听说D省这块地方社会治安状况比较好，气温一年四季都比较高，人们特别是女孩子都穿着很暴露，但没有发生过强奸犯罪的案件。"段仁并没有面对导游，却滔滔不绝地向莫蔚然提着问题。他正继续说着时，坐在一旁的曹冬至"啪"地拍了他的脊背一下，说了声"蚊子"。他把一只刚刚拍死的虮蜉一般大的蚊子拿下来让段仁看。她实际上主要是不想让段仁再问那些谈话，这只该死的蚊子恰好做了她的道具。段仁果然戛然止住了下面的问话，茫然地正视着莫蔚然那张幽默的笑脸，茫然间还夹杂着期待。中巴车这时拐了个弯，好像是提醒车上的各位不要打瞌睡，打起精神专心致志地聆听莫导的讲解。

莫蔚然长这么大，起码懂事近二十年来，做导游也好几个年头了，还从未见过当众为了制止丈夫的话语而以打蚊子为借口动起手来的，也没见过丈夫对妻子的粗鲁作法采取如此冷静和克制态度的。妻子这种直露粗劣的表演，竟然能瞒住丈夫也瞒住同行者？莫蔚然感到刚才的"啪"声和之后的平静多么的不可思议，但那张茫然间带着期待的目光指向自己时，似乎又找到了一种不一定全面的答案，同时一种轻微的恻隐又启发她扮演好为人解嘲的角色。

莫蔚然笑容可掬地告诉大家，建省以后，来自全国各地的有识之士前来开发淘金，来证明自身的存在，来实现人生的价值。这大街上一夜之间建起了不同层次、风格各异的门店，开始行走着步履匆匆的人们。当然，一个地方都不是处在真空和世外桃源里。在主流的一旁还存在逆流和漩涡。莫蔚然说到这里停顿了一下，拿杂志的手指了一下前边不远的地方，那里站着三四名严阵以待的交警，正密切关注着红绿灯下行走的车辆和行人。司机领会了莫导的心意，会意地用微笑回应了她，仍然孜孜不倦地驾驶着中巴。过了那几位威严的警察之后，省委的大门就跃入了人们眼帘了。大门两旁的岗坛上，站立着端庄严肃的武警士兵，他们毫无表情地注视着什么。

莫蔚然继续着刚才的话题。随着抢抓机遇、抢滩海岛的热浪掀起，人们几乎都憧憬着新一天的美好曙光，或者做着乌托邦般的黄粱美梦，蜂拥而至来到这个充满诱惑苍凉的地方。中国人固有的面子和虚荣，中国人固有的破釜沉舟和吃苦耐劳，挽留和征服着这些血气方刚的人们，使他们在这里经受着经济过热和紧缩银根后迅速冷却的考验和熬煎。这座没有冬天的海岛永远都温暖着那些无奈的盲流，即使在到处都有半拉子工程的不景气的时候，人们都还眷恋着这儿，还异口同声地称这儿是人世间最优秀的养生天堂。

莫蔚然声音压低了许多，似乎疲倦得少气无力。她继续说下去，海甸的许多天桥上，夜色笼罩以后，天桥两边的护栏旁，便成为买卖色相的交易场，那些到 D 省猎艳的男人轻而易举地在这里找到红粉女郎。还有那条宽阔的滨海大道上，就是 A 市生生百货大楼和体育场那条街，每天华灯初上便人流如潮，成千上万名来自内地的无业女孩子便开始了她们谋生的业务活动。

"就是这样的环境，有钱能使鬼推磨的环境，什么事情都可以用钱来办到，那位先生刚才说的情况在此很少，但不能说没有。"莫蔚然说了那么多，到此才迎合住段仁的问题。"有一次，我们这里有个国有企业的副经理想整经理下台，买通几个三陪女把经理用酒灌醉，然后控告他强暴女服务员，实际上，这几个三陪女孩故意引诱经理上床的。酒后的经理头脑发热与那女的做了那事。那女的待经理完事后，开始哭闹起来，并用卫生纸包好经理的排泄物。人证物证面前，这位经理被刑侦警察送进了看守所，到了看守所往号子里一扔，号子里的囚徒们便好奇地盘问他为什么被关进来。这位经理虽然见多识广曾经沧海，但因违法犯罪被关进牢狱还是第一次，确实不知道该如何回答他们才好，只好照实说别人告他强奸妇女。"他哪里知道当强奸妇女几个字一出口，先入为主的九名囚徒便咆哮着冲他骂道，"打这个笨蛋，都什么年代了，还犯强奸罪，妈的五十元就可以搞上一次，揍他！"拳脚像冰雹一般落在经理的头上身上，好痛好痛。还是坐在一旁抽着自制卷烟的黑胖子制止了他们，这几个家伙才骂骂咧咧地住了手。经理如果说犯了故意伤害或杀人，说不定还能引来敬重的喝彩或拥戴呢。他想，看来监狱里也是说瞎话才能有所作为。强奸妇女这个落伍过时的诉讼词语，看来只有在落后、闭塞和贫困的地方还没有被淘汰。

中巴车进入海甸之后，先左右左再左共拐了三个弯，便稳稳地停在了粤东摩天大厦旋转门下的平台上。司机很礼貌地告诉大家下榻的地方到了，然后轻轻地打开了电动车门。随后，一眨眼工夫走过来五六个身着红色洋服的高挑的服务生。

五

电梯在第九十九层亮起了到站的灯，服务生帮宾客们拎着行李寻找到各自的房间。这种房间不拿钥匙，只拿着火柴盒一般的遥控器，对准房门一照，嘀的一声绿灯一亮，门就可以打开，比在C市见识的磁卡钥匙还"洋气"，真的让贾松江、段仁夫妇一行眼睛发直。

关上房门，曹冬至的脸由晴转阴，而且乌云密布，大有山雨欲来风满楼之势。对于这种喜怒无常、晴转多云、瞬息万变的脸，段仁早已司空见惯，久而久之也习以为常了。不论面前的是脑血栓患者般的脸，还是跳大神之巫婆样的脸，抑或是凶神恶煞雷公式的脸，他都权当那只是一幅纸画或是一尊塑像，不予理睬罢了。实际上曹冬至也清楚这一切，段仁早就告诉她，若不是她这张变幻多端的脸，或许还能使他的男性几乎丧失的生殖器功能得到修复，或许还能使他那颗即将趋于禁欲的心理获得新生。段仁曹冬至夫妇只是与时俱进地表演着他们的生活和爱情。玉米地偷情以后，曹冬至跪地发誓，以后即使段仁再出现类似问题，她绝不再采取敲锣打鼓的办法去解决了，再也不做影响段仁发展进步的蠢事了。曹冬至确实改正了，用政治术语说是成熟了。但她从另外一个方面对段仁的摧残和伤害却有增无减。

"我发现凡是自己根本就不行的，偏偏三句话不离那种事，不仅扯淡，而且下贱。简直不顾脸皮子，不怕别人背后戳脊梁。"曹冬至还是延续着车上的事。

段仁平静的表情里增添了愠怒的成分，然而他并没有迅速表现出什么，深深地吐了一口气后，引用并发挥了一段伟人的话，"内因是变化的根据，外因是变化的条件，外因通过内因而起作用。实际上往往是外因起的作用大了，导致了量变到质变。我们原来工作过的公社兽医站有一匹剽悍的公种马，平素见到健壮的母马总是性欲大发，急不可待。听说自从人为地骗它为它不喜欢的异性交配后，变得情绪低落，一蹶不振，几乎遭到淘汰。特别是那头流鼻涕、出眼屎的草驴一出现在公马面前，公马便禁不住打起寒战，还谈什么性欲呢！"

"狗嘴里吐不出象牙，太监专说撩拨人的酸话，是公马给你交了心还是草驴向你诉了苦？"曹冬至十分清楚那个兽医站里发生在牲口身上的性爱故事，她不只是听段仁这样描述，那位忠厚的史站长及女畜牧师史蕊等都说过，当时史站长和史蕊谈论此事时，都特别强调了这是动物学、心理学范畴的东西，需要加以科学研究才能客观解释。那时她听过之后，总是惊叹世界竟有如此通人性的牲畜，也总是感叹着有些男人连这匹公马都不如，有些男人见女人便起淫心，不论是葱是韭菜是小蒜只管往自己篮子里揪。她还听别人说，当年她们乡下的一个村子里还发生了奸憨子、奸尸、鸡奸的事情，有一次的批判会上，还揪斗了一个到母猪圈里发泄的男子。如果放在过去的任何时候，她都会接受关于这匹公马的故事。只是这会儿坐在摩天大厦这个雅静的客房里，她一点也听不进段仁这番寓意古怪的话。她知道自从那次交合玉米地之后，段仁出于复杂的心情，也出于对现实的妥协，才从表面上跟她曹冬至恢复了关系。但那种隔阂的鸿沟并没有缩小，而是越来越变得难以愈合和跨越了。特别是那次段仁出公差，回来后他竟变本加厉，公开说，他这次外出遇到了麻烦，以后不可能与她有床第之事了。那时，曹冬至懵懂极了，她想哭又怕段仁更瞧不起她。她对段仁短短的几天公差就在花花世界里发生这么大的变化甚是不解，于是便痛恨起这次公差，不由得在多个场合臭骂那位派他出差的单位领导。最令她伤感的是那夜失败的床事，本来她与段仁调剂好了情绪，两人满怀必胜信念进入那种境界的时候，段仁在千钧一发之际从她身上滑落下来，像一名败下阵的军人，无奈地告诉长官自己临阵不知所措了。她当时只有迫切的等待和像烈火烧身的撩拨，段仁这种失败如同谁当众羞辱了她。她终于在那种烈火中突然冷却，把痛恨集中在右手上，狠狠地朝段仁的背上拍去，骂他玩弄人的感情。段仁可能是出于某方面的愧疚，竟在曹冬至的无情痛击之下，毫无反抗的意思，甚至在这种情况下还笑容可掬地接受了这一切。最使曹冬至心凉的便是在拍打之后，段仁厚颜无耻自我解嘲地说，"你越打我越是离成功更远，今后说不定我一看见你那张灰色的脸，就失去做那事的信心和兴趣。换换人或许有百分之百的把握。"好久，曹冬至密切关注着段仁的动向，除她之外任何女人的留言和接近，都要受到严格的盘查。尤其是段仁不论走到哪里，她总是像他的保镖，盯紧他唯恐掉队。这次南方之行便是平常不过了，尽管其他同行者没有带家属的。她容不得其他女人靠近段仁，她容不得其他女人夜半打电话给段仁。段仁必须是她一个人的。

　　段仁不愿向任何人说出他那段难以启齿的经历，包括他朝夕相处而且在玉米地事件之后信誓旦旦的曹冬至。本来他那次出公差只是一种托词，那是他不愿告诉曹冬至事情的真相，才告诉她自己要出差到陕西宝鸡，事实上他是受××局副局长的指示，到渭阳村打听一件事情。由于这件事可能会牵涉两位干部的前途，两者只选其一。段仁在这种背景之下踏上了陇海路的列车，几年前还喷着白烟的蒸汽机车这时候已经很少见了，取而代之的是车头车身都是绿色或者首尾一致全是橙色的车了。出门的人太多，段仁没有买上座位，只好心甘情愿地在两节车厢连接处站着，一直等到上下车的地方那几位旅客离开了才铺上报纸坐了下来。夜晚坐车，独自一人，他见不少旅客都把报纸铺在座位底下，钻进去安安稳稳地睡觉。凌晨三点的时候，他终于得到了这样的位置，很快进入了梦境。那个梦里，他又见到了那位妇女队长，这次她没有要求他做什么，只是不停地抚摸着他，告诉他她丈夫去年死了，现在已经无忧无虑了。他觉得妇女队长变得比过去更美丽，禁不住产生了重温旧梦的骚动。妇女队长纤细娇嫩的手在他手背上、胸口上、腿上柔和地搔挠着，使他浑身痒痒的、软绵绵的，继而从心里喷涌出一股强烈的冲动。突然，一阵阵叫嚷声把他唤醒。一位着中山装的老人指着他说："你的裤裆里钻进去了两只老鼠。"段仁觉得瞬间自己的头皮发麻，头发紧接着竖了起来。段仁跳了起来，两只老鼠这时正在他的裤管里从下往上爬动。他跺着脚，试图把老鼠震落地上。老鼠牢牢地抓着他的裤子，他跺脚时，老鼠一动不动，他停下来时，老鼠便往上爬。他从未遇到过这种情况，一时竟束手无策。两只老鼠一左一右，如同开展着激烈的攀援比赛，也像两个顽皮的男孩在玩捉迷藏游戏。段仁想抓住它们，又害怕老鼠急了咬人，特别是两只老鼠中的一只已经钻到了裆部。这时候最好的办法，只能是摈弃羞耻感，当众脱掉裤子，把两只老鼠摔出来。然而，素有聪明之名的段仁，而面对两只老鼠却变得相当愚钝。段仁情急时，只好一手护住自己的那个部位，一只手开始拍打老鼠。老鼠也像跟他开玩笑一样，他打一下，老鼠挪动一个位置。他停下来，老鼠也按兵不动。而那些看热闹的乘客们，有的指挥段仁猛击老鼠，有的指挥段仁抖动裤子，还有人呐喊着搦死它们。黎明前的车厢里，人们的睡意都被段仁和老鼠之间的纠缠驱赶殆尽了。车厢内气氛热烈、叫喊不断。最终，两只老鼠被制服，段仁也为此抓破了那个地方，付出了被蛇咬怕井绳和谈虎色变的精神代价。他把那封预先写好冒名渭阳某村老百姓的信投了出去，带着鼠伤返回王畿。那以后，他见到灰色的东西，见到带毛的东西，都产生一种强烈的条件反射。他不愿向曹冬至讲明原因，也不能责怪曹冬至，只能表现出常败将军屡败屡战的顽强，有时为了不让曹冬至认为自己没男性功能，而玩弄着精神胜利法说和曹冬至不行与别的女人肯定行。

那以后，他的政治地位发生了变化，由一名运管站兼农机服务站小小的站长一跃成为王畿市××局的副局长，比起后来提拔的贾松江，他整整早进步一届。他庆幸自己的宝鸡之行神不知鬼不觉，在一种朦胧的状态中遏止了贾松江的前进步伐。他也为自己遭遇鼠害而懊恼，这为他进入班子以后，在历次的爱国卫生运动尤其是灭鼠活动中获得先进称号，注入了永不衰竭的动力。还有裤腿里钻进老鼠，使他夜间对小动物有了敏感和厌恶，对灰色的惧怕，对带毛物的忌讳成了不可救药的心理顽疾。正因为此，也为他平反昭雪玉米地问题提供了根据。

　　推荐、选择、使用干部的每一个环节，都是那些在政治上要求进步者十分敏感的阶段，这期间哪怕是轻微的风吹草动，都会引起人与人之间的激烈竞争，都会在舆论界、街巷里产生回应，特别是领导干部、纪检监察部门、组织部门的信箱里随之增添大量的面目狰狞、磨刀霍霍、指东道西的不署名的信件。那一张小小的邮票，八角钱的投资，能让不少人为之付出金钱所不能衡量的代价。贾松江的婚外情导致人命问题、与海外敌军有勾结问题，把呼声很高、民意测验优秀的贾松江留在了圈外。段仁的玉米地偷情一事，也成了他晋级领导层的障碍。也许这就叫贵人相助，那位××局即将离任的副局长，把段仁玉米地偷情的反映材料，悄悄地透露给他。段仁和曹冬至虽然矛盾尖锐积怨久远，结婚十多年连个孩子也没生，但在这个问题上，却保持着意想不到的高度一致。段仁玉米地媾和妇女队长是千真万确的事实，那是众所周知的绯闻。曹冬至大闹公社机关，段仁挥泪写检讨，多少年过去了，曹冬至为了丈夫对那件事重新彻头彻尾地编排了一番。她找到王畿的组织部长，一进门便跪下大喊冤枉，之后号啕大哭，弄得市委机关的干部都围拢过来观看新闻。擅长表演的曹冬至一看机会到了，就在部长及秘书的劝说、搀扶下，坐在部长门内的办公椅上，对着走廊里观察新闻的干部们，讲起了十多年前自己丈夫遭人诬陷导致身残的往事。曹冬至深知一条新闻、一条谎言、一个故事，纵然你拿着话筒架着高音喇叭，把你传播的内容在繁华的十字街、在人头攒动的集市庙会，歇斯底里地叫嚷无数遍，并非能让社会上传播开来。假如你在机关的走廊里或大门口，只需稍加努力，很快便能上通领导下达基层，轻而易举地达到满城风雨的效果。曹冬至愤慨地说，当年她丈夫段仁是一位十分优秀的交管站青年后备干部，由于木秀于林，便遭人陷害，他们恶毒地教唆一名作风下流的妇女，把段仁强拉硬扯地弄到玉米地，然后让人包围过来，把屎盆尿罐无情地扣在段仁头上。曹冬至还说，她当年为了出这口气，还拿着烂脸盆到公共场所敲着痛骂了几天几夜。那些作奸犯科的家伙们到底没人敢出来跟我照头。我家段仁之后得了一场病，气得那东西也不管用了，至今是久治不愈。曹冬至说到最后声泪俱下，弄得那些打听新闻看热闹的机关干部不得不发出接二连三的叹息。那之后，曹冬至如同被调进市委机关的人员，逢上班她就到，逢领导办公室她就进，逢同志她就诉说。这种哭诉和呐喊，果然感动了市委的领导，那位由于"错划"刚被恢复组织部副部长的老同志，还同病相怜地说"又一起冤案"，之后他又极其认真地让部里的同志陪段仁检查了身体，医院出证说段仁"障碍性阳痿"，充分证实了曹冬至的诉说千真万确。在常委会研究段仁的提拔问题时，一点杂音也没有。为此段仁十分佩服曹冬至，这时候也觉得由于自己的原因愧对了这位不算美丽的妻子。宣布人事任免文件的那天夜里，段仁真心实意地想报答一下饱受煎熬的曹冬至，就像一位善良的农夫想用甘甜的井水浇灌一下久旱的农田。段仁又失败了，那是他无意间触摸到了她的小腹，马上又招来了遭受老鼠抓咬的伤痛。他只能用那句安慰自己搪塞别人的话，告诉曹冬至自己和她的失败，并不意味着自己的绝望，也许换个时间和空间，换个对象这一切还能被重新激活。那夜，曹冬至哭了，曹冬至骂他早就变心了，还说秦香莲为什么这么心软，当铡陈世美头颅时不仅落泪还跪下求饶。

就是从段仁当上了市××局副局长以后，曹冬至对他的监控更加严厉了，达到了严防死守的程度。最让她不能忍受的是，这个家伙那东西那么低能，却经常谈论男女之间的那种事，特别是年龄越大，事业上已经退居二线的时候，谈论男女之事反倒成了家常便饭。从美兰机场搭上中巴车，面对着如花似玉的小导游，他竟能出口就问关于强奸一类的话题。曹冬至本来就心存疑惑，心理一直不平衡。她觉得拍一巴掌只是无言的提醒，没有当众骂段仁就是给他留足了面子。

六

贾松江从摩天大楼自己房间窗口向远方望去，A市那密密麻麻的高楼大厦一下子涌进视线。据说几年前这儿还是另一番景象，只从国家开放开发的政策一出台，开发建设者接踵而来、势头风起云涌。一个地区的变化，取决于国家政策的导向和支持力度。他们王畿市也是如此，原先桐树岭那个丘陵小乡无人问津，书记乡长在市里开会常受冷落，会上发言遭人质疑。自从那个乡被破格提拔一名副市长后，这儿竟成为一块热土。后来，副市长晋升为市长、书记，尽力对这个小乡在政策、经济上倾斜，还对小乡违规出轨的事情高抬贵手。丘陵小乡没有人敢低估，更不敢视而不见了。不仅这里的老百姓进王畿扬眉吐气，乡村干部开会时牛气冲天，而且这里的山山水水也因之改名换姓。这位副市长后来衣锦还乡名曰视察，登上全乡最高处正欲抒发情怀，忽然狂风大作，乌云滚滚，吓得这位青年干部忙带领部下和乡里陪同人员落荒而走。这位副市长那天夜里发烧住进了医院，朦胧中他见到一位解放战争时期的农会干部手持驳壳枪，带着缟素一团的全家老小，身后还有无数名舞刀弄棍的农民，呐喊着向他走来。他连忙往乡机关后院的红薯窖里钻，却被一向称他为再生父母的栗章锁拽住，把他交给愤怒的老农会干部。他连忙跪下求饶，说自己虽然在这里当着党委书记，可两次血洗无辜群众，多次摊粮派款都是乡长安排干的。在农会干部宣布他死刑，那支驳壳枪对他脑袋射击时，他被唤醒了。医生说他发烧到四十一度。他厌恶、惧怕乌云和这场噩梦。不知是条件反射还是什么原因，他对那天陪他一块登山的书记乡长由衷地恶心。一向成熟而敏感的书记乡长，把那天的乌云、狂风描绘成了无比吉祥的征兆。他们说，乌云乃紫云，有云则龙焉；狂风乃瑞风，天子在焉……副市长转悲为喜。随即，书记乡长又拿出更改地名向市民政局打的报告。他们把鸡鸣山改成凯旋山，严家沟水库改为黎明湖，把副市长在此驻村两个月的乞丐沟改为状元沟……

人可以改造环境，环境也能改变人。

联想到自己，他贾松江在乡站工作时，对书记乡长逢年过节摊派收礼十分反感和愤恨。可轮到自己的时候，曾说尽甜言蜜语笼络那些为自己送礼的人，让那些吃了亏、亵渎了人格的人反而心甘情愿。在××局副局长位上时，他对退下来坐在一旁挑刺儿的老干部十分不满，发誓等自己退下来时，至死也不找茬儿。然而……

他们××局的党组书记在班子会议上讲述了王畿市金沟镇两兄弟由于心理不平衡而不停上访的事情。这两兄弟在联产承包责任制之后，都放弃农活不干，而是做着黄金梦。他们俩天天在山沟里闲转，梦想拣到一块品位富、价值高的金块。多少年过去了，村里的农民在农田里致了富，昔日的光棍汉都娶妻生子。而他哥弟俩仍旧是一贫如洗，可怜三十出头了都还是孑然一身，加上家里的老父亲，村里称他们三条汉子之家。见到别人家娶妻添丁，他们就产生嫉妒心理，在一旁造谣说××新媳妇为什么要嫁到山沟里，是因为她以前是在城里做卖身生意，不到山沟里来是没人要的，保不住她们身上还有梅毒呢。再不是，他们便传播××妇女曾和他们哥儿俩上过床。发展到后来，他们只要一听到婴儿的啼哭就写信到计生委、计生办，反映他们村又偷生了小孩……党组书记说，自己办不到又希望别人办不到，或者自己摘不到葡萄就骂葡萄酸的人，是一种逆反心理在作怪。这兄弟俩和个别在一旁不干事儿、只是对于干事者横挑鼻子竖挑眼的人，统统是犯了逆反心理的疾病。他还批评过那些自以为工龄长、党龄长、贡献大的人，不论是谁，不论过去职位多高，只要你违犯了党纪国法，照样会受到严惩。后来，这些老同志联合起来，署名告他骄傲自大、不尊重老干部，不让发挥他们的余热，上级又管不了那么多，见告状信多了，就认为这位党组书记驾驭全局的能力有限，稀里糊涂地就把他调到了水库当了一名协理员。那时候，贾松江打心灵深处同情这位受委屈的书记，痛恨那些指手画脚的二线老人。

后来，王畿市最会作秀的孟书记，在多个场合骂老同志是老杂毛，是多管闲事的家伙们，而在他得知要晋升时，又把这些老人时时处处摆上位置，请他们坐主席台，决策时让他们拿意见，聘他们为顾问，为他们发放工资之外的补助。弄得本来就需要精简的领导层又增加了编外人员。从局委退下来的人也纷纷仿效，于是"余热委""老决办""夕阳暖""智囊团""参议办"如雨后春笋般出现。他贾松江原本打算过轻松的退隐生活，打算和妻子麦丰收舒舒服服地过几年，在拜见马克思之前，补偿一下年轻时欠麦丰收的感情账。然而，他只沉默了半年就再也坚持不下去了。他觉得现在的人差不多都是欺软怕硬，哪个人跳出来提意见、找毛病就能引起台上人的重视和尊敬，发放节日物品就不敢忽略；哪个人实实在在地维护现任班子的利益，遇事谦让，反而会受到现任领导的忽视。那年春节发东西，竟然把让贾松江给忘了，段仁家曹冬至吵吵闹闹，那年领了双份的东西。他为了掌握现职干部的把柄，可以称得上历尽艰辛。他觉得这一切都是财富、都是地位。久而久之，他不发言、不找毛病心里就受不了。有时候他竟忘了自己的坐标和磁场，在王畿××局，他有市场、有他的运行轨道，否则，他只是一块石子和瓦砾。在飞机上，阻拦起飞，他忘记了自己是谁，带来了羞辱和愧疚。还有，他这次到南方来还有个动机，就是要认真地了解南方到底是什么样子，为什么有那么多的干部都蜂拥般地朝这里来。在这个问题上，段仁跟他有共同语言，特别是段仁，前几年打听最多的是那些发达地区发展快的原因到底是什么，除了政策、体制的原因外，他指责最多的就是请客送礼等腐败问题。夜里打电话问服务吗，他们断定现在的在职干部根本就没有拒腐防变的能力，他们在红灯下的糖衣炮弹里面注定要打败仗，他们接电话肯定会让小姐上门服务。这次到 A 市去，他们都攒着十足的劲头，要到滨海大道上体验一下拉客人的手法，要到那些神秘天桥上领略一下皮条交易的风光。

正好头天晚上安排的是自由活动，杨瑞不予解释原因地给了贾松江五百元钱，只说是茶钱就告辞了。贾松江坚信，小杨也会如数给段仁和其他同行者，就心安理得地笑纳了。

A市的霓虹灯比王畿市的更加神采飞扬。夜幕拉开，王畿市的繁华路段便次第亮起五颜六彩的灯，"迷你靓裙""四季沐歌""小城故事""始于足下"，还有"丘比特""吉卜赛女郎""一夜缘""不期而遇"等应时闪烁。贾松江起初看不惯这些，什么"阿波罗""澎湖湾""阿里巴巴"总是陌生和别扭，还是那次个体运输户小金请他在"始于足下"泡了一次脚。统一工作服的服务生，莞尔露笑的小姑娘，特别是周到正规的纯保健按摩，改变了他的观念。原来霓虹灯下并不全是肉体和色相的交易，还有不少货真价实的有益身心健康的活动。从那以后，他觉得霓虹灯是一种里程碑，是进步的象征，象征着王畿新的阶段已经开始，揭示了人类的崭新文明和社会发展的辉煌。在后来的征求意见会议上，贾松江依然提出意见，说王畿市的霓虹灯太少，隔三岔五稀稀落落，不够壮观缺乏激情。他这番言论一出口，令在场的其他老同志感到意外，也使许多激进的年轻人对他刮目相看。这个傍晚，贾松江如同发现了新大陆。A市的霓虹灯错落有致、恢宏大方，而且很有层次和节奏地闪烁着，如同一首激情饱满的歌，也像许许多多的千手观音挥舞着纤美的手。贾松江感受最多的是这里的茶艺苑和带椰树图案的招牌，时时处处都提醒人们生活在著名的椰岛。车辆比白天没有明显的减少，依旧是排着长长的队伍，像一条条巨龙，行道旁的椰树在晚风的拂动下，摇晃着长发般的枝条，路上三三两两的行人放慢白昼的步伐，悠闲地行走着。人民天桥上已经挤满了人，这个自发形成的特殊的人才市场不少外地人早已捷足先登了。一丈多宽的天桥上密密麻麻，真有点水泄不通、针插不进，天桥每端都有两个桥梯，桥梯处并不拥挤，就像闹市的入市口，这儿行走的都是些等待交易或者交易完毕的人们。贾松江看到已经配成对儿的男女，亲密无间地走下天桥，在路边招手呼唤的士。没有选择到或者迟到的人们，若无其事地随着人流挤到最红火的地方。贾松江随着人流登上天桥，桥两边倚护栏站着观赏夜景的女孩子，她们不时地指着远方的街灯，发出开心的笑声。她们对身后成群结队前来猎艳的男士，表现出一种无所谓的傲慢。当那些男士挤进她们中间时，她们便会主动地让出一席之地，然后交头接耳地议论着什么。接下来他们便如同老相识一样，紧挨着离开这儿。他们留下的空位子很快就被其他守候的女子或男士填补了。贾松江心里痒痒的，虽然没有猎艳的愿望，但内心也难免产生体验一下、往护栏跟前靠拢一点的冲动。然而，迅速结交而成的情人或者野鸳鸯一双双地离开了，尚在等待交易的男女又很快填充进去，好像一点儿不主动不踊跃就要遭到冷落和淘汰一样。贾松江往前迈出一步，接下来的一步就沉重如铅了。那些年轻点的男女总是不讲礼貌地把他推到后边，还有自身对自己的怀疑，弄得他不好意思和进退两难。他最终还是选择了让步，安慰自己说，咱是来考察的，咱不是来勾引女人的。再者，好看点儿的姑娘，早被人领走了。这儿跟菜市场上的情况完全一样，赶早集的往往能买到大点的馒头，挑选到鲜嫩的蔬菜。下了天桥，他长长地吐了口气，又深深地吸了一口带着海边湿咸的空气。夜间略带爽意的微风，使他感到清新舒畅，仿佛把天桥上给他的郁闷和压抑甚至龌龊一下子吹散到很远的地方。他挥了下手，一辆捷达牌计程车在他眼前停了下来，司机侧过身子推开车门。"滨海大道"，贾松江说，好像他是这里的老住户，特别熟悉这里的地名。司机在十字路口减缓了车速，绿灯亮时他转了一下弯停了下来。"师傅，滨海大道到了，你在这儿下车呢，还是到生生？"贾松江知道生生是百货大楼的名字，那儿才是最有意思的地方。于是回答说到生生吧。从人民天桥到滨海大道并没有很远的路程，而贾松江还是掏出了十元人民币，心里还自责是否太破费了。这一带的夜晚似乎有点疯狂，人多得像农村的庙会。特别是好几家夜总会门前，播放着震耳欲聋的音乐，还有一阵阵兜售商品的叫喊。他被卷在人群中，茫茫人流，看不出哪儿是首哪儿是尾，自己在这里真有沧海一粟的渺小。人流偶尔也有停下来的时候，在一根路灯电杆附近，一个男子拍他一下问："玩小妞吗？"这突如其来的问话弄得他一时不知怎么回答。他很快感觉到开放地区到处有诱惑，到处有陷阱。他真怀疑是便衣警察设计让老嫖客自投罗网，在王畿常有警察设暗线抓嫖客的事情发生。他昂首挺胸，不管那男子是警察还是皮条客，恶狠狠地说了句"不玩"。谁知，走进这个圈子，就真的麻烦不少。有个二十多岁的女孩冷不丁撞了他的胯部，问"做吗？"他几乎吓得跳起来，自己论年龄可以当她的爷爷，这女孩真是要钱不要脸的东西。他明知故问地看着小女孩说"做什么？"小女孩自知遇到了铁公鸡，就夹在人缝中溜了。接下来，一位三十多岁的妇女抓住了他的胳膊，使劲地摆动着说："大叔，我知道你是正经人，可你今天行行好吧，我已经好几天没有揽到生意了。"贾松江很扫兴，二十多岁的女人喊大叔是十分妥当的，这个三十多岁脸上布满皱纹的妇女喊什么大叔，自己真有那么老态吗？这位妇女一副哭丧脸，夜灯下尽管看不清她的肤色，但大致看出她是一位曾经漂亮过而今时过境迁的女人。这个女人为他贾松江出了道难题，明明就是逼他就范。他脑子里很快浮现了当年他们兽医站里的那匹公马，见到那些貌不惊人的母驴母马，性欲一点儿也没有，连精神也打不起来。他贾松江怎么能和这位几天都揽不到生意的人发生男女之事呢？他在口袋里盘点着零钱，摸到其中一张绵软的纸币，他估计那张是十元钱的，想掏出来打发走这位讨厌的中年女人。哪知他掏出十元钱一挥，这位妇女离他而去，根本没有接受他施舍的意思。走了两步，妇女扭过头骂了一句："快死了还没学会享受，你用十元钱扔给讨饭的吧……"。因为这位妇女操一口贾松江听不准的话，后半句骂的是什么他便一无所知了。他如同遭受了侮辱，气得浑身发颤，本来凭着一副好心肠，十元钱在北方可以买到四盒方便面、四碗烩面呀，没想到好心被当作驴肝肺。他闭上眼睛站在原地，否则委屈的泪水就会滚落下来。他问自己为什么要到南方来，这么陌生无情的地方为什么还有那么强的吸引力和魅力。

天突然间下起了雨，人们的步子更加匆忙和零乱了。雨只是猛烈地下了不到一分钟就停下来，透过椰树的枝条，依稀可见天际中缥缈的星星。

在他前方十多米的地方，他听到了有人在骂人，只是隔了好几层的行人不知骂什么，他快行了几步，看清楚那是两位女子挟持着一名瘦高的男人，好像男子不情愿跟她们走而遭到她们的推搡和责骂。男的问："到底多少钱？"其中一名女子说："三百！"男的说："太多，不干！"另一名女的说，"太多，跟你老婆做不花钱，还有鸡蛋汤喝！跟麻脸婆有什么可做！做我们，可以优惠，二百怎样？"男人不作声了。那位要价三百的女子走到前面说，"如果觉得一个人不够刺激，我们俩一块陪你怎么样？四百元不仅能见识录像上的东西，还能享受录像上的一切！过了这个村就没有这个店了。"走近的时候，贾松江猛然觉得这位被挟持的男子像段仁。段仁今晚身后为什么没有曹冬至呢。他正在问自己曹冬至怎么被段仁甩开了的时候，只见那男的挣脱了女子的手，朝一旁奔跑起来。确实是段仁。他很快被拉了回来，两位女子骂他即使长着兔腿也休想溜走。贾松江在王畿时讨厌段仁，一副虚伪的样子，欺骗了多少人，当婊子还要立牌坊。然而在异地他乡，他又不忍心让段仁受人欺负。他不顾一切地冲上去，完全是要解救人质的样子。两位女子见半路上杀出个壮汉子，连忙解释说："是这位客人要做我们姐妹俩，从掌灯开始他就跟我们搞价钱，一直到现在，要不是他，我俩好几回生意都搞定了。先生，你评评理，这件事是姐俩没理还是他没理？"贾松江趁势说，无论谁有理无理，就到此拉倒吧，如果有缘今后还会相遇，到时再把这一切完整弥补起来吧。姐俩知道遇到了对手，很气愤又不便发泄，只好狠狠地朝段仁的背上使劲一拍，另一位飞起一脚蹬在段仁的臀部。拍段仁背的女子还恶狠狠地说："妈的，小气鬼！"两女子转眼不见了踪影，如同聊斋故事里神出鬼没、变幻多端的妖魔。

段仁说其实刚才没有什么。他的言外之意是说即使贾松江今晚不管不问也不会有事的。段仁自我解嘲地说，他只是了解一下南方的风情，知道一点这里风月场的行情，不会做什么的。他一再强调他不会过分的，意思是告诉贾松江他是有党性觉悟的人，绝不会做有损党员形象的事。

贾松江只好附和他说，这里是有钱人的天堂，是穷人的地狱，像他们这些中产阶级也谈不上的人，是没有资本到这里寻欢作乐的。他们回到摩天大楼的时候，这附近神采飞扬的霓虹灯已经趋向阑珊了。

段仁这才告诉贾松江，曹冬至今晚掏尽了他身上的钱，放他尽情地逛大街，还说她累了想早点睡，特意给段仁一个放风的机会。惨淡的路灯下，贾松江觉得自己是在跟一位可怜的幽灵对话。

七

看完五指山、万泉河后，曹冬至对段仁说："看景不如听景，几千里路来到跟前一看，跟平常想象的一点都不一样。年轻时看革命样板戏《红色娘子军》、电影《琼花》，想着那万泉河一定是波涛汹涌、河面上船只很多，原来就是一个小河沟。五指山原来我以为很雄伟高大、万木葱茏，原来就像我们老家的一座丘陵……"

上了中巴车，曹冬至就兴致全无地打起瞌睡，导游莫小姐把火山口描绘得天下第一，把东山羊文昌鸡的美味讲得大伙垂涎欲滴，也没能把埋头打鼾的曹冬至讲醒。

曹冬至病了，南方的伙食她消受不了，这儿瞬息万变的气候她也感到不适。她把代表权利的钱包、食品袋交给了段仁，自己扶着座位走到了最后一排，那儿正好是四个座位，可以舒舒畅畅地躺一个人。

火山口公园处在碧绿的乔、灌木丛林中，经过人为的修葺和整理，远远望去十分像明清皇家的陵园。青灰色的石头台阶一丈多宽一直铺到山林的半腰，之后向右边拐过去，便是不到一米宽的小路，弯弯转转地伸到一个山洞里。导游带大家都下车的时候，曹冬至仍没有醒来。段仁走到后排晃晃她，讨好地说火山口很好玩，下来悠悠换换空气对身体有好处。曹冬至这才勉强睁开眼，见大伙全下去了，便对段仁发起脾气，骂段仁不该把她唤醒，说一座小小的火山口，几块像煤矸石一般的石头有啥值得大惊小怪的。说着，她重新闭上眼，手在空中一划，意思是让段仁滚出去看火山口吧。段仁悻悻地如同拖着百十斤的包袱，慢腾腾地追赶着他的同伴。莫导游的那面黄色旗子已经飘在了石台阶的半腰，在那里好像特意向他摇了摇，接着又往前行进了。莫导告诉大家，因为今天的参观点很多，火山口公园结束后，还要到桂林洋度假村、南丽湖游乐中心，晚上宿 B 市观看鹿回首黎寨风情表演、参加民族大团结篝火晚会。

所谓的火山口公园，是选择了很久远的一个火山口，修筑了一条下宽上窄的参观通道，下面很多小径都可通到密林深处的偌大一片山坡。段仁驻足往不远的灌木丛中望去，恰好目击几只全黑的矮小的山羊在林间追逐，同时惊动了几只灰褐色的小鸟。这时，有人在身边快步走过。那是一位举着湖蓝色底子乳黄色花纹遮阳伞的女子，阳伞下的长发轻轻飘动着，这位女子白皙的长脸上戴着一副泛红的太阳镜，脖子上的项链还闪着刺眼的光，那套紧裹身体的黑皮裙装在阳伞下有节奏地扭动着。段仁看得很投入，这女子的裙子短得跟她的内裤一般齐，那双长筒皮靴几乎到膝盖处，浑身露出的仅是凝脂堆雪的两条大腿。段仁如同在肉食橱窗处看到了令人嘴馋的烤鸭。忽然，有好厚一沓子钱从这扭动的黑色中掉在地上，他本能地喊叫那姑娘，提醒她丢了钱。这女子走得太匆忙，似乎根本就没有听到他的叫喊。他正要再喊，身子被谁碰了一下。一男一女两位游客阻拦了他："不要喊，我们三个看到的，捡起来到一边分掉算了！"段仁说："那怎么行呢，人家丢了钱！"一男一女快走几步，男的捡起钱说："至少六千块，老先生咱三人每人分两千！"段仁有点想就范，但还是假装正经地说："咱不能贪不义之财呀。"那女的说："咱又不是偷的抢的，不能算是不义之财，只能说是运气好。"那男的见段仁还在犹豫，指着背后的一群人说："人越来越多了，要是你真的不要这钱也就算了。反正丢钱的那个女的也不是拉车子下煤窑挣的钱，保不住她也是坑害别人得来的！"

段仁终于在十分复杂的情绪支配下，跟着这一男一女顺着山林间的一条小路来到偏僻的茂林深处。那男的先是掏出一支雪茄烟燃着，接着从腰间摸出一把跳刀，"嚓"的一声露出了白刃。男子顺手把刀子扔向左边，不偏不倚地刺进段仁身边的树干上，这一连串的动作，段仁在警匪片里看到过，禁不住出了冷汗。男子示了一下眼色，那女的钻进了密林。两分钟时间，林子里窜出五六个拿匕首的年轻人。从没见过这种情况的段仁，很快意识到他上了别人事先设计好的圈套，但自救的可能一点也没有了，这一切都为时过晚了。段仁无奈地闭上了眼睛，接下来发生的一切他都不记得了。

莫导的小黄旗使劲摇摆着，那只频率很高的喇叭也不停地呼唤，但总是没有段仁的影子。躺在车子里的曹冬至病也一下子痊愈了。她迅速跳下车子，在火山口公园的灌木丛中寻找着段仁。她边找边骂："你个死老段，我就一回没有跟着你，你就失去了踪影！"

一直到太阳落山，火山口公园已经没有了游客，人们才看见了从密林里爬出来的段仁。他来南方前一天才买的新服装不见了，浑身上下只剩一个短裤头，头发乱蓬蓬地如同刚从牢狱里放出来的因犯。

"东西呢？"曹冬至指的是钱和食品。

段仁号啕大哭起来，边哭边吼叫："老天爷，谁叫我到南方来呢！"

曹冬至坐在车里，不停地重复说："不考察了，我们明天就回王畿。"车上的人都清楚，这又是一出夫唱妇随的新戏。然而，面对着狼狈不堪的段仁，大家只好都表现出十分同情的沉默。

贾松江与打前站的杨瑞通了电话，说他们这边在火山口公园遇到了坏人，段局长的衣物都被人抢走了，让他迅速到专卖店准备一套质料好点的衣裳。

杨瑞和李玉岩此刻在 A 市准备着"考察报告"。他们的身份是考察组的秘书，一个管文字一个管后勤。这几位老同志特别认真，临出门还要求局党委给他们下文，成立一个临时党支部，段仁任书记，贾松江和原局纪检组长任副书记，还有支部委员，李玉岩兼秘书。支部书记出了情况，不论责任在谁，传出去都是有损形象的事情。

这天考察的地点和项目只好做了修改。中巴车没有去桂林洋、也没到南丽湖，更没有观看 B 市的黎寨风情领略篝火晚会。车在夜色中返回 A 市的摩天大楼时，临时支部决定明天休整开会，总结前几天的考察情况，安排下阶段时间的行动计划。中巴车停下来时，杨瑞已抱着衣服放在了段仁的怀中。

段仁的情绪好多了，尽管他脑子里全是不堪回忆的一幕一幕。曹冬至也不再叫喊明天就回王畿，而是帮段仁拆着新衣服的包装袋。鳄鱼牌服装、腰带包装起来的段仁，变了一个人似的，完全是一副老总的派头。走下车的段仁，面带着欣喜，不等人们夸他的派头，先问别人他的这种装扮还可以吧。

A 市的夜还是热闹非凡，海风不时送来柔和曼妙的小夜曲。这个夜似乎不属于从王畿来的朋友们，属于他们的只是安静、沉思和睡眠。

八

李玉岩把自己收集到的交通管理、规费管理、运输管理的情况，包括成功的经验和挫折的教训，经过认真地概括分析，连夜赶写出一篇考察报告。

聪明精干的秘书总是把领导没有想到的想到，领导来不及干的干好、李玉岩原来并不是一位称职的秘书，他的性格很不适合做秘书工作，但现实一再教训他，千里之行始于足下，要学会寄人篱下，学会忍气吞声，学会做无名英雄。就拿外出考察来说吧，所谓考察，只不过是各级公职人员外出开支公费的一种托辞罢了。然而，其间的学问多多。他第一次跟××局长到安徽、苏杭，局长没有明确他应该做些什么，于是他去醉翁亭、登黄山、到江南水乡，感叹人间天堂。考察回来，他还在好几家报刊上发表游记，特别是《黄山上的连心锁》《原汁原味的水乡周庄》《雾锁雷峰塔》等使他一举成为文学新人。在他陶醉的时候，纪检委通知他停止一切工作，马上到纪检委二室去一趟。打电话的人既不报姓名，也不说职务，口气生硬得如同刑侦队员呵斥现行的小偷。原来是有人举报局长拿公款旅游，局长说主要是考察，还说某省的经验是管理社会化、融资多元化，某省道路管理人性化，某省规费管理网络化……局长把学到的东西亮宝似地全部兜了出来，末了还节外生枝说，这年月，公费旅游的单位多了，我们××局一点儿了也不过分。你们纪检委组织活动，往返坐飞机，按说也不符合要求。办案人员把××局不服气、态度不好，还对纪检委有意见等细节报告了陈兴华书记。市纪律连夜召开会议要树反面典型，取证面要广之又广，不仅这次外出旅游，还要审理近几年××局所有账目，上可追溯到省一级，下可延伸到股一级。陈兴华书记说，现今社会没有不吃腥的猫，没有不偷油的老鼠，对××局长这样的人宁可错查也不可放过。市纪委对付查处对象的手段与时俱进、不断创新。那个阶段兴的是一唬、二哄、三隔离、四孤立、五两规。他们把李玉岩通知到纪律，可到了那里却找不到人，他以为可能有人冒充纪检委故意开他的玩笑，正要离开时，出来两个人问："你是××局的吗？怎么，想走？恐怕没那么简单吧！"他们把他领进了底楼最西的房间里，这里采光不好，好像自从有了这座楼房，这边的几间房子从来没有进过阳光。这间房子的空间蛮大，高高的天花板上吊着一盏昏黄的灯泡，发出电压不够时才会有的烧红钨丝的微光。正对门放着一只可以坐上五六个人的条椅，对面的写字台上面还放着一包打开了的中华牌香烟，写字台里面则是一把老板凳。由于光线太暗，李玉岩进去了好几分钟才发现这里边还有一对沙发，茶几上同样放着一包中华烟，只是封条还没有打开。他知道这样的摆设，显然自己应认准的便是那五七干校年代的长条椅了，如果问题没讲清，或者认识不够到位，长条椅还有床的功效。那两位纪检干部很严肃地告诉他，这里不许乱走乱动，也不能大声喧哗，这是市里的最高机关。李玉岩坐了好一阵子，见还没有人升堂，就走到写字台前，拿起那包已打开的烟。原来满屋子发了霉的气味，相当一部分是从这盒烟里散发出来的。他这才联想到高超机关里流传的顺口溜："书记爱打球，市长会吹牛；上级换届动班子，球牛领导全调走！来了陈纪检，专吸中华烟；比比昔日叶市长，胜过几倍芙蓉王。"为什么这么昂贵的烟放得发了霉还不拿走呢。李玉岩很纳闷，又觉得这可能与农村老奶奶的做法有异曲同工的效果吧。小时候，他们村里几乎家家户户都养鸡，鸡蛋就是农村人的小银行。但鸡也和人类差不多，有头脑清楚的，也有傻瓜憨子，头脑清楚的就往自己家里下蛋，傻瓜憨子晕头昏脑地下到街坊邻居家。老太太们为了提醒诱导母鸡不犯错误，通常都把已经没有内容了的蛋壳放进供下蛋的鸡窝。这种做法确实起到了示范引路作用，先是一只母鸡进去下蛋，下过蛋以后"呱呱"叫个不停，后来，又有一只进去了，出来后照例"呱呱"地炫耀着，还招来了多情的公鸡，再往后三只、四只，母鸡们都循规蹈矩地往窝里下蛋，连那些不知道往哪里下蛋的鸡也找到了地方，蛋下得其所。这写字台上、茶几上放着的发霉的烟，就是一种启示，它分明就是农村老太放进母鸡产房里的蛋壳。李玉岩下意识地摸摸自己的口袋，那包刚拆包的烟还在，临来这里前他反复叮嘱自己带包好烟，交际是不可少的礼节。那包烟还是××局接待叶市长时，作为办公室主任打扫战场时缴获的。然而，时间不长，这种叶市长来王畿推广的芙蓉王已经遭淘汰了。他禁不住笑起可爱的王畿，引领消费潮流的往往是这儿的首脑。这几年的烟酒消费，时髦品的寿命完全由首脑在任的时间决定。"帝豪"风行四年，那届领导在此四年；"芙蓉王"两年，那位叶市长在位两年，现在这中华牌还不知能否高寿。

门开了。进来一位喝过了量的中年人，此人很直率，说话口气流露出对

××局的同情。他是一位转业不久的营职干部，还没有完全适应地方工作。他不认识李玉岩，可能只是听说在房间等候的是××局的人。他当着李玉岩的面，批评××局的秘书不能尽职尽责。他说现在很多单位都有公费旅游的问题，只是他们技术处理得恰到好处。一是邀请上级部门的领导带队考察；二是旅游途中轻描淡写地座谈考察体会，风景名胜区某项和自身业务能联系的尽量联系；三是准备一篇严肃认真的考察报告，根本不提名山大川的名字。以上三条只要抓住两条，什么毛病都不会犯。这位纪检干部不停地骂××局缺少一位优秀的办公室主任，弄得李玉岩十分愧疚。也就是经历了那么一次，他学会了技术处理。

老干部南下考察组会议由临时党支部书记段仁主持。他还是像在职时一样，讲话分三个层次：首先是对组织安排这次考察的意义作了高度的评价，任务使命上纲上线；其次是充分肯定了小杨小李的履行职责以及大家同心协力，保证了考察的顺利进行；第三是南方到处都是诱惑，要求大家要提高警惕，进一步巩固前段的考察成果，确保考察任务的圆满完成。末了，他给李玉岩留下了一些时间，让他念一遍考察报告，请大家修改。

李玉岩热情洋溢地读着，他相信自己的努力一定能得到老干部们的好评。读完了，段仁首先指出这篇考察报告不够实事求是，说这里的毛病也应该写出来，让以后年轻干部到此处来有所戒备。其他几位附和着段仁，讲了一些这里的风气不够健康的话。只有贾松江对这篇考察报告给予了肯定。

九

A市到B市有两条高速公路，这里的人们称之为东线和西线。贾松江他们行走在西线上。由于段仁在火山口公园遇到了麻烦，中巴车没能按既定方案进行，接下来的日程也只有随之调整了。莫蔚然导游以及那辆中巴车到美兰机场接住了新到 D 省的团队。她特意打电话问候了段仁，一再强调她很喜欢段仁一行，对于不能奉陪到底，敬请理解。贾松江、段仁一行被分流在一辆沃尔沃大巴上。那辆大巴早已坐上了游客，对于段仁一行的出现，先入为主的游客们显然很不高兴，他们都拿鄙夷的目光乜斜着这群不速之客。大巴车上的导游是一位个头不高、又黑又胖的姑娘，见到她很容易让人联想到北方农民装小麦的麻袋。胖导游介绍自己时说她姓洪名馨，还说她人很丑但很温柔。洪馨让游客唤她小洪。洪导对各位表示了问候，也对太拥挤使各位不便致了歉意。由于段仁一行属于编外的，除了最后的五个座位外，只有让剩余人员坐中间路道的加座了。本来脸色变得稍显温和的曹冬至，为了加座的事又变成了脑血栓脸。杨瑞觉得这样下去肯定是出力不讨好，微笑着问段仁，是否再换一台车。段仁知道杨瑞的意思是再雇一辆专车，那是需要增加两千元钱，不好意思地说凑合一下吧。还说在家千般好，出门万事难，老干部们是从困难时期过来的，能将就。段仁说话时，曹冬至翻着白眼瞪着他。"换车不换车，老段不能一人当家，得问问老贾他们！"曹冬至很想换乘一辆没有那么多外人的车，她不想受这种压抑，但又不愿意明确表达。贾松江对段曹夫妇的表演，气得几乎要胃痛、要晕车，有意识不支持另换车的主张。贾松江说："既然上来了，我看就坐下吧，万一换一辆车更糟糕怎么办。"曹冬至没戏了，闭上眼无奈地摇着头，好像眼前的一切都令她失望一样。

大巴从五个宾馆相继接了满满一车人，加上导游和司机整六十人。段仁、贾松江一行是最后的一批客人。车停在摩天大楼的时候，车上就有人不耐烦地骂大巴车像城市里的垃圾车，凑够一满车了才出市。曹冬至上车后一副哭丧脸，叫嚷着要换车。洪导游年龄不大、个子不高，江湖上跑多了，一切都瞒不过她。她见车上坐的大多是北方过来的白领阶层，就在心里明确了和大家交流的内容。车在 A 市经过五公祠、海瑞墓，她把麦克风打开，讲起五公和海瑞清正廉明的故事。这一招还管用，起码暂且稳定了那些不愿拥挤者的心。车上还有十多位年轻人，他们一男一女配对而坐，可能是最先上车的原因吧，基本上临窗靠前的位置都成了他们的。导游讲五公、海瑞时，他们特别像不爱听讲的调皮学生，有的交头接耳，有的吃着零食，有的目光指向车外很远的地方。

车进入西线高速公路的时候，洪导游讲完了海瑞。这些耐不得寂寞的男女们，起哄让导游讲个笑话，还特意强调刺激点的。洪馨没有反对，也没有立即答应。她很巧妙地绕开他们的提议。说今天我这个小导游很有福气，一次接了五个来自不同地方的团队，我看在座的都比我水平高，还是请每个团队推荐一位给大家讲故事。大家到一块儿坐在一辆车上，是一种缘分，如果大家能相互交流，那是难得的福分。哪位先讲呢？她环视了车上的人们，目光里饱含着期待。见大家毫无讲故事的表情，她自我解嘲地说："看来，大家还是无声地推荐我先讲。我讲得不好，当众献丑了，也算是抛砖引玉吧。真诚地希望我这块砖，引出价值连城的玉来。不过，我讲的也谈不上故事，只是一个小小的笑话。"

——某市有一户六口人之家，这家父亲是清末民初的秀才，母亲是当地的一个大户人家的千金，他们生有三个女儿，而且是孪生姐妹。到了女大当嫁的年龄时，前来说媒提亲者络绎不绝，最后按照当时门当户对的原则，确定下来的除了门当户对外，生辰八字也大相符合。那种年代谈婚论嫁隔布袋买猫，不是洞房花烛便不见庐山真面目。婚后，老丈人很想掌握三位快婿各自的文才武略，于是趁回门的机会，老秀才给他们出了一道条件作文题。老秀才说，各位门婿听好了，我知道你们都读过书上过私塾，今天我和你们交流交流，也算是考考你们。今天到我家算是作客，根据我家的房屋摆设，你们用"好、大、小、多、少"说五句话。就按照大女婿、二女婿、三女婿的顺序依次进行。老秀才说开始，大女婿目光朝屋内一扫射，很自信地说"老泰山家的被子真是好。展开大、叠住小，夜间盖得多，白天盖得少。"老秀才点点头，这五个字都有了，大女婿算过了关。轮到二女婿了，他本来也想的是床上的被子，没想到大女婿却捷足先登了。他推说要上厕所，到了院子里，眼前一亮拐了回来。说大家听好："老泰山家院子真是好。上房大，厦房小，岳父母住得多，女婿们住得少。"老秀才眉头先是一皱，很快又舒展开来，认为二女婿的五句话虽然牵强附会，但毕竟五个字全部用上，并且没有什么原则上的毛病，于是也点头认可。三女婿虽出身于书香门第，然从小顽皮成性，逃学说谎几年，是这个诗书之家的叛逆者。老秀才对老三女婿期望值最高，想他们家秀才举人层出不穷，近朱者赤，近墨者黑，一定能听到别具一格的五句话。老三女婿本来就不知所措，见老大老二两个连襟把屋里屋外能说的都占了，自己只好往人身上做文章了。刚才他俩都先从老岳父说起，老三想自己就标新立异地从岳母那里说。说什么呢，他犯了难。昔日在学堂遇到背书认字演算，他早就溜之大吉了，可今天是不同寻常的日子。他正急得出汗，老岳母慌慌张张地端着茶水进屋，由于天气热燥，老岳母仅穿一件超薄丝衬衣，两只奶子颤动得十分厉害。这一切恰好进入老三女婿眼帘，他为之豁然开朗，说了句有了，便信口开来："岳母的奶子真是好。乳房大，乳头小，女儿们吃得多，女婿们见得少。"老秀才气得瞪眼跺脚，那顿喜酒也不欢而散。

沃尔沃大巴车里响起了掌声，坐在前边的青年男女们简直乐开了怀。但后边坐的掌声并不热烈。为了活跃气氛，让全车的游客都参与进来，洪导倡议大家分五个团队分别讲一个笑话。车上讲笑话也像开会打呵欠一样，只要有人带个头，很容易纷纷响应。王畿市××局老干部考察团本来就有一种尊者之气，他们对于安排在通道的加座上，憋着一股急待发泄的气，见洪导先讲一个笑话又启发大家分团讲，段仁不推不让地站起来，毫不谦虚地介绍说他是××考察团的负责人，一副不卑不亢的样子，俨然就是那天在飞机上大讲安全理论的贾松江。

——新中国成立前，山东大汉闯关东，山西婆姨走西口，河南匠人下陕西。话说某县有一户人家，生有一女一子两个孩子。他们一不小心为女儿找了个痴呆女婿。回门的时候，痴呆女婿的父母教儿子如何应酬、如何说话。他们举例子说，比如亲戚家的人问到桌子，你就说这桌子是木头做的，木料像是槐木的，因为槐木桌子最多，本地匠人不会做，请匠人本是河南的。这个痴呆人牢牢记住了"木头""槐木""匠人""河南"几个关键词。到了岳父家，他沉住气不动声色，表现得很成熟。席间，岳父问他吃饭用的筷子是什么质料的。他一口气说，这桌上的筷子是木头做的，质料是槐木的，本地匠人不会做，请匠人是河南的。岳父不置可否。此时，痴呆女婿的两岁多的妻侄闹着要坐姑父跟前。痴呆女婿趁势夸妻侄，目的是想得到岳父的夸奖，因为讲筷子并没有得到肯定。他说，这聪明的小孩是木头做成的，木料像是槐木的，本地匠人不会做，请匠人本是河南的。老岳父听了很是生气，痛骂自己瞎了眼，为女儿选了个傻瓜女婿。

段仁讲完后，博得了一阵的欢呼，这四个团都来自豫西和豫北。只有那几对男女青年人没有鼓掌，他们来自陕西，仿佛受到了别人的侮辱。刚上车那会儿，因为座位这几对年轻人已经与段仁一行之外的团队发生了争执，年龄大点的想坐前边，晕车的希望坐在窗口处，而这几对帽子上标注灞河旅行社的陕西人就是不肯。后来段仁他们上车时，这些人还发出收垃圾的反对声，使段仁一行刚上车就对他们十分反感。

"洪导，能不能提议来点儿新鲜的，老掉牙的笑话让人想吐。真讲不出来的话，我们可以到南丽湖听蛙叫。"陕西一小伙子说出了火药味很浓的话。

段仁呼地站了起来："你胎毛没褪完的小子，竟敢骂我老干部！"段仁在王畿时经常这样批评年轻人，到了异地他乡仍然如此。

那帮陕西青年毫不示弱，呼地站起来五六个，指着段仁说："不要倚老卖老，全国像你们这样的干部成群结队，一摸一大把，你耍什么威风，将来能进八宝山还是能进烈士陵园！"

段仁气得脸色发青气发喘，话也几乎说不出来。曹冬至忙拉段仁坐下，说："老段，你跟晚辈吵什么，是孙子辈，他们知道什么好歹！"

"你黄脸婆才是晚辈，是孙子辈！"

贾松江站起来制止，他带着调解的口气："出门在外，能让人处且让人……"

这帮年轻人明知贾松江、段仁是一伙儿的，根本听不进他的调解。那个高个头的咆哮着说："老子们来自华山脚下，渭河之滨，什么没见过、没玩过！今天非跟你们这帮老杂毛玩一回不可！"高个头挑战，下面有几位挽起衣袖。

见气氛紧张，洪馨示意司机加大油门。车的惯性让车上的人为之一晃。趁势，洪馨说，咱们现在不讲笑话了，我出几个谜语大家猜。不要误会，一定要往健康的方面猜，猜中有奖。

这些似是而非的难称高雅的谜语，在矛盾双方不断升级的时候，就像一种迷晕剂顷刻之间使人们处在麻醉状态，车内的气氛缓和了许多。大家在猜谜语过程中停止了不愉快的冲突，真实是没有矛盾的三个团队精神集中地猜着谜语，逐渐地另两个团队的次要人员也猜了起来。

等大伙到达鹿回首雕像前聆听神奇而久远的爱情故事时，整个沃尔沃大巴上的人们聚集在一块，围着洪导游的那面旗子，团结得好像什么事情都没有发生一样。问题发生在"南天一柱"和"天涯海角"。沿着海边的林间路，大伙饶有兴致地拍照着腰缠果实的菠萝蜜树、高高耸立的铁树和姿态各异的椰树。南国的奇特植物、乔灌树木深深地诱惑着来自北方的人们，这里并没有安排自由活动，然而游人都不由自主地与导游的旗子拉大了距离。于是，到达沙滩地段时，人们不得不拥挤起来。特别是那滩中矗立的礁石上，勾勒着苍劲有力的"南天一柱"，另一块镌刻着"天涯海角"，瑞丽红色彩的大字微笑着告诉大家：到此游的标志就是我们，跟我们合个影吧！导游洪馨告诉大家，旅游公司的统计表明。到海岛的游客百分之九十五到过B市，到B市的游客百分之百来"大东海"，百分之百站在"南天一柱"和"天涯海角"处留影。要按照管理部门的要求，每个团队到此讲解照相的时间都控制好的话，这里肯定会保持一种千军万马不乱的秩序。然而，就因为人群有强有弱、有老有少、有男有女，强的要登高照相、要照造型相、要照团体相、要照情侣相，那种蛮横的样子如同在家中一般，使得更多的出门人只好忍让。秩序就是这样被扰乱，当今社会谁也不服谁，强者如林，好汉、侠客、无赖都想闯荡江湖，都想逞强玩一把。贾松江自从飞机上闹出了不得人心的仗义执言的尴尬之后，似乎那个傍晚成熟了许多，见到不论顺眼不顺眼的事，不再像在王畿时那样倚老卖老，横挑鼻子竖挑眼了，而是一半清醒一半糊涂，睁只眼闭只眼了。一向城府深沉、奸猾老成的段仁经历了密林丛中鼻青脸肿的洗礼之后，已经感慨这次外出的得不偿失了。其他几位同行的老同志，好像是为了充分享受南国的阳光雨露，领略南国的绮丽山水而来，时时处处都表现着陶醉的迷惘。他们对什么景点都称美叫好，对临时党支部的任何决策都说我举双手拥护，并且脸上时常带着憨厚的微笑。"天涯海角"如同农民麦收后搭成的麦秸垛，然而它尽管堆放在那么遥远的地方，还是人山人海争先恐后地跟它合影，这让麦草垛肯定望之兴叹。那四个红漆重复描画的行书字更是魅力无穷，人们都是亲昵地挽着它拍照。似乎不跟它合影就是程序不全或者是违反了规则。有的游客为了这个瞬间，足足地在此地焦急地等待一个小时又一个小时。那一家老少五口人，为了留下照片，在等待中吃了十多盒方便面。尽管大东海管理处前来维持秩序的工作人员做出不成文的规定，让游客有秩有序地心想事成，要求每位游客拍照不得超过一分钟。最终还是未能均强弱等贵贱。那些年轻力壮的，占领位子胡拍乱照，横的竖的站的躺的正的斜的，高处低处无所不照。就拿王畿××局老干部所在的团队为例，西北那几对青年男女已经拍照了十几分钟，而且仍然没完没了，仿佛这儿的石柱是他们的专利，是他们的私有财产，自由自在的模样简直是无视其他游客的存在。这种自私无聊的表现，相信若是放在王畿，这些老干部早就把他们批评得狗血淋头了，退上一步若是放在前几天，贾松江、段仁等早就该挺身而出呵斥了。在大东海，他们只好无奈地看着、焦急地等着。只有曹冬至不同于老干部们，尽管她没有大腔大调地指责，但还是小声嘀咕着这群少家失教、有人生身无人教养的畜生。

大东海景区当地人吹奏叶笛的声音很响亮，捡贝壳人们的叫喊很刺耳，都没能引起这几位男女的注意，而曹冬至近似窃窃私语的小声嘀咕却被他们尽数地听到。先是那位胳膊上刺着鹰的男子咆哮着问曹冬至骂谁，接下来那些看上去酷爱留影的男女一下子拥了上来，怒吼着问曹冬至骂谁，是骂爹娘还是骂姑奶奶。一向在王畿市妇女界，特别是在××局家属院里泼辣得出了名，敢聚众率兵围攻市委市政府的曹冬至，此刻仿佛面临着一群饥饿多日视她为菜肴的猛兽，吓得如同正在发疟疾的病人，战战兢兢地说她谁都没骂。曹冬至这样的解释并没能使对方满意。他们非说让曹冬至做两件事才能罢休，曹冬至觉得第一件事情自己被逼紧了勉强可以办到，第二件事死活不能办，那可是丢死人的事呀！她左顾右盼地看了看贾松江和段仁，眼睛里充满了救援的泪水。贾松江、段仁等人脸色都变得像大东海的沙滩一样灰黄，那种无助无奈的表情都刻写在脸上。曹冬至人生第一次把眼泪滴落出来，还号叫着早死的娘呀为什么叫女儿来这里受罪呢！西北那一伙人见对手老帽一般，又个个胆小怕事，完全没有了在车上时的反抗精神，就越发肆无忌惮了。他们一步步逼向曹冬至，一拉一拽地把她拉出了游人群。满脸委屈和泪痕的曹冬至在人群的拱围中，完全失去了往常威风八面的姿态，像一只被人驯服的可怜的猴子，等待着在主子的恩威并施下表演，游人一波一波地进入大东海，来到"天涯海角"和"南天一柱"，见人们堆积在这里，便都围拢过来。随着围观者的增加，刚才争先恐后拍照的场景不见了，人们像观看珍稀动物那样唯恐看不见这精彩的一幕。这样的状况滋长了西北男女的嚣张，他们更加放肆地逼迫曹冬至办那屈辱的两件事，甚至还开始动手动脚。正当曹冬至呼天不应，呼地不灵的关头，人群中响起炸雷般的让大家闪开的声音。刚才不知去向的杨瑞怀里抱了一堆矿泉水，左

北鸟
南飞
BEI NIAO NAN FEI

肩一横右肩一挺走出人群，一副笑傲江湖的模样。他身后还有李玉岩，一本正经的他俨然是老大的派头，特别是佩戴着那条铁索一般的黄金项链，更加神气无比。

"弟兄们是不是想在这儿玩一场免费给大家看？早说呀，跟一个老太太要威风算什么玩家！怎么玩，群架还是单挑？"杨瑞说着把怀里的一堆矿泉水扔向李玉岩，不管他能否接得住。这个动作跟一路上谦虚恭敬只埋单不说话的他判若两人，也使得西北这群男女感到迷惘。

曹冬至如同得遇了救星，激灵一下来了精神。她说她只是嫌排队照相太慢太慢，并没有过重的言语，而这几个年轻人却在故意找茬。

西北那几个男的脸上的杀气还挂着，只是那几个女的和事般地说："这位大哥，一看就知道你是既江湖又义气的那种汉子，刚才你没在跟前，这位阿姨确实说话不够文雅，也就是说她出口伤人。这边几位兄弟受不住了，才向她讨说法。不过，并没有冒犯她。"

"没冒犯？他们要我办两件事……"曹冬至截断姑娘的话，向杨瑞诉说了刚才的一切，很有要他为自己出气雪耻的味道。

"大哥，我看咱们都是出门人，争吵两句就算了，没有必要弄得惊官动府的，更没有冤仇要在这里了结。"另一位姑娘说。

那位刺鹰的小伙子恼怒得青筋几乎要从皮下爬出来，他一巴掌把和事的俩姑娘推到一旁，然后扎起马步说："这年月谁怕谁，大不了一命抵一命，说什么好话。想玩就玩吧，老子拳头正痒呢！"

杨瑞虽出身于农村草根之家，但他父亲曾说他是杨家天生的叛逆者，小时候不仅自己不读书学习，还常常干扰别人学习不成。老师说他有好动症，无办法的情况下家长只好送他到少林文武学校去，家长走这步棋，实际是放弃了这个孩子的前途，把能否成才的问题更是看得很轻。令他们惊讶的是，杨瑞到武校之后连续捧回好几个优秀学生的奖状，在国际武术节的散打比赛中还获得了

\ 118 \

五十公斤级金牌。更令家长出乎意料的是他不仅武功出众，文化修养方面也有起色，应了开水不响、真人不露相的说法。杨瑞经营××局运输服务公司，之所以能够赚钱，特别是在逃票、抢劫、暴力案事件时有发生的环境里，生意做得红红火火，这全得益于他高超的武功和仗义豪爽的性格。交通运输业车多为患、竞争残酷，遭受过洗劫的司机、货主、乘客，如饥似渴地盼望着再不要担惊受怕，热切地祈祷着旅途平安、一路顺畅。杨瑞的旗子下面，站着好多招之即来、来之能战的武林朋友。于是公司的车上总有便衣保安，危难之时显身手。杨瑞运输企业的威望随之不断提升，在其他车辆拼命招揽乘客、高音喇叭叫嚷票价打折仍然车上人稀的时候，杨瑞的车队即使停在深深的巷子里也能客流不断。

　　杨瑞出入人口集散的车站、码头、旅馆、饭店时间太多，从而对形形色色的人一目了然、洞察秋毫。有相当数量的纹身者，或纹蛟龙或纹老鹰，是以此吓唬平民百姓的。这些人是在监狱里耐不住寂寞或者被强迫刺上的，他们拿针尖一点一点地自残着自己，一旦出狱，这种虚弱的表现反而成为他们炫耀的历史和资本了。特别是动辄摩拳擦掌者，多数不过是一介草莽，经不起打斗的。

　　冲着纹鹰家伙，杨瑞问："你小子的命配换上一命吗？你他妈的凭什么，就你那西瓜头柿饼脸？"鹰承受不了杨瑞的恶语攻击，像一头发情的公牛，"哼"的一声举拳向杨瑞打来，杨瑞轻轻一闪，躲过他这一拳，接下来用左腿挡住他的正面进攻，瞬间摆正身子，两个像扇子一般大的巴掌几乎同时落在他两侧腮帮上。纹鹰人似乎也学过拳脚，不在乎地说："你还给老子来个双耳灌风。"杨瑞右腿一抬说："老子还给你'黑虎掏心、'丹凤朝阳'呢！'"杨瑞动作麻利轻快，眨眼间鹰"哎呀"一声倒在地上。杨瑞上前揪住他，说一招还没完你装什么死狗。鹰虽然倒地仍不服气，叫嚷着还要战，然而他挣扎着并没能站起来。鹰发号施令地让他的同伙一起上。可能是鹰的同伙们认识到他们都不是杨瑞的对手，劝鹰出门在外和为贵，不要再打了，特别是那几位姑娘，见鹰倒地就发出尖厉的惊叫，还用双手护住头部，好像杨瑞接下来要揍的是她们似的。

……

这场打斗很快就结束了。大东海维持秩序的保安来到时，双方已经达成了口头协议：这伙男女必须喊曹冬至为阿姨或者大妈，并且诚心地道歉，返回时把他们的座位让给王畿老干部而他们必须坐"加座"。

大巴在返回的路上行驶着，车厢里无比安静，人们好像都累得进入休眠状态。贾松江、段仁、曹冬至等人以及西北那几对男女，虽然没有动静，但他们的心里却翻江倒海。只有杨瑞这位令全车人敬畏的勇士似乎真的进入了梦乡。

奔驰的大巴把高速路边的灌木一丛丛地甩在后面，迎来的是提醒司机或游客的示意牌。

没有睡意的贾松江、段仁等，不时地被大巴前方醒目的路标牌和大幅的广告牌所吸引。这里的商业广告就如同王畿市城乡的计划生育宣传标语那么多，而且很耐人寻味。最高大的还是金融保险业的，"因为人生有风险，人寿为您办保险"是人寿公司的，"平时注入一滴水，难时拥有太平洋"是太平洋寿险公司的，"平安平安，伴您一生平安"是平安保险公司的，"一握农行手，永远是朋友"是农业银行的……太多太多令人眼花缭乱。他们家乡除了"以经济建设为中心"这句原则的标语之外，其他都是不上档次的东西。段仁和贾松江多少年后，看到了这里新刷的标语是卖马达的，"生男生女丈夫有责"是计划生育的，原先的兽医站门口的标语是"新进约克尔狼猪一头，有需要者早晚不误"。还有些看不懂什么意思，如"东头打光生"，一问才知道是玉米打糁。最多的还数计划生育的标语，时时处处提醒人们要少生优生，否则就不客气。

大巴前方又出现一条广告：绿底色白宋体字，"人有时候在上面，有时候在下面"，意思是人都有高高在上、兴旺发达的时候，同时也有被人看不起、失落、倒霉的时候。段仁贾松江觉得这一条仿佛针对他们的，立即都表现出晴转阴的情绪。

看见"南丽湖"指示牌的时候，贾松江的手机响了，是一条短消息。"行至水穷处，坐看云起时，才发觉人生其实最重要的是，找一些吃的东西，找一些喝的东西，找到一些可以一起欢笑一起流泪的朋友和一个爱你的人。"

大约三分钟时间，段仁也收到了一条："想当年生嚼蹄筋不用切，看今朝光吃豆腐和猪血；想当年一夜三回不用歇，看今朝三月一回用手捏；想当年顶风尿一丈，看今朝顺风尿一鞋；哎，人老不言当年勇，身在低处别逞能！"段仁顺手删除了这条信息，曹冬至觉得这条信息有啥秘密便问谁发的，说的啥。段仁说是天气预报，王畿今夜有雨。

进入市界的时候，车上有手机者几乎都收到了一条同样的信息："在家千日好，出门一时难。A市移动全球通商旅服务为您提供多方位生活资讯，帮您解决出行种种难题，让您旅途无忧，还有意外惊喜！"

到达绿宫宾馆时，西北部那几对男女默默地下了车，好像一群俘虏，脚步那样沉重无力。海甸岛又到了华灯齐放的时辰，摩天大厦在夜幕下辉煌无比，在这时更显气宇轩昂。王畿××局老干部考察团的各位舒舒畅畅地坐在全车的最佳位置，充满了大获全胜的喜悦。然而，当他们下车欲离开座位的时候，才发现什么东西把他们和座位牢牢地黏合在了一起，有点像口香糖，杨瑞见多识广，说绝对不是口香糖。一路霜打红薯叶一般的洪导游，连忙说对不起各位，在大东海上车时，那个刺鹰的家伙上来最早。

十

这次丰富多彩的南国之行该结束了，日程就是这样订的。如果不是段仁提议召开的临时支部会上出现杂音，这次以考察为名的旅行就会到此为止。不知哪位提出这一路没能尽兴，还说我们到了D省，为什么不能到云南。就是这些

并非郑重其事的议论，居然得到了好几个人的拥护，从而又延续了许多新鲜的故事。

最后还是决定结束这次考察，几位发出遗憾的感慨只是一点杂音，并没有影响最后形成的决议。这些老同志当年在领导岗位时也是这样，作为副职、作为班子成员，在组织会议上你可以发表一些看法，正职在每次会议的主持词里，都会强调"各抒己见""集思广益""形成既有民主意志，又有个人心情舒畅的政治气氛"。结果基本上还是以正职早已酝酿好了的方案为准，那些意见、建议完全成了必须的过场和流程。

正像现今一样，这次临时支部会议的全部情节所有细节原原本本地传播出来。远在王畿市的××局长一个电话打过来，要杨瑞千方百计把老干部的考察活动安排扎实，让他们开心尽兴，千万不能留下很多遗憾和不满情绪回来。局长一再强调，提拔年轻干部，老干部的意见十分重要。

杨瑞有钱，下海挣得盆满钵满，杨瑞有才，科班出身，又精明能干；但杨瑞缺乏的是理解和支持。这些老干部他们奋斗了一辈子有的退休时家里最好的东西才是"凯歌"电视，因此，当组织部门再度选拔任用干部时，他们再次对杨瑞抵制得最厉害。杨瑞清楚只要把这几位老干部的问题解决了，他们每人都能在××局安排有三至五名嫡系，民主测评时的人气指数绝对能飙升。杨瑞几年的创业风雨、多年在社会上摔打，知道这次考察的分量。

王畿市××局老干部考察团正准备打道回府的时候，李玉岩带给了他们一个惊喜。李玉岩说："老领导们，这一趟我们多有不顺，今天总算是吉人天相。一个天大的好事落到了我们的团队。"老干部们很想知道什么事吉人天相，李玉岩偏卖了关子，让他们猜猜会是什么。老干部们说："家里涨工资了？""体育彩票中了？""杨瑞为我们办的飞机票拿到手了？"……旅游季节，机票相当紧张，老干部们把买到的机票都归类到喜事上了。

李玉岩这才告诉大家：摩天大厦为招徕客人，开展了"下榻摩天大厦，给您惊喜大奖"活动，杨瑞手气真好，摸到了全团昆明、景洪、缅甸七日游的大奖。

老干部们当即发出两种声音。第一种是既然中了大奖，不去白不去，云南山清水秀、人文景观奇美，这是天意！老天赐给我们这代人的洪福呀！第二种是能否让大厦经理把这个大奖换成现金，最好是每人分一份，也好让大伙买点东西。

买礼物的事，即使老干部们不说，杨瑞也是早有打算，只是他把这项议程摆在了最末阶段。当前大家对游玩尚没有尽兴，谈购物就为时早了点。刚才那第二种声音，无疑是对回家捎点不掏钱东西充满了期待。杨瑞比谁都更懂得，这些老同志想当年外出时，一切都有人考虑，出门时两手空空，返回家里袋满包鼓，退下来后，出门的机会都难以盼到，更甭提购物了。

李玉岩综合了老干部们的意见，满脸春风地说："大家其实都想到一块了，既然一种不可猜测的巨大力量给我们安排了这趟活动，大家都有了随缘而行的心情，至于购物之事，根本不用拿旅游去换取，这点请大家放心，杨总心里有数，到时候一定使大家满意而归。买什么东西，请大家一定要相信杨瑞。我作为组织上派来的工作人员，就是为老干部服务的，就是起传令兵勤务员作用的，您让杨瑞怎么做，我就为他鼓劲加油力争把事情办好。"不仅贾松江、段仁等老干部脸上沐着春风，就连一向带着讨账脸的曹冬至，也显现出兴趣高昂的面容。

杨瑞风风火火地走过来，手里拿着一沓子票据，是机票和保险单。老干部们一个个都投出喜悦的目光，长期以来鄙夷不满的轻慢早已荡然无存了。大东海景区的出色表现和用心良苦的云南之行，老干部们从内心佩服这位与众不同的年轻人。他们很清楚获得大奖的内幕，又佯装十分相信，心照不宣也就是一种风格、一种练达。杨瑞把机票发给大家，叮嘱各自妥为保管。他先让各位跟自己到摩天大厦的顶部观琼阁吃早茶，飞机是下午一点的，这个航班还要在黄田机场降落，然后直抵昆明机场。

观琼阁缓慢地旋动着，老干部们以海滩那片度假村为参照物，感受着这层可以移动的楼房。这里已经座无虚席了，人们都表现出一种幸福美满和快乐。穿湖蓝色套装的服务生不停地为人们端送着咖啡、奶茶或糕点，恭敬文雅的样子使人想起"举案齐眉"的成语来。可能是去云南的喜悦，或者是旋转楼层带来的惊奇，老干部们的心情达到了愉快的极致。他们好像忘掉了那些不愉快，感到这里的一切都是那样美丽，起码 A 市是美丽的。

十一

747 客机在美兰机场起飞不久，绿岛银滩、漂亮的建筑以及碧波荡漾的大海也随之隐去了。这时，段仁、贾松江一行从窗口收回目光，难以割舍的眷恋都流露在轻轻的议论中了，好像这几日并没有遇到过不开心的时刻。飞机到黄田机场上空到时候，这里正雷雨交加、乌云滚滚，根本看不清跑道的位置。飞机盘旋着，乘务员正通过麦克风告诉大家，我们的飞机遇到了天气的麻烦，我们正在与地面的指挥系统联系，请大家不要担心，系好安全带。乘务员平静、温馨的告诫，给心事重重的人们很大的帮助和安慰，紧张的氛围一下子缓和了很多。悬着的心始终没能放下的还是王畿××局的这些老干部，尤其是段仁和古继仁。他们退居二线以后，就开始钻研奇门遁和麻衣相术，不时地还请算命先生切磋技艺。别看他们在党内生活会上讲唯物主义提倡科学。

那次，他俩随现任局班子到厦门考察，从洛阳买的机票。那时机票要提前开证明去订，订到哪一天是售票处安排的。他们拿到的是三月十四的机票，洛阳到厦门的。这两位老干部硬是把票给退了。那一次并没有发生任何事故，考察团还顺利地引回了两亿多元的台资。段仁和古继仁自我解嘲地说，假如那次他们随团去了，或许情况就截然不同了，我们的退出破了这次劫难。俨然他们成了这次招商引资成功的第一功臣。

正是那次和此后多次的推测不到位，戏称"老道失算"，他们明明对这次云南之行的航班顾虑重重、压力很大，嘴上却没有说出来，政治术语是保留了意见。直到黄田机场降落出现危机时，段仁先是把嘴对住曹冬至的耳朵，不知嘀咕了点什么，曹冬至脸色唰地变得贫了血一样，接着掩起脸，掏出手帕擦着。她在落泪，与以往不同的是没有大惊小怪。这一趟旅行生活使曹冬至见识了很多，也使她的世界观和方法论得到了难得的洗礼。她小时候常听家长们说，再好的狗也咬不出村。她领悟出了这样的道理，人和狗在这个问题上没有什么不同，人也有自己的活动范围、生活圈子。她认为自己的生活圈子就是王畿市××家属院，扩大点儿也超不出王畿市她经常去的几个地方，公园啊、植物园啊、长途汽车站啊等。段仁讳莫如深地告诉她，情况不妙，恐怕要有准备了。她差点喊叫出来。一想到是在飞机上，一百多双眼睛会投过来，就闪现那天贾松江的尴尬和丢人。她没有表现出来，但内心还是有一种痛楚，使她禁不住把辛酸的泪珠挤出眼眶。她一生没有为段家留下一男半女，当然责任不在她身上，或者说她责任只占了很小的比重，要是段仁能跟她有正常的男女之事，或许他们早就儿女绕膝、子孙满堂了。老了，她和老段拣来一个在路边嗷嗷待哺、被人遗弃的男孩，取名段继承，其意是后人有人继承段氏基业的意思。哪知道这孩子在他们全力呵护下竟然成了一名好吃懒做的家伙。上学时，他常常逃学，年年要留级，有时候段考、期考，老师总是要段仁或她去开家长会，因为孩子三门功课合起来还不到五十分。作为家长真的为之脸上无光。好在这孩子还有好胜心，小学没毕业自己就谋道了一份职业，到烧烤店帮师傅穿羊肉串，十五岁那年自己也开了一家烧烤店。这孩子红脸膛高鼻梁，十六岁不到罗腮胡已经形成。王畿市时兴新疆拉条烤肉店，孩子为自己的店起了名，叫正宗新疆吐鲁番买买提烧烤行，生意相当红火。哪知道这孩子生性粗野，他看上了自己店里的女服务员，一天夜里竟干了那种伤天害理的事情。案发后，不仅公安上刑事拘留了他，工商部门、卫生防疫部门趁机都介入了段继承烤肉店。过去段仁、曹冬至在段继承出了小毛病时，总能前去成功疏通，比如往往羊肉串里夹穿大肉甚至老鼠肉，工商局要封他们的门，最后以罚款二百元了结；缺斤少两被技术监督局查住，要他停业整顿，请吃一顿到底；店内卫生不达标，爱卫会、食品防疫站勒令关门整改，段仁副局长亲自找到他们的头儿，整改的事情便完成了。可是这次，女方告他强奸，警方讯问段继承时，他说平常眉来眼去的自己以为她在暗示。刑警队长曾在××局监理站工作过，后来整体转到了公安部门，自然也算老段的旧部下了，刑警队长说："老局长，这回定个强奸罪条件很充分。"段仁说事到如今看还有别的办法没有。队长朝周围扫了一圈，见只有他们俩，就说这个案子只有花钱把女方安抚住，只要她们改口，事情就好办了。段仁按刑警队长的提示，跟曹冬至商量，让她见一下女孩及家长的面。曹冬至本来想着一两千块可以拿下，哪知女方刚开始死活不买她的账。曹冬至虽然生活在王畿市区，衣着打扮一副城里人的模样，但骨子里的村妇味依旧很浓，当年在小乡镇的作派三两句话就暴露了出来。她说："我一个局长太太，来找你们讲情本身就是面子，你们的闺女也不是什么金枝玉叶！多少这种事情三五百元就没事了。桑拿部、按摩房百十元就做成事了！"她这一番话如同火上浇油，女方一家火了，说："看起你了你是局长太太，看不起你你大不了就是一个母夜叉，你年轻时就是让男人百十元弄一次吗？你的闺女就在桑拿部、按摩房干吗？要不你怎么那么了解？"曹冬至终于把这件事闹黄了。后来，无论怎么说，对方坚持要为女儿讨回公道。段继承被依法判处七年有期徒刑。这次窟窿捅大了，谁也没有把它捂住，自然那些业务管理部门也乘势以不达标、不合格为由关店封门，好像朝死人身上再开几枪以示态度坚决，并且在向上级机关汇报战果时还可以说成敢于碰硬，在活动中查封门店几家。段继承一向认为养父母在王畿市所向披靡，没有摆不平的事情，因此住进看守所还盘算着十天半月就可以回店里。没料到这次竟捞了个七年牢狱之灾，这时膨胀的头脑才有所收缩，才知道王法的厉害，犯了法就是亲爹亲娘、书记局长也难逃追究，何况自己是路边野草呢！他的身世、他的现在，总有人告诉他来龙去脉，那些跟段副局长或者曹冬至有恩怨的人们早希望看到这个像模像样的家迅速解体。刚入学时的段继承曾经在同学们中辉煌过，只是四面的吹风把他尚不懂人世的心灵搅乱了，后来有人把他领到郊外的一座荒坟上，让他磕头认下娘，也使他从心灵深处与段氏夫妇拉远了距离。他这次从内心里恨曹冬至不舍得花钱才使自己落下七年徒刑。于是当曹冬至前去探监时，他恨不得痛骂她一顿，只是看守们严密监视，他只能埋怨了几句。曹冬至到了这种时候，还指责段继承说："你个小笨蛋，人家的干部子弟，玩弄成排上连的女孩，也从没失过手，可你……"不等她说完，段继承说："曹冬至，从今往后，我们之间再无牵连了，你守你的钱，我坐我的监。你记住，总有一天，你会遭到雷打电劈、粉身碎骨的，段仁也一样，他是怎样当上的副局长？你当我不知道！别人都不知道！恶人总会得到恶报的！"

曹冬至在电视节目里看到，飞机失事多是因为天气恶劣，失事后的人面目全非或者说粉身碎骨。她想，这回可能要应验段继承的话了，就禁不住一阵心酸而泪流满面了。

客机仍在与地面联系。空姐隔上一会儿就用沉稳的普通话和老干部听不懂的英语告诉大家，请大家不要来回走动，系好安全带，我们的飞机正在联系降落……一阵紧张和恐怖过后，飞机终于颠簸着在跑道上狂奔了，带给人们一阵类似劫后余生的轻松和欢快。沉稳的播音告诉大家，前往昆明的乘客在自己的座位上不要乱动，飞机三十分钟后就要起飞。在黄田机场下机的乘客们开始在行李架上拿着行李物品，走道上人流缓缓走动。

十二

李玉岩在考察日记上写道：黄田机场起飞后，两个钟头我们便到了祖国西南的美丽春城昆明。飞机一路上没遇到任何气流，飞行得相当平稳，乘务员甜甜地介绍了云南的风土人情，老干部们听得津津有味。看来，老同志们的情绪很好，应该是这节外生枝旅行的良好开端吧！

的确，世博园、民族村使老同志们大开眼界，特别是身着几十种民族服装的导游们，排成长长的一行，任旅游团队挑选，这在王畿市的景区是难以想象的。吃了过桥米线，老同志们议论着在王畿吃到的统统都是假冒伪劣货。他们在石林跟"阿诗玛"合影，在大理让"金花"搀扶着照相。苍山洱海、风花雪月，老人们禁不住当一回阿黑和阿鹏，一向在曹冬至面前表现得不越雷池半步的段仁，也似乎忘记了身边母夜叉的监督。之后，云南航空公司的小型客机，飞越了云南崇山峻岭，把老同志们带到了林木茂盛、风情万种的西双版纳。他们感叹着独木成林、领略着傣族木楼、聆听着竹笙恋歌……热带雨林、植物王国、孔雀之乡、独特民居，令老干部们心潮起伏、热血沸腾，仿佛经历着时光的倒流。

他们和所有的团队一样，被那种出过国的虚荣所陶醉，产生了巨大的走出国境的冲动。老干部们没有出过国，他们担任领导职务时，国家还不兴出国考察，等到允许了，他们的级别达不到，有时是业务不需要，一直没有机会。见到那些出国回来的人们云天雾地地喷着，好像真的外国的月亮就比中国的圆。国外物质、文化、观念给了他们深深地诱惑。于是到了边境，便产生过去看看的念头，甚至心里想得很一致，出出国，即使回国就死，说起来一生没有白活，总算出过国。面前的漂亮姑娘叫玉帕，是傣族导游，它将负责这个团队进入缅甸国观光。

玉帕穿一套近似旗袍的果绿底暗花的连衣裙，左手握着一只橙色的喇叭，挎一只漂亮的皮包，右手举着粉红色底绛色花朵的阳伞。和游客说话时，玉帕斜扛在肩上的阳伞在她右手的捻动下缓缓地旋转着，恰好遮住雨后灿烂的阳光，白里透红的脸庞上两颗不时游动的眼珠，似乎也在跟游客们沟通和交流着什么。

人们说西双版纳的女孩子由于生活环境的影响而娇艳妖娆，还说傣族的姑娘受孔雀的启示擅长表演且能歌善舞。不用仔细考证，玉帕就说明了一切。

老干部们面前的玉帕亭亭玉立、面似桃花，灵巧的口舌介绍起这儿的风土人情、宣传着不远处的泰缅风光，那双美丽的眼睛也随之强调，我们真要去那片被人称为金三角的神秘之处。

段仁始终一丝不苟地听着玉帕介绍，两眼目不转睛地在玉帕的脸上扫描。而曹冬至似乎对这位傣族导游不屑一顾，而她那双十分不情理的目光，恶狠狠地落在正专注听讲的段仁脸上。

与其说段仁在全神贯注地听讲，不如说他正沉湎于一种对美女想入非非之中；与其说曹冬至对玉帕表现出一种满不在乎的轻蔑，不如说是对老段这种表现的严正抗议。这就是名义上长相厮守的少年夫妻老来伴，他们多年来就是这样的做给人看。也可能这种表演在老百姓那里会被轻易接受，而在这辆即将驶入边境的巴士上，只是"小儿科"罢了。谁跟他们一般见识呢，政治上已经成植物人、身体上也行将就木，能表演几天？贾松江尤其厌恶这装腔作势的一对，李玉岩、杨瑞就是因为公开指斥段仁堂堂男子可怜兮兮地拜倒在浑身茅粪气的婆娘身下，而在进步的仕途中遭到老干部们的阻击。

段仁心存不轨，而且常常做出酒店、按摩房小姐找到单位讨账的事，然而就是因为他见多识广、见风使舵、左右逢源，眼看就要"有事"的问题总是化险为夷。他和曹冬至的表演，更是消化了很多猜疑和麻烦。

巴士在中缅公路上奔跑着。玉帕姑娘讲着关于缅甸的事情。大家都听得如沐春风。在此前，人们对缅甸的了解，除了金三角的罂粟花，就是抗日战争时中缅边境上中国远征军浴血杀敌的战斗故事。

不远处有个类似王畿市现代工业园区大门的建筑物出现了，巴士缓缓地停下来。玉帕说要出国境了，首先要接受我们边防站的检查，到那边人家也要履行职责。几名工作人员跳上巴士，其中一位向着通道迈出几步，左顾右盼地像是清点车上的人数，另外几位在询问玉帕。玉帕连忙从斜挎包里取出一张填写过的表格，让他们阅读。之后，巴士缓缓地起步了，大约行进了五十米的样子，大道上出现了几名穿橄榄绿的军人。这几位身着绿涤卡衣服的人中，有一位挥舞着手中的旗子，示意让车在路边停下来。然后有两名身背喷雾器皮肤黑黑的人，一人一边地在汽车轮子上喷着水。玉帕说这叫消毒，凡是从云南进入缅甸的外国车辆，一律得接受消毒。

李玉岩笑着说，什么消毒，说不定他们的喷雾器里装的是纯水，是什么药物也没有的井水。需要消毒的是他们自己国家的车，看他们的人，脏得像铁匠的脖子。

李玉岩把车上的老同志们逗得笑了起来。过了边境，人们又重新严肃起来，因为玉帕强调说到国外了。

全车人认真听了玉帕关于缅甸小镇游的介绍，便对异国小镇产生了一种神秘的感觉，对这里的跨国犯罪毛骨悚然。段仁作为临时党支部书记，临下车时告诉大家：

"情况大家都听玉帕姑娘讲了，我们在国外，千万要树好形象，千万不能被资本主义的香风迷雾所撂倒。"段仁提起国外，仿佛都是西方国家，把缅甸设想得也是"繁荣娼盛"，担心哪位在这里出现失踪、涉毒、涉黄等问题。"咱们这是最后一站，前几站比较圆满，这一站出了问题，足能使我们这次考察前功尽弃。"段仁当年在台上也是这样，把工作中的失误说成成绩，眼看他所负责的站、所、办问题很多，他却说形势很好，得到上级的充分肯定。他这样的做法，确实能收到稳定军心的效果。

巴士还没停稳，就被肤色黝黑、衣着古怪、手里胳膊上挂满玉饰物的男女围了起来。他们不停地抬起胳膊挥动着灰青色的饰物，近于黄棕色的脸膛上嘴巴张着，露出黄白色的牙齿，念念有词地堵住巴士的前门，好像一群等待良久，在车站欢迎远方来宾的接站者。

玉帕表情很严肃，对这群围拢车门的当地男女显示出非常不耐烦的样子，车上的老干部们十分理解，玉帕途中已经告诉大家，缅甸小镇上的小商小贩的东西大多为假冒伪劣品，大家最好不要多理他们，否则游人大都走不脱的。玉帕还告诉大家，如果要买缅甸玉或其他珠宝，一定要到中国人开办的店里或熟人介绍的店里去买，这样有了问题可以退换，有门店的不敢骗人，走了和尚走不了庙。

天下起雨来。刚才还是晴天，刹那间不仅阴云密布，而且雨滴如注。刚刚下车，就遭到异国阵雨的无情袭击，好像这个国家不怎么欢迎这群域外来客一样。玉帕很友好地让曹冬至和她并齐站在花雨伞下边，她只有向唯一的女游客施舍了。

猛然，他们身后有人大声说了句："这多么不讲理的雨，老家来人了，也不照顾一下。"

段仁、贾松江等正在为意外降落大雨发愁时，这位不约而至的妇女却抱着十多把雨伞风风火火地大跨步过来。

"老乡们，先挡一下雨！"妇女说。

"这——"段仁心存感激，但不知受之还是拒之才合适。作为这次考察活动的领头人，他应该果断决策。

"这什么，老乡们不远千里来到这里，我们有义务帮助大家，特别是老先生们。"妇女一口流畅的中原话，让人们吃了定心丸，感到了异乡遇知音的亲切和踏实。

段仁连忙带头接住那把妇女塞给他的雨伞，"谢谢啦"一连说了五遍，大有把前半生欠缺的尊重和礼貌一下子补齐的意思。的确，在此之前，人们还没有听过从段仁那里发出的谦恭的词语。

拿着雨伞的老同志们好像中了魔法，全都定在那里不动了。每柄伞下都有一双不停转动而又好像找不到目标的眼睛，这会儿在车上时还机灵健谈的玉帕导游也显得茫然不知所措了。

雨下得比一分钟前更加猛烈，暑天的雨像刚长成身体的少年，力量都放在前几阵子。这天的雨或者说是异国的雨有些破例，这一阵好像不寻常的长。

"前边不远的地方，就是老乡我经营的商店，我不求各位老家人买什么东西，只希望您到那里歇歇脚、避避雨"。送伞的妇女柔和地说，脸上还露出诚挚憨厚的期待。

一听说她有个商店，大家自然想到了"走到了和尚跑不了庙"的名句，也很快释去了疑虑，随之增添了放心和安全的感觉。那妇女在前边走着，雨中的步子迈得很快，老同志们还有玉帕、李玉岩全都木鸡一般自觉不自觉地紧跟其后。

这是一座四间门面的院落，其中三间是摆放了商品的，所有的门敞开着，另一间只开了两小扇门，看来是供人们进出院子的。妇女们在两扇开着的门处慢慢地合着伞，做出请大家进门的手势。

进了院子，大伙被请到了那三间商店后边的一间客厅里。妇女告诉大家，平素那两扇门是不开的，今天是有客人来才特意打开的。她慌忙为大家泡茶水递香烟，仿佛有所准备，早已知道家乡有人要到这里来一样。

大家喝着水，妇女也打开话匣子。她说："说实话，我并不是你们的老乡。我家掌柜才是，整天和他在一起，觉得你们的口音跟他父辈的没有两样。好，你们先喝着茶，让我到后院看看，让掌柜出来跟你们见见面！"妇女彬彬有礼地出去了。她的异常热情瓦解了老同志们的应有警觉，对于她前后矛盾的言辞大家竟无暇去分辨。茶叶的幽香给各位极大的诱惑，或许是沿途淡而无味的矿泉水使大家喝腻了，这会儿对茶水产生了特别的感情。段仁从沙发上站起来，在这间布置得朴素大方的客厅里踱起步来，若有所思的样子使人想起他当年装腔作势的姿态。茶水太烫，段仁吸了一口又禁不住噘起嘴巴把茶水倒回杯里，然后使劲"嗯嗯"地吹着。

妇女不到两分钟就返回客厅。"不巧，"妇女一脸懊悔地摇头说。"掌柜今天要到仰光去，他昨天就说了，我一时慌得忘记了。我们掌柜祖籍是王畿市崇义乡文庙村的，来头大得很，和一般人是不打交道的。他不知怎么得到消息说这几天可能有老家的客人来缅甸，昨天就要求我们要热情接待一下，还要我们转达他的问候和歉意。"

窗外哗哗的雨声告诉人们，这会儿的雨并没有停下来。妇女很殷勤地为段仁、贾松江一行添着开水。段仁还在斯文地踱着步子，以示与众不同的风度。在妇女为段仁加水时，段仁说："闺女，请问你是哪里人？"

"云南昆明，在这里忙乎的多是云南人，不是昆明的便是版纳的。对了，我是在为关掌柜打工的，你们老乡姓关。半天忘了介绍了，我姓杨，你们叫我小杨好了！"妇女说话像打机关枪。

雨在人们不注意的时候停了下来。客厅外脚步声很清晰地传来，同时还有隐约的对话。妇女眼睛闪出一串亮光，迅速地走了出去，大声说："关总，你很早出门了，怎么又拐了回来？"

"文件忘家了，回来取呢！这么大的一笔生意，不能马虎呀。"一个男子的声音，很响亮，有意让更多的人听清楚。

客厅的门帘被高高地挑起来，妇女一只脚在厅内，一只脚留在厅外。"你们真有运气，老乡回来取东西。"妇女对厅内人说。"关总，今天早晨喜鹊不停地叫，果然来了你们祖籍的亲人，快来见见面吧！"妇女对着厅外说。

"抱歉、抱歉，各位，小老乡关缅华失礼了！"门帘挑起处弯腰冲进一个壮汉，边进门边抱拳鞠躬，嘴里还不停地道歉。

这个关缅华跟站着的段仁相比，就像中学生和小学生，高出好大一截子。他黑乎乎的面庞，两只不大但精神十足的眼睛下面，鼻梁直挺挺的。最引人注目的是乌黑闪亮的头发整齐地朝后翻着，还有那一边一只肥硕的耳朵。他伸出扇子般的手掌，先递给领头人架势的段仁。李玉岩眼疾手快地站了起来，介绍说："这位是我们王畿市××局的段局长。"接着是亲切地握手。李玉岩一个接一个地介绍，都只说这些老干部原来的领导职务，把他们一个个介绍得神采飞扬，个别几乎热泪盈眶了。那只厚硕的大手分别拉着老干部的手，包括曹冬至。杨瑞因为准备考察"纪念品"，没有过境来缅甸。他说反正已经到过缅甸多次了，老干部考察缅甸，他置办纪念品，双管齐下，考察购物两不误。为了使大家玩好，杨瑞提前已给每位一千元的小费，说是茶钱。还另外给李玉岩安排了大伙的门票钱。握手过后，大家都好像距离近乎了许多。妇女向大家介绍说，关总一家是这儿远近有名的大户，父亲是缅甸人民军的副司令。

关缅华右手一挥，中断了妇女的介绍。右手过后留下一道金色的光，三枚至少五十克的戒指显示了他的富有。他告诉各位，他父亲关文炳出生于王畿市崇文乡文庙村的一个贫苦农民家庭，七岁时就到附近的黄庄村给地主黄万镒家放羊。一次，逢上大暴雨，山洪滚滚冲散了羊群，关文炳害怕遭受刑罚，就离开了这里。后来参了军。

说到这里，关缅华如同讲解着一段将军的苦难史，投入、沉重和悲壮。末了他强调说，我父亲在家乡的名字不叫关文炳，而是叫关天佑，据说他的哥哥叫关天佐、弟弟叫关天仲。父亲近年有了叶落归根的想法。

"你祖父、母还健在吗？"贾松江问。

"早过世了。祖父是民国三十一年，祖母是民国三十八年。"关缅华不假思索地说。

"你们一家，这也是王畿人的骄傲呀，我们有这样的老乡，在这里再不怕受人欺负了！"段仁深有感触地说着。

"那当然，这里谁提一下关家，大小官吏、地痞恶棍都会退避五里的。哪个敢欺负，连一句不顺耳的话也不敢说！"关缅华特别自信。

"这一带算不算金三角？听说人民军还有一项重要任务就是铲除罂粟和缉毒？"段仁问。

关缅华并没有马上回答，老练地燃上一支粗壮的雪茄，然后猛地站起来，"哧"地拉开了客厅的窗帘。

那是一片开阔的丘陵地，似乎刚收获过农作物，尚未播种上新一茬的庄稼，褐色的泥土延伸到很远的天边。雨后的农村，湛蓝湛蓝的天空格外高深，大堆大堆的云块翻涌着飘到渺远的地方……

关缅华告诉大家，这一带都是他们家的土地，昔日全部种着罂粟。开花的季节，漫山遍野盛开着幽香扑鼻的花朵，红、黄、紫、蓝、白，简直成了五彩缤纷的世界。自从国际组织和缅甸政府禁种罂粟以来，这片沃土就一年种一茬庄稼了。

"你们家现在有多少人口？"不知谁突然提到这个问题。

关缅华不好意思地说："家里的事情不可对外扬。不过，你们都不是外人，不妨我就实话实说吧！"

关缅华说，他父亲有五房太太，大太太陆静芸、二太太文蕃莲、三太太万芊芊、四太太温漫莎、五太太小山千叶。解放战争时，他父亲把大太太、二太太都留在了青岛。队伍到了缅甸，他父亲娶了地主万致远的独生女万芊芊。说到这里，关缅华说他就是万芊芊的儿子。至于四太太、五太太的事，他没有讲，只是说他身上流着中缅两国人的血，因为他生性好动不好静，最讲江湖义气，不适合从政，同时家里的万亩良田需要他做庄园主。说到这些，关缅华口若悬河。最后他说自己还要到仰光去，没有时间陪老乡们说话，本来理应带老乡们到庄园里到关府游玩两天，由于这笔生意有约在先，还有就是关司令近日到泰国访问，下次有机会，或者回老家探亲时再……关缅华流露出深深的歉意，作着依依惜别的样子。

段仁和古继仁从客厅外走了进来，他们好像出去了好大一阵子。关缅华边出门边对那个妇女说，缅甸最贵的东西是缅玉，走俏全世界；最贱的东西是黄金，滞销全缅甸。他让妇女拿出一盘最昂贵的东西，让每位老乡挑选两件称心如意的饰物，算是他初次见面的赠礼。

段仁和古继仁刚才出去推了一卦，卦象是遇到贵人有财宝进囊。为了保险起见，段仁还让李玉岩打电话给王畿市委统战部。拨了三十多次才通了，那边一个姓王的年轻人接的电话，他说崇文乡确实有个姓关的，是李弥的部下，解放战争结束时去了缅甸。关缅华的自我介绍，古继仁的求卦问卜，加上李玉岩的国际长途，都说明王畿确实有关文炳这个大人物。

"你说黄金在缅甸最贱，可你还一只手上戴三个黄金戒指？"曹冬至一边挑着玉饰品一边对黄金饶有兴致，她不是在挑玉饰，动作十分像抢。

"我指的是黄金有价玉无价，自古都说璧玉价值连城，从来没有人说黄金怎么怎么的！"关缅华留神了曹冬至，发现这位老太带着渴求的表情。

"我们这里四个九的纯金最高价位是七十元一克，不知咱王畿的金价是多少？"

关缅华报黄金价时，发现曹冬至眼里闪动着火花。

曹冬至把挑好的两件玉饰让妇女和关缅华看看，示意她没有多拿，然后小心翼翼地塞进了腰袋，那是她出门时新缝上的，防备路上遇到掏包的。妇女说，这位阿姨你这两件玉饰换换地方两千元也拿不走。曹冬至不好意思地以笑作答。接下来，曹冬至全神贯注地谈着黄金的事。她告诉关缅华，王畿市的黄金价是一百三十元，石家庄一百三十五元，郑州一百三十八元。

"你店里有货吗？能不能拿出来看看？"曹冬至性子有些急躁。

"阿姨，丑话咱可要说在前头，这点黄金可是要钱的。这是我父亲的财产，他打算把这些黄金出手，换成钱，一部分捐给咱王畿市建夕阳红老干部活动中心，一部分在文庙村建一所档次高点的希望小学，再用少量的为关家祖坟立碑修墓。"

大家都得到了称心如意的玉饰品，包括一向精明能干的李玉岩，也选了两枚玉佛，男戴观音女戴佛，他打算给自己老婆一枚，另一枚给局长太太李水仙，这个娘们儿特信佛。

关缅华所说的金价对大家十分有诱惑力，生活在中等偏下水平的这个考察团队，若能买到物美价廉的金首饰，或戴或送人或卖出，都是无比划算的。况且，关缅华还小声告诉大家，这些黄金很可能是父亲任高官收到的贿赂，成色百分之百的漂亮。

曹冬至把段仁叫到一旁，让他挡住别人后，才麻利地掏出塞在内裤袋里的现金。这个袋子也是出游前缝成的，恰恰跟装玉饰物的一左一右。

妇女端出一个做针线小箩筐，其间一大块红绸，珍贵地包藏着关司令的财物。妇女在关缅华的挤眉弄眼中，很谨慎地掀开，顿时，万道金线跃入各位眼帘，金条、手镯、项链、戒指应有尽有，如同阿里巴巴唤开了宝库的大门。

有人已经往自己家打电话了，大概是想讨好老婆、女儿或儿媳，问她们要什么，还强调想要什么只管说，好像他们这趟外出真的发了大财。有的离开王畿一次电话也不愿打，说是漫游费太贵，可在关缅华这里竟舍得打国际长途了。

这些见黄金为之激动的人们中，没有几个真正懂得黄金的。他们很快陷入了有便宜可图的浮躁中，甚至思想深处还有这些财宝关乎着王畿市的夕阳红老干部活动中心、希望小学，越买得多对社会的贡献就越大的心理活动。关司令爱心首先得到了他们的理解、接受和支持，他们以奉献社会公益事业的美德，展示了一名老干部、一名共产党人、一个考察团的优良品质。

玉帕在提醒大家参观宝光寺了。刚才赠物时她不知去了哪里，这时才姗姗来迟，曹冬至为她失去机会而遗憾地看着她。

人们开始争相购买关司令的金货，谁都唯恐自己买得少了，一件、两件、三件先握在手里，那种场面简直是抢购风刮起时才会看到。

似乎早有准备，要不为什么每件首饰都拴着一个小标签，标明黄金的纯度和重量。为了让各位放心，关缅华口气很硬地令那位妇女拿来了天平，强调说不能坑害家乡亲人。

大家都有所获，人人都买到了低廉却纯度很高的黄金，要比国内便宜很多。因此，无一不笑容满面、心存感激地踏上游玩的路途。

关缅华把老乡们亲热地送了好远，尽管有辆黑色的轿车不停地打喇叭催促他上路。他向老家的大叔、大姨（这时已经改唤称呼了）再三交代，说缅甸这个金三角也是黑三角，大家携带贵重物品一定要格外小心，千万不要让劫匪窃贼发现。他还说，一旦发生什么情况，就赶快向缅甸人民军司令部打电话，电话号码大家都记牢××××××。只要你们说是关司令的老家人，不管老爷子在与不在，都会有部队前去营救的。最后，关缅华深情地说，年底他要陪父亲回老家祭祖和捐赠，希望到时能得到大家的关照。

告别了关缅华，各位感到相当轻快。虽然出门时带的现金、甚至一路上杨瑞发给的费用都用之殆尽，有的还小范围地相互转借，当然是关系密切者之间的暂时周转。曹冬至为了多买黄金，打算回王畿后出卖得利，不顾李玉岩露出不耐烦的表情，硬是又借了杨瑞让用于额外开支的几千块钱。

宝光寺，登尼寺，只给人留下大小宝塔林立，寺里寺外金碧辉煌的印象。

野象园是旅游线路规定必须要去的，玉帕也说门票包括在大票之中，很好玩的。然而，老干部考察团意见有分歧，有人提出大象有什么好看的，大家便犹豫不定了。万一野象园里出现几个坏人，搜了大家的身，那损失可惨重了。

返回的途中，大家很快地安静下来。个别的还发出不够匀称的鼾声。上了车，安全多了，人们无忧无虑便瞌睡起来。曹冬至没有睡意，特意坐在李玉岩身边，商量着如何把这几千元免掉不还。李玉岩没好气地说："你自己说去！"

不仅是曹冬至，其实大家都在想，假如杨瑞能把大家购黄金的钱拿出来，该多好！

巴士在中缅公路上奔跑着，只是在国界碑处才放慢了速度。玉帕问她的团队，"照相吗？"车外有不少团队都停下来，游客们兴致勃勃地在界碑处拍照。唯有玉帕的团队无一人下车，可能是大家怕在两国交界处遇到麻烦。诸如缅玉、黄金是否涉嫌走私？玉帕没有勉强大家，和一路上的态度一致，只讲解、不介入、不干预。

十三

巴士到了景洪那座他们下榻的宾馆，杨瑞没有按预先约定的在此等候迎接。服务生告诉李玉岩，杨总备置物品去了，让李玉岩代为履行一下服务义务。

按照宾馆安排，大家很快进入了各自的房间。只有段仁走进了贾松江的单人标准间。这趟外出马上就要结束，或许今生永远没有这样的机会，让老同志们一块儿出门观光。一路上，段仁就有和贾松江进行思想沟通的想法，这是最好不过的机会了。

人到晚年，最能客观地回首往事，最能检讨自己、原谅别人。即使那些打斗一生、杀戮成性的人，也能在这个时期良心发现。段仁觉得他年轻时做了对不起贾松江的事。那时他年轻气盛，或者说私心太重，总之在想入非非的时候，做事都欠缺理性思考。

他告诉老贾，他做过史蕊的梦，因此恨老贾；史蕊把所有的爱和生命都舍得给老贾，他从嫉妒到仇恨，私下里还骂上苍的不公："既生老贾又何生老段？"为了投递告状信，他段仁连夜乘车，遭遇老鼠钻裆……

老贾向老段摊牌说，告状信上说他害死了史蕊。实际是史蕊太刚烈。那天夜里，史蕊跑到了那个偏僻的兽医站，手里掂了两只瓶子。史蕊说一个瓶子里是酒，一个瓶子里是农药。他要贾松江做一种选择。如果选择今生娶她，他们就共同喝下这瓶酒，这是订婚酒，是喜酒，今后不管遇到什么情况她史蕊都会死心塌地地跟着他。如果选择放弃她，那么这瓶农药她史蕊一个人喝尽，一切恩怨到此了解。……史蕊一口气喝完了农药。由于太偏僻，缺医少药，史蕊才没能得到及时救助……贾松江呜咽着。

"这个当时就有好几个部门的结论，不知什么原因，到了八十年代，人们又提起这件事，而且所有的证据都遗失无存了呢。"贾松江很沉重，好像有一个幽灵耿耿于怀。"老段，如果那时史蕊答应你的话，那么你和曹冬至会和好吗？"

"绝对不会！"

"可惜，人这种东西真怪，怪得选择去死！"

"我想起史蕊时，我就恨你贾松江；我和曹冬至在一起时，我总是问自己，她为什么不是史蕊？"

"曹冬至也不错，起码她在不停地维护你！"

"不说了，假如有来生，我一定会走好每一步！"

楼道里有人敲门，力气很重，简直在砸门。

"老贾，一定原谅我，那封告你杀害史蕊的信是我搞的。它耽误了你整整三年！"

"不是三年的问题，是一生。"贾松江告诉老段，经过组织考察，他和史蕊的关系是纯洁的。但是那位组织部领导在提拔他时，附加了一个前提条件。那就是安排贾松江当××局副局长，但必须为他表妹的塑料厂签一个合同，还要承认是自己的亲戚，不能暴露领导；那个调查组组长也……那时候，他贾松江接受了。本来他是一个军转干部，受到过很好的政治教育，就因为报答别人，让人看成搞腐败，搞不正之风，毁了一生的名誉。退下来之后，他反思自己。

段仁长期对贾松江为什么能从畜牧兽医站提拔到全市热门的××局大惑不解，过去只是种种想象和推测，由于关系冷漠未能亲自问过他。对别人的隐情，段仁总是表现出极端的关注，似乎不了解实情就不罢休。多少年后的这天，当他和贾松江年近古稀的时候，终于有了促膝谈心的机会。他禁不住挑逗性地问：

"伙计，你在公社是畜牧兽医站的站长，按理说应该提拔到市畜牧局工作才对口，可你却被安排到竞争激烈的市××局，这让外人看来多么不可思议。"

贾松江面对这个善于在一旁看人笑话，恨人有骂人穷的家伙，本来不准备回答他，想到他刚才态度那样诚恳，忏悔多少年前的罪恶，这时候再办他没趣似乎不很合适。不少人挑挑拣拣，非自己挑选中的单位坚决不去。我当时调子不高，组织上把我塞到哪单位都不会有意见的。恰好那位市委书记喜欢较劲，凡是托人打招呼，凡是自己挑单位的，坚决不让这些人如愿，就是在这样的前提下，我做梦一样地当了××局副局长。"

段仁很不服气地笑了，笑得很滑稽。"听说你有一位团首长，在省委当啥部长？"段仁问。

"根本没有！即使有，人家也不会管这些事的。那时候的干部，严肃得很、认真得很，提要求不批评你就算是幸运。记得那一年，我们一个战友在农村受不住了，写了封信给在北京工作的首长，本想让他打个招呼安排个子女。一个月后回信了，战友很惊喜。打开信一读，战友的脸一下子拉下来好长。首长让他看看电视剧《阿信》，教导他趁着富民政策，在家养鸭、喂鸡什么的。回信很长，没有几句让战友高兴的。"贾松江像回首往事，讲话中动了感情。

……

他们的手又握在了一起，仿佛过去的一切都成了尘封历史、过眼烟云。关于杨瑞，他们形成了最一致的意见，"这个孩子很优秀！"

谈完杨瑞，他们又把话题转到了李玉岩身上。段仁自我批评中含有批评贾松江的味道。他说，咱们，特别是我自己，过去对待年轻人态度上确实有过头的地方，他们心直口快，嫉恶如仇，敢发表不同意见，并没有多少过错。可是，我们总是站在自己的立场上，想一棍子把他们打死。

"哎——"。贾松江长长叹了口气，"是那种情况。我们把他棱角快磨平滑了。不过，我和他之间的一些事情并没有什么，只是他不知道我的难言苦衷呀！"

贾松江说，当年史蕊的死让他背上了沉重的包袱，他每天都像身上压着一座大山。那时，他需要的是理解和慰问，然而，他遭遇的都是令他哀伤和失望的现实。特别是有人操纵着麦丰收做了一连串亲痛仇快的事情。最使他难以接受的打击，多数来自麦丰收和她娘家的七姑八姨、兄弟姐妹。他们说，麦丰收这一生失去了爱情，万万不能失去赚钱的机会了。麦家说，不论什么时候，也不论贾松江走到哪里，帮助麦家办个商店赚钱是贾松江应尽的责任和义务。否则，他们会集体上访般地缠住贾松江。

贾松江面对着段仁，仿佛在追忆着一桩痛苦的经历。他深有感触地说，真没想到，在位时，一句平平常常的招呼，竟能带来那么丰厚的经济效益，麦丰收的商店竟能门庭若市，同时，一个小小的领导干部的形象就这样也被人看得十分低矮。麦家有了事情做，一切都相安无事，竟换来了多少年的风平浪静！

火急火燎的曹冬至把段仁拉出门，气呼呼地说，那缅玉和金首饰有问题。

还有几个房间的人们，在冷静地盘点宝物的时候，都发现东西不对劲儿。

段仁说快打关司令的电话。回答是："对不起，你拨打的电话是空号。"好像缅甸的国语也是汉语。

这时候，能够给大家撑腰壮胆的，或者挽回面子的，只有杨瑞了。

人们盼救星一样等待着杨瑞。那一夜，他没有回来，服务台仍然说他出门时打招呼说备办物品了，办好托运手续就回来。

第二天，李玉岩、段仁打听，服务台的服务员换了，仍然那样回答。

中午的时候，服务员接到一个电话，是交警队事故科打来的。说宾馆里是否有一个客人拿着钥匙外出了，这个人在孔雀胡同出了车祸，人已经不行了，现在放在华光医院的太平间，麻烦宾馆通知他的家属或同行者前去认领。

客房的钥匙杨瑞确实拿有一把，他说很快就回来。

王畿市交通考察团的人们，此刻非常齐心，他们希望杨瑞健康无损，希望出车祸的不是他，希望他给大家解决眼下的问题，希望他以后当上领导后继续为大家服务……

这医院是甲等特级医院，门诊楼、病房楼很别致，绿树掩映，芳草如茵，鸟语花香，就连那最不起眼的太平间，也给人许多想象……

李玉岩问值班人员里面是否有叫杨瑞的死于车祸的人。回答说没有。值班人员接着说："今天这附近孔雀胡同出了车祸，救护车拉来一个重伤者，由于他不会说话，医生不知道姓名。正在抢救时，他的手机短信来了，短信称呼此人'北鸟'，于是医生就在单子上填上了北鸟。你们看是否他就是要找的人？"

洁白的被单拉开了，里面是一张不甘心的年轻的脸，两只眼睛还没来得及合上。李玉岩哭了，他身后的段仁、贾松江也禁不住哭了起来……

忽然，值班人员手里的移动电话响了起来，她递给了泪流满面的李玉岩。是谁刚发过来的短信，李玉岩连忙擦着泪水迷蒙的双眼，只见手机屏幕上清晰地显现着：

北鸟：你怎么老不回信息！

南大街"蒙太奇"

汝城的南大街据说是这座城市的化石。东周时已经是商贾云集，唐宋时成为南粮北盐集散地，于是这儿的繁华便闻名遐迩。

南大街足有十华里，像一根细长的扁担，它的两头各有一座小桥，如同扁担挑起的两只水桶。很有趣的是，这两座小桥魁五雷同地形成了饮食中心，桥里桥外布满了小摊小贩，锅贴馍、生煎包、牛舌锅盔浆面条、卤猪肉、酱牛肉、汤圆饺子灌汤包……

这个女人就住在南大街上，是"老居民"。女人跟男人结婚十年，生有一男一女两个孩子，大的九岁，小的七岁。女人的日子过得很简单、很清苦，因为违犯规定生了两个孩子，前几年被单位除了名，孩子尚小腾不出精力做一爿生意，男人虽说在城东南的山里一家私人煤窑上打工，但三天两头停产整顿，工资寥寥，活得也很不容易。前些年，男人每个月都给女人四、五百块钱生活费，女人精打细算、分厘必究地过着。她很乐观，相信孩子一天天在长大，今后的日子也随之会一天天好起来。因此，女人心里阳光灿烂，日子也就风和日丽。

女人很爱自己的男人。男人在煤窑忙活，尽管她不知道他具体干啥，但坚信男人很辛苦、很劳累，是在为这个家疲于奔命。虽然她没有去过煤窑上，女人老是往男人的单位跑别人要说闲话的，她不去煤窑不等于她不了解煤窑上的事情，那乌黑发亮的煤存在于好深好深的地底下，捂了好几万年才捂成黑家伙。人钻到窑底下干活儿，终年见不到太阳，吃不上应时饭，很煎熬的。人们打比方说在窑上干活的都是埋了但没有死的人。一想到男人，女人就禁不住潸然泪下。泪出来了，擦干，再出来再擦干。他们的日子也算有点规律，男人每月至少从煤窑上回来两次，住上三两天，孩子的奶粉、饼干和方便面，还有四、五百元现金随之而来。每逢这些日子，女人总会对男人说，窑上辛苦，你别亏待自己，发工资先甭惦记家，家好好的，有我呢，要多膪记自己，买点有营养的东西，补补身子。说着，女人就有豆粒般的泪珠从眼眶里滚出来。男人也不好意思了，嘴里连连说，我知道。女人在擦干泪之后，就会说我想你，孩子们也想你。这时候轮到男人哽咽了，男人话不多，说，我也是，我也想你们。接下来便是一家人团聚的天伦之乐了。

女人尽最大的努力满足男人，比如平常是一日三餐，这时候她一定要做四餐五餐。夜里只要男人咳嗽，她就应声，考虑到对孩子们的影响，他们做事是有暗号的。有时说治病吧，有时说探亲吧。一想起男人过去曾批评她"木瓜"就觉得逗，就觉得自己应该成为机灵鬼才对。天黑下来，男人只要发暗号，她就会呼之即来、不厌其烦。她的想法很朴素，一定要把一天当成两天使唤，那么他们过十年也就顶上二十年了，万一哪天男人呜呼了也不叫屈。人都说遇到瓦斯，遇到大水谁也跑不了。想到这些她就打冷战，之后又安慰自己，一咒十年旺，人的命天注定，或许自己男人是命大的种。

后来，男人有了手机。为了方便，再后来男人给女人也买了手机，说听听声音全当见面了，以后有事就打电话吧。女人笑了，很兴奋，很自豪，因为她是当时南大街上为数不多的有手机的家庭妇女。

接下来的日子依旧平淡，仿佛前世拟好的日程表一样。女人一想起自己男人是埋了没死的人时，就加倍想念男人，想男人了就打手机。起初那边的应答只是说不用担心，这边没事，一切都好好的。女人就说好好的就好，只是……没等女人说完"只是"后边的话，男人就挂断了电话。

日子过得很快，想拦都拦不住。夏天来了，女人屈指算着，夏天一过，女儿该升三年级了，儿子也该上一年级了。想到一家有两个戴红领巾的学生，女人就亢奋，就浮想联翩。亢奋过后，女人就冷静了，她已经两个月没见到自己的男人了。两个月前，男人告诉她，煤窑上出了点事儿，大家的工资都不能保障了。那次，女人的手机又回到了男人手里，从此也没有了男人的信息。她相信自己的男人，相信男人所在的小煤窑老板，这年头没有过不去的坎！男人很快就能重新得到工资待遇的，哪个煤窑不出事？女人心里的阳光依然闪烁，暖流也不时地潜入她的心窝。不过，她觉得手中拮据的日子总是过得那么慢，盼望男人回家的日子总是那么难熬。

有一天，女儿说在大街上见到爸爸了，爸爸和一个阿姨拉着手，从一家餐厅里走出来。女人批评了女儿，说她胡说，说她眼睛出了毛病，还说爸爸煤窑上的事儿还没办完呢，再说，一身黑的人，谁稀罕他呢？再胡说，拧烂你小嘴！女儿说，我没胡说，你拧吧。说着，女儿委屈得掉下眼泪。

女人也有过逍遥自在的日子，那是在过去。每逢星期天，她就会带孩子们上街买小东西，有时候还给他们买点儿零食吃。两个桥头的特色美食实在太诱惑人了，孩子对吃的要求也迫切得像急嘴子病人。尽管她小气她抠，然而在孩子乞求的哭声里，她总是心软。自从煤窑上有了什么事之后，她们就很少上街游逛了。女人逛街是因为要办理柴米油盐杂事，孩子们嚷着上街则是嘴馋了。孩子们并不清楚大人的心事，也不关心家中的钱袋，依旧叫喊着要逛街，要到桥头去。起初，女人编着大街上有大灰狼吃人一类的恐怖故事，来阻止他们。她知道这只能扬汤止沸，时间一长便不灵了。

那个晴朗的日子，孩子们又嚷着上街。女人实在没有理由拒绝他们了，就领着他们走出家门，并且说好不许要吃要喝。

　　久违的那条窄长的街，还是人来攘往的。她们走到了西桥头，卖小吃的或少于东桥头。然而，这里早已与东桥头难分上下了。那些玻璃窗里摆放的鸡鸭鱼、猪牛羊肉不仅有诱惑力，而且还有极强的召唤力和感染力，女人尚且禁不住垂涎三尺。两个孩子特别是男孩更是像用钉子铆住了脚似的，一动不动地盯着那些美食。女人后悔自己不该带他们到这里来，眼不见心不乱啊！她身上仅有的十几块钱，还要打发好多项急需的开支呢！

　　突然，女人无意间发现前边不远的地方冒出个熟悉的身影。但她很快又否定了自己的视觉，那是一男一女两个人在肉食橱窗前买肉，男的显然很大方，手里夸张地捏着好几张崭新的百元钞票。他献媚地问女的，你吃啥呢？你只管说吃啥！那个女的摆出很矜持的样子，非常专注地盯着橱窗里的鸡鸭，并没有回答他。

　　女人使劲地拉动两个孩子，正要离开这儿的时候，儿子却像疯了似的挣脱了妈妈，如出弦的箭一般冲向正在买肉的那一男一女。男的还在问女的吃啥，锲而不舍的恭敬。这时，小男孩已经站在了他们跟前，猛地拉住了男的衣服，指着那只酱色的烧鸡说，爸，我吃这，我吃这……

　　这一幕，特像电影里的蒙太奇，小男孩替那个女的回答了吃啥的问话。

　　原本买肉的一男一女，被这突如其来的男孩的叫喊弄懵了。先是那个矜持表情的女的紧急转身，并入了川流不息的人群中；接着是拿百元钞票的男人在后边追，边追边问你吃啥，你到底吃啥呢；最后是留在熟肉橱窗跟前的小男孩，声泪俱下又歇斯底里地叫嚷着：爸，我吃这，我吃这……

　　这边，女人望着窄长的大街和熙来攘往、吆东喝西的人们，寻找着刚才那梦幻一般人和事……

督导组长的笔记

那年，县委书记的笔记本电脑不慎丢失，弄得他失魂落魄，惶惶不可终日。好在县公安局领导反应敏捷，立马抽调百余精干警察，全力以赴为笔记本电脑的事奔波，为县委书记排忧解难。集镇闹市等大型公共场所不在话下，大街小巷、车站码头、胡同路口也在排查之列，就连厕所、下水道也不放过。最终结果不宜披露，但搅动四邻八家就惹出诸多猜测，负能量自然甚嚣尘上……

之后不久，我的笔记本找不到了，当然它不是笔记本电脑，再者位微言轻，我就是报案也不会引起重视。但是，我还是要找到它。个人笔记本有时候就如同隐私，羞于让别人翻阅，尤其不能传阅。为此，我很着急，心里火烧火燎。

真没想到，好朋友何卓民"偷"了我的隐私，两天后主动还给了我。不过，我的笔记被他批注得乱七八糟，像被老师批改过的小学生作文。我无奈地"哎"了一声。何卓民好像根本不在乎我的情绪，大声说："这哪里是笔记，分明就是一部描写当今农村社会的优秀小说！"

我说："天哪！何卓民，大作家。我就是王畿县第九综合督导组组长记的笔记，八百钩担也探不着小说的边。你别抖擞我啦！"

何卓民认真起来，一脸严肃，正儿八经地说："不儿戏，小说就叫《督导组长笔记》，我发誓，它是当下最好的农村题材小说！"

一

不知怎么搞的，通知会议的人让与会人员七点二十到会。通常早饭都是七点半开始吃，简单的早餐用十分钟，也就是七点四十早饭吃完，到单位上班用上十分钟，保证八点前到达。通常的会议从来都是八点半，体现了人性化服务和十足的人情味。当然，那次遇到了百年罕见的特殊情况，死了许多人，为了稳定、为了统一说法，县委办公室的同志肃穆地通知说因为出了事，很严重的，才打扰您六点钟到县委三十七号会议室开会。没等我回答，那位通知会议的同志又来了一句：领导们从零点到现在都没休息。他说的领导指的是管我们这一级的县委、政府的主要负责人。

既然管我们的人都熬了通宵，那我们还能有什么怨言呢？通知会议的人是担心受到接通知者的冷言。换换位，他们也是人，对他们发冷言不应该的，况且，是出了事。那次，我们都是打了激灵，并且提前到了会议室。

而这一次，没听说出什么事，通知会议是上一级的办公室通知到下一级办公室的。可能有差错，若不是上边人说错了时间，就是下边办公室的人听错了时间，假传了圣旨，告诉我是七点二十开会。我打通了我们办公室的电话。

是不是搞错了，七点二十的会议？我问。对下属，我们这里从来都是直说。

局长，没有哇，我听得非常清楚，记得格外认真。真的是七点二十，我当时觉得奇怪，还专门又问了一遍。我们办公室的人一向是负责的，说话也十分谦逊，语调语速都使人感到亲和力很强。特别是接住电话就喊局长，足以证明他们把局长当成回事，电话号码记得很清。

那好吧。压了电话，好像一股子的抱怨和疑惑顷刻烟消云散了。没有错，上级办公室的通知没有错，下级办公室的传达也没错。那就是可能县上又出了什么事？靠挖掘能源、靠生产建材、靠拼体力来推动经济快速发展的地方，人员在个体老板那里是不经培训的。他们根本不了解工欲善其事必先利其器也就是磨刀不误砍柴工的道理。往往就是一点点小的毛病，导致大的灾难发生。我想，不是通知错会议时间，便是又出了瓦斯、透水、冒顶等方面的事故。

街上，依旧是那个样子。熙来攘往、车水马龙还是要等到八点以后。雨后的王畿县城大街上，行道树的嫩芽更加清新宜人，晨练的人们还在矫健地跑着。往王畿人民会堂去，我要经过相邻的两家经常上电视的医院。往常遇到突发事件或者工伤事故，这里的救护车总像是夏日坑塘里的蛤蟆叫个不停，门口也站满了打探情况、焦急等待的人们。

这天，什么也没异样，一切都是按部就班、循规蹈矩。特别是这个早晨，既没有警笛呼啸，也不见救护车叫嚷，人们丝毫的惊慌也没有。然而，何卓民跟我打赌说，今天肯定有大事发生，要不，王畿县历史上有几次这么早就要求到会场的。

那是过了两家县立医院，刚刚踩住阳光小区门口的斑马线，我被人使劲地拍了一下肩膀。何卓民的脚步真大，当我扭头看身后时，他的上半截身子已经超在我的前面，那双闪着智慧光芒的眼睛向我友好地眨着。

你这么慌，跑官吗？

你这么急，上任吗？

我们这些在中国最底层搞所谓政治的人，总是拿与官有联系的情况开玩笑，外人看来，说不定会笑我们是没有进步而发泄牢骚，或者是以此讽刺社会上的黑暗现象。都不是，因为见面寒暄互问吃饭与否太俗气，换一个洋气的问候，我们又都不甚习惯，只好随行就市，来两句不着边际甚至词不达意的话，也可以称作幽默了。接着，我们又侃到会议。饭也顾不上吃，就得到会上。我看见不远处有个挂着正宗台湾六合包招牌的早餐店，禁不住把早饭与会议衔接起来。

谁吃了？晚上搓了两盘，一点多才睡，整夜都梦见开会检查哪个人迟到，连着醒了好几回，这回才算醒到了正经时候。何卓民说正经这两个字时，有意识加重了语气，接着又说，不过没洗脸没刷牙，更不用说饭的事了。

听说这个会议开到村一级，那有时村离县城百十里，越岭翻山，得起多大的五更？我并无意替偏远山村的人鸣不平，只是觉得他们更辛苦。哪知，我不小心拉动了何卓民那颗手雷的拉环。

村里没有了提留，乡里免除了统筹，上级又一再强调村级要实现招待费的零指标。这些村干部的差旅费、吃饭费咋办。这么早的会议，他们至少要提前到头天晚上赶到乡里。县里的头头们睡着觉也比我们醒着清楚，肯定是有什么大的事情，否则绝不会这样的。

不会有什么大事，只是一般的三级干部会议，无非是植树造林、计划生育、农田水利等方面的什么杯赛活动动员，春耕生产、畜禽疫病防治的会刚开过。月晕而风、础润而雨，今天没一点出大事的迹象。

不服呢！你别忘了现在领导的水平，他们内紧外松，有时候比诸葛先生的空城计还要高明很多。咱俩打个赌吧，出大事的话，你请客；正常的会议时，我请你。

我们一言为定时，已经到了王畿人民会堂的广场。这儿，正播放着根据《北京的金山上》改编而成的广场舞曲，在优美雄浑旋律的牵动下，至少有百十对男女翩翩起舞。

二

王畿县原来叫"馍饭山"县，后来发展得很快，又不缺吃的不缺花的了，就觉得"馍饭山"不上档次，就找来一些知名文人商量改名字，"馍饭山"改成了"模范山",充满了正能量。再后来,县委书记邵青听人说这里东周时曾为王畿之地,觉得时下不少县为了争当"西门庆故里"、"潘金莲故里"、"鲁智深出生地"而大把花钱,而我们放着这么久远而威武的县名不用,不是暴殄天物吗!于是王畿县就应运而生。

广场西面便是王畿人民会堂了。邵青很会吹拍,他在大会上把王畿县的望嵩路吹成王畿的南京路,老百姓就把王畿人民会堂称之为"北京人民大会堂"。因为王畿县一年一度的"两会"在此召开,人大代表、政协委员们以及县级的劳动模范们都在这里出席会议,在门前台阶上接受县电视台记者的采访。

走过广场的繁华喧闹,便体会到人民会堂跟前的庄严肃穆了。五十米远的地方,早就站着两名威严神圣的警察,他们中间是通行道。他们目不转睛的神态,无声地告诉人们,他们的火眼金睛能准确分辨出坏人好人,他们一定会保证会场的安全。人民会堂的玻璃门处,也站着几名精神焕发的警察,密切地关注着每一个游动的人。

非常奇怪,七点二十分了,怎么没有人呢,我们俩都不禁收住了疾行的脚步。玻璃门里,十多位工作人员在悠闲地聊着天,其中一位微笑着跟我们打着招呼,问我们为什么来这么早,还说是八点半的会。

你们通知的呀,我们哪敢不按通知来?有一种淡淡的不满开始在我心里涌动,因为是比较要好的熟人,因此,我说了这么一句。

何卓民干脆扭头要走。说县上把人当猴玩,八点多的会,非要让七点二十到场,难道领导的时间才是真时间,下级的时间一分钱可以买几天。不开了!他佯装要走的样子。

这时,工作人员中又走出来一位,平常我们哥弟相称。

别恼火嘛,八点半开会,让提前一个钟头到这可是会议上的矫枉过正。要不,人们习惯了八点开会九点到,十点领导做报告,多丢人现眼!这位参与组织会议的朋友拿多变的眼睛语言跟我们交流,真的压住了我们上当受骗引来的怒火。他向我们迈出一大步，把他的伙伴们撇在了身后，小声说今天的会议来了调研组，是上级部门大概是省里和地区的领导。

我和何卓民的目光在离开各自眼睛一尺的地方相遇了，那是一种理解、放松和恍然大悟的神色。

既然来了，就找个角落坐下来吧。我脑子里蓦地涌动着多少年前十分时髦的语录：既来之，则安之。那大概是教导患病者耐心接受治疗的吧。何卓民紧挨着我的座位坐下，下蹲的时候，他的肚子还叽叽地唱着南北朝木兰辞的"唧唧复唧唧"。

舞台上华灯齐放，十分招惹人眼。舞台灯光不知是艺术的效果，还是一般观众视觉的夸张，让人总觉得是那么妖冶，简直像珠光宝气镶嵌满身的靓丽美女。灯光照射下，那层次分明的花卉精神抖擞地正襟危坐。第一排是北方杜鹃，正值花朵开放的季节，挂满枝头的粉红花笑得十分得意；第二排是栀子盆景树，伞一般绿油油的树冠上，含苞待放的蓓蕾冷静地面向杜鹃花；第三排是荷兰郁金香，高挑的细茎上捧着傲视一切的酒杯般的花，一副怀才不遇的姿态；第四排严格说不能算是排，每两步摆一盆君子兰，它葱绿的宽叶间，展现着橙色的花簇。这四排花草之后，便是四排端端正正摆满人名牌子的长桌，桌子上清一色地铺着墨绿的绒布。再靠后面就是舞台的背景大幕布了。幕布中央悬着国徽，国徽两边各斜插着五星红旗。红旗、国徽前面，摆放着七八尺高的凤尾竹，期间还有序地夹杂着南洋杉。

人民会堂一千七百多个座位，除了我和何卓民一人占一个外，还有东南方向昏淡角落里嘀嘀咕咕的男女，剩余的大面积座位上空荡荡的。来得按时的，坐在偌大的空间里，无人问津如同遭受冷落，很自然让人产生受欺骗和被玩弄的感觉。我长长地出了一口气，再深深地吸它一口，这是健康学家教给大家排遣不良心理和郁闷情绪的有效办法。确实起作用，我俩都看着金碧辉煌、鲜花装扮的舞台，表现出难得的聚精会神的样子。

我尽量让脑子的活动进入盲区，这种时候休闲一刻才好。何卓民从衣袋里掏出烟，也不让我一下，因为他知道让我只是一种客套，之后把烟在座位扶手上磕磕，再含在嘴角歪着头点燃起来。何卓民开烟包也与众不同，多数人是从贴有标签的地方开口取烟，好像设计者就是让烟民从这儿开口，英文注明Pull，他反其道而行之，从烟盒的底部开口取烟。有人笑他怪，他淡然一瞥，说杀猪杀尾巴，一人一杀法。过后他告诉我，正面开口恰好捏住过滤嘴，人们多数习惯了饭前便后洗手，可没记住吸烟前要洗手，于是手上的细菌，自己的、别人的，病从口入的问题如何能有效解决！我从这个小小的细节上发现了何卓民的特别，再观察多一点，更觉得他的别具一格，不仅抽烟，而且在接人待物的其他环节上也与众不同。何卓民使劲地抽着，之后长长地吐出一缕有造型的烟雾，当舞台上的旋转灯把其中一束光照射到我们跟前时，恰好使圆圈、棍棒形状的东西呈现出来。他若有所思然而又漫不经心地说，这年头，一切都是官大的有理，下边的人永远没理，不服不行。我的思绪不在这里，没有准备怎么回他的话，只是佯装关切地看着他。我这个在基层摸爬滚打了十多年，又被昔日的同事今日的上司们拣过来掂过去许多回的人，应该也能发出如此的感叹。然而，接近麻木的人习惯了这看不惯的一切，也谙熟了说说白说不如不说的道理。我不说了，何卓民还在说，仿佛他的激情尚未泯灭，他的良知还在苏醒。我佩服他，只能以关切的目光对待他。

突然，肃静的会堂里响起了震耳欲聋的轰鸣。那是办公室的秘书在试音响，本来是一首悦耳的曲子，由于他没有调整到适中的音量，变成了超出乐音几十分贝的噪声。打磨锅一样刺耳的声音，让人十分难受。只几秒时间，音乐恢复了应有的清晰，是一支民乐合奏的名曲《喜洋洋》，这时的舞台上出现了办公室副主任微驼的身姿，他正从舞台的一端走向另一端。紧步其后的是位穿瑞丽红底印大黄花旗袍的颀长身段的姑娘，她模仿者驼背副主任的示范动作，接着是第二位、第三位，一直走出十几位几乎模样雷同的姑娘。可能是这些姑娘没有经过岗前培训临时抓差来的，也可能是副主任见多识广发现了这些姑娘出场动作的缺陷，于是抓住这会前的短暂时刻，诲人不倦地培训起来。第一遍好像不怎么理想，接着是第二遍、第三遍，具体体现了工作人员对会议的高度负责和对事业的执着追求。这中间，何卓民已经在地上拧灭了五个烟蒂，他燃起第六支烟的时候，已有人陆陆续续地进了会场，刚才还空空如也的座位上已经隔三岔五地坐上了人。台上的彩排似乎告一段落，那位驼背的副主任带着一个满面红光的青年工作人员走到舞台的扩音器旁，小声地说着什么。接下来，小伙子走向话筒，先用手指敲了几下，发现效果不错，便开始大声呼喊门口的与会人员赶快入场，并强调说离正式开会还剩下十分钟。

人流像开了闸的水，更像从圈门放出的羊，蜂拥而来，有的还大声喊叫着。来自乡村的干部们，特别爱起哄赶热闹，要么就站在门口聊天，要么就成群结队风起云涌地席卷而来。

会堂里所有的灯全部亮起来，照住了还未找到座位的人们。与会人员多，为了保证秩序，工作人员特地为各位发放了没印日期和票价的票。我和何卓民离开了刚才的座位，分别寻找着自己的座号。坐稳后，才发现舞台周围的横额和竖幅，早已把会议的主题写得清清楚楚。

横额：王畿县信访稳定、安全生产、优化环境升温加压大会

左边竖幅上写着：重信访促稳定建设平安和谐新型王畿

右边竖幅上写着：抓安全优环境发展文明富裕现代城乡

醒目的宋体字端端正正，书写的内容更是气派超前。我顿时有一种毛骨悚然的激灵，想何卓民若还在我身旁，肯定要说这次打赌无论谁输，请客一定要吃牛肉。他肯定在点燃了一支烟后，缓缓地吐着烟雾说：因为牛都让吹死了，肉能不便宜吗？

会堂里的专业音响就是好听，继《喜洋洋》之后，播出的是《步步高》的丝竹旋律，工作人员真的善解人意，他们选定的都是雅俗共赏的曲子，难怪他

们临时辞掉了会堂工作人员，尽管她们的举止能让与会的男士们目光集体放电。县委、政府、人大、政协、工会、武装等部门的首领们组成的十大班子成员，伴着《步步高》的祝福闪亮登场了。

主持人宣布了会议纪律后，按照主持词的内容一项一项地开始了。

主席台的第一排，通常都坐着县委常委们，今天还有上级领导；第二排往常是人大、政府；再往后，几大班子的人都放有写上名字的牌子。关于安排位次，王畿县曾发生过主席台争位次而罢会的冲突，也出现过工作人员受斥责或调换岗位的事情。因此，排位次办公室细上加细，精益求精、如履薄冰。开会前几天，办公室秘书就拟出了主席台就坐人员示意图，还有预案，即哪位台上人员不能参加会议，位次该怎么排，都标在另一张示意图上。示意图先请科长审查，再交副主任审，之后是常务副主任、主任、县长助理、主管副县长等等；县委组织会议时，秘书拟出位次示意图，交科长审，科长交副主任，副主任交主任，主任交副书记……这样的示意图经过十多人的圈点、签字，已经成了旧时候农村时兴的印花布了。尽管如此，也要把它当文物保存，万一出了闪失，好推卸责任。实际是下级的责任永远推托不掉，一句话，领导信任你才让你当秘书，不认真审查是对下属的信任。会前，手拿花名册的工作人员，一遍又一遍地对照，反反复复地念叨着右为上，书记在右、县长在左，之后是副书记们，再后是右为人大主任、左为政协主席。往往一次大会后，写材料的人、布置会场的人都要蒙住被子大睡四十八小时。

讲话者在台上读着秘书们加班加点完成的稿子，大都是地区领导们讲话的翻版。主席台上的表现也很复杂，既有北方杜鹃的绚丽，也有君子兰的出类拔萃，更不乏荷兰郁金香的怀才不遇……有的干脆离开座位到一旁侃起大山。台子下边，前几排表现得十分寂寥和无奈，只好端正地坐着，垂头在手机上发送着有味道的短信息。五排以后的人们，这天多是从农村来的村官，放肆地喧哗着，声浪一波又一波。乡村来的，最关心的是书面材料，拿到材料就万事大吉。台上讲话人严肃呆板，台下人谈笑风生。有一点，当讲话人说谢谢大家时，会场便响起热烈的掌声，不认真听讲的人最能顺从场上的气氛，由掌声时他们被动地跟着拍，弄得讲话人错误地认为自己超水平发挥赢得了好评。

我的手机剧烈地颤抖起来，会场纪律要求它不能出声，只好调整到这种模式。一条信息来了："张局长，台上人做给电视台录像的、长篇大论，还满足地站起来鞠躬致谢。会议没必要。"一看就知道，这是张群一发的，这家伙曾当过小报记者，如今都当上县××局副局长了，开口闭口还带着很强的透视力。

……又有两次鼓掌，其中一次是讲话人在主持人宣布他讲话之后尚在厕所里，台下报以最热烈的掌声。

县委书记讲话一般都放在最后，就像演戏，最后出场者唱的是压轴戏。此时孟亚峰正不知疲倦地挥动着手，讲着王畿辉煌明天的时候，手机又颤抖起来，何卓民的信息——历史上王畿的九大产业：重工业砸石头，轻工业弹棉花，餐饮业胡辣汤，娱乐业玩猴，高科技行业仿真造假，环保行业捡破烂，旅游行业要饭，快富的行业卖血，大伙都看好的行业卖官。

……

主持人强调，今天的会议很重要、很及时……有现实意义和深远的影响，孟书记的讲话高屋建瓴，具有高深的理论性和朴实的可操作性……要求各乡镇、各部门要迅速召开会议贯彻落实，县委要抽调优秀同志分头督查。

会议在欢快的《喜洋洋》中结束了，由于负责保卫的警察把所有出口都关闭了，中途早退的人基本没有，于是打开会堂大门，灿烂的阳光迫不及待地射进来，与会者还是开闸之水、开圈山羊一般滚滚而去，走道上顿时水泄不通。

嘈杂的人流中，有人在大声地呼唤着前面的人：三孬，今天中午烩面吧！

看了看手机的时间，已经是下午两点。我在人流中寻找何卓民，首先要他承认今天输了，其次安排个时间由他请吃。他不止一次调侃说自己是升官无路、致富有门。小道消息还传他这一阵子无论搓麻还是推牌九，总是赢多输少。好多理由告诉我，我这次要他管饭在情理之中，况且他这回打赌又输了。只是这家伙总是表现得如同孙行者，眨眼间一个跟头就没了影踪。于是我也发了条信息：何局级，你输了，请客吧，跑了今天跑不了明天。

三

给何卓民发信息的时候，我被人从后面拦腰抱住。我很快地意识到这是个健壮有力的家伙，并且是能跟我开大玩笑的人。我严厉地嚷道：建勇！松手！建勇是我上体校的同学，很优秀的摔跤运动员，因为早恋问题被体工队除名回到了老家，他现在是桑树坪村的村长，那次在汽车站匆匆见了一面，说好以后到县城开会要跟我猜几枚的。他抱怨说，前几年找我，没想到我去了那么远的乡里当书记，一晃七八年，很好的朋友眼看关系就疏远了，这回行了，再见面容易多了。建勇来县城开会，至少要清晨四点起床，步行到镇上需要一个小时，五点钟坐上进县城的客车，根本没有时间提前告诉我。于是，我认定就是他抱住我。然而，身后发出的阴森森的笑声根本缺乏建勇的爽朗和率真。那是谁呢？我马上锁定了胡力伟。他也是我的同学，是很有潜质的游泳选手，在训练中受了伤，从那时起当了县体校的游泳教练。那年王畿县遭受水灾，他无意中救了孟亚峰县长岳母的命，孟县长很重感情的，在岳母的催促下，把县体校的规格提高到了科级，胡力伟当上了校长。胡力伟运动员出身，受不了当行政领导的约束，死活不当校长。孟亚峰当书记后，一个文件将他改为王畿县体育协会会长。他保持着跟朋友开玩笑的习惯，不管啥场合从来没有当官的模样。我信心十足地说：胡力伟，我看清你了，别看你拿着腔笑，快松手吧。那两只手终于松开了，转到我前边的竟是一张布满皱纹的笑脸，很谦虚、很深沉、很让人产生恻隐之心的样子。他叫郭琪信，是我工作过的那个乡现任的书记。我和他没有启承方面的关系，过去也没有过多的交往，只是他到那个乡里接替何卓民后，在一次邀请我们历任党委书记参加的腾达煤矿开业及小城镇大战略研讨会上，冷不丁说了一句有些掉板的话。郭琪信那天说，在座的都是我们镇的长辈党委书记，一届就如同一辈，张书记你是爷字辈，何书记你是爹字辈……对他的这一番话，在场的人都感到惊奇。我感觉到脸上如同谁抹上了辣子油，转眼看身边的何卓民时，早已变成了空位子。平心而论，离开一个工作多年的单位，本来感情上是依依难舍的，常回来看看也是人之常情。可是，现任者多是忌讳这一点的。他似乎怕昔日的领导到来以后，会刮起一阵怀旧之风。一个艄公一道河，卖石灰的见不得卖面的。那次会议后，我和郭琪信几乎没有什么新的来往。可他今天采用只有老朋友知心朋友才开的玩笑对待我，实在令我十分不自然。我闪电般地回到了那次他称为爷字辈的场面，觉得面前这副笑脸虚幻得那么遥远和陌生。

郭琪信皱纹满面的脸给人一种五十多岁的印象，然而他才二十九岁。他曾经是那所中等专业学校的短跑冠军，几年光景，不要说赛跑了，就是赛走也未必能走到前面。虽然我们俩林林总总的原因打交道不多，但还是有机会在一起聊生活和工作的。那年县委组织部牵头搞了一次副科级以上干部篮球运动会，参照地区比葫芦画瓢搞的，目的是在于增强各个班子的凝聚力，提高一下每位基层领导干部的健康水平。此前，出现了好几个乡科级班子内部不团结，为了争位置在换届时告得死去活来的事情，也出现了好多位干部无事做彻夜搓麻将、通宵达旦喝酒、陷身恋歌房或桑拿按摩间，死得格外离奇，社会舆论像水面荡起的涟漪一波比一波大。也许举办体育活动是当时最好的办法。那时，郭琪信所在的铁炉乡正好跟我领导的煤窑乡抽签到一个组，小组三个队只允许一个出线进入第二轮，而我们这两个队是小组中最有实力为之一拼的。无人不知道，我张九思是体校篮球班出身，对方郭琪信曾是省城那所中专的短跑冠军，校篮球队里也打过边锋。赛前，连体育局的行家都分析说最好看的球就是我们两队的比赛，看好铁炉乡队的占绝大多数。他们分析说，铁炉队的领军人物二十六七岁，正是成熟期，身体、经验都占优势。王畿晚报体育栏目的记者没提名地说我们队虽有名将领军，但廉颇老矣尚能饭否。总之赛前的议论和推断都是我队败多胜少。王畿县之所以不同于周边县区，就在于这里有人总是拿国家、省、地的模式和标准自况。比如小小的县级报刊，也设有体育版，而体育版的记者也长篇大论地侃赛况预测，出入赛场总是把黄色的运动会新闻记者的牌子挂在胸前，像富裕人家的宝贝婴儿脖子上挂的长命锁那样夺目耀眼。那几天，他们千方百计地了解我和郭琪信的身体及饮食情况，仿佛即将开战的两队只有我们两人在单打一样。战斗终于在那天下午打响了。跳球之后，郭琪信不负众望地拿到了第一个球，面对我的防守，他果断地做着过人的假动作，在我滑步阻挡前有意地后退了一步。我想刚过半场，他肯定会带球过我，绝对不可能远投的。正当我盯着他左右线路伸手屈身滑步时，他竟然一个急停，把球向篮筐掷去。因为是被大家看好的提前了的"决赛"，球场被围得水泄不通。一阵狂风骤雨般的掌声响起，郭琪信旗开得胜地在我眼前投进一个三分球。本来就有较劲心理的我，在掌声中打起激灵，心想今天老皇冠一定要压住新桑塔纳。实际上我并不比他老多少，他二十六七岁，我三十六七岁。在这之前，我们俩交过手，郭琪信的速度确实在我之上，而我的弹跳和防守总能压住他，有时候在空中玩魔术一般摘了他帽子时，他便在赧颜中飞一般地追我，努力讨回那个蒙辱的篮板球。我接到球以后，很快递给了乡长姜暮春，示意他带两下再交给我。事前我们已经约好，姜暮春把球给我后，我传给前场的赵继刚，然后我迅速空切禁区，赵继刚把球交给空切的我，我趁机三大步篮下进攻。这一招果然奏效。连进两个，比分我们又暂时领先。为了防我们的一传一切，铁炉队叫停后，来了一个全场人盯人。这回全靠我和郭琪信的发挥了，因为其他人全是业余爱好，有的还是被逼无奈临阵擦枪，连回场和三秒违例都不懂。我持球，郭琪信就冲过来防守。身子贴身子，我听到了他短促的呼吸声里还加了呼哨，满脸豆子一样的汗珠无秩序地流淌着。我开始突破他，我左一晃，他跟着向左倾斜，于是我从右边噌地跃到了他的身后，等他转过身时，记分牌上积分又添上了新的两分。等下半场时，他贴我更近，因为这一点我过他就像面前竖着的木桩子。那场球，我们煤窑队出乎王畿晚报记者的预料，大获全胜地进入了第二阶段。篮球运动员们在赛场上拼得火药味呛人，然而赛场下面又是相当友好和哥儿们。结束的时候，我轻柔地拍了拍郭琪信的肩，说，小老弟今天的飞毛腿为啥收藏了起来。郭琪信抹着汗水朝我一笑，说老兄，你不知道。正当我耐心听他往下说的时候，他的手机嘟嘟地响起来。他边打着电话边向我示意有事，快步地离开了球场。那时，我只是产生一种印象，年轻人一走进行政事业单位就会发生很大的变化，就会加速心理年龄的僵化和生理年龄的老化。特别是当上一官半职之后，表现得就更加明显。郭琪信过去确实长着两条飞毛腿，篮球场上从来就是满场飞的呀。

　　王畿人民会堂潮水般的人流已经过去，现在只是三三两两边走边谈的人们，停在会堂正门两侧的小轿车，马达的轰鸣已经开始，机灵的司机随时准备为走出会场的县级首长打开车门，今天有省、地首长参加，车辆一下子减少了许多，换上了可容纳十多人的海狮金杯车，以显示王畿县干部的为政清廉。郭琪信满脸笑纹地对我说，欢迎老书记故地指导，咱们煤窑镇一定能夺得先进。我仔细地阅读他那张陌生而遥远的脸，那双无神的眼睛周围，粘着好几粒眼屎，眼睛有些红肿，连续熬夜的人才会这样。我蓦地在心里增添了些许的怜悯和同情，对他的感情一下子拉近了许多，昔日的厌恶和反感闪电般地挥发了。我很自然地握住了他递过来的右手，说，老弟，要多注意身体呀，革命加拼命可不能不要命啊！他很轻地说了一声老兄老书记你不知道，又是这句你不知道，好像这句话是他的发语词一样，总是放在嘴边。他正要接着说什么，手机打断了他的话。彩铃上唱的是《吉祥三宝》，这阵子到处都疯了似的响着这种旋律。郭琪信看了眼来电显示，打了一个激灵，闲着的左手把不算太歪的领带摆正，一副恭敬听命的样子。只听他亲切地说，孟书记，我马上到，马上到。郭琪信再度拉住我的手，亲热地说，老书记，我先走了，回头煤窑镇再叙。他急忙走了，迈出两步又扭过身子拱了拱手，说的还是那句，老书记，再见，回头煤窑镇再叙。我随之说了声再见，补了一句再叙再叙。

早就听到过议论，说郭琪信睡着了也比我和何卓民醒着聪明。譬如煤窑乡改煤窑镇的事，我和何卓民都费了九牛二虎之力，终因灭蚊不达标而功败垂成。郭琪信接任后，同样是乡改镇验收，人家竟能把验收组领到温泉沐浴，领到名瓷厂参观，还让乡植保站向学校发放敌敌畏，让师生们在所有存污水的坑洼处投放。郭琪信果然让灭蚊达标，乡改镇圆满成功。

郭琪信虽然急忙离去，然而他的脚步并不快，似乎一条腿还有些别扭。好像中过风的人才会有这样的走姿。这两年，郭琪信也算是官场得意仕途顺畅。两年前篮球比赛时他还是铁炉乡的副乡长，现在已经是煤窑镇的党委书记了，只是，他几年时间好像老了二十年，三十岁不到的人，乍看去跟五十开外的人没什么不同。我看见郭琪信进会场的时候，大会已经到了发奖的阶段。郭琪信夹着公文包，猫着身子摸到了他的位子，一向没有迟到的他，这么重要这么严肃认真的会议，竟然在快结束时才溜进了会场。

一辆挂着外地牌照的奥迪车，等着郭琪信坐稳之后，缓缓地进入了南来北往的车流中。这辆属于清凉山煤矿的车，两天来一直跟着他，更确切地说一直伴随着他，累了他就在车里打个盹，饿了就吃车里边存放的火腿肠和蛋糕，回避哭喊嘈杂的场面就躲进车里面。在车里，他听到了那些火药味浓重的村里人大骂"56789"车翻到哪里去了，王八书记、镇长在哪犁沟里喘气呢！不论人们怎么骂、怎么恨，他权当一概不知，这种时候，他若站出来，必然像火上添油，会使整个场面爆炸。他绝对会在爆炸中被弄得尸首分离，至少也会血肉模糊、体无完肤。他确实不寒而栗，眼看这群摩拳擦掌、近乎揭竿而起的人们，叫喊着寻找"56789"车去了。这才从奥迪里爬出来，他觉得无奈，平常说共产党人关键时刻勇敢地站出来，广大老百姓需要时站出来，可是到了该站出来的时候，自己却鳖一样地蜷缩进贴满太阳膜的车里，没有勇气面对他们。群众要寻找的"56789"是镇上提回不足一年的车，那是清凉山、小泰山、石头峪、荒草坪几个煤矿集资买的。现在的煤矿基本改制姓私，设有两套账表，一套应对缴税，一套应对纪检，车排量三点零以上，花费三十多万元，而经过技术处理，成了二点零以内，车成了十五万，明明不是样车却要注上淘汰样车。"56789"这个步步高车牌号是石头峪矿长花费两万元买来的，争这个号的单位和个人几乎要动粗，聪明的车管部门就势采用了拍卖这一招，果然是好几个单位改换号码了，那几个个体户也不愿花这个冤枉钱，于是就归属了煤窑镇政府了。有了这个车，特别是车牌号和车本身令人嫉妒的这台车，麻烦接踵而来。司机为了开这车，要求比工龄比水平，而坐车的人才不管这些，重的是可靠、忠厚虔诚。可如今有几个人不势利眼。领导在位时，夹包拿水杯开车门吹座位灰，一副比孝子贤孙还要恭敬的姿态，一旦领导调动，新来的人便开始享受这种待遇，昔日的领导他见面连个喇叭也不敢鸣了，唯恐新领导为他划线后取而代之。当然，够意思的司机也是有的，只是少得可怜。煤窑镇的司机为了这台车，分成了"执政者"和"在野者"，为此，关于执政司机和领导私人关系的闲言碎语便应运而生。执政司机从长远出发，竭力表现出与领导的距离，不时地发布一些提领导意见的言论，或者有意识散布并不愿开一号车的信息。执政者开一号车，在野者开二号、三号车，镇政府办公室并没有标注一号、二号、三号，而是在野者把书记坐的车称一号，镇长坐的称二号，依次类推，于是人有位次车也有了排号。郭琪信本身就对司机有一种看法，确确实实把司机当成司机，从来没把他们当成工具或私有财产，因为他想在仕途上继续走下去，就应该管好身边工作人员，绝不能在任何事情上祸起萧墙。对于车的议论，对于司机的议论，对于机关内外的议论，他如同明察秋毫，只是不能采取任何行动，小不忍则乱大谋，许多优秀的政治工作者都是在人的问题上小河沟翻了大船。有一点，关键时刻重大问题上，他宁可租车借车或者步行，也不用镇机关的车，尤其是"56789"。为此，郭琪信的威望在煤窑镇里里外外不断飙升，那些有各种议论和猜测的人们也为之哑口无言。几位司机也自认无聊，他们只好用努力工作来等待哪一天书记对他们宽大处理，心里愧疚改变了他们的懒散习惯。镇级干部从此也不再为坐车而相互对急相互攻击了。

奥迪车是清凉山煤炭讨账要回的，司机是一名穿军装的小伙子。进入王畿大道后，小伙子说了句姑父，往哪。郭琪信没有看他，闭着眼说了三个字：孟书记。对机关的司机，郭琪信肯定是和颜悦色，不管自己多么烦恼。对这位司机，他可以露出庐山面目，自己人、嫡系、家丑不会外传，互相间有很大的可塑性和包容性。这时孟书记并不在机关，他正在县城外的柳树林里为一件事情犯难。

郭琪信眼发涩、头发昏、浑身发困，是该好好睡上几天了。然而，他却没有丝毫睡意。他在想，几次都要向张九思解释什么，琢磨着怎样的措辞才更具说服力。官场的人几乎无一不敏感多疑，甚至嫉妒，就是人们常说的卖石灰的和卖面的那种关系。不知是场所不对，还是自己过于复杂，几次都用你不知道这种讳莫如深的话搪塞一下，而正好有电话过来帮助突围了。他真想告诉张九思，官场不是赛场，赛场上需要更快更高更强，而官场上，你跃得高点，摔得就会狠点，快了就欲速则不达，强了，会遭受其他方面合力的攻击。才能、智慧、魄力并不是官场最有用的东西，庸才、愚钝、谨小慎微往往给当权者一种忠厚可靠稳当的印象，这样才会有人发给你官帽，这样才能在仕途上立于不败之地。郭琪信还想告诉张九思，旧文人作文《病梅馆记》，实际上是宣泄对当时社会的不满，而今，三十岁的人不拿出五十岁的姿态能行吗？他想起了他的前任何卓民，其不是活生生的教材吗？郭琪信突然感觉脚有些胀痛，大概是脚气溃烂了。他有意让自己的腿脚出点毛病，要不，脚步快了别人会说太冒失。他太需要步履蹒跚，太朝气蓬勃了，太年轻了，研究干部会议上，谁提出太年轻、不成熟怎么办？他想，张九思，我的飞毛腿为什么又飞不了，其间的深层次含义，你不知道！

四

在县里三级干部大会上，我被县委封了个安全生产及信访稳定综合督导九组的组长，第九组督导的对象是煤窑镇。煤窑镇是我工作了多年的地方，跟那里的群众感情很深，乍听到调动时思想还接受不了，真有那种依依难舍的感觉。铁打的营房流水的兵，一张纸打上字就足以决定我们的命运，所谓调整所谓优化资源配置，所谓正确对待去留升迁，实际上只是县委书记给我们集体谈话时唱的高调。这次抽调我们下乡，县委书记又唱了一出，什么艰巨的任务、光荣的使命，靠优秀的干部去完成。清醒点的督导组，知道自己的使命只是一种应境产物，是掩人耳目的，把自己摆在陪衬的位置，隔三岔五到乡里镇上观观光、喝喝茶，乡镇党委到了总结评比阶段还会把督导组报个先进。晕点的呢，把自己作为神圣的使者，县委的督导组，吃住在乡镇，听汇报、搞座谈、问卷调查，指出问题，坐镇整改，弄得乡镇大小干部一肚子意见，到头来乡镇不先进，督导组更不先进。我属留一半清醒留一半晕的人，这种时候了，一般情况下不会去较真，也不会晕得黑白颠倒。人民会堂大门口被郭琪信一搂，不常打交道的人跟自己开了玩笑，道貌岸然的人能够讨好一位在政界即将出局的人，我心里能不更加明白吗？

晨练的广场上，人们早已于八点太阳普照前欣然离去，这儿仅剩下一些白了头发拿着特大舞蹈扇子的老太太和蹲在广场边法桐树荫下看手相算运程的人们还在活动着。听到有人叫九思哥，很快那辆三枪牌的三轮车便映入我的眼帘。瓜瓜正朝着我龇牙咧嘴地笑着。他左手扶着车把，右手把一支刚刚燃着的香烟塞进嘴角，然后长长地吐出一片烟雾。见我注意了他的存在，便比上一句更温柔地唤我张局长，紧接着没有换气又跟上一句散会了九思哥。如今这种人都变得相当势利，我当年在煤窑乡干书记时，他要么叫我张书记，要么就叫我九思叔，一直等到我把口袋里的芙蓉王烟掏给他，他才露出那只被烟碱熏成咖啡色的牙齿，向我道别。如今，他经常叼着软包中华，依旧骑着吱吱咛咛乱响的三轮车，满王畿县城逛，赶上有人酒后请客他还有机会进一趟恋歌房或桑拿间。那种时候，他便对陪他的小姐们吹，他是省公安厅副厅长的儿子，母亲是省辖市的妇联主任，父亲有了外遇和母亲离婚了，父母对他都很好，弄得那些不动真情的小姐们含情脉脉甚至神魂颠倒。瓜瓜便到处宣扬小姐们的腰和小姐们的腿，津津有味如同沉浸在云里雾里。

有人形容瓜瓜是远看亭亭玉立、近看金鸡独立，前两句话是国家干部，第三句话是工人农民，五句话之后便成了流浪傻瓜。他的父亲是县机械厂的车工，母亲是一位会种瓜菜的农民，孩子出生时又白又胖如同伊丽莎白香瓜招人喜爱，于是识字不多的父母就给孩子取了一个瓜瓜的名字。三岁那年，瓜瓜发烧，农村医生按感冒治了几天不见好转，一直到县医院，才发现那是小儿麻痹症。从此，瓜瓜就失去了正常人的健康，在父母又生下弟弟后，他就停留在无人宠爱靠自己生存的氛围里。他上过两年学，同学老师都嫌弃他，那时尽管他的功课还能跟上，特别是算术还能进全班前十名，仍然受人嘲弄和欺负。上三年级时，父亲当了车间副主任，农转非把瓜瓜母子三口迁到王畿县城。父亲好不容易在王畿县城有了名气，不愿残疾儿子抹去自己脸上的光泽，于是在二手车市场给瓜瓜买了辆三轮车，让他自己自由活动于家校之间。从那时起，瓜瓜就流落在县城的角落里，学会了抽烟喝酒，在和形形色色的人打交道时，也学会了阿谀奉承、学会了逆来顺受。瓜瓜的记忆超人的好，他脑子里把王畿县委、政府以及各乡镇、局委主要干部的家庭电话、手机号码背得滚瓜烂熟。为了能吃点喝点，他模仿着那些官场油条们的话，居然屡见成效。县上开表彰会、举办剪彩活动，瓜瓜每会必到，俨然是特邀嘉宾。有时他提前到会，总是往主席台上一蹲，朝话筒上敲敲，直到台下发出喝彩声，主持会议者递一包香烟给他才肯离席。前几届县委的书记们都被他弄得尴尬过，他伸出那只几天不洗的黑手给他们握，握了显得龌龊极了，不握又十分为难，特别是不知谁教了瓜瓜一招，凡与他握手的就宣传他是好干部，凡是不握的到处宣传他是贪污犯，弄得县里许多主要领导都患了恐瓜瓜症。于是，县委书记批评办公室的人不负责，连一个傻瓜憨子都监控不住。实际上，不仅办公室，还有公安民警都调过来了，仍然看管不好他。好像这孩子会飞檐走壁会地遁变形，大小会议总是防不胜防，这几年上访闹事，打条幅闹会场的事多了，对瓜瓜的防备随之放松了许多，再说，一个残疾人，正常人谁跟他一样呢，特别是这个乌鸦嘴一样的残疾人，弄不好他在社会上宣传一通负面新闻，作用比县广播调频台还要大。孟亚峰书记一向对瓜瓜表现出一种偏爱，除了好鞋不踩臭狗屎的原因外，还希望他能从正面传播一下自己，当然他对瓜瓜的关爱只是表面的。有一回县里举办高新科技园开业活动，省、地领导应邀到会，无所畏惧的瓜瓜放肆地把脏手伸给了省委秘书长、地委书记，见他们无动于衷，瓜瓜竟然骂了一句尽是贪污犯、上百万。这一回弄恼了孟亚峰，让公安人员抬瓜瓜出去，哪知瓜瓜大喊大叫，孟亚峰是流氓、是贪污犯、是孟百万。我认识瓜瓜是那年的冬天，他不知道怎么那样快得到消息，说县委要我任煤窑乡党委书记，组织上并没有人找我谈话。瓜瓜给我打了一个电话，说九思叔，祝你身体健康、工作顺利。最后他加重语气说，煤窑乡条件好，有钱花，因此争着去的人多，乡里的副职急着进步，官场很复杂，这次一个人去了，势单力薄一定要多加小心，千万不能小河沟里翻了大船。他还说，挺过去了，前边就是光明大道，到时候别忘了他。瓜瓜的一番话，使我感动不已，一个残疾人，一个流浪街头的人，能说出这么多通情达理、情真意切的话，我感到眼圈都有咸涩的东西在动。几天后，我果然到煤窑乡走马上任了，记得没有几天，瓜瓜骑着三轮车翻山越岭到了我办公室。他明明知道我正在开党委会，却旁若无人地走进去，抓住会议桌上的茶就喝,喝完后把桌上并排放着的几包烟摆在一起,这才用那两只有点斜的眼睛环视了下会场说,九思叔待我好着呢,煤窑乡事业有希望,谁不跟俺九思叔保持一致日他姐屄他娘。第一个党委会,杀出个瓜瓜,真叫人笑不出来,直到办公室的两个小伙儿架他出去,管他吃了饭,三轮车才吱吱咛咛地离去。这以后,瓜瓜每年总要到煤窑乡几趟,一般都是中秋节、元旦或者是煤窑乡有庆典活动的时候。许多人我都敢对他说不,但这个喊我叔的人却另当别论。只有一次他要烟我没给他,他便在王畿县城制造了我们乡出了矿难我被免职的新闻,暗地里他又往我家里打了电话,说煤窑乡如何花花世界,哪届书记、乡长都会被拉下水,弄得平静的家里风声鹤唳、草木皆兵、谈女色变。在一次招商引资的招待酒会上,瓜瓜又来吃大户,我厌恶地避开了他。哪知正当我为各位敬酒时,瓜瓜一瘸一拐、歪歪斜斜地趔了过来。说九思叔,你官干大了忘了朋友们,敬了一圈酒怎么没有敬给我。我正是一肚子气没机会发泄,见他找上门来,便说你也算人,你是败类、渣子、猪狗不如。我用辛辣的语言骂他,谁知他这回不急不怒,反而笑着说,叔你别恼,肯定有人挑拨咱俩的关系。瓜瓜又朝在场的人们说,坏人一挑拨,我九思叔太直,就把火气冲着我来,你们不知道,平素叔对我亲着呢。我面对这么一个四肢不全、智商不高的人,竟表现得十分无奈。那以后,我很少见到瓜瓜,自然从他那儿得到的信息就少多了,为此,我虽然受他干扰的事没有了,但生活中总好像缺少了一些难以名状的东西。有时候,真想让这个残疾人出现,听他播报一些县城的新闻和传说,因为他发布的东西某种程度上比王畿晚报和王畿电视台的新闻播报更有参考价值,更具有故事性、趣味性和刺激性。后来再见到瓜瓜,他竟然改称我为九思哥,说他跟县委书记、县长都是哥长哥短,乡里的头头、局委的头头最多只能称哥了。人民会堂门口见到瓜瓜,虽然叫我九思哥令我心里不爽,然而从他那里得到点儿王畿的最新消息,印证一下何卓民的话是否正确,不是也很有价值吗。于是,我走过去,掏出一包金叶牌精品烟递给他。他不像过去见了烟就像婴儿见了有奶的娘那样如饥似渴，他把手里的多半截烟在车把上蹭了两下，灰白的烟灰便落雪般地飘向地面。他没有马上接烟，故作斯文地从裤袋里摸出一包揉皱了盒的中华烟，向我展示了一下说，有这个没有，我不吸金叶我吸中华。我不知怎么办才好，尴尬呀，一只脏兮兮的手竟然不接我诚心递过去的烟。这时，有几个路过这儿的人，驻足看着我们，仿佛这儿正在发生着打动人心的故事。我面前的瓜瓜，已经不是过去脏兮兮的了，他身上的衬衣、裤子还有鞋子，虽然不敢考证是真是伪，但全部是名牌的，华伦天奴、金利来、鳄鱼，加上两指间夹着的中华烟，真有点鸟枪换炮的味道。这样的包装，即使是黑猩猩也会让人高看三分。往常，瓜瓜见了有点身份的人，总是先奉承几句，获取一支烟后，便滔滔不绝地报告起王畿新闻，而且通常都是综合性报道。这天，瓜瓜表现得江郎才尽，好像什么都不知道。只是对我说，九思哥，这回你督导煤窑镇，那可是故地重游呀，好和坏都是你打的基础。没想到瓜瓜还将我一军，加上刚才郭琪信抱我一下，这两种感觉却让我感到茫然和奇怪。瓜瓜抽出一支弯得像弓的烟，塞进嘴里，又腾出拿烟的手扳动着打火机，我知道他只有那只手管用，另一只只是陪衬，然而，他换手、拨动齿轮，却是一副很老练的样子。

那辆吱咛响的三轮车慢慢地远去了，我却沉重得迈不了步。三四月份的阳光，和煦地关照着广场上的行人，练习秧歌挥动大扇子的老太太们不知啥时悄然离去，那些守株待兔的算命看卦先生们仍然无精打采地坐着。蓦地，身后有人喊，朋友，过来，一见你就知道是大福大贵之人。他好像在召唤我。我迅即从沉思中走出来。我刚才在想，何卓民、郭琪信、瓜瓜，最后心里说何卓民你输定了！

五

　　孟亚峰书记说他受不了无休止接听电话的烦恼，特别是那些动辄就打电话告村干部状的老百姓，他们总是不顾你多忙多烦多难受，说起话来啰里啰唆，仿佛给孟书记打一个电话所有的问题都能迎刃而解似的。孟书记之所以是县委书记，他表现出来的与心里想的让任何人包括高科技的测谎仪也难以捉摸。尽管有时候他情绪恶化到了极点，尽管有时候他转脸骂打电话的群众是不通人性的玩意儿。然而，他接电话时却表现得极其谦虚，并且耐心细致地听着他们的述说、倾诉，对待那些带着火山即将爆发般情绪发出通牒的群众，他还会说一句你别慌，你反映的情况我第一次听到，十分感谢你及时向我交流思想，我正在找这方面的典型呢。或者亲切地说，你反映的情况太好了太重要了，你慢慢说，让我拿笔记下来，以后好向你反馈处理结果。孟书记总能把这些几乎要骂娘的人安慰得服服帖帖。他们一次电话后便成了孟书记的知心朋友，到处宣传说人家孟书记，就是当大干部的料，跟咱一心。这些人带着希望，盘算着受孟书记接待或电话接访的日子，等待着那个解决了问题的日子，如同乡下的孩子们盼望过新年。到了那一天，电话通了，或者见到了孟书记，说孟书记那事？孟书记便露出灿烂的笑脸说，你的那事我记起来了，早已办了，难道没人通知你，我这段为了修便民大道没有及时亲自给你打电话……不等孟书记说完，来访者或打电话者迫不及待地连连插话，太感谢您了孟书记，你真是王畿县的包青天啊。孟书记在最后还要强调一句说，你这人真是通情达理的人，是天底下最优秀的老百姓，最能体谅上级的繁忙，这个事近两日就让人把处理结果给你，你绝对不用再跑再打电话了。孟书记的一番蜜语甜言，弄得对方一口一个谢字，大有感激不尽的架势。凡是与孟书记接触过的人，无一不觉得如今的大官都是最好的，都是求真务实为百姓着想的，只有那些县里的衙役们、乡里的混混们是最坏的，惩大的官把老百姓的事搁在心里，小官们除了对老百姓耍耍威风摆摆架子还会什么？对于公布县委书记电话号码，孟书记开头是坚决不同意的，那是办公室主任擅自决定的。正要追究他们，省委机关报《黄河报》正面报道了王畿县的做法，还招来了一拨又一拨的参观学习者，孟书记这才不再批评，他烦这些多事的群众，讨厌他们打来的电话，但他还是热情奔放，不厌其烦地接听着。只有放下话筒时，才会骂他们是刁民、祸事种子。后来，孟书记在陪上级部门领导进行文物调研时。发现了一个有着千年历史的角落，这里还有个逍适庵的名字，苍松翠柏、鸟语花香、山风乍起，林木摇曳，鸣奏起一曲令人返朴归真的美妙乐章。好像这里的房舍近期翻新过，并且有僧人进驻，有着灰色装束的人在游走，听见有人说话便一头钻进屋内不再露脸，孟亚峰觉得应该是一尼姑，于是就打起精神，认定这个有山有水还有尼姑更是有内涵的去处。他们讨论这个地方是隋是唐就辟有逍适庵时，房舍里居然飘来一阵隐隐约约依稀听得到的歌曲，不同于大寺院里禅语禅乐的调子。这是由弘一大师李叔同的诗改编谱曲的歌：……忆春风之日暝，芬菲菲以争妍；既乘荣以发秀，倏节易而时迁；已矣！春秋其代序以递嬗兮，俯念迟暮……

那次，他还发现，这儿的天然林保护得不错，在王畿县开采煤矿弄得"山岭兀、黑炭出，光秃方远百里不见绿树"的惨状下，这里称得上风景独好。除此，这儿是移动通讯的盲区，进入盲区，烦人的手机马上成了哑巴，让人产生了无牵无挂、成神变仙的轻快。孟亚峰记住了这儿，而且遇到了什么棘手的问题，就直奔这儿。他感到那支歌曲很优美，尤其是那位女歌手，发出的声音竟是那么感染人、陶醉人。他在等郭琪信，只有少数几个人知道他手机无法接通时身在何处。

郭琪信沿着那条蜿蜒的小路，走到逍适庵的后边，这里竖立着一座小塔，人们称塔为状元塔，这儿是比较开阔的坳地，孟亚峰书记会驻足这儿，听松涛鸟鸣、观白云缭绕。这儿很静，隐隐约约有歌声传来：……荣枯不须臾，盛衰有常数；人生之浮华若朝露兮，泉壤兴衰；朱华易消歇，青春不再来。郭琪信既不懂诗词也不懂音乐，他需要的是孟书记的指点和鼓励，因为心里有云有雾，沉重得茶饭不香。状元塔像蜗牛的躯壳，上面尖尖的，往下一圈比一圈大。孟亚峰像一位专心致志的垂钓者，独自静坐着回味那首叫《落花》的歌曲。脚步声传来，他肯定是煤窑镇的郭琪信到了，表现得更为悠闲自在和轻松愉快。

几个？孟书记直截了当地问。

十八个。郭琪信回答得干脆利落。

善后的活儿怎么样？孟书记总是把做融通工作说成"活儿"，事情办得好，他就夸奖会干"活儿"。

还算顺当。郭琪信尽可能往孟亚峰心里说。

孟书记跟郭琪信仿佛在轻描淡写地交谈。

他知道，此时的严厉会挫伤他的朋友，很容易使他产生一种叛逆心理，照样解决不了什么问题。这时候的轻声慢语，不失为一服安慰药，使对方产生感恩戴德的宽慰，毕竟有些事情已经发生了，只要把负面的东西降低到最低限度，只要在重要的关口能顺利过关就好。他已经清楚郭琪信这几天的良苦用心，用大把的钱保住了稳定，用大把的钱封住了许多张嘴。为了做到万无一失，他还要郭琪信密切关注事态，随时防范不测。郭琪信显得很虔诚，说孟书记，很对不住，正在你要进入地厅级班子的时候，发生了这件意想不到的事。郭琪信沉痛得要哭出来。孟书记说，你做得很不错嘛，亡羊补牢为时不迟，下一步的事要做好才对，现在不是痛心落泪的时候，更不是做检讨的时候。

下午的山风似乎越来越大，阵阵松涛如同人类的怒吼，远没有上午和中午那样温柔和友善。孟亚峰挪了挪屁股，想站起来，但很快又停止下来。他问郭琪信知道果戈理不知道，郭琪信被问愣住了。说实话，他虽然有大学中文系的文凭，可从来没读过大学的课本。那次出差到南京，站在夫子庙观赏秦淮河，孟书记曾问他知道不知道现代有两位著名作家都写了题目为《桨声灯影下的秦淮河》，你是中文系文凭，能说出来不能？他当时浑身都好像不是自己的，只感到一阵松软，最终没有回答出来。孟书记说，不知道不为怪，不知道的中文系文凭持有者多着呢？不过你以后要多读点书，不仅要在关系场上驰骋，还要不至于在学海里沉没。过后，他坦诚地告诉孟书记，他是根据墙上办证的号码，到省会的一个胡同里买的大学文凭。没想到他的承认错误不仅没有得到孟书记的批评，还得到了孟书记的赏识，孟书记说他是忠厚之人、耿直之人，是可以委以重任的干部。果然在那不久，由他替换了何卓民，当上了煤窑镇的党委书记。

煤窑镇在王畿县的西北部，山坡丘陵之间林立着密密麻麻的井架，毫不夸张地说这里的煤窑多得无卧牛之地。从那一年，就是孟亚峰书记刚从大学毕业到县委当秘书那年，时兴肥水快流和少数人先富起来，这里便成了沸腾的群山。不管办理没办理手续，只要挂一张乡镇企业的牌子，走遍王畿都受人高看厚爱，有些村申请水利资金打井，不小心就打出黑得发亮的炭，从此就变为煤井，年终还能把村子上报成发展乡镇企业的先进单位，明明国家农业部的解困（解决饮水困难）款，或者是水利部的人畜吃水扶持款，变成了自力更生、艰苦创业，几家或村民组集资办企业的股份款，从而受到除农业、水利部门之外相关单位的表彰。从此每年都需要千万车坑木、顶竿一类的木材，于是偷伐、盗伐林木的问题又成了王畿县的普遍现象，生态环境及人畜吃水困难的问题也随之日益严重。经济的迅猛发展，主要是煤炭业的遍地开花，为王畿县的干部成长进步铺设了五彩缤纷的高速路。孟亚峰就是在这条高速路上搭上直通车的人，那篇仿《阿房宫赋》的《煤窑赋》就是他的杰作，"山岭兀、黑炭出，光秃方远百里不见绿树"的句子，反映了他对生态的忧患意识，其间还有对死难矿工的同情，只是到了他当了抓企业的副县长之后，比前几任更为放肆，做得更加过分了，因为上级考核要看数字，要看比去年同期的增长幅度。孟亚峰不甘示弱，对老百姓的疾苦就视而不见了，对死难矿工事件只能麻木不仁了，因为他要对自己所从事的工作负责，他要对提升自己的领导负责。他面对一起起矿难而摆放在井口的尸体，只能求这些冤魂息怒了，他的良知就是每一具尸体比外县多包赔五千元。刚当副县长时，他处理柞树坪煤矿的瓦斯爆炸事故时，还对死难者家属一一慰问，家庭确实过分困难的，还在笔记本上记上联系办法。后来呢，事故每年都不下十起，大的死伤几十人，小的死伤两三人，处理事故占用了他的大部分精力，也使他常常为此惊魂难定，庆幸的是那些年国家、省、地对发生事故的追究并不认真，对虚假瞒报死伤人数问题也不深究，他的进步晋升的车子从未停过。有时候，主要是夜深人静时他反思过去的一切，觉得对不起那些十七八岁，二三十岁就死去的矿工，那一张张神态暴怒的死尸的脸，那一声声哭喊着全家的天塌了的可怜的妻子儿女和父母，搞得他辗转反侧夜不成寐。他曾多次想起夏衍先生《包身工》上的话：旧社会纺织厂每个锭子下面都有着一名女工的冤魂。可以说王畿县煤窑镇林立的井架旁都排列着阴间的示威游行队伍，每一个矿井里都有少则几十多则上百名死难矿工的灵魂，每一名坐上仕途快速车的干部双手都沾着死难矿工的鲜血。他为此经常失眠，即使睡着了也会突然在壮汉们的追杀中醒来。治好他失眠病的是官大于他的领导，他们每年都给他新的任务指标，而这些都被称之为跳起来摘桃子，完不成任务者免。一个免字使他壮起胆子，使他有理由先告慰那些冤魂，他是受命于人，他是不得已而为之，他也是受害者，如果诸位有什么委屈和冤情，可以直接去找那些地厅级的家伙。他分解了上级的任务指标，县上也用一个免字震慑那些产煤乡镇的书记、乡镇长。王畿县的产煤乡镇以煤窑镇为主，其他乡镇只是煤窑镇延伸到周边的窝状煤田，几个乡合起来的产量尚不及煤窑镇的十分之一。为此，煤窑镇在王畿悄然崛起，而且经济大乡的居高临下令其他乡镇俯首称臣，在激烈的官场竞争和经济比拼中甘拜下风。人们心目中，煤窑镇的书记、镇长是无冕的县级领导，短短十八年，已经走上县处级岗位的十个。财大气粗，出手大方，往往是一步到位，现在干部晋升需要什么，乡镇干部们心知肚明。残疾人瓜瓜尚知道煤窑镇的书记、镇长都争抢着去当，县委领导更知道这个官帽的含金量，差不多都安排信得过的人。这就是煤窑镇的人文环境，历史沿革，这就是人们心目中的璀璨明珠！孟书记指望郭琪信任上明珠进一步生辉，从而使自己的高速车子得到新的助推。

孟书记娓娓道来地介绍着果戈理，很像那次在夫子庙秦淮河畔讲朱自清和俞平伯。他主要是讲那部著名的《死魂灵》，郭琪信觉得果戈理很陌生，《死魂灵》也特别遥远，然而他还是很认真地听着，不时地煞有介事地点着头，表示自己有所理解。聪明透顶、善于投机的大庄园主，收拢着死奴隶的证件，以此谋求不义之财，这里边主要是制度的漏洞给了人们可钻的空子……郭琪信悟出了一点门道，奴隶们的证件如同矿工们的身份证……还有国家的规定，死亡十人以上属特大，要严肃追究，死亡十人以下属重大，要认真处理。郭琪信的思路一下子从《死魂灵》铺设到陈家崖168矿的矿难，禁不住产生了某种新的热情和冲动。这时，太阳在他们的交谈中偏向了王畿县最西的群山，西北部的煤窑镇上空正覆盖着一大片血红血红的云彩。傍晚的山风，夹带着阳春少有的寒意，向孟亚峰和郭琪信吹过来。

孟亚峰站起来，抖抖裤子上的灰尘。山坳里的逍适庵里开始有做饭时炊具的碰撞声，庵旁那间低矮的瓦房里正袅袅升起瞬息万变的蓝烟。

孟亚峰下山的时候，不知为什么脑袋里涌现了两句伟人豪迈的诗句：雄关漫道真如铁，而今迈步从头越。还有句，苍山如海、残阳如血。孟亚峰的步子很矫健，郭琪信总觉得跟不上，心想这可能就是领导和同志的差距吧。

六

县里的紧急动员会、表彰会、升温加压会之后，因为涉及的内容很多，仅仅说是动员会是不够分量的，说动员表彰会仍不够完整，只好用一串排词了。

会议上几次播放音乐《喜洋洋》和《步步高》，几次由十多位高挑的红旗袍闪亮登场，让人饱尝眼福，还有省、地领导助阵。孟书记在会上反复强调，这个会议内容多、方面广、时间紧、任务重，要求贯彻要及时，声势要浩大，效果要良好，第二天我们这个小组就要下去，按说会议的当天就应该下，只是要考虑乡镇的实际，要给他们留有贯彻会议精神的准备时间。还有郭琪信的拦腰一抱，实际上是给我们一个招呼，下去就像今天拦腰抱你，不必太严肃认真，你也是煤窑镇走出来的，绝对明白乡镇的工作玩法。如果隔一天再去，那么一旦哪方面出了情况，县里要拿督导组是问，要你们督导组干什么？

我知道，督导组不论有几个，不用商量，都会隔一天或者是征求了乡镇的意见后才会下去，谁都不愿意做不受欢迎的人。现在的工作过于先进了要遭受同级人们的忌恨，过于落后了要受到上级领导的训斥。不管做什么工作，只要单位平稳不出问题不捅娄子，遇到机会出点血（花点钱），仕途一片光明，否则，你的业绩再突出，一旦往领导脸上抹了黑，还谈什么成绩，督导组也一样，它不过是县级领导干工作时对地级工作的一种抄袭罢了，是应付上级检查的一项内容，你说你对某项工作重视，连个督导组都没派算重视吗？督导组只是一种政治摆设。脑子灵活的督导组像包厢的小姐陪人唱唱玩玩，精神物质双丰收，脑子死板的督导组就像老实巴交的农民辛辛苦苦，出力得不到应有报酬，常常受到歧视。我只是想做介于二者之间的督导组，只要不愧对良心，对得起纳税人的劳动就好。跟我分在一个组的还有两个单位的人，一个是××局的宣传科长，一个是××局的办公室主任，他们都很年轻。现在的年轻人都比较爱显示派头，特别是单位稍微好一点，好像位置的优越造就了工作人员的高贵。我叫不出他们的名字，只知道一个姓高一个姓尚，他们可能在一块儿很熟悉，相互之间谁也知道谁有几斤几两，见面没有寒暄，只是往一块儿一坐，谁也不过多地理谁。他们的衣服、皮鞋，还有不时拿出来接打电话的手机，都足以让他们骄傲和自豪。特别是他们说我拿的诺基亚直板机是过时货时的轻蔑态度，还有问我咋拿个这时。我知道他们的意思是，你这个局长比我们科长也不强，只是他们还很客气地称我张局长，可能是看在他们父辈与我曾是同事的份上，才显示出一种客气吧。后生可畏，很可能在我退休前，还看着他们当上局长、县长呢。我称他们为高科长、尚主任，他们都很自然地点头应诺，并且露出一丝的得意。我真为自己高兴，如果直呼他们的姓名，或者称他们小高小尚，说不定还会产生尴尬和难堪的局面呢。

我们三人商量着进驻煤窑镇的时间，高科长和尚主任在这个问题上很一致，他们异口同声地说，隔一天再去。我们三人的座位紧挨着，说明工作人员发放座票时，已经知道我们三人分在一组，便于讨论和沟通，现在的事情真是，在会议未宣布结束时，生米早已煮成了熟饭，剩下的一切只有过场去走了。在去煤窑镇的时间上，我们之间有点分歧，然而由于他俩的坚持，我只好让步了。接下来说车的事，我说我们局有一辆桑塔纳轿车可以用。没等我说完，尚主任一口说完了我的车牌号，末尾还加了一句，王畿县最老的车。尚主任说，咱们不用去车，让煤窑镇一六八煤矿的奔驰接咱们，要坐就坐奔驰，自己带车的话就开上宝马，人们都说开宝马坐奔驰。高科长没有说话，他正低着头全神贯注地发着信息。很快，他手机上的显示屏忽闪忽闪的铃声仿佛斑鸠在叫，是回复给他的信息来了。高科长笑着说，兵马未动、粮草先行，咱们吃的住的已经安排好了。后天，张局长，你是组长，看组员怎么安排好了。我有点沮丧，煤窑镇毕竟是我工作多年的地方，应该属于第二故乡，然而，到那里去，还得两位从未在那里工作过的年轻人关照衣食住行。

事情就这么确定下来，后天有奔驰车接我们到煤窑镇去督导。这时，县人民会堂偌大的空间里只剩下寥若晨星的几个人，其中有工作人员在收拾卫生。高科长率先站起来，顺势把两只手举得高高地伸着懒腰，一副俘虏投降的样子。他伸完懒腰，很惬意地弯腰看看我，拍拍我的左肩膀，说张组长，今天就到此吧，本来应该和你搓一顿，还有点儿事，放在后天一并进行吧。王畿是一个历史久远的地方，人类生存的记录可以追溯到一万年以前，有些古地名古读音在广大的汉语区还绝无仅有。当然吃饭用搓字肯定不是古读音，只是大吃大喝的代词，他们讲的一般的吃喝是"兑"。高科长在我们前边，我和尚主任只离他三四步的间距。应该能听得到相互的说话声。我和尚主任一句话也没有说，因为我们无论说什么都不很恰当，我已经看到了两位趾高气扬的青年干部之间的隔阂。还有很多人挤在大厅里和会场门口，他们在商量着如何兑、到哪里兑，好像县里用心良苦的大会只是一场兑和搓的动员和号召。尚主任跟我打了个招呼，出了会场大门就径自朝北的胡同里走了，这时的高科长脚步显然加快，他往南边走了十多步，一辆停在那里的凌志车尾灯便红了起来，接下来尾灯下面的两个排气筒里喷出了银灰的烟气。高科长趁着自动打开的车门，肯定是里边坐的人巴结地弄开了门，头侧了一下身子随之钻了进去。

我在广场外凌晨那么多轻歌曼舞者豪情奔放的地方，见到了久违的瓜瓜，而且被他将了一军。我便从那时起陷入一种奇怪的沉思，这如今，年轻人活得开宝马坐奔驰搓酒店，青年人玩玩也是工作，就连肢体残疾、智商低下的瓜瓜也能说出一番冠冕堂皇的话，吸起大中华卷烟……

何卓民接连往我这只过时的手机上发了好几条信息。第一条：老鳖调戏河蚌，河蚌很生气，张嘴咬住了老鳖，老鳖忍痛拖着河蚌来回爬。青蛙见了，敬佩地说：乖乖，鳖哥混大了，出入都夹着公文包！

第二条：节约型男人——男人在外喝酒是为了给家里节粮；男人在外打牌是为了给家里节电；男人在外洗澡是为了给家里节水；男人在外睡觉是为了给家里节育……

第三条、第四条有点黄。这个何卓民，自从离开煤窑镇，那时候叫煤窑乡，简直变了一个人。

何卓民到煤窑乡之前，是王畿县委分管后勤工作的办公室副主任。那时，孟亚峰是王畿县县长，由于县委书记张水欣患恶性瘤到301住院，鹰州地委就口头让县长主持县委、县政府的工作。何卓民那时从部队转业之后，工作热情就像熊熊燃烧的火焰，很得护林员出身的张书记的赏识。张书记说他是一员虎将，热情、执着、耿直，令人喜爱。到了孟亚峰执政，何卓民仍然那样热情开朗，说话办事直来直去。那次随孟亚峰到广州参加交易会，在接触一名华裔意大利商人时，商人的司机指着他们的车牌说，如今的商界都很重视手机号码和车牌照。何卓民明白了，这名外商的中国司机是在炫耀他们88888五个八的车牌，虽然不清楚他们的手机号码，但猜想也会是8字或9字多的号码。相比之下，孟书记坐的24874的车号确实不够面子。孟书记中文系毕业，大学时就是中文系的学生会主席，学生党员，是彻底的无神论者，从不计较死字，更不在乎手机、车号码上的4字。那时，可能是学校单纯环境的影响，或者是马列主义理论和理想信念的引导，总之，他坚信唯物主义的世界观和方法论。到了社会上，孟亚峰觉得自己有了些许的变化，或者就是老干部们夸奖他成熟了，对有些唯心主义的东西，对有些宿命论的东西，对有些数字形成时的谐音，虽然不愿主动接受，毕竟开始不那么反感了。他开始为着自己的地位、名声和前景，在意和重视起来，对于自己现有的车号已经产生了冷漠心理，只是尚没有公开提出来换号的事罢了。到广州的活动，参加交易会、组织洽谈会和招商会，他已经开始接受商人们的数字迷信了。如果说过去是演变的话，这次绝对属于心灵深处的裂变。他对何卓民说，老何，人家这边的车牌子看起来排场，念起来豪爽。何卓民从南方返回不几天，就为孟县长的皇冠车上换上了99888的牌子。

就是在何卓民得意他成功地赢得孟县长欢心的时候，还是数字问题，他挨了一顿狗血淋头的训斥。张水欣书记病入膏肓，在通往冥府的路上已经是在劫难逃了。在王畿县委书记的人选上，鹰州地委尚处在两难选择之中。孟亚峰虽为县长，然而他的资历、魄力和社会公认度仍有缺陷；王畿县委的贾副书记兼人大主任，方方面面要优孟亚峰几分，当年曾是县长最佳人选，在关键时候他带队外出考察，孟亚峰才乘机占了上风。社会上的愤慨之词、王畿人的反抗情绪、雪花一般的上访文件，鹰州地委察觉了用人上的唐突，为了求稳怕乱，把张水欣身上的另一顶帽子——人大主任施舍给了贾副书记。于是，王畿县高层的明争暗斗已经在所难免，孟县长和贾主任这两位副书记见面时的寒暄，主席台上就座时的亲密交谈，只是政客们的虚伪表现而已。最有争执的就是排名的顺序，一向认为无所谓的孟亚峰，此刻已经是当仁不让了。比如，人大常委会审议政府工作时，贾主任理所当然地排到了孟县长的前面。很快，孟亚峰就会专题搞一次调研，以县委的名义，他又排到了贾主任的前头，他是地委的头头们宣布的主持县委工作的副书记嘛！那阶段，县报纸、县电视台记者、主编们为了排名没少受到训斥，凡遇到县委排名时，总是胆战心惊、如履薄冰。时间一长，人们渐渐地察觉了什么，贾主任并不为排名的事去训人骂人，他好像憋着一股暗劲，于是在排名的问题上孟亚峰已经理直气壮地成为王畿县的老一。鹰州地委组织部很早以前组织过一次县处级干部篮球比赛，总结时发现，激烈的篮球比赛，可以振作团队精神，不仅能够提高凝聚力，加强团结，还可以提升竞争意识。针对县级班子出现不团结问题的现状，组织部、总工会、体育局联合下文举办鹰州地区第二届县处级领导干部篮球比赛。何卓民作为抓后勤服务的副主任，不仅要为县里的领导们化缘筹备费用，购买运动衣，还要负责为领导裤头背心上印上鲜明的标记——王畿×号。由于地区组织部催命一样地要参赛名单，何卓民并没有征求任何人的意见，只是把参赛人员名单收集齐，按照上级的要求，从 4 号报到 15 号。他把 4 号给贾主任，把 8 号写给了孟县长，4 字最不吉利，目的是让孟亚峰了解他的忠心。秩序册发下来时，县委便像开了锅一样，主要是孟亚峰的怒吼。有些只会掂衣裳襟的投机者，对着像狮子一样发吼的孟亚峰，指责说谁太不会办事了，这个排名是要让地委常委、外县（市）的领导们看的。贾主任排在第一，明摆着要产生政治影响的。孟亚峰骂着何卓民，像一个家法严峻的家长要惩罚他犯了错误的孩子。孟亚峰更像一头发情的叫驴，左踢右蹬地甩着文件夹，说着他从未用过的粗话。时间改变人，毕业时文质彬彬的孟亚峰，融入乡土味浓重的王畿县之后，入乡随俗，也变得粗俗不堪了。起初何卓民忍住不吭声，任孟亚峰叫骂，相信人的暴怒也是有限度的，没有想到的是，孟亚峰在煽风点火看笑话人们的挑唆下，竟然失去了理智，变成了十足的疯子。何卓民终于按捺不住，他那从父辈身上继承的军人血统，以及自身在军营里陶冶出的刚烈性格，在这几间庄严肃穆的县委副书记、县长办公室里爆发了出来。他不承认自己的过错，对孟亚峰的训斥责骂针锋相对，以牙还牙。孟亚峰终于说出了那句狠毒的话：何卓民，我免了你，让你自行其是。在张水欣病重期间，在孟亚峰恼羞成怒之后，为了给自己树立威信，为了自己的话掷地有声，在几小时之后的常委会议上，无异议地免去了何卓民的职务。贾主任作为副书记，退一步他仅作为兄长，他定有能力制止孟亚峰这个不讲原则、刚愎自用、滥用职权的作法，然而，他并没有主持公道，而是旗帜鲜明地站在了孟亚峰一边。何卓民觉得眼前发生的事就是他在部队时遇到的那件事的复制。他所在的团政委和团长长期不和，副参谋长为了讨好团长，在一件很小的事情上与政委闹起来……团长这下解了恨，夸奖这个副参谋长够哥儿们。后来在研究干部提拔和转业时，团长站在了政委的立场上，大骂副参谋长是一介屠夫，投了支持让副参谋长转业的神圣一票。副参谋长想不通，大骂政委挟嫌报复。他问团长怎么办，团长说了上访两个字。此后，政委在上级首长心中的地位大打折扣，气量狭小的人如何能胜任政委一职？他知道团长是在以静制动，表面上拥护了政委，保持了党委的团结，实际上他起到了另一方面的作用。何卓民心里明白，天下乌鸦一般黑，官场上的事情真是让人哭笑不得！假如团长替副参谋长说几句情，说不定上级还会批评团长在团结问题上不讲原则。团长的做法既在上级那里交了满分答卷，又化解了长期与政委之间的矛盾，更重要的是今生今世副参谋长与政委成了冤家对头。何卓民无意让贾副书记、人大主任替自己说情，贾主任要比团长的素质差远了。何卓民不是那种为了那点儿职位而苦苦求饶，而耿耿于怀的人，他转业时级别副团，人们习惯上说县团级，到地方被委任为科乡级副主任就属于降格使用了，而如今无官一身轻，更好从事自己想干的事。那年他家门上的对联很耐人寻味，上联是：想当年战天斗地官至县团；下联是：看今朝诚实笃信终成平民；横批是：军地有别。那年春节人们好像特别闲，挨门看对联欣赏书法的成群结队，特别何卓民家更是门庭若市、热闹非凡。来往的人群中，看热闹图消遣的为数最多，看后感叹世事炎凉为何卓民抱不平者也为数不少，还有一些人打探情报以此为资本向孟亚峰奏折请功。已经如愿以偿当上了县委书记的孟亚峰，头脑已没有那阵子敏感和焦灼，开始了新一轮的冷静和理智。当有人把何卓民家的对联反映给他时，没等他们说出添油加醋的分析，孟亚峰就说，这副对联很好吗？何卓民人很直，干事很卖力，是个不错的军转干部。孟亚峰认识到那次自己的偏激，但出于面子的考虑，他又不愿小身份向何卓民做自我批评，本来党的三大武器之一的批评与自我批评从来就不拘束一把手。他想启用何卓民的打算便暂时搁置下来。孟亚峰当书记的时候，鹰州地委为王畿县派来了县长，县长曾任某飞行大队大队长，退伍前是鹰州军分区的政治部副主任。他发现了何卓民，那是长春飞行学院的字样吸引了他的注意，新县长也毕业于那里。经过与人座谈，人们普遍反映何卓民人品好、工作好，就是有点耿直。碍于书记的情面，新县长启用何卓民的想法只能是一种想法。位子满满的，甚至每个位子后面都站着好几个亟待接替的人，孟亚峰也多次在会议上训话说，不想干的你就说出来，有困难不能克服的你就辞职，想干的人多得是，能干的人也多得是。看来，王畿县干部队伍中的情况孟亚峰绝对心知肚明。孟亚峰在全县领导干部会上的讲话，确实产生了一些震动，那些萎靡不振者，那些饱食终日者，那些纸醉金迷者清醒了许多，然而也无意间怂恿了个别排在一把手身后的人们，告状信、匿名电话、举报材料一时间成了王畿县官场的新产业。向孟亚峰献忠心、表诚意、发誓的摩肩接踵，弄得孟书记心花怒放、兴奋万分。是煤窑镇的无情矿难，是一拨又一拨披麻戴孝者的哭喊，还有上级勒令追究责任的文件，为何卓民的仕途涅槃又腾出一个职位。我当时任乡党委书记，给了党内严重警告处分，乡党委副书记、乡长姜暮春得到了撤销党内外一切职务处分，主管副乡长也是撤职处分。矿难发生时，姜暮春正和矿长在新加坡、马来西亚和泰国旅游呢，他走时告诉我他的丈母娘得了子宫恶性肌瘤，已经扩散，也就是几天光景了。看他那副如丧考妣的样子，我真的信以为真了。姜乡长是孟书记的大学同学，一副胸怀天下指点江山的气势，说话时像机关枪总有射不完的子弹，可惜他是学化学的，常常闹出一些错别字的笑话。把山东的淄博说成溜博，把造诣说成造旨，把土地撂荒说成搁荒，把学生辍学读成缀学……他懒得下乡，有的村支书向他反映情况，他不等人家说完就说他清楚得很，还说他坐在车里看得一清二楚。这些村支书也不客气，说姜乡长，你辛苦了，以后你在县城你家的房子上安装一个高倍望远镜，每天照一照煤窑乡，就不用来了，多么好，还省油还舒服。在事故调查组拿了处理报告后，县纪委、监察局也写了调查报告。一向作为孟亚峰书记谍报员和知己的姜暮春就这样离开了。何卓民成了煤窑乡的新乡长，这并非孟书记发自内心的安排，对何卓民说也是无意插柳柳成行，得来全不费功夫。

我和何卓民成为朋友也是从工作开始。他像德国最优秀的足球明星贝肯鲍尔，不管什么比赛，不论对手是谁，总能找准自己的位置，发挥出最好的作用。但他的求真务实精神，也成了我们俩仕途上走不远的致命原因。自从那年与孟亚峰发生了顶撞之后，他们中间的隔阂始终没有消除，军人和军人家庭出身的何卓民从没有向孟书记低头认错和点头哈腰应酬的任何表现。在当今的官场上，哪个刚愎自用的一把手喜欢这样的下属？尽管你风风雨雨冲锋陷阵，尽管你辛辛苦苦深受百姓信赖。老百姓是永远管不了官帽的。我和何卓民又一次遇到了煤矿事故的困扰，那次事故虽然不大，但来得很不是时候。孟书记刚作为地级后备干部等待省委的考核，发生煤矿事故无疑是往他脸上抹黑。我们的五一煤矿是乡办矿，发生的瓦斯爆炸属于典型的责任事故。共死亡十一人，重伤七人，据上级安监部门的人员讲，十人以下只处理矿长、值班矿长，顶多涉及乡里的主管副职。十人以上，县、乡两级的领导干部都要受到程度不同的追究。那阵子，孟亚峰的脑子重新热起来，官欲就像是一堆发热量特高的主焦煤，一经燃烧便不可浇灭。孟亚峰找到我，说让我跟何卓民谈谈，实事求是是我党的优良作风也是做人的美德，然而有时候可以在实事求是的原则下，朝有利于事情健康发展的方面努力，王畿县当前经济形势这么好，对外形象也比较高大，绝不能因为这起突如其来的煤矿事故使我们的辛勤努力的成果付之东流。我听出来孟书记的意思，他是在批评何卓民的认真，我保证说此事包在我身上。然而，我把总人数不变，把死亡人数往重伤人数上拔三个，一切问题都会避免，数字的变化可以挽救多少对官位的苦苦追求者，可以避免即将弹冠相庆者的功亏一篑。然而、我没有完成孟书记交代的任务，肯定在他那里成为不忠诚、不可靠的人。何卓民那时说，老张同志，对工伤事故只追究行政首长的责任，我和县长首当其冲，而你和孟书记还轮不上呢！你们怕什么，急什么？你记住，老张，我们俩今生能在一块儿工作是一种缘分，伙计的情谊重如泰山，哪一天咱哥儿俩遇到了要命的事儿，当然和平年代是不可能的，我们俩在刑场上或在悬崖上，相互说一声再见兄弟，我们来世再搁伙计。如实地报了死伤情况，结果并不像何卓民说的只处理县长、镇长，这次只处理了孟书记，因为这个煤矿的矿长是他一个女同学的弟弟，这个该死的家伙被死者家属的围攻吓破了胆，推出孟书记做了挡箭牌和保护伞。死者家属为了得到更多的赔偿，到处宣传这家煤矿有孟书记入的干股，虽经调查入干股无据可查，然而这么一折腾，孟书记升官的机会就这么窝窝囊囊地失去了。虽然这次没有处理谁，或者说对矿长以下的责任人做了轻描淡写的追究，但孟书记却耿耿于怀地骂着这比受到处理还要令人痛心。

我在那次有辱使命之后，被县委一个文件弄到了结构调整管理局，也就是我现在的单位，共有九个同志，一辆县委打下来的旧桑塔纳轿车。这九个同志，有四名副乡（科）级领导干部，三名正乡（科）级协理员，只有两名一般工作人员，其中一名是县委原来的打字员，打字机换成电脑后不适应而分到这里，另一名是汽车司机，随车下放到这里。我走后，何卓民并没有提升为书记，孟亚峰也没有派去新的书记，他安排组织部和何卓民谈话，让他主持镇党委的工作，这时郭琪信也调到煤窑镇担任镇党委副书记兼人大主席团主席，也就是把我的工作职责口头交付给何卓民，把职务的一半给了郭琪信，人们猜测着这是让顽固不化的何卓民感受一下当年孟书记的味道，体验一下前有山后有河的压迫感。那以后，关于何卓民生活作风、滥用职权的匿名信便无休止地出现。祸不单行，煤窑乡在那个秋天又发生了透水事故，当班作业的十七名矿工被困井下，《王畿晨报》、王畿电视台很快报道了这则新闻，正在紧张抢险中，第三天头上，县委免去了何卓民的乡长、副书记职务，郭琪信顺理成章地成了煤窑乡的党委书记。大千世界无奇不有，县委文件下发后，困在井下的十七名矿工意外地全部生还了。已经做成熟饭的米，已经离开岗位的何卓民，就这样糊里糊涂地成了赋闲的乡科级干部，没有岗位没有实职，也许永远没有了像那次恢复职务一样的机会。

何卓民是自由的，尽管他参加着县里的三级干部会议，但没有一样任务是明确给他的。何卓民也是奔放的，据说他正在拜一位豫剧艺人为师，准备报名梨园春大赛。何卓民又是正直的，那次见义勇为与坏人搏斗还负了小伤。何卓民同时还是来无踪去无影的，除了有人通知他开会，其余时间谁也捉摸不定他到底在哪儿。难怪人们传说他搓麻将推牌九赢了许多许多。

我心里想，这回你输了何卓民，就是躲进深山老林，你也得请我去搓一回！

七

    王畿县经济结构调整局和县信访稳定办公室在一座小楼办公，这儿和县委一墙之隔，原来这儿是商业局的定点屠宰场，每天至少要有三五百头猪、一二百只羊和八九十头牛在这里被杀戮。前些年，屠杀生灵的工具比较原始，那些拼命哀求刀下留情的牲畜们，歇斯底里地呼唤着。十多名屠夫一齐追杀，几十头猪便齐呼饶命。弄得这一带主要是县委每天都沉浸在血雨腥风之中。那些在县委机关后面享受常委住宅待遇的家属们，更受不了这种噪音。那时的县委办公室主任常新欣，因为夫妻性生活不和谐正闹离婚，好心的秘书找到了曾任皇宫御医的外祖爷弄到一服药，主任服过后觉得浑身有了热量，特别是黎明时分下身更是发热起痒。他一阵激动爬在了妻子身上，吻着她说，这几年欠你的今天一笔清吧！主任从没有过这种激情四射的时候，他仿佛重新回到了青春少年，回到新婚一夜作战四五次的时光。他的话他的吻、他的触摸，也驱赶了失望许久的妻子的冷漠。他们配合得很默契，几分钟后便到了总攻阶段，妻子扶正他，他也摆正妻子的位置，急促的呼吸和迫不及待的妻子，双手抱紧他的腰。正在这时，屠宰场里发出了声嘶力竭的呐喊，那种如同喊冤一般尖厉的呼喊，如同因水灾而无家可归者在县衙里的呼救。这种与静悄悄的黎明极不和谐的噪音。不仅打破了王畿县委家属院的宁静，也使信心十足干劲冲天的常新欣主任一下子败下阵来。他骂着，这社会，这生活，树欲静而风不止，畜生也能搅黄人们的好事。妻子也埋怨着，别怨天尤人了，不行就是不行，你根本就没有进去倒是先哭出了泪。那天以后，常主任又失去了跟妻子和好的机会，妻子骂他活老鼠不知送给了谁，每天夹着一只死老鼠回家。官场的事与家庭的事结合起来，就变成了常主任在外嫖女人，筋疲力尽回家，跟媳妇干不成事，正闹着离婚的主流舆论了。英姿勃发、积极进取的常主任，把这一切怨恨都记在了屠宰场上。本来十多名常委谁都憎恶这夜半还有羊叫，黎明开始猪闹的问题，可谁都不愿提出把场子迁个地方，谁都不想得罪商业局。他们现在只剩下这点可怜兮兮的行政职能，只有这个定点屠宰可以聚点宝儿。再者，商业局甚至屠宰场也没有少为县里的头头们做出应有贡献，每年的红包、猪下水猪后腿什么的，足以堵住他们的嘴。这回，常主任终于在恼怒中提出了搬迁屠宰场的问题，并且历数了屠宰场的九条罪状，不外乎什么环境污染、血雨腥风等，对于自己受了侵袭和侮辱只字未提。常主任之后，其他的常委、副书记滔滔不绝地声讨起来，屠宰场的撤离一下子成了全县的紧迫工作，仿佛晚一步王畿便会大难临头一样。如同其他的问题，大家都看得见，而且格外清楚，都睁只眼闭只眼，原则问题到了该有党性觉悟、良心发现时，最积极的表现就是我没发现，真有那事？涉及切身利益时，不愿先发现先提出来，担心别人说个人利益高于其他，一旦别人提出了，便开始口若悬河，一针见血，似乎早就想出手，只是等待时机罢了。好长一段时间，隔壁屠宰生灵的吼叫和县委大院喊冤叫屈者的哭闹，几乎成了这一带的主旋律。因此，解决屠宰场问题的研究会上，把信访办挪到那里也一船撑了。那时，正是鹰州地区要求大上企业的呼声很高的当儿，于是经济结构调整局的成立及挂牌问题也搭车解决了。当然，商业部门的定点屠宰也作为重中之重在会上研究起来。商业局长兼屠宰办副主任出头，县委常委常务副县长沉默不语，他们已经打成默契，选那块城边国道旁的一百亩土地为新屠宰场。城郊土地金贵，多少人觊觎数年依旧是纸上谈兵，屠宰部门一提出，二十多名决策者都把目光指向沉默不语的常务副县长。他面前放了一只特大号的宜兴紫砂茶杯，从一个侧面只能看到三分之二的面孔，面前放着十多份边开会边处理的公文，手里的香烟即将吸完已经熏住那两个焦黄的手指。常务副县长佯装没察觉众人投来的是期待还是质问甚至是批评的目光，专心致志地把目光洒在红头文件上。十多分钟之后，主持扩大会议的县委书记孟亚峰点名要常务副县长表态，目的是打破这种无聊的僵局。常务副县长兼屠宰办主任环视了诸位，拿掉茶杯盖子深深地吸了一口茶水，然后轻轻地盖上，微笑了一下说：这件事其实先由我表态不很合适。大家都知道我兼着屠宰办主任，说支持商业局长的意见，难避小集体本位主义之嫌，说不吧，屠宰场不迁实在说不过去，问题是这百十亩地……常务副县长说了一阵子，只是兜了一个圈子又回到了原来开口的地方。孟亚峰因家里有事情要处理，不停地接手机，接话后就抬腕看表，有些不耐烦的样子。常新欣审时度势把书记的话代表了，说伙计，屠宰场迁址已经是板上钉钉儿的事了，只是征用土地的事，你的意思？事前，聪明的局长已经做了工作，对迁址的反应就是要求征用那百十亩炒得发烫的耕地。常委副县长也不再斯文，连用三个字说，同意迁同意征。二十多个人的五十多只眼睛刹那间转向了焦急的县委书记。孟亚峰故作镇定，佯装思考之后才同意征用那百十亩早成焦点的土地。只是强调说，一是要抓紧完善征地手续，处理好为此而出现的矛盾和问题；二是要协调好与农民的关系，可以考虑屠宰场安排占地工的事；三是行动要快，力争两个月内完成屠宰场的搬迁工作；四是要把屠宰场建成鹰州地区最靓丽的屠宰场，要吸引住南来北往的鹰州地区领导干部的目光。孟亚峰每讲工作，都把在鹰州地区争一流放在强调的语气里，即使建日光温室的蔬菜基地、农村沼气池，他都要求在路边竖起显眼的固定标志牌，一定要让这一切尽收鹰州地委领导的眼底。

屠宰场迁走了，这儿果然在经过一番净化、绿化、美化、香化之后，搬进来了三十多位西装革履温文尔雅的人们，谁开玩笑说昔日屠宰场血雨腥风，今日办公地鸟语花香。只是这虽然远离了生灵们刀下留情的挣扎求饶声，但拿状子举幛子要求青天老爷解决冤情的呼唤声却不绝于耳。这些大多发生在八点上班之后，上班时间之外也有背铺盖卷在门口席地而卧的乡下人，也有夜半三更发出悲切的哭声，然而这一切连一次也没有闯进常主任等领导干部的听觉里。

我每天都习惯性地按时踏进这块在血腥土地上盛开着月季、玫瑰和杜鹃花的院落，因为这是岗位、阵地，也是理直气壮领取纳税人辛苦钱的依据。虽然事情并不多，或者只是和茶水报刊打打交道，但我的去不去还有很多难以言表的作用。我知道，人们都在关注着我。一旦哪天没有了我的咳嗽声开门声，那里一定会出现忘乎所以的摔纸牌、挪棋子甚至搓麻将的嘈杂欢呼声。是县里搞的冷不丁的效能检查，曝光了结构调整局，我恼羞成怒地在一次佯装外出而有意识杀回马枪中，不留情地撒飞了一个屋的纸牌、两个屋的象棋，还掀翻了桌面上摆着人民币的麻将台。那以后，据说打牌下棋搓麻将的事情还有发生，但都是在认定我确实外出开会的时候。我除了参加一些县里通知的活动外，其他时间与其说是上班不如说是监督一种宁静的上班秩序。这一天，我并没有按时上班，因为大家都知道张九思抽去充当督导组长了。然而，这里的秩序却格外地好，整个院子里除了一楼信访接待大厅里不时传出粗野并带有威胁的呐喊外，其它办公房间都是秩序井然。吃一堑长一智，结构调整局的人不知何时学会了放线，不仅是为了防止再次被效能检查逮个正着，也是为了防止张九思我办他们的难堪。我几乎是蹑手蹑脚地走到了我的办公室门口，这时倒担心同事们见到我，你已经抽去督导煤窑镇了，还到单位来，莫非在检查我们的工作秩序，当局长的未免太苛刻了吧。

离单位不远的地方，是王畿县的花卉市场，那里正在热闹地进行着交易，打开窗子便能听到人语车响。脑子一热，我终于抵不住那边的诱惑，这个市场是结构调整局的业绩，孟亚峰书记还夸奖了我们，毕竟这个市场在鹰州地区第一家，地委领导的表扬也使孟书记为此而精神焕发。

花卉市场的大门口被三四台运煤大卡车堵得严严实实、进不去出不来的人们怒不可遏地询问是谁的车，这么霸道。这时正在装卸花草的汉子说：我们煤窑镇的车，十分钟就好了。汉子十分自豪地说着煤窑镇，口气特别像那些见识不广的农村老太，炫耀说自己的儿子或丈夫在县委上班。说一句煤窑镇，人们确实会肃然起敬，因为王畿县财政收入的一半是来自这里，也就是说，干部职工们领取的工资中，有一部分是来自煤窑镇的贡献。场面很快地稳定下来，那些亟待进出的人们和车辆只好忍气吞声、熄灭发动机等着。汉子在抬头指挥装车时看见了我，连忙打起招呼，为了显示亲切，他依旧称我为张书记。他三步并作两步地走过来，把一包红中华烟连封也不拆就递了过来，并没有整包给我的意思，口里说着抽一支吧。他是煤窑镇的党办室副主任裴玉清，知道我不会抽烟，出于礼节还是让了我。他燃起一支烟，贪婪地吸了一口，很快从鼻孔里窜出两道白烟，顿时来了精神。他告诉我，按照县里会议的花卉摆放标准，这一天多已经采购了郁金香、杜鹃花、君子兰，他如数家珍，末了告诉我，那种小盆的说不准名字的花尚未买到，加上为郭书记起草的讲话稿还没透明，会议只有放在三天以后才能开。他说的没透明指的是未完稿，我知道，由于县委办公室没有把孟亚峰书记的讲话稿印发下来，乡、镇办公室也没有胆量去发挥一番。他们把与上级保持一致早已理解为全盘的照搬照抄了，因为谁也不愿为了一丁点儿的发挥而承担风险，费脑筋的发挥是当前脑残人的作为。我把我们约定的时间告诉了裴玉清，谁知他很快拨了手机，顺势递到我手里，那边是郭琪信的声音，说你们能不能再晚来两天，容他把会场安排扎实。我支吾的时候，那边口气很友好然而非常果断地说，就那吧，两天后，六个字说完便压了机。我感到非常缥缈，仿佛游走在一个陌生的神话世界。过去我们贯彻会议精神，讲究雷厉风行，不拘一格，而如今怎么变得细致无比高保真了呢？我见到了王畿县十几个乡镇的车，都在这里购买花卉，都要追求与县里一样的氛围。丽华花卉产销公司的经理是我表弟，他说这两天生意特好，他已经北上南下购回了六批杜鹃、南洋杉，仍然供不应求。表弟还发着感慨说，这年头经济利益的导向作用太厉害了，那几年开恋歌房赚钱，王畿的KTV包厢、各式的唱歌厅便雨后春笋般地到处都是；开酒店生意好，一夜之间，歌厅改头换面成了酒店；如今花卉大有用场，迎接检查、召开大会，真有点儿洛阳纸贵。表弟还指着徐徐起步的煤窑镇的拉花大卡车，卖给他们花卉的人过去是经销食品的，也转行当起了花圃的老板了。

八

那辆威风八面的奔驰车停在我家门口的时候，我毫不犹豫地钻了进去。我不能因为煤窑镇花卉购买不齐、讲话稿不透明的原因，而撕毁我们几个的约定，同时作为督导组就应该恪尽职守，准时进入自己的阵地。我有意淡化了郭琪信那友好而果断的六个字，甚至还产生了些许的逆反心理，偏不听你的，别忘了我们现在还是肩膀四齐用你的话说我还是你的前几代领导者。车启动以后，转了几个弯就驶入大道，路很平展，坐在车上没有一点儿颠簸的感觉。尚主任坐在前面副驾驶的位置，眯缝起本来就不大的眼睛，显示出对一切都不屑一顾的样子，嘴里还轻轻哼着那支《老鼠爱大米》的流行曲。高科长坐在车后边，显然跟司机也很熟悉，但他没有直接指挥司机，而是先对尚主任说，老尚伙计，咱们到168矿的点吧。这年头，年轻人叫老什么，有喊有应顺理成章。而年龄大点的尽可以把档案年龄改小，好适应干部年轻化，谁喊他们老什么都不愿接受。跟街头女人穿衣差不多，年轻女的穿黑色、蓝色，而年老的喜欢大红大紫。尚主任睁大了眼，微笑着转过身点点头，司机加大了油门，方向盘处的仪表盘上的车速指向了220迈。我有点想冒汗，连忙说，咱们这……高科长接着说，虽然你是组长，我们是组员，今天你发扬点风格行不行，让我们俩当一次家吧。张局长，你在煤窑镇当过书记，镇上两名副镇长商量着两个副职顶住个正职的事你应该知道。那事儿在咱王畿可是出了名的。今天我们权当是那两位副职，当一回正职的家，你只管闭上眼睛养神，到地方时我喊你，你不要管我们到哪里，反正与到煤窑镇督导有关系，今天我们即使到煤窑镇，也不过坐坐冷板凳，人家动员会还没安排妥当呢！奇怪，他们也知道了煤窑镇准备工作没到位的事？我纳着闷。车子像飞的一样，坐在里面只能听到车轮和沥青路面呲呲的摩擦声。我无奈地顺从了他们的意思，一边想着那年发生在我们乡（那时未改镇）班子里的事。裴玉清曾是煤窑乡的副乡长，主管煤炭生产，也是在一次瓦斯爆炸死伤 28 人的矿难发生后被撤了职，那时他跟另一位副乡长武红文私交很深。说穿了，裴玉清干的事情肥一些，而武红文分管文教卫生寡得很。聪明的裴玉清为了日后的升迁，在班子里很注重攻关，他和小煤窑主不断拉武红文吃喝洗浴，节日还有红包相送。时间不长，裴玉清觉得自己威信飙升，开始在机关里颐指气使，有时候还做出一些指鹿为马的事情。而武红文呢，则不断为裴玉清摇旗呐喊，乡长外出开会只要超过两天，他便要求这两天由裴玉清主持乡政府工作。乡长生病一个月，裴玉清和武红文不请示乡长，也不向在地委党校学习的书记打招呼，越俎代庖地召开会议、签发文件，以致使一家不该开工的小煤窑违规生产铸成重大伤亡事故。上级司法、监察部门查处时，他们两位还辩解说：我们两个副乡长难道不能顶替一名乡长。那次，撤了裴玉清的副乡长，调离了与之狼狈为奸的武红文，司法、监察和组织部门的领导常以此为案例教导副职干部千万不要越权办事，裴、武二人的事情随之也在王畿县的民间流传开了。

汽车在高速路上如同一支利箭，嗖嗖地在两边绿荫的道中飞快地穿越着，随之，其它车辆纷纷向后边退去。我特惧怕这样的速度，心悬在咽喉里，气也不敢大大方方地出，为了不让车上的年轻人瞧不起，只得装出十分坦然的样子。不过，身旁的高科长好像早就发现了我的情绪变化，说了句，这种车一踩油门就是 200 迈，跑开不下 250 迈，我们习惯了，觉得这样才过瘾。高科长并没有看我，仿佛不是针对我的解释，而是自言自语的念叨。在紧张和担心中，我被这种惊悸感觉折腾了十多分钟，汽车便温柔地驶入了仅能并排行走两辆车的水泥道。道两旁整整齐齐地栽植着蜀桧和小叶黄杨，阳光铺在灰白色的车道上，沾染上阳光的蜀桧和黄杨更加英姿勃发。奔驰车在拐弯处响了下喇叭，与迎面而来的欧宝车擦肩而过，司机向对方的驾驶窗笑着点点头，让人感觉到他们之间的关系很铁。这时的车速又低得令人着急，缓缓的车子像垂暮老人蹒跚的步履。时间不长，前方露出了一座白墙红顶的三层楼房，楼房三面的不远处都是绿树掩映的山岭，走下车子，举目望去，如云的绿色仿佛是久远年代美女们的发髻，巧妙地冠戴在逶迤绵长的山岭上，期间忽隐忽现，明朗又隐约地点缀在多座黄白墙壁鲜红坡顶房舍。房舍依山就势、风格各异，高不显巍峨，低不见微薄，他们很像碧波万顷里行进的船，时而随浪跃起，时而潜入低谷。简直就是正在播放的百舸竞争的壮阔画面。我是王畿人，曾干过林业技术员，当年那些宜林荒山和天然次生林区都被我们普查过，可这么美丽的去处，这么茂密的林子为什么记不起来了呢？我禁不住问自己，之后又感到纳闷。机灵的高科长滔滔不绝地告诉我，这儿是和王畿交界处的百灵峪，原属于王畿和董周两县所有，改革开放后，王畿工业主要是采煤业高度发展，宜林荒山荒坡的绿化、生态环境的改善等这些近期见不到政绩的工程，基本放在了经济建设的另类位置。百灵峪在新中国成立后长达几十年的时间里，一直是王畿和董周两县交界处群众争夺的战场，百姓们为了砍伐木材建房搭屋、养蚕喂羊等，几乎每年都爆发一场几百人的械斗。为此，县委书记、县长被撤职三人，公安局长因玩忽职守不作为开除两人，为此献出生命的王畿群众十五人。到了后来，王畿人因煤矿发了财，董周县的群众成群结队到王畿打工下井。人们逐渐忘却了昔日的恩怨，也不计较百灵峪归谁所有。到孟亚峰任县长时，一份两县之间的合同，把绿化生态景点百灵峪的工程交给了董周县，由董周县承包一百年，百年之后视情况再签，承包条件是董周县每年保证五万人到王畿县务工下井。

已是阳春，而这里吹来的阵阵微风，还带着丝丝凉意。在这座三层高九间宽、变异了的"巴黎歌剧院"跟前，几个人迎接了我们。走在最前边的叫甜甜的姑娘向我们介绍着接待我们的服务生和服务小姐，还有没来得及拉开距离的168煤矿矿长陆耀发。除了煤矿主一副憨态可掬的样子外，其他几位都给了我触目惊心的震撼。

走进迎宾门，我们进入了宽阔的客厅，大厅的三个方向都摆放着十分派气的沙发，仅中间那只比双人床都小不了多少的茶几就让我饱尝眼福。大厅中间悬挂着的吊灯，分好几个层次，由几百盏大大小小的灯以及水晶石装饰而成。有一处的沙发上已经坐上了人，他们好像对服务不够满意，正在和说普通话的工作人员大声地嚷嚷着。甜甜把我们领到与他们相对的沙发处，双手做着请的手势，先用汉语说了声请坐，接着又来了句"Welcome"。我觉得只有在飞机上和大城市的地铁里才会先用汉语提醒，然后再用英语。这些年真的是变化太大了，深深的山坳里居然匪夷所思地有了大都市的洋气。我想起了十多年前，王畿县的一家酒店为了招徕顾客，别开生面地打出广告，说本酒店全部雇用俄罗斯小姐服务，一下子弄得生意火爆。想开洋荤的王畿人把大把大把的票子都投向了这里。

面对这几位什么丽茜、什么露丝、什么葛特露，我提醒自己说千万别被人忽悠。我曾经多次吃知识少的亏。那年在汽车上，有几个家伙拿着十元人民币就可买一沓子的洪都拉斯纸币，硬是充美元坑了我几百元人民币。还有谈了个女朋友是研究天文物理的，那年哈雷彗星颇受关注，县长知道我的密司是学天文物理的，于是向我讨要一张哈雷彗星图，我兴致勃勃地修书一封，热情洋溢地几百字后提出了要求。真给面子，几天时间，来自南京紫金山天文台的信里，夹寄了哈雷彗星的卫星照片。我兴高采烈地交了差，因为下级总希望在方方面面找机会争取上司的满意。哪知，几个月后，县长在研究人事问题时，暂停对我的提拔，原因是我知识面窄，良莠不分。原来县长也是懂天文的，要不他讨一张哈雷彗星图干吗？我气得几乎要昏过去，由衷地恨南京的她。尽管她后来做了好多解释，包括她想激励我学习等等，最终我们俩拜拜了。一朝被蛇咬，十年怕井绳。从那时起，我对新的、洋的都一概认真对待。我思忖着，这山沟沟的服务业经营者，用了这么多的美国小说里的名字，即使这些人是假的，但是他的美国文化知识、他的杰克·伦敦情结，起码还有那么一些。他肯定是读熟了《马丁伊登》《野性的呼唤》等。沙发很舒适，我们几个人旁边都紧偎着一位让人不自然的洋名字女孩。那个叫弗朗索瓦的男子正在指挥着给我们倒茶，倒茶的女孩子们全是中国女孩的打扮。大厅的音箱里不断地更换着乐曲，那曲《雨的节奏》之后，还是一首美国歌曲《蒙娜·丽莎》我比较熟悉，随之轻轻哼起来：

> 蒙娜·丽莎，
> 人们叫你蒙娜·丽莎
> 你那神秘的笑容脸上挂……

那位嘴大得吃下牛蛙的姑娘向我靠了靠，露出了洁白的牙齿，向我笑着。仿佛我唱的蒙娜·丽莎就是她。我没理睬她，只管哼自己的，似乎这就是坐怀不乱的坚贞，这就是出污泥而不染的高洁，这就是世人都昏我独醒的自豪。

> 是否因为你那清静寂寞的生涯，
> 使你笑容庄严神奇又高雅？
> 你永远地向人微笑，
> 蒙娜·丽莎
> 是否遮掩心中甜酸和苦辣？
> 多少人满怀激情来探寻，
> 多少遐想，多少梦幻！
> 你是真？你是假？
> ……

那姑娘把茶水举起来，很温文尔雅，我连忙接住。在我间断哼曲时，她唱起来：

蒙娜·丽莎

是一副冷漠的、美丽的肖像画。

　　这时，大堂经理弗朗索瓦用一点也不流利的汉语，招呼我们到休息室去。刚才那一拨人大概调整好了服务员，已经进入了下面的程序。大门口，又有新的顾客来到了。另有几位洋妞站成一排，恭恭敬敬地等待着弗朗索瓦的下令。我们从接待大厅的角门走进一个长廊，长廊尽头是四十五度角的电梯。电梯空转着，没有一个人乘坐，或者是专门为客人准备的，一旦你进入长廊，感应器就命令电梯工作起来。上了电梯，一分钟不到，我们便进入了一个鸟语花香的园子。抬头看去，一张大的罗网铺天盖地，把这里的花卉草木、飞禽走兽以及关闭束缚了动植物的人们，无一例外地笼罩其中。绿荫之间，一条狭窄的小火车道向远方延伸着。道上正停着一辆外观豪华的小电车。这种电车轨道在王畿县地方国营煤矿里到处铺设着，矿工们下井升井的车子、运送原煤的矿车都行在这种轨道上。而煤矿里的小轨道，在风景区里完全没有了土气和脏气，转身变为靓丽的景物。我们八个人钻了进去，所谓钻就是因为车子太矮，我们只有弯腰拱身才能进去，里面是可以活动的，两个人一个座位，刚好坐八个人，好像专门为我们设计的。车子是电瓶作动力，行动起来只能听到电瓶马达丝丝的声音。五分钟了，我们还在那张网里，车里的音箱不停地提示我们，要互相关照，最好拥抱住对方。为了安全，我不能再拒绝大嘴姑娘的手脚了。除了播音时，车上的音箱里一直播着美国电影《泰坦尼克号》的主题曲，仿佛在提醒我们，大家现在处在一条船上，前面是风浪是礁石，一定要同舟共济，决不能嫌弃这里的环境这里的人。在几乎窒息的压抑中，我们终于钻出了网，电瓶车在半圆形的地方停下来，这里就像火车的编组站，相隔十米就有一辆车在静候着。进山一个小时了，我的手机以及高科长尚主任的手机连一声也没响过。手机嘈杂时令人焦躁，过于宁静的环境也使人心凉。我看了时间，上午十点四十二分，在单位上班时应该是最忙的时候，可在这里简直像是与世界隔离开来。我想起了自己肩负着督导组长的重任，是县委的钦差呀，在这里万一有点什么事情，如何向组织交代。不管高科长尚主任如何，首先我急得出了汗，脸上也开始发烫。高科长和尚主任都和身边的洋妞挽着胳膊，可能只有他俩才能说清自己身边的是丽茜还是露丝，反正我这个搭档叫葛特露。一辆丰田面包车朝着我们的方向驶过来。记得当年在县政府写情况汇报争取项目时，总是把王畿县境内的企业、事业单位尽力夸大级别，即使是国家已经废弃多年了的战备仓库也要统计到县处级的数量里，包括王畿交界处不在统计范围的。照那时的统计口径，王畿境内绝对还有一家国际单位。丰田车果然是冲我们来的，168煤矿的陆耀发矿长就在副司机的位上向我们打招呼。我感到奇怪，进山只有一条道，我们没有发现有什么蹊径可走，为什么矿长竟捷足先登了呢。我在煤窑乡当书记时，见到的矿长个个都是肥头大耳、盛气凌人、财大气粗，说话声音大得好像担心对方不知道他是矿长一样。这些发煤财的，差不多都大把大把地把钱花在假俄罗斯小姐身上，出了门还炫耀今生开过洋荤活哩值得。他们通常到歌厅唱歌总是一人一间，认为这就是派气，别人笑他们粗俗无知，而他们总是理解为令人羡慕。这个陆耀发不论从哪方面看，都与他们不同，矜持、斯文、虚怀若谷，不像挣了大钱，而是更像亏了血本。看见陆耀发那一副垂头丧气、少气无力的样子，我立即产生一种不愿在此逗留的心情，如何有心思让这样一位屌丝矿长在此摆阔呢。高科长仿佛看穿了我的五脏六腑，甩掉那位丽茜，三步并作两步地接近了我。张局，您别不好意思，陆矿长就是这个鳖样、别看他哭丧似的脸，贫血一样的气色，他可是个大玩家。说着话，我们走进了窑洞餐厅，眨眼间，那一副对联吸引了我。

吃五谷杂粮延年益寿，
有七情六欲方为正常。

别有洞天。

我就是看到了别有洞天这四个字的横批，才认定它为窑洞餐厅。

进去之后，阔大透亮的穹顶告诉我，这儿并不是窑洞。屋顶呈八角，每角都有一种图案，每个图案下边都有一副西方美女的浮雕。浮雕再往下，便是关闭得严丝合缝的门，门和屋壁一个色调，如果不是从那儿走出一个个满脸堆笑的服务小姐，谁都不敢相信这儿还有门。随着我们几个相继入座，八角穹隆大厅里隐隐约约的音响这时才渐渐触动各位的听觉。像微风抚过的乐声，轻轻地问候着初次进入这个令人好奇的地方的人们，我听出这是一曲奥地利作曲家的《星星和海》，是管风琴和萨克斯合奏而成的：神秘的星星啊，你窥视着深邃的蓝色……

《星星和海》之后，音乐的节奏发生了变化，我不懂音乐，只是前些年赶时髦到 KTV 歌房瞎起哄过，觉得这时的节拍有些近乎南美洲原始部落的舞步。意念中，随着这种音乐的响起，那些袒胸露背人们的腰间要么拴一圈蒲草，要么挂张兽皮，无所顾忌地健步登场，那皮肤、那肌体，给人粗野的性感。然而，登场的是一队不少于六人的高挑白皙的少女，她们披着一模一样的长发，迈着整齐而又不尽机械的步伐。她们什么也没有披挂，一个个像六月天跃起亮膘的鱼。我有点不相信自己的眼睛，自责地批评自己是否有想入非非的幻觉。然而当她们一人靠近一客人的时候，我马上被一种致人眩晕的电流所击中，我脑子里好似钻进一股热麻的潮流，比吃生鱼片时尝到的芥末沫还要让人呛不及防。这种感觉让我心脏跳动加剧，血液的流速也似乎成倍地加快。我已不知身在何处，觉得自己已经不是自己，非常像第一次面对摄像机镜头，面对众多记者提问那样不知所措。高科长和尚主任有着良好的心理素质，仿佛他们久经这种场合的考验，表现得自然大方、谈笑风生，大有曾经沧海和除却巫山的从容。他们仿佛洞析了我的一切，小声议论着，他们小声好像又有意识让我听到。与其说是他们在交头接耳窃窃私语，不如说是对我的正面开导，或者说是有效地旁敲侧击。尚主任说：安徒生童话《皇帝的新装》里，皇帝明明什么都没有穿，而聪明透顶的商人们如同已经摸透了皇帝及在场者虚荣的心，说凡是能看见皇帝服装的人才是智慧过人、可以驾驭国家的人。因此，即使在场的诸位都看见皇帝什么也没穿，也大呼皇帝新衣的漂亮美丽，连皇帝自己也拿没有为有。我们眼前的情况就不同了，小姐们明明身穿漂亮的衣衫，只是因为布料的质地与我们平常所见不同，而被人们认为自己面对着一丝不挂的裸女。更有的客人为之毛孔痉挛、汗不敢出，甚至几乎要为之窒息。我们面前的不是野蛮，而是文明，是一个现代文明国家文化现象的展示。咱们王畿县的人，平素对崭新的东西都热切企盼，对西方世界趋之若鹜，可真正面对这些时，又临阵脱逃或者叶公好龙了。平时也是如此，在会议上表态斩钉截铁、信誓旦旦，会议之后，落实会议精神时个个消极怠工。

　　我实在听不下去了，尽管他们议论王畿县干部心态的话实实在在，然而在这种情况下，我只觉得他们的矛头指的是我。我仿佛清醒了许多，故意用茶水卡了咽喉，连续咳嗽了好几声。以此打断了高科长和尚主任的开导。他们识趣地停顿了一下，这短暂的瞬间过后，他们边夹菜边讨论着似乎是一个新的问题，那两个洋妞也随着他们而自得其乐。处在一种窘境的我，连同那位大嘴的葛特露，也不再把洁白的牙齿露出来。弗朗索瓦的声音很响亮，然而我却不知道他在说什么。这时，八角厅里的音乐突然改变了，节奏很快但不紧迫。两位高挑的女孩子，身穿星条服装，宛若走进两面美国国旗。这两位包装了星条服的女子，是标准的王畿人，她们在王畿的许多酒店都表演过。她们只是表演那么屁大一会儿工夫，便能得到二百到三百元的报酬。她们那年生意正好时，赶上打黄扫非净化社会环境的活动，主要是赶上县公安局年底无力发奖金时，一次就罚她们每人各五千，还让她们在一间小屋子里接受办案人员的进一步审讯和爱抚。从那地方出来，她们发誓永不在王畿表演，永不再受人诱惑做愧对祖先的事情。社会上那些正人君子们，说起卖淫嫖娼恨之入骨，提起风尘女子不屑一顾，讲起黄赌毒咬牙切齿，然而，在他们酒足饭饱之时，又对缺少了小姐们表演的下流节目，显示出隐瞒不住的渴望和眷恋。于是，在千呼万唤中，这些表演黄色节目的小姐们，重新粉墨登场，不过吃铁防滑，她们来到了合资的娱乐场所，因为这里有坚固的保护伞，"中外合资，未经批准，严禁到此检查"的字样给了小姐们新的力量和勇气。

我们在吃饭，但吃饭的味觉却逃遁到九霄云外，没有吃芥末，但远远超过芥末刺激不知多少倍的刺激，却一次又一次地袭击着我。我不能不怀疑自己，是在吃饭吗？

在芥末的强烈刺激中，我听到不远处时大时小断断续续的哭泣，禁不住朝一个角门走去。由于全神贯注，高科长和尚主任都没有发现我，见我离席，只有葛特露站了起来，高高的身材木然地表示着礼貌。

八角厅有八个门，每一个门都可以直指一泓湖水，紫薇湖、紫云湖、孟姜湖、琼瑶湖、南丽湖……如同颗颗珍珠镶嵌在旖旎的风景区。紫云湖边，硕大的遮阳伞下，并排放着两只躺椅，其中一只上面躺上了人，远远就能看到这个人两手抱头的样子。抽泣声正是从这儿来的。

168 煤矿矿长陆耀发此时很像一只被人烹调熟了的竹节虾，蜷缩在阳伞下的椅子上，面对矿工时的蛮气，面对穷人时的傲气，面对同行时的牛气，面对小姐时的豪气以及面对当官者时的乖气，都不知躲到哪里去了。这个季节，根本用不着阳伞，阳光温和得令人陶醉，然而这红黄白紫拼成的花伞又是不可或缺的，有山有水有绿色的地方就需要一种人文的妖冶来装点。或许陆耀发就是受到了这种妖冶的刺激，联想到了人生的辉煌与暗淡，体味到了世事的豪迈与苍凉。他在抽泣甚至低嚎中，泪水纵横交错地爬在脸上继而流到脖子还有胸膛上。他不知怎么竟发现了慢慢走近他的我，挥了一下蒙在额头上的手臂，示意我在另一张躺椅上坐下。

十年前，在一次县里表彰十大明星的会议上，我认识了陆耀发，那时他是养殖户。陆耀发说自己是农村人，只是养点鸡和猪，弄点花销钱，做梦也没想过发大财。后来养殖场需要，又买了一辆金蛙牌三轮农用车，送送出栏的猪，拉拉鸡蛋。生意虽然不大，但还算红火。他很实诚地说：那年县里评选十大明星，他把年产值报了二十万元，乡镇的那位领导非说他太保守，让再算算，他就报成三十万。领导仍然说他太保守，鸡从鸡蛋孵成鸡，鸡又下蛋，还有肉鸡；猪从猪娃长成种猪，下了多少崽，崽又长成出栏猪，这期间你还卖的有半大壳郎。还有，你的农用车拉猪拉鸡拉蛋也在不停地增值，你再算算。陆耀发又报了五十万，仍然没能过关，他有点烦了，脱口不怀好气地说了个二百万。哪知，这位领导乐了，说这还差不多。到了表彰会上，他养殖场的年产值被宣布成了二百七十万元，解释说鹰州地委书记要求王畿县必须达到年产值六十亿，于是县统计的时候只好根据各乡镇、各企业的上报数字一律浮动三成半。人怕出名猪怕壮。他一下子出了名，从那时起搞新闻的人就成群结队地三天两头找到他，说给你写的报告文学登个头条位置，给你上个画面，当然都是有偿的。刚开始，他都一一应诺，电台有声、电视有影、报刊有名，真是潇洒。后来，他实在受不了这种狗撵兔的麻烦，也掏不出这么多赞助款，就公开发毒誓谁再当明星日他娘。赌咒真管用，找麻烦的果然少了。树欲静而风不止，县领导亲自找到陆耀发，一定要把县办振发煤矿给他，哪怕不给现款只打个白条。他正在犹豫，报纸上头版头条刊登了"古城迈出新步伐，王畿改革蛇吞象"。我当时发誓说，谁蛇吞象日他娘，当时管企业的孟书记说，伙计，你别骂，一骂就骂住我和地区领导了。在县委领导的协调下，县里领导带着信用社的主任，把二百万元的贷款规模给了他，要他依靠能源起步，借助银信发展。他就买下了后来改名 168 煤矿。钱真的挣得不少，最好的时候每天净钱可得到六万元。后来，附近的兴华煤矿发生了透水事故，一次遇难矿工四十多人，县上为了息事宁人，冻结了矿主的银行账户，对矿工家属的要求尽力满足。看到了整齐排放的遇难者遗体，还有用皮卡拉着的成捆的人民币，陆耀发萌发了卖矿的念头。当时有人出一千万元，也有人情愿出一千二百万现金，他都没有动心。他想过了冬天，到第二年的夏天还可以再卖更好的价钱。镇上的领导也劝他，说现在形势正好，越是其他煤矿出事故停产，供求矛盾就愈加突出，煤价就居高不下。那个冬天，他把购置新型瓦斯鉴定设备和通风设备的款都给了大小官员。他侥幸地想，等以后再装备吧。哪知，就是这个时候，井下轰隆一响，二十多号人横七竖八地躺了一巷道。正值县领导需要往上进步的节骨眼上，他觉得太晦气，自己愧对领导。于是，他花钱把死难的矿工运到王畿周边几个医院里，谎称受伤住院。那些在矿井上游走的小报记者们，嗅觉灵敏，侦察手段很奇特，情况掌握得很清楚，为了封他们的口，陆耀发借了二十万元发给成群结队的记者。消息还是外泄了，省、市来人调查，县上又让他出资五十万元……还要花钱在医院里让医生改病历、改死因。

陆耀发诉说中，几次提醒我千万不要往外说这些真相。最后还强调说王畿人有四知之说，那是天知地知你知我知，骨头被搓成扣也不能说真相。我点头答应。我问他现在存多少钱，他说孩子在新西兰读书拿去一百万元，家里有一套别墅能值一百九十万元，还剩几十万零花钱，其他没有了。最后，他擦干泪说，这些年也吃了、玩了、花了、送了，有时候打牌装大头，专门输给那些官儿们、管煤矿的人们。他叹着气说，不知情的人都说我这些年混大了，找上门来玩的都是大官，或者是专政机关的人。谁知道他们都是来让自己当鳖的？我问他来一趟国际娱乐公司需要多少钱。陆耀发说不多不多，一位全套为8888元。他说的不多，吓得我出了浑身冷汗。陆耀发说他知道我，知道何卓民，就是与我们打交道少点儿。

紫云湖、紫薇湖里有人在游水，湖面上不时传来女孩子撒娇的叫声……陆耀发说这是倒数第二个节目。

……

出分公司的时候，高科长亲自驾着那台车，尚主任坐在副司机的座上，两个人兴致勃勃地说着话。我坐在后边，像被历史淘汰掉的老人，眼前不停地呈现出陆耀发那张爬满泪痕的脸，还闪现着在瓦斯爆炸中灼伤在井底作业面上的矿工……

车子进入平稳的快速路。高科长在反光镜里对我说。张组长，十个男人九好色，一个不好性变态。人有廉耻是对的，但过分了就是神经蛋。之所以到这里玩，我们就是讲政治的表现。想当年，八国联军侵入我国，烧杀奸淫，伤害了我们多少女同胞。今天，我们强大了，为什么不玩玩侵略者的女人呢……

高科长说，尚主任配合，对我进行了一场爱国主义的教育。

九

孟亚峰书记并不是那种一切都随波逐流、与不良分子同流合污的人。很多时候，他在特定情况下，还表现了共产党人的浩然正气。他讨厌瓜瓜。一个小混混，一个四肢不健全的人，经常在政界里闪闪烁烁，弄得好些干部为了不受伤害不得不送钱送物给他。这种爱哭的孩子有奶吃的现状，真让他受不了。为此，他不止一次地批评说，大家做事只要凭党性、只要凭良心，你只管挺起腰杆，县委给大家撑腰作主，我孟亚峰就不信正义战胜不了邪恶。今后，只要你秉公办事，为发展为改革而受到明枪暗箭攻击，县委替你承担一切。孟亚峰还批评说，舆论宣传部门一百多号人，而且都是高校毕业健康有为，难道就顶不住一些制造小道消息的人。

孟亚峰批评得十分到位，王畿县就是如此，舆论宣传作用确实赢不了小道消息。老百姓片面认为舆论宣传假大空的多，而小道消息最后成真的多，就连瓜瓜在街头散布的东西，也多数都变成了事实。当然，瓜瓜传播的东西绝不是空穴来风瞎编乱造，都是来源于一些党委政府工作人员。瓜瓜的观点、褒贬都取决于自己的利益，他完全与一些干部职工相似，有了好处就歌功颂德，个人利益受到冲击就发牢骚泄私愤。

孟亚峰还是副县长的时候，对瓜瓜的印象并不很坏，见他一瘸一拐的模样还发自内心予以同情。那年县上慰问困难职工，他专程到瓜瓜家里，送去一床被子。他不仅获得了瓜瓜的一个叩首礼，还被瓜瓜在街头巷尾颂扬了好一阵子。瓜瓜逢人便说孟亚峰是他的表舅，两家关系很近很近。有句俗话说无利不起早，瓜瓜经常参加一些县上的重要会议，而且每次都是提前半小时到会，当他那不灵巧的手脚和摇摇晃晃的三轮车进入会场时，总能爆发出春雷般的喝彩。有几次，瓜瓜伸出几天都不曾洗过的黑手，与当时的县委书记、县长握时，孟亚峰还发自内心地称意。因为一只脏手足以让一向口称有亲民情结者们原形毕露。他们都嫌瓜瓜脏瓜瓜臭，而熟视无睹地避开瓜瓜，过后批评工作人员尽是吃闲饭的家伙。瓜瓜把手伸向孟亚峰，孟亚峰亲热地握紧他，通常还会小声说，孩子，真乖，该开会了别站前面往后面去。瓜瓜现场演说，骂县委书记、县长都是"百万"，都是贪污犯，说只有他表舅才是正经干部。

后来，当上县长、县委书记的孟亚峰，对瓜瓜那种同情、那种关爱渐渐地变得冷漠麻木和厌恶了。虽然瓜瓜这些年物质和精神都发生了变化，脸洗得也勤了，变得白生生的，但孟亚峰仍然恶心和反感。他每逢开会，预备会上都要强调安全保卫。他从不提及瓜瓜这个人，只是说要坚决杜绝不三不四的人混进会场，并且让公安局长加派力量。孟亚峰说的不三不四的人，指的就是那些缠访闹访的、无理取闹的再者就是专指瓜瓜。有些会议，孟亚峰提前就让瓜瓜父亲的单位专门放瓜瓜父亲几天假，让他腾出时间，把瓜瓜留在家中。有时候，县上不得不满足瓜瓜全家外出旅游的要求，孟亚峰还说这叫花钱买稳定，花钱买文明。孟亚峰对瓜瓜的痛恨是发自心底的，但表面上他仍把瓜瓜当成帮扶对象。世界助残日、国际救困日，以及传统的春节、五一节，电视台的镜头总要跟上孟亚峰，进入农村和社区，自然少不了瓜瓜家。那双经常洗不净的手紧紧握住孟亚峰的手，之后镜头上还特写下孟亚峰和瓜瓜的不合拍的笑。

县委大楼里至少有五分之一只取俸禄无所事事者，他们不干事还想博得孟亚峰的好感。于是搞点情报，作为讨好献媚的资本。瓜瓜也是在这种时候被人中伤。有人说孟书记，你那么高尚尊贵的人，在电视上跟一个傻帽儿握手拥抱，全市人都有议论。再说，这个瓜瓜不知好歹，到处散布你的谣言，说你表面是正人君子，实际上一肚子的青菜屎。听了同事们的忠告，孟亚峰开始对瓜瓜实行专政。不准他接近会议，公安保安人员严加盯防。

孟亚峰书记心里恨瓜瓜，但每逢在街头巷尾看到他，却总会停下车来，嘘寒问暖。瓜瓜在孟亚峰心里的地位，他永远没有认识到，因为孟亚峰偶尔见一回他，总是让司机停下车来，摇下车窗玻璃与瓜瓜打招呼，还让司机拿两包烟递到瓜瓜那只残疾的手里。因此，瓜瓜认为他在表舅那里是重要的。一直到那天挨了一顿臭骂后，瓜瓜才彻底地垂头丧气、彻底地认识了这位自认的表舅。青坪村有一户贫困人家，二十岁的儿子上山抓蝎子被塌方砸死，他们听说煤窑镇收购死人身份证，于是就去卖，不料买卖没做成，还被带到派出所警告性谈话。这家人通过关系找到了瓜瓜，两条烟递上，瓜瓜便答应了找郭琪信找孟亚峰。就是这次，孟亚峰让警察把他抬走，还骂瓜瓜是王畿县的垃圾……

十

煤窑镇的综合会议载歌载舞地举行了。

当我、高科长、尚主任被请到那家平房上，在掌声中被称为县领导时，我简直要热泪盈眶了。煤窑镇很富，但仅有的剧院也租给了水泥企业当了仓库，只好在镇中学操场外的农家平房上摆了座位，居高临下地作为主席台。这十分像王畿县，没有体育场看台，每次开运动会，都要把县级领导们安排在二层楼上。电视台的记者为了适应这种场合，只好花钱租来县路灯管理所的升降梯，只有站在那上面，才能完整地摄录下领导们的身影。煤窑镇并不示弱，他们请来了县电视台的记者，也租来了路灯所的升降架。

会议议程完全照搬了县里会议的。郭琪信的讲稿几乎就是孟亚峰讲稿的翻版，不同的是把王畿县改为煤窑镇。镇里开会与县里不同，县里有人民会堂，把大家严严实实地锁在里边。会场出现任何情况，喇叭如何叫嚷，外边的人都一无所知。镇里开会，最讲究音响效果，他们在镇中学操场的周围安装了十六只大喇叭，插了八十一面红旗，其间放了一千多个凳子。为此，镇政府通知学校放假一天，学校说马上期中考试了恐怕不妥，乡政府就批评他们不以大局为重，学生考试哪里有镇里传达县里会议、安排部署工作重要？

郭琪信读着讲话稿，不时地脱稿发挥几句。主要是强调说，孟书记教导我们……发挥时，郭琪信的手在空中挥舞着，他的食指和中指伸出来，其余的蜷曲着，不停地在空中形成一个又一个的弧线，俨然是世界名牌"花花公子"的标志在会议主席台上飞舞。平房下面喇叭不时地发出一阵又一阵的噪声，与会者随之有的抱头有的捂耳。尽管这样，与会者很少出现退场的，镇里规定，凡参加会议者并且能坚持到底，通过点名，镇财政为每位与会者补助十元午餐费。

照县里套下来的议程，郭琪信的动员报告之后，就轮到县里督导组的讲话了。我握着那三四页组织部门预先拟好发给督导组的讲话稿，耐心地听着郭琪信的长篇大论。这时，一条信息又在腰间抖动着。信息说，老兄，你不要过多地去参与镇里的事情。虽然组织上强调这次派下去的都是优秀干部，特别是督导组组长，都是身经百战、久经考验、德高望重的优秀干部，那只是对你们的安慰。别说县里的领导讲究策略，就是咱们乡级干部烧着农民种烟叶、交棉花、干花架子工程不是也夸张地称他们是世世代代善良聪明智慧的好人吗？组织上在用人时总是把人夸成一枝花，然而，时过境迁，你就可能成为豆腐渣了。郭琪信真是年轻的老政客，他竟然称我们是老前辈，表现得那么虔诚。既然有人那么尊重咱、崇拜咱，咱不妨真的摆摆架子，把自己当成图腾、当成偶像、当成摆设。千万别忘了那年有个叫权海正的督导组长，到了乡里，以钦差大臣自居，发号施令，滥管闲事，弄得乡党委政府领导把他当成侵略者，动员机关干部、村支部书记要愤起赶他离境。老兄，你的使命特殊，请吃不要到，送礼咱不要，洁身最重要。

何卓民的一番教诲，真给我壮起了做偶像的胆子。我把自己作为图腾、摆设，严肃认真地读着讲话稿。这一次，是我政治生涯中讲话最威严、呆板，然而也是赢得掌声最多的一次。

我的讲话结束，也算是一件工作任务完成，心里那块分量不大的石头随之落地。刚才顾不上环顾的，这时候可以仔细地观赏和品味了。煤窑镇之所以不同其他乡镇，除了得天独厚的煤炭资源，便是这里的人力资源了，这里拥有近二百座年产超六万吨的煤矿，人口七万多，加上几万流动人口，足以超过省辖市的一个区或者一个特设的县级市。最值得一提的是这里牛气冲天，过年过节这里的父母官至少要通过信息群发的形式，告诉王畿县所有的手机用户，这里的 GDP 超几亿，财政收入占王畿县的半壁河山。或者，镇党委书记、镇长为全县人民拜年，他们镇连续六个月无重大煤矿事故，也祝愿全县人民家庭幸福、平安长寿。我在此当过书记，也曾牛过，但太短暂了。煤窑镇的牛气是随着大环境而变幻，经济过热时，能源紧张，这里的煤矸石也被抢购一空，常常是外地人拿着现钱买不到东西，镇上的大小干部也都能打起精神，摆出十足的牛气；国家收紧银根时，这里的煤堆如山，上千人的销煤队伍精神抖擞出门垂头丧气回家，一点牛气的味道也没有。不牛的时候，县委随意调整这里的干部，那很无所谓，牛的时候，县里动人还要先问问这里的党委书记是什么态度。那年全国学习孔繁森、焦裕禄，煤窑镇当时的书记接待客人喝了酒，讨论发言时"牛"形毕露。他说，孔繁森的阿里地区不足五万人，是我煤窑乡的一半，财政收入几千万元，不足我煤窑乡的三分之一……弄来弄去把学先进搞成了学煤窑乡。当时孟亚峰是副县长，明知该党委书记大放厥词，却没有制止，不时地还给予赞同的微笑。还有，煤窑镇牛的时候，出手也大方，县里举办文体活动，赞助单位首当其冲；不牛的时候，人民剧场一租就是六十年……

平房周围、会场前边都布置了从县城拉回的鲜花，摆放的层次、方法跟县人民会堂的一模一样。郭琪信主持召开的会议，不仅在内容上跟县里保持一致，而且在形式上也做到了惟妙惟肖。一阵风吹过，会议的横额被吹得哗哗作响，主席台上的桌布一张一张，只有会场上摆放整齐的鲜花更加灿烂地笑着。

会议还在进行中，主持人开始讲会议贯彻的几点要求。主持人是镇党委的第二副书记，是一位年近五十的人，据说孟书记调他到煤窑镇来，主要是为了镇班子的稳定。郭琪信不足三十岁，手下有五名年近四十的副职，这些副职都是有理想、有抱负，不甘沉寂的干事业者。他们半年之后就感到了这样混下去的渺茫。于是，就给郭琪信增加了许多麻烦。他们不出头闹，而是暗地支持着一些人，把个煤窑镇闹得乌烟瘴气。孟亚峰在基层呆过，看到了其中的问题。他并没有为此而批评那些跃跃欲试的副职们，相反，在煤窑镇调研时，还表扬了那几位副书记，说他们有勇挑重担的思想，是勇于担当的干部。之后不久，煤窑镇原来抓组织的副书记调离，换了位年近五十的同志，任命为常务副书记。这位副书记表态说，老牛自知夕阳短，不用扬鞭自奋蹄。对孟书记说，请领导放心，这次到煤窑镇去，只有为郭琪信拉车的义务，没有吃假劲、拉歪套的私欲。孟亚峰把郭琪信通知到县委接待室，语重心长地把组织上的期望讲给他们，最后拍着这位副书记的肩膀说，老黄牛啊，王畿多出几个这样的干部该多好。弄得这位副书记走出了县委大院，眼眶里还滚动着激动的泪花。

主持人的手臂挥舞着，像火车刚刚起步时的传送力臂，不断地在桌子上划着一个又一个的弧圈。

台子下面，人群中发出一阵阵喝彩，继而密集的人群之间裂开一条道路。那个骑三枪三轮车、一只手臂永远都在划拳的瓜瓜气喘吁吁地进入会场。

　　郭琪信的手机也恰好在这时响起来，麦克风里随之发出咔嚓咔嚓的干扰声。郭琪信的脸色刹那间变得苍白，嘴里说着我是郭琪信，离开了位于平房正中间的座位。是孟亚峰的电话。孟亚峰批评他做事为什么那样不细心，《死魂灵》的故事为什么让那么多人知道，为什么连一个肢体不健全、脑子有缺陷的人也掺和了进来。郭琪信不停地检讨着自己，说一定要尽力把不良影响降低到最小限度。

　　瓜瓜被裴玉清安排到了镇政府招待所，郭琪信答应忙完了去陪他吃饭。镇中学的操场上随着主持人散会的呐喊，很快形成了六个圆圈，每个圆圈中间都站着镇政府发午餐费的工作人员。

　　我们的午饭是在镇上新开业的日月秀酒店进行的。郭琪信还有那位五十岁的副书记向我介绍说，这是一家湖北人新开张的酒店，从大堂经理、大厨二厨到服务生，全部来自湖北，是原汁原味的荆楚饮食文化。我知道，这个日月秀酒店的前身曾是"一分利酒家""老兵饭店""越秀酒店"，再往前叫"中朝酒家"和"驿路饭庄"，每个阶段都有很多镇七所八站的账页。镇七所八站欠他们的，他们又欠干菜店、肉食店、水族城的，换了招牌就表明经营者与前任毫不相干。我说，换个地方吃点便饭。郭琪信很不高兴地说，老书记来了，便饭不足以表达心声，他又问高科长尚主任对不对。高科长尚主任连忙争着说对得很，异口同声之后，来了个不约而同，他俩架住了进退维谷的我，一直把我送进了"赤壁苑"。

　　"赤壁苑"果然是赤臂园，其间的服务小姐全是赤膀露臂，尽管天气还不至于热得让人这样。郭琪信陪我们坐下来，他明知我不抽烟还是把打开的烟先递过来让我，嘴里还说着老领导请。我摆摆手，算是谢绝了。郭琪信顺手把那支烟塞进嘴里，微笑着说，这种烟，过去基本没有投放市场，专门供国家领导人吸的，别看它包装得跟老黄皮一般朴素。郭琪信说话的时候，那位五十岁的副书记很专注地看着他，表现出很尊重讲话人的样子。郭琪信很兴奋，仿佛这

天的会议特别成功。他接着说，自从吸这种烟的伟人去世以后市场上便开始出现这种烟了，而且成了人们缅怀、崇拜的实物了。副书记问，这种烟市场价不便宜吧。郭琪信狠狠吸了一口，慢条斯理地吐着烟雾，然后很在行地说："在上海卖一千一百元一条，要排队；在南京卖一千一百五，不用排队；在郑州只有中州宾馆有卖，要一千三百元；如果在太原，稍微便宜点。"郭琪信滔滔不绝地介绍着各地的烟价，此刻他不像是一个镇的党委书记，倒是十足的烟草专卖局局长。赤壁苑的房门被推开了一点，露出了一张微笑着的脸。

郭琪信把那张脸唤了进来，向大家介绍说："她是酒店经理，漂亮又能干，俗话说自古吴越多佳丽，从来湘鄂出商贾。湖北人真精明，这个酒店肯定会生意兴隆。"郭琪信奉承着，这位湖北女子并没有受宠若惊的表现，而是很自然很平静地听着。郭琪信看了看湖北女人，又看了看我，说我是最重要的客人，是无冕的县级领导，让湖北人对赤壁苑安排好好的。湖北女人弯弯腰，很虔诚地露出洁白的牙齿，笑着说请首长放心。湖北女人走出去后，郭琪信说他要出去一下，五六分钟就拐回来，还说今天什么事都不做了，要陪老书记玩几下。

我知道，郭琪信还要陪瓜瓜呢。谁都知道瓜瓜越来越让一些领导干部头痛，领导干部包括孟亚峰在内，讨厌他甚至恨他，又不愿得罪他。否则，街头巷尾的流言蜚语、对领导者的恶意中伤，就会无情地伤及他们，老百姓多数是不辨真假的。郭琪信刚刚受了孟亚峰的一顿批评，答应过要认真对待这个瓜瓜。出门的时候，郭琪信还特意提醒那位副书记，让他通知陆老板，今天的一条龙安排由他埋单。郭琪信后退着向我们摆着手，一直到赤臂露肩的小姐拉开房门，他还是做着拱手的动作。

那位五十岁的副书记打完电话，把耳机电线在手机上缠绕了三圈，轻轻地放在一包餐巾纸上。副书记打破了郭琪信走后的沉寂，说现在在乡镇里工作太不容易，特别是当一把手的，上边千条线，下边一针穿。郭书记每天都要辛苦十七八个小时，哪路神仙都得罪不起，上边多少长一撮头发的都能让乡镇干部难堪。我们对副书记一半拍马一半信口开河的话，没有表示任何的共鸣。副书记可能察觉到他的话可以伤害到所有上级派来的人，很快转了个弯说，当然上级下来的干部整体上素质还是很高的。

开始上菜了，洪湖野鸭、嘉鱼土鸡、恩施炖菜……像紧急风出扑克牌一样很快摆了一桌。紧跟着，服务生抱上一箱未启封的啤酒。漂亮的湖北老板又出现了，她微笑着说这箱酒是我们老家的特产，也是人民大会堂宴会专用酒，请张书记、高科长、尚主任还有我们的各位书记尽情品尝。刚关上的房门又被推开，一位满脸汗水的男子冲了进来。是陆耀发，是那位在孟姜湖边失声痛哭的煤矿主。在副书记打电话时，我满以为会是另一个陆老板被镇政府捉了大头。怎么会又是他。这时的陆耀发仿佛换了一个人，那天的龌龊晦气全无了，换了一副崭新的模样。陆耀发好像刚理了发，吹风机使他的头发造型美观，可能是修面后涂抹了大量的润肤霜，使他的面部洁净闪亮。陆耀发用手抹了一把汗，然后在衣襟上擦了一下，双手抱拳，说着失礼了。农民企业家，即使西装革履，也难免搞出一些不雅的动作。陆耀发的左边耳朵上还夹着一支揉皱了的香烟。

我好像不是在酒店，而是在紫云湖、孟姜湖畔，那只遮阳伞下，一个男子的号啕声依然萦绕在我的耳畔……

我佯装醉了，一个人躺在酒店一角的沙发上。高科长、尚主任轮流着跟副书记、陆耀发划拳。王畿人划拳好像在激烈地辩论，也像是在毫不留情地对骂。一直到郭琪信满面春风地走进来，拉我起来，嘴里不停地说着放开"整"。

十一

煤窑镇机关的司机们为了开上一号车，分别使出了自己最拿手的功夫。

郭琪信很自负，他坚信自己做事神不知鬼不觉，无论是在状元塔下与孟亚峰会面，还是在周边医院里造病历，在矿难发生时购买的同一时间去世者的身份证……只有他和妻侄清楚，连班子里最可信赖的老副书记、镇长一概不知真情。而这一切的开支，均有出事故煤矿的矿主陆耀发承担。郭琪信对陆耀发说，钱花光了可以再挣，如果人被捕了，煤窑封死了，一切都完蛋了。陆耀发花了钱，收到了效果，不管心里多么心疼钱，嘴上却说，花吧，我能想通，花钱可以消灾嘛。当然，只有郭琪信明白，花出去的几百万，让那些肩负调查任务的人们，改变了态度，本来应该是一个事故通报会，一夜之间变成了综合会，其中还有表彰的内容。陆耀发只知道有钱能使鬼推磨，却不知道花钱能使人说假话、写假报告、坏做人的良心，更不知道，还能把孟亚峰书记晋升的天堑变为通途。

郭琪信做梦都不会想到，身后一直有几个幽灵一般的影子跟着他，虽然并不像传说中阴曹地府的黑白无常跟着人是为了勾魂索命，但他们的出发点和落脚点却是牵连自身的利益，从某一个角度讲他们比黑白无常的作为更令人痛心。

是那个既无号码显示又无发信人落款的短信告诉郭琪信，有三名镇机关的司机几十天如一日地跟踪他，请他当成回事儿。郭琪信猜测是"56789"车的司机发送的，这个一号车的司机虽然驾驶着豪华的轿车，但由于自己不坐，弄得他很失面子。机关里还流传着郭书记不信任司机、瞧不起司机的说法。这个司机也很注意跟书记的关系，并没有表现出奉迎巴结的样子。谁都知道铁打的营房流水的兵，镇党委书记注定要往上走的，而机关的人员是不动的，前几任书记的司机由于跟书记关系特铁，镇长当了书记后硬是把他们从一号车的位置上贬到三号、四号上。当前的一号车手，表面与书记只保持工作关系，但从内心讲还是忠于郭书记的。郭书记起初不知道，是那天在王畿县贞节牌坊街，奥迪车与一辆无牌照的桑塔纳相撞了，两车都不同程度受了擦伤，都需要扳金烤漆，本来双方都有责任各修各的车就到底了，谁知旧桑塔纳司机坚决不答应，掏出手机一打，三分钟内来了一群胳膊上雕字刻鹰的小伙子。正要把郭琪信从车上拖下来时，之前已经把司机拉下来打翻在地了，一声呐喊让这群人住手，一下子把这群气势汹汹的家伙震慑住了。"56789"车的司机摆出了与这群人过招的架势，并且在一分钟内连续撂倒三名纹鹰的家伙。

过后，郭琪信问一号司机，你怎么知道这边有事。一号司机说，郭书记，不论什么情况，我都是您的司机，您的健康您的安全我都应该负责，因此，我一直在暗地里保护着您。这一番肺腑之言，郭琪信深受感动，他激动地拍了拍司机的肩膀，想说什么但却没有出口，但肢体语言已让一号司机感到兴奋和宽慰了。就是从那时起，郭琪信知道自己身边有只影子，但他没有想到会有三只，也没有想到自己的秘密行动会被人发现。

发信人的确是一号车司机。一号车司机叫许新诚，是一位身高一米七五的退伍士官，面目英俊，脑瓜灵活，手脚麻利，在武警部队服役时曾获得全国散打第六名。他刚退伍时被王畿县人大办公室借用，三个月不到便以适合基层工作的理由安排到煤窑镇。那时人大办公室的主任相貌愧对观众，每次外出对方都错把许新诚高看成主任，把主任低看成司机师傅，弄得主任很失颜面。许新诚在部队时被战友们称作"许四气"，说他身上有共产党的正气，有上海滩的帮气，有杂牌军的匪气，有哥儿们的义气。他们中队长的老婆被私企老板瞄上，两人出现了越轨行为，弄得中队长情绪低落，怎奈军地相隔几百公里，强龙难压地头蛇，那个私企老板还是县人大代表。许新诚星期天请假到武警医院治疗痔疮，是指导员批的假。没人料到他竟去了中队长的家乡，狠狠地修理了那个家伙。本来这是件神不知鬼不觉的活动，没想到私企老板手机上还有拍照的功能。再后来就出现了一人做事一人负责和提前退伍的结局。许新诚回到地方，发誓干好工作，中队长和指导员也够哥们，把他的驾驶B照换成了A照，想让他们的哥儿们到了地方有碗饭吃，日子能过得好些。在县人大办公室的日子里，他履行的守则是领导对咱放心，咱对领导忠心，结果是外人以貌取人的行为害了他。到了镇里，自己的努力、忠诚帮助他登上了一号车手的位置。不论别人如何看待，也不论一号车主怎样处理与司机的关系，他都无怨无悔。他坚信通过自己的努力，一定能够感动上帝，感动心存疑虑的郭琪信书记。他没有心思监督郭书记，也无意得到郭书记的个人隐私或工作隐情，因为如今的各级干部人人都有难念的经。他的行动如同当年在特警队一样神出鬼没，如果不是那天的街头械斗帮郭书记解围，郭书记永远也不会察觉有一位昔日神勇的特警在暗中监护着他。

168 煤矿发生矿难的那天晚上，他目睹了分散遇难矿工遗体到六七个地方的过程，也亲眼看到有些已经死亡了的矿工在 R 河边冲洗干净后，作为受伤矿工被 120 拉去实施抢救的全部经过。在部队时，有纪律规定，不该知道的事情不打听，不该阅读的资料坚决不看……在地方，他也做到了。那天夜里，他无意间遇到了二号车手庞而立和三号车手杨金河。他们相互对视了好一阵，他俩的表情相当难看，然后一句话没说就离去了。后来，在郭琪信安排收购身份证、病历证明的夜里，许新诚又遇到了他俩，不过这次跟上次不同，他们俩并没有发现躲在最暗处的他。之后的日子，许新诚心里很不是滋味，百感交集夜不成寐。他问自己，凭良心的话事情该怎么办？他自己告诫自己，无论什么情况郭书记的事情都只有自己沤烂在心里，不管哪种情况都要守口如瓶。他又问自己，假如那两位对一号车有觊觎之心的人把事情捅出去怎么办。特别是三号车手杨金河，明知自己只是在镇机关作替补司机，如果煤窑镇不发生改朝换代的变化，就很难有出头之日。再者，他还与传播小道消息的瓜瓜有亲戚关系，要是通过瓜瓜之口发布许多领导的工作隐情，那种后果将会直接伤害住他许新诚。经过再三权衡，他许新诚最后还是决定采用妥当的方式把情况告诉郭琪信。

那家因意外被石块砸死了儿子的人家不知从哪里得知煤窑镇的郭书记为民排忧解难，情愿为死者负担一大笔抚恤金，条件是让死亡证明和病历交给 168

煤矿的陆耀发保存。郭琪信对这件事很恼火，他只需要收购四位死者的证件，而且在很保密的情况下已经办妥，怎么还会有人又找上门来。这是明摆着要揭发他的问题。后来，这家人又买通了爱捅娄子的瓜瓜，直接找到孟亚峰书记，惹得孟书记大发雷霆，骂他什么事情都办不成。孟书记辛辛苦苦经营着王畿县，没有功劳也有苦劳，没有苦劳也有熬劳，二十多年了，风风雨雨，颠颠簸簸，多么不容易，决不能把他的前程断送在煤窑镇、断送在全县干部都知道的嫡系郭琪信手里。

郭琪信对那条没署名没来电显示的信息格外在意。把这三个人的问题处理到位，至于瓜瓜那里，就不能算作问题了。那家伙无非是为了几包烟、为了一点钱，为了撮一顿、为了洗一回，总之是狗图一食。再不然，安排人教训教训他，一个不完整的人，他能翻起什么浪花，不相信棍棒之下有不怕死的家伙。

不亏是在基层政界摸爬滚打好多年，郭琪信待人接物的方式和策略确实有独到之处。他认为，司机之所以在暗中尾随他，无非是三个方面。好的方面是在暗中帮助他，想以实际表现改变他用人上的疑虑，比如一号车手许新诚。坏的方面是在寻找他的短处，掌握把柄，在条件成熟时打他的闷棍，完全出于政治目的，比如二号车手庞而立。还有一点，就是小人之举，在不停地明察暗访他的隐私，之后以此来要挟，从而达到个人目的，占到某方面的便宜，三号车手杨金河就会搞一些鸡鸣狗盗的活动或者敲诈勒索的勾当。

对待杨金河这样的人，郭琪信并没深思熟虑，而是轻描淡写地谈了一次话。郭琪信让裴玉清通知杨金河到书记办公室，说是有一个案件牵连他。杨金河进书记办公室时，书记正坐在老板台前，高高地举着一本《公民与法》认真地读，好像根本没有发现人进来也没有通知人进来一样。杨金河进门时还兴致勃勃，眼前书记的表现一下子让他兴致全无。见书记还在聚精会神地读着文章，他说了声，裴主任通知我来见你。郭琪信这才把目光从杂志上移开，冰冷严厉地上下反复打量着他，仿佛眼前站了一个怪物而不是机关的工作人员。

听说你最近忙得很，不分昼夜。

没有，白天上班开车，晚上下班打牌。

煤窑镇出了一个案子，发生在山沟沟的煤矿，有人举报。

什么案子，我真的不知道。

听说举报人其中有你。我想，镇机关的同志很本分，有什么情况会先向镇领导反映，不会心血来潮冒冒失失地胡乱放炮。我这段时间忙，对同志关照不够，比如你。今天叫你来，就是想了解那个案子，听说一个煤矿出了事故，矿主等人转移尸体、谎报死亡人数，你见了或是听说了，如实告诉我一下。

杨金河到这时才明白，有人出卖了他。然而，一旦撕破脸皮，他会变成一只胡啃乱咬的野兽。想起刚才神气十足的郭琪信，再想想自己这些年过的非人非鬼的日子，一下子他的胆量增加了许多。

郭书记，论职务你是领导，当领导的想把下级放在哪头是哪头这是人的命，我啥时都认。但是有一点，我如今混成这个样子了，在机关也是混碗饭，赶出机关也不一定饿死。你千万不要吓唬俺，俺小时患过惊吓症。

杨金河这几句不着边际的胡言乱语把一向老成持重、老谋深算的郭琪信弄得无言以对。郭琪信本来就是个欺软怕硬的人，遇到刀枪不入的人确实办法不多。

你应该回答我的问话，可你却云天雾地抡开了。你到底对那件事知道多少。

不知道了怎样，知道了又怎样？你当领导的还拐弯抹角，当兵的只好跟你学了！

杨金河接班当上了乡直造纸厂的锅炉工，运煤的车辆一般都跟他打交道，煤质问题、重量问题都由他签字后才可报账。于是在这种交往中司机都投其所好教他开车。那时，开车的司机特别是小车司机，吃香喝辣，是人们崇拜的对象。也就是在那种背景下，杨金河学会了开车，同时也养成了懒惰傲慢的习气。在乡机关开车，他只买书记乡长的账，发脾气时，不止一次地把副书记、副乡长们停放在前不着村后不着店的地方，自己独自开着车回到机关。郭琪信虽然没直接处理他，但从不坐他开的车，也不把好点儿的车给他开，软软地把他闲置起来。从那时起，靠假修车、假加油谋取私利的问题一下子解决了，杨金河日子也随之紧张起来。他发誓要找郭琪信的岔，不信这世上有不沾腥的猫。他想只要抓住郭琪信的短处，敲诈几下，不信现状不会改变。

　　看着这个衣衫不整、面目丑陋的杨金河，郭琪信油然想起了社会上疯传他的两件事。当年他要结婚的时候，女方聘礼要一千元。他东抓西借弄到五百元，剩下了五百元难为住了他。那些天，他急得到处乱转。有时，他沿着铁路线一直能走好远好远。那个秋风萧瑟的夜里，他发现了铁道旁一具无人认领的女尸，那是葬身车轮下的年轻女子，禁不住喜出望外，认为是上苍有眼助他一臂之力。他连夜跑回家，拿着旧床单哭哭啼啼地来到女尸旁，说咱只吵了两句你怎么就想不开，弄得我寻你找你两天两夜。见铁路巡道工路过，他哭得更痛了，哭着说，你今晚无论如何要跟我回去，活着我待你好，死了也要厚葬你。弄得真假难辨，巡道工也随之落下泪来。趁着夜色，杨金河把女尸转移了地方。他之前听一位朋友说王畿一著名企业家的儿子饮酒过量死了，迫切求购一女尸为儿子结鬼亲，条件是良家女子，年龄十六至二十二岁。杨金河与朋友电话一打通就哭起来，说表妹今年十七岁，因抗婚与姨妈发生矛盾，出走后自杀身亡。杨金河强调说，姨妈说表妹生前洁身自好，非高雅之家不嫁。我把企业家的情况介绍后，姨妈起初不答应后来勉强同意了。朋友跟企业家是亲戚，可以作一部分主，问他多少钱。杨金河此刻表现得很高尚很高深，说表妹只要在阴间能托福一个好人家就满足了，与此相比聘礼就太不足道了。杨金河说完停顿了一秒钟，接着说，如果一点钱不要，别人一定会说便宜没好货，说不定还把表妹当成风尘女子。至于聘礼的问题，你跟亲戚交换一下意见再说吧。眼下好几家都来姨妈家为表妹提亲，男方条件一家赛过一家。杨金河轻松得到了钱，排排场场地结了婚，婚后才发现娶来的是个破货。他知道汽车旧了烧机油，是缸体摩擦过头了，需要镗缸，于是骂新娘子被人搞得该镗缸了。从新婚之夜开始，杨金河坚决不让她睡觉，跪酒瓶、夹手指、烙头发，逼她说出是谁作的孽。开始女的死活不说，逼得紧了，折磨得很了，女的说出了那是乡电管站长。当即杨金河让女的画了押、签了名。第二天，杨金河找到站长，要求包赔妻子的镗缸费用，站长当时正在开业务会，害怕这个死狗闹得自己丢人。当即答应会后给他五千元。杨金河说会后不行，必须现在，如果不立马兑现，他就要站在门口宣传了，说反正俺妻子也让人糟蹋了，再丢丢人也不算啥。弄得站长几分钟拿出一沓钱，强调说两清了啊，以后再需要镗缸与俺可没关系了。

郭琪信知道这家伙难缠，故意摆出一副极端冷酷、威严的姿态，没想到这一招只管用了几分钟。几分钟后他的不要脸劲儿又全盘托出了。郭琪信早有准备，问他需要多少钱。杨金河说钱可以随便给，孩子他妈闲着在家无事，能不能安排到乡计办上班。郭琪信答应了，同时要求他把见到的事情忘掉，无论见谁都不能提起，特别是瓜瓜。杨金河早已把消息泄给了瓜瓜，买尸体、买身份证的事已经传到了孟亚峰那里。但他仍然表态，只要郭书记对得起俺，把俺媳妇安排好了，给俺弄俩零花钱，俺不仅做到守口如瓶，还要多做维护郭书记威信的事。

我们在赤壁苑吃饭的时候，郭琪信说县上来人，接待一下，他其实是办事去了，一是在隔壁的黄鹤楼和二号司机喝酒聊天，二是送给瓜瓜一千元的封口费。郭琪信口口声声称我为老书记，然而他对老书记很少说心里话。

从看见陆耀发起，我开始反胃，觉得再好的饭也吃不进去了。

十二

镇里综合会议结束后的第二天，郭琪信邀请我参加李家坪的群众大会，说这里发生了很大变化。我知道这儿过去一直乱得全县出名，是一个令乡干部头痛的地方。

李家坪在煤窑镇的西北部，是全乡唯一没有煤矿的行政村。即使变成工业为主的镇后，这里依旧是全镇唯一没有企业的地方。郭琪信说，这个村过去是全镇最乱的，村班子一年能倒台几个，光棍二郎神旮旯旯见见都是，只要是党员都当过支书，凡属于能踢会咬的都干过村主任，长的干八九个月，短的三五天。郭琪信叹了口气，接着说下去，这里的人死皮赖脸好告状，告了左邻告右舍，告了组长告村长，告倒支书告党员，在王畿县出了大名，镇上每年为解决这里的问题，过去为征收这里的村提留乡统筹，几乎要动用全镇机关的一半人马。

我接住了郭琪信的话，说这儿有传统，我在这里工作时，李家坪就是这个情况。这里的人不能说不聪明能干，关键是把能耐都用错了地方，看见其他村老实巴交的人都富了，都坐上桑塔纳用上了大哥大，他们心里发毛就恼火。无处泻火，就恨村干部笨、贪，轮到自己干了，又眼高手低。久而久之，这儿的人就开始破罐破摔，男人大部分吃喝嫖赌抽，女人学会了坑蒙拐骗偷。那年打击社会丑恶现象，李家坪一次被警车拉走三十四人，拐卖妇女儿童团伙把案作到北京天津，拐来的妇女还有来自越南缅甸。

说着话，我们到了这个村最东南的麦场，麦场边有村民建了两小间瓦房，墙上大大地写着"代销店"三个字。村长李老七早在那里等候了。这个村没有支书，原支部的一名委员还在任，他的主要任务是每年收缴一次党费。

代销店正面有一条广告：李歪子家新进巴克夏狼猪一头，每配一次二十元，有需要者早晚不误，不怀多胎保证退款。紧挨着还有一条，写的是二组李黑旦家打光生。对第一条大家都明白，第二条我感到不解。李村长告诉我，这家买了一台玉米粒剥皮饲料机，人们习惯吃玉米糁，这种机器打出来的糁子又光又净，识字不多就搞成打光生了。我终于明白了，偏僻农村真能闹出令人啼笑皆非的文化现象。

　　群众会的会场安排在三四亩大的报废炼焦厂上，几年前这里的党支部曾经在此宣誓一定要痛下决心咬紧牙关带领社员（农村干部一开口就忘不了当年的人民公社）致富奔小康，于是党员干部带头把自家的自留地捐出来，红红火火地炼起土焦。那阵子焦炭生意真好，每天都有十辆八辆大卡车在李家坪等候着拉焦炭。一向无人过问的村落，那阵子成了车水马龙的热土。好景不长，县上治理环境污染时，稽查队到了这里，镇政府从稳定发展的角度，和环保局协商将这儿作为整改企业，指导思想是不愿这里蒙受大的损失，保护干部干事创业的积极性。哪知，方案尚未出台，李家坪有几个跟现任支部对着干的人，十元钱一人一次组织了十三人，作为集体上访到了省里、地区，上级信访局读了上访信，见了上访人，焦厂被捣，烧成半成品的焦炭变成了煤渣，李家坪一下子赔了二十多万元，支书生气加劳累，中风瘫痪了，贡献自留地的党员干部为了讨要说法，往来于县镇之间。煤窑镇百分之九十的行政村都进入社会主义新农村建设阶段了，而李家坪村仍处于无组织状态，党支部、村委会全部瘫痪。县里领导最着急，他们向地区、省汇报说，村民委员会换届完毕，小康社会建设全面启动。而不给他们面子的李家坪人举着白幛子在省城游走，要求海选建立村委会。县委政府、镇党委政府联合工作队进驻李家坪，工作队里有三分之一的公安干警。经过一个月的调查摸底，海选工作正式举行。结果出于工作队预料，当选的村主任李老七并不在组织视线内。进入联合工作队视线的三个人只有李结实勉强进圈儿。新一届李家坪村委会五人分别是：主任李老七，又名李七郎，兄弟九名，排行第七；副主任李石头，是乡拖拉机站副站长，地区下派的大学生村官，不选举直接进班子；妇女主任张莲花，外号红秦椒，是李老七的侄媳妇；治保主任李结实，外号李拳师，是部队复员的义务兵；村会计李湾子，外号李老轩，是老大队的播音员。村委会海选结果一公布，李老七找到工作队队长、县委组织部副部长王亚平说，李家坪的党支部先不要换届，原先那个支部委员李豆子暂时负责支部工作，党员的党费有人收就行了。王亚平问李老七什么时候着手建支部合适，李老七说等他啥时入党了。王亚平问为什么，李老七说一个槽上拴不住两头叫驴。为了李家坪的稳定，为了解决这座难攻的堡垒，更是为了向上级交差，李家坪的支部班子就暂时搁置下来。

李老七生性粗暴，少年时不爱学习文化，他父亲一怒之下把他送到了少林武术学校，说爱戳事的孩子只有到这里才能成才，这社会跟斗翻得高也能参加奥运会，拿了金牌就是钱。李老七不负父亲厚望，散打比赛获得了省级第三名。按说这个时候他还能进步，走向世界的希望很大，是一件小事毁了他的前程。暑假的时候，村里一个叫李天胆的光棍喝了酒后骂大街，李老七的父亲好言相劝，没想到竟遭到他的打骂。李老七放假回家，拳脚闲得发痒，正好派上用场，一个双耳灌风，接着一个黑虎掏心，弄得李天胆卧地不动了。李天胆死了，李老七被手铐带到了县公安局。李家坪的人集体上访，陈述了李天胆的罪恶，要求释放李老七。李家父亲也求亲靠友弄到两万元，几个红包给了管事人。李老七受了七年牢狱之苦，回乡后赶上了海选村干部，没想到大伙这样捧场，使他榜上有名。

废弃的炼焦厂里散乱地坐着李家坪的百姓，主席台上扩音器里正播放着豫剧《朝阳沟》的唱段，村会计李湾子用一块红布包着讲话席的话筒。主席台在高高的焦炭池上，学校的五六张课桌一字摆开。上面还从中间到两边依顺序放着写有就座人员名字的牌子。中间是县首长、镇首长，依次是李老七、李石头、张莲花、李结实、李湾子。我们进入主席台，在李老七的示意下，老百姓们发出了不算整齐的掌声。

李湾子弯腰吹了两下麦克风，然后说了声点点各组组长的名字。李湾子问：茅缸来了没有？石台来了没有？坷垃来了没有？狗娃来了没有？在下面答应"到"的同时，会场上随之爆发出粗犷爽朗的大笑声、喝彩声。什么茅缸、石台、芥菜、狗娃、猪头，简直把我们也逗乐了。

李家坪行政村的会议由大学生村官李石头主持。在会议议程里边安排了向村民介绍县乡村领导的项目。他先介绍了我，说县领导张九思，下面爆发了掌声，因为对于这儿的老百姓来说，能够亲眼见见县里的官，是新鲜且难忘的。记得当年我作为乡党委书记驻到村里几天，跟老百姓混熟了，他们强烈要求跟我合一张影，说这一辈子终于见到了最大的官，还说如果不合影走了，他们跟人喷喷大话也没有底气。我之后李石头又介绍了高科长和尚主任，补充说他们是年轻的领导有前途的领导。当高科长、尚主任站起来招手致意时，台子下面发出了好长一阵子的掌声和议论声。其中台子角有个小男孩哭着要回家，被他妈妈狠狠地拍了一巴掌，批评他说，你没出息，看看台上的两个县领导，比你大不了多少都当大官了。由于这位妇女腔太大，她附近坐的人都听到了教育孩子的骂声，禁不住哈哈地大笑起来。李石头接下来介绍了镇里和村里的干部。之后，转入了村领导李老七讲话。

李老七把话筒往自己跟前拉了拉，正要开口，觉得话筒太近、又往远处推了推。接着装腔作势地干咳了两声，目的是试一下话筒的扩音效果，他觉得咳嗽声扩散出去了，这才看了看左边的郭琪信，说郭书记我怼吧。李家坪人把吃饭叫怼饭，把讲话也叫怼。郭琪信严肃地点了点头，算是批准了他的请求。之所以李老七讲话前要这样做，是因为在李老七当选村主任后，有人向郭琪信反映李老七有些傲慢，根本不把镇干部放在眼里。在宣布村委会班子选举的座谈会上，镇党委政府的领导专门强调指出了这个问题，告诫李老七要谦虚谨慎戒骄戒躁，时时处处要尊重镇领导，脑子里要清楚手中的权力是谁给的。

李老七说，领导们，乡亲们。日娘，今天召开全村社员大会，主要是传达县里、镇里两个大会的重要精神，县里的大会发了两三斤文件，要念完需要一整天，恐怕还要搭黑。镇里郭书记的讲话很长很全面，跟县里孟书记的差不多，照我看日娘比孟书记讲的还要好，好几倍。关于镇里的精神，我就不多宣传了，因为日娘郭书记今天亲自来了，他讲的是原声带，我讲的是他的盗版

\ 222 \

带。大家说是不是。台下一阵掌声，接着那位叫茅缸的组长带头回应说是。李老七又一句日娘，这是他的习惯，为此小时候不知挨过多少耳光。李老七说，日娘孟书记，他的讲话像老太婆们的缠脚布，臭长臭长，大一二三里边套着小一二三，小一二三里还有带括号的一二三，带括号的一二三里边还有一是二是三是，一是二是三是里边还有一要二要三要。日娘真的把人给弄得迷三倒四。日娘我要按着孟书记的讲话说，保准大家都不欢迎，因为大家越听越糊涂。干脆，咱今天来一个简明扼要，一锯两开瓢，我只捡听懂的给大家传达，之后还要听郭书记的精彩讲话。日娘，那天六点就在路口等车，坐车到了县城七点半，慌里慌张跑到王畿人民大会堂，戏台上已经坐满了领导，台子下人坐得密密麻麻像蚂蚁抢食物。主持会议的那个人腔可大，叫啥名字说不上来，台子上有他的牌位，上面写着他的大号。离的日娘太远了，瞅不清楚。日娘，字写得可整齐，咱们拿着尺子也写不成。台子上不光人穿得时髦，领导们都打着领带，讲话时出了一身汗也不舍得解下来。台子上可花哨了，领导们都被包围在花山花海之中，美得要死。日娘……

郭琪信严厉地瞪着李老七，故意大声咳嗽着，有意中断他的话。郭琪信看李老七停下来，便说，老七不啰唆行不行？本来，李老七兴致很高，发挥得可能很顺畅，估计也能把孟亚峰的讲话说说。然而，郭琪信那张怒视的脸，两道利剑般的眼光，使他顷刻间变得脑子里空白一片。李老七为难起来，他想把长话短说，又不知道从哪里开始。

日娘，中，我拣稠的捞，过门就不说了。由于去晚了，主持人说的啥没有听到。孟书记说同志们，今天这个会议是三级干部会议，开到村一级，说明县委县政府对基层政权的重视，也说明县委县政府正在转变作风，加大工作的透明度。孟书记日娘说着，下面说话声可大了，日娘那他就真的听不到。这时，我的肚子叽叽咕咕叫，开会重要，吃饭更重要，民以食为天，我就去吃饭了。等我吃饭回来，第一个问题已经讲完了。孟书记说，第二，查找不足，迎难而上，坚决打好信访稳定这一仗。吃过饭，我憋得慌，正好人民会堂通往厕所的门离我很近，我弯着腰走了出去。解了手，只听孟书记说，对于集体上访，不论采取什么办法，磕头也行，安慰也行，给钱也行，还有，总之不论怎么办，一定要把上访人拦截在县里、乡里和村里。否则，要处理领导干部，决不姑息迁就。接着说进入第三个问题。日娘，我本来想认真记记，隔边坐的那个家伙要吸烟，问我借火。我只好挪了个地方，谁知道这个地方乱死了，坐的都是县里机关的干部，他们打手机、发信息，一会儿滴滴滴，一会儿叽叽叽，把咱搅得球也没听进去。孟书记讲到谢谢大家，台子下像开了锅似地拍起来。日娘孟书记可兴奋了，他以为自己讲得深入人心，赢得了掌声，站了起来，又是作揖又是弯腰鞠躬。地区、省里也来了大疙瘩头，都是底脑明晃晃的头发不几根。日娘，我传达完了。谢谢。李老七也学会了客气，在满篇语无伦次、粗鲁无比的讲话后，还加了个文明礼貌的结束语。

郭琪信在李石头的导语之后，开始了讲话，他心里骂着李老七讲的是球，简直是胡说八道，本来想对着大家批评他开会不认真，讲话没水平，他想好了两句老百姓能听懂的歇后语，用来评价李老七，屎壳郎打喷嚏——满嘴喷粪，阎王爷贴告示——鬼话连篇。然而话到了嘴边，又收了回去，他想不管李老七怎么没水平，但他毕竟是村干部，每年县里考核乡一级的工作总少不了民主测评，得罪了他，测评表上出现了不称职问题，那他郭琪信不是得不偿失吗，超过了百分之十五的基本称职和不称职就要上县委的黑名单啊。郭琪信脑子转得很快，评价李老七讲得不错，基本讲到了会议的点子上，大家都要按照李主任的讲话内容，按照县上镇上的工作安排，抓好落实。郭琪信很谦虚，说李主任讲得不少了，比较全面，没有更多的要讲。不过既然来了，就强调五个问题。郭琪信讲了两个小时，台下的人有点沉不住气了，远远没有李老七讲话那阵子效果好。

散会了。李家坪的村民们都说可散会了。

美丽的夕阳挂在村西边高大的老榆树梢，远处的少室山早已伸出坚挺的臂膀，迎接这轮劳作了一天的太阳，个别早早回村的牧羊人甩响了皮鞭，驱赶着那些贪吃而掉队的羔羊。村里的喇叭架在学校的屋顶上，此刻正播放着《老鼠爱大米》的歌，从表面上看，城乡差别正在缩小，城里流行的东西很快就流传到乡村。郭琪信接了一个电话，说要到县里开紧急会议，他表现出十分焦急的样子。我有点留恋这里，想让高科长尚主任陪我在这里待上一两天。哪知他俩说，县里的会议与煤管、矿管有关，他们必须抓紧返回，接他们的车已经来了。我一个人留了下来，好在这儿有许多的父老乡亲邀请我。我一个人溜达到村西边，独处的时候，我想自己多么像这轮西沉的太阳，孤独、沉寂而悲壮。

十三

关于煤窑镇 168 煤矿发生特大瓦斯爆炸，二十八人死亡的传闻在王畿县城乡之间被炒得沸沸扬扬。信息灵通、线人众多的孟亚峰为此而陷入极度的苦恼之中。眼下正是地区、省辖市党委政府将要换届的重要时段，如果不出意外，他已经胜券在握了。由于自己是省里明确的地级后备干部，对于 168 煤矿的事情，各级都采取了保护性的措施，这个事故渐渐让人们淡忘，对上级对下属都是一件很有利的事情，一旦媒体曝光，各级党委政府都会面上无光。地委唐书记已经暗示孟亚峰，现在是关口，把握好了，全地区煤矿不停产，年底的 GDP 将是一个新的概念。把握不好，一人得病，大家吃药，一矿有事，全体停产，那孟亚峰晋升的戏就该收场了。

孟亚峰十分重视这件事，花钱消灾的办法，《死魂灵》的办法，甚至利用创新和谐环境的借口，在全县干部群众中广泛开展讲团结、讲友爱活动，都收到了较好的效果。然而，那些传言、那些描述，竟是如此真切，多么像欲置他于死地的绳索和利刃。他病了，借住医院的机会，认真反思着出现这种现象的原因。

　　他首先想到了县长，这位当过飞行大队大队长的人，当过军分区政治部主任的人，也是最难捉摸、不好对付的人。他与何卓民是战友关系，肯定对何卓民的使用问题有意见，可他又从没有提起过，仿佛他们根本就不认识。在王畿干部中间，他成了有公心、肯干事、大义灭亲、跟书记保持高度一致的好官。而他孟亚峰，重感情、重旧情、重乡土、重同学友谊，本来很正常的事情，却被人扬撒成以人划线、构建党羽的庸俗之辈。当然，人们的议论绝非无窟窿犯蛆，只不过有些夸张，姜暮春、郭琪信、张飞鹏等确实不给人争气。县委机关有几个吹风的人，在县长刚来不久就提醒他孟亚峰要注意，看样子这位县长不会是省油的灯。对于出现反映孟亚峰入股小煤矿问题，姜暮春、郭琪信等都告诫他县长不可不防，表面老实的人最可怕，哑巴蚊子咬死人，他们咬定县长支持何卓民搞的鬼。为了妥善处理与县长已经或正在发生的矛盾，孟亚峰反复思量后在县委常委会上让全体常委主要是县长反省四个方面的问题：一是你是否心胸狭窄，计较一时一事的得失，对自己的想法暂时不能实现就耿耿于怀；二是你是否胡乱猜忌，搬弄是非，在干部中挑拨离间；三是当别人遇到难题时，你是否袖手旁观，甚至趁机拆台、落井下石；四是你是否思想偏执，独断专行，以人论事，拉帮结派，自成体系。当时的常委会气氛冷峻，还是县长的发言缓和了近似冷酷的寂静。县长说，孟书记的四个是否，很好，这些问题处理好了，对党的事业大有裨益。县长借题讲了五个不准，前提是在县委书记的领导下，做到五不准：一是不准发泄不利于团结、不利于事业发展的议论；二是不准假公济私、贪图私利，慷事业和国家集体之慨；三是遇事不准推诿责任，欺上瞒下，说谎话应付，懈怠上级指令；四是不准借下企业下乡调研，搞其它方面的活动；五是不准停滞不前，不思进取，办事拖拉，甚至上交工作矛盾。孟亚峰让反思四个问题，县长竟提出五个不准，对于县长的这种做法，孟亚峰非常反感。回想起那次向灾区捐款，书记带头捐了一千元，县长偏偏强调自己工资高捐了一千五百元。县长是在出风头。县长的"欺上瞒下"多么像有人检举的内容，多么像王畿上下传播的东西。

孟亚峰脑子里出现的第二人是何卓民，他是眼中钉、肉中刺，王畿发生的非正常情况，种种迹象表明他均难逃干系。

第三个闪亮在孟亚峰脑海的是瓜瓜。一个残疾人，作用不亚于县人民广播电台。都怨人们把他惯坏了，如果当初不给他好处，给他些厉害，至于到了今天的地步吗。

第四、第五，有何卓民的司机，煤窑镇的二号车手，还有，这些人怎么如此冥顽不化。

孟亚峰打通了郭琪信的电话，想听听他的善后工作情况。郭琪信说，镇机关几位有蛛丝马迹的人都进行了安抚，只是瓜瓜，他在县城，到了街上，总有人玩猴一样地逗他讲政界新闻。

一个憨蛋，你们就没有办法。想想门儿。本来孟亚峰想说收拾他，话到嘴边猛地想起邻邦县的一个县委书记，因为让手下人去收拾一个告状户，结果酿成了杀人血案，县委书记的收拾一词，导致了他人头落地。孟亚峰没有用收拾这个词，心里确实有收拾的意思。他坚信郭琪信听懂了他的言外之意。

和郭琪信通话后，孟亚峰想了好几条对付县长的办法。张飞鹏、姜暮春、孔祥辉都可以不辱使命。

孟亚峰这才来了睡意，他觉得自己太累了，简直有几个月没有睡了。

十四

那天晚上，我住在李老七的家里。我们俩喝了酒，李老七醉了，说要把心掏给我。当年，他过失打死了人，公社还出了证言，说打死的那个人确实是村霸恶棍，死有余辜。他说当时我是书记，书记要是不同意，证明怎么也开不出

来。因此，我对他有救命之恩。

借着酒劲儿，我问他，李家坪这些年为啥告状的少了。李老七说，牵牛鼻、打七寸。他举了一个例子，说李家坪在修路的时候，放炮崩石头，处理哑炮时，社员李顺被炸瞎了双眼。政府已经给了照顾，他嫌太少，就带着行李去县里、省里上访。我们掌握了他的行动规律，就在他常走的小路上挖了深坑，这小子果然掉了进去，之后，我们捏住鼻子、南腔北调地吓唬他要活埋他。他吓得跪在坑里求饶，还说只要留他一条活路，叫他干啥他干啥。我们弟兄们问他今后还敢不敢上访。他说借给他一个胆子也不敢上访了。还有，李老七滔滔不绝、喜形于色地描述着治理上访人的故事。

我又问他，村里偷鸡摸狗、坑蒙拐骗的事现在还有没有。李老七说，哪个兔孙敢，扒了他的皮。他指了指他家墙上，那是李家坪的村规民约。除了第一条比较好之外，其他的条款都是土政策。村干部还算有头脑，第一条写的是以马列主义、毛泽东思想、邓小平理论和三个代表重要思想为指导。第二条是偷东西的打伤手，如数退出赃物；第三条是拐骗人者游街示众，在广播上读悔过书十遍；第四条是谁家放牲畜啃青，是牛割尾巴，是猪割耳朵，是鸡子当场杀吃；第五条、第六条都是具体处罚办法。割牛尾、杀鸡吃肉、割猪耳朵的事我起初不相信，这天夜里得到了证实。

我们都很兴奋，尤其是李老七，他好像存储了说不尽的话。我问他那几年为了逃避上级摊派而鸣炮为号的事情现在还有没有。李老七没有马上回答我，他看了看正在听我们说话的李石头和坐在一旁聚精会神看电视的张莲花说，你俩都回去休息吧，明天再过来陪张局长。李老七又大声喊叫自己老婆快给客人倒茶，他当着我的面骂老婆没有眼色，是朽木不可雕琢。其实他老婆是村里的能干女人之一，美丽贤惠勤劳，村里人说打着灯笼难找。我担心李老七的话惹恼了他老婆，引起家庭矛盾我也没面子，忙解释说你家老七喝高了，说的是醉话。哪知这女人笑了笑说，我已经习惯了，人家是村长，训斥村民两句应该，再说了我知道他狗嘴里吐不出象牙来，不会为此生气的，放心吧张领导。李老七的老婆为我和老七添了水后，送李石头、张莲花他们去了。这间屋子里只剩下我和李老七了，李老七刚才还眯缝着的眼睛这时睁得很大。他说，鸣炮为号现在没有了，上边要求减轻农民负担，逐步取消农业税，村级招待费不得报销，谁还下劲儿去收粮收钱呢，农民不再为躲避摊派而站岗放哨、栽消息树、集资购买花炮了。不过，李老七看了我一眼，见我正认真地听着，接着说下去。不过，摊粮派款、农业税没有了，可各种检查几乎要人的命，一票否决、罚款处理的事情多的是，你说大队（村）干部、社员（村民）咋能轻松呢。现在越是经济不咋着、社员穷得叫唤的大队，社员们越是违法乱纪胡球弄。单说计划生育吧，不好管呀，男女两口子日娘黑夜要干那事，两根皮带一叩，就装上窑了。日娘比快窑烧砖都快，刚出一窑，另一窑就装上了。大队干部干急没办法。咱这大队没有煤矿，社员们闲了无事就到附近去下窑，日娘现在上边干部要政绩要产值，要他妈的"鸡地屁"，就是不要社员的命。煤矿老板只顾赚钱，明知道安全措施不及格，政府部门不给他们办理准予生产的证件，只允许他们维修巷道。有了维修巷道的机会，他们就不分昼夜地出煤，政府有关部门暗中收费、公开收税。一旦出了事故，各级部门都没有责任，骂矿主不顾上级三令五申依然偷生产。因此，出了人命，新闻报道一个口气：这个事故矿井是证照不全的矿井，矿主违法偷生产酿成大祸。我们李家坪大队这些年死在小煤窑上的青少年年年都超过三十人。如果只允许他们生一胎，遇到矿难，这家人就绝了。为此，这里的社员有钱的买着生、没钱的偷着生、被人举报了逃着生。现在，咱这里，三胎的占多数，四胎五胎的也不少。我问他，对这种现象，公社（镇，我随着他说）不管吗。他哼了一下，一副憎恶的样子。接着说：公社计生办的人日娘特别坏良心，他们五六十个人，上边又不给工资，全靠开口子放水发工资。我问他开一个口子多少钱，他说不等，有三千、两千，还有五百、二百的。我问二百是咋回事，这家人肯定很有面子有后台吧。李老

七说，不对，这家女人脸蛋漂亮，计生办主任见了直流口水，他告诉女人只要同意他美一次，可以减去两千多。作为大队，直接跟社员打交道，抬头不见低头见，把社员得罪太死了没有好日子过。李老七举了个例子。那年李麦垛家妻子怀了三胎，因为前两胎都是闺女，他就下决心装第三窑，计划生育升温加压掀高潮，其他装上窑的都望风而逃，只有李麦垛的妻子因为笨得很被抓了回来。公社计生办像打了胜仗，把李家夫妻拴到手术室，县里小报也登了《昔日计生后进村，今朝引产打先锋》。半尺长的针扎下去，时间不长一个死胎被拉拽出来。李麦垛见出来的是一个男孩子，不顾一切冲过去，抱着死胎哭我家的根啊。离开计生办的时候李麦垛骂着说，谁叫俺断子俺就叫谁绝孙。李麦垛在小煤窑干活，偷了炸药雷管，把当时大队计生主任李永力家弄了个底朝天，谁还敢认真负责呢，尽管公安局逮走了李麦垛，可那声巨响在李家坪大队永远震耳欲聋啊。李老七感叹着，仿佛多吃了辣椒而不停地吧咂着嘴巴。

我想把话题引开，就问他。每年鹰州地区都要组织计划生育冬、春大检查，给各县、乡排位次，前十名重奖，后十名重罚，末位还要淘汰领导干部，你们大队问题这么严重，万一抽查住了，能交上差吗。

李老七说，上边检查有他们的手段，下边应付检查有自己的对策，有时候想起来真逗人，跟打仗差不多，人家像正规军，咱就像土匪游击队。人家一进大队，大队干部陪着领着，社员说真他妈地像旧社会的汉奸保长。我骂那些社员胡球说，旧社会的保长是坑害百姓的，我们这些大队干部可是掩护社员们的。有时候，抽查住我们大队了，县里公社里的大小头头们都吓得发抖，见到我们连声说，爷呀，千万别出事呀！我说，没球事，有李老七在，你们的帽子就掉不了。过去我们大队鸣炮为号，现在是家家养狗，不仅是为了夜间防盗，还是为了应付上边来检查计划生育、普查宅基地等等所有来检查的人。那些来自地区、省城的人，男的白胖得走起路来呼哧呼哧，在李家坪走不上半个小时就宣告检查结束；女的呢，高跟鞋迈不了几下，几乎要扭伤脚脖，吓得她们像遇到了地雷阵。别看平时县里干部讲国策头头是道，到了上一级检查时，他们都替属下说话讲情，因为省里检查时，地区不想落后，地区检查时，县里不愿受罚，县里大多时候都是基层违规违纪的保护伞。当然，作为大队干部，是老百姓选举出来的，咱不为群众出点力也不对。于是，当上级来人检查，我们就挑几条高大厉害的牧羊犬或黑背拴在村口，他们一下车，就被猛烈的狗叫震悚住了，再加上坑洼不平的路，他们咋开展工作？他们要挨户调查，我们就假装很诚恳地带路。凡是没有问题的家庭，我们就带他们进去，当然效果很好；有问题的家庭，我们提前让紧闭门户，对上级检查人员说，他们家的狗太厉害了，我们不敢带您去。就这样，李家坪问题大堆，可每次检查都能顺利过关。如果有点毛病或引起怀疑，公社和县里的工作人员早有准备，堵塞漏洞都靠这个。李老七拇指和食指摩擦着，做着数钱的动作，我知道这个指的是送钱。

在乡镇工作多年，哪年不遇到几次上边检查。而这些检查名义上是地区或省里下来的干部，实际是在各地、各县抽调的人员，真正的业务骨干都忙得根本抽不出，抽出去的相当一部分都是用不住或不能用的人。而这些人一旦走出去，在上级部门领导的带领下，狐假虎威，甚至张牙舞爪。他们煞有介事地查看台账，入户调查，很认真细致，有了"漏洞"决不放过。发现问题，他们就会对陪调的被检县乡的工作人员说，这可要扣掉分数的。于是，陪调人员就立马向领导汇报。领导胸有成竹地答复一个字：上！于是，当检查者上卫生间时，就有人递上裹有"货"的卫生纸；或者在他们将要离开时，递给一个装有"工作总结"的信封。于是，工作检查就演变为经济实力的检查和较量，财政收入高的地方，经济实力强的地方，只有受表彰而极少受惩罚。

李老七很得意地说，这些年既应付了上级，又维持了社员。当球个大队干部，不捣蛋是弄不下去的。说到底，光卖嘴绝对不行，要是不给社员们办成点事，他们背后肯定会骂你是卖老鼠药的，是卖大力丸的，是卖当耍猴的。要干成事，首先还得人心齐，要是你只顾干事，没有人支持你，乱拆台、乱告状，

日娘你累死了别人还会骂你该死。

对于发展经济，李老七也说了打算，他说村子偏僻，多少违犯点《环境保护法》也不要紧，执法人员的汽车开不到地方，村里现在没有人敢举报。他计划年底村里开工建小学、不让孩子们蹚水翻山到外村上学；还计划建个李家湖度假村……

我们俩聊了一夜，说的不尽是醉话。我很充实，来李家坪这一趟没白来，起码得到了一个乱村变化的真实情况。

冉冉上升的红日跃过地平线，悬挂在李家坪村的东方，碧波荡漾的李家湖，此刻正泛着胭脂色的光，李家坪村还沉浸在安谧、恬静的晨晖里，这儿的景色真美。

十五

王畿县在短短的十几天，发生了三件大事。

168煤矿和祥云建材集团联合建设50万千瓦坑口电厂，举行了隆重的开工典礼，省里、地区的领导、各媒体的记者、县直单位的负责人都胸挂红花，在阵阵礼炮之后，看孟亚峰书记挥舞右手，听他声情并茂的演讲。沉闷了月余的王畿县，顿时呈现出一派和谐向上的气氛，热闹的开工庆典把王畿装扮得无比俊俏。

自从那次五百记者进王畿索要封口费的事件之后，王畿县委作了深刻反思。认为之所以出现小报记者在王畿铺天盖地地游走的问题，是宣传部门个别人引狼入室的结果。宣传部门的个别人，抓住个别企业、事业和行政单位怕曝光的弱点，故意勾结一些假记者、小报记者来找茬子。他们找到茬子后，就威胁说这个问题要见报，见报后首长肯定要批示，纪检监察甚至司法机关要介入。宣传部门的人这时走出来充当好人，最爱说的就是个关联词"与其……不如……"，最后再安慰说花点钱消消灾。久而久之，那些下岗者、那些无业游民，都会在"办证"处弄个证件，到王畿县浑水摸鱼。县委孟书记生气地骂宣传部有人在拉皮条，骂小报记者是狗仔队是娼妓。他令公安部门以敲诈勒索查处那些领取封口费的人，弄得假记者小报记者望王畿而生畏。之后，王畿县拿出来专门经费，奖励在各新闻媒体颂扬王畿的作者，精心策划了"走进改革开放新王畿"大型采风活动。凡是写稿正面报道王畿者和参加采风活动者，王畿县委都备有令他们眼睛放电的纪念品。此后，凡王畿的企业奠基、上级表彰、市场开业，那些记者们不请自到。坑口电厂也不例外，早被炒作得空前绝后，而垂头丧气的陆耀发也被吹捧得神乎其神，神采飞扬。陆耀发说，十多年前，新闻部门说王畿私有经济兼并了国营企业是蛇吞象，而今，在孟书记的领导下，我陆耀发发展成拥有二十家企业的集团公司，应该说是象成群了。真他妈的怪，报社记者真的把陆耀发的话作为题目，在党报上发表了《十几年前蛇吞象，十几年后象成群》的文章。陆耀发由衷地高兴，新闻单位的人既能成事，又能坏事，他们在颂扬王畿的同时，无形中为陆耀发的暴发提供了正能量。

还有一件事，瓜瓜死了。说是有个朋友看他骑个三轮车太苦太累，就为他买了一辆三轮摩托。这个残疾人，坐在崭新的摩托三轮上翻进了通往煤窑镇的煤王公路路边深沟里，僵硬的身体被放羊老人发现的时候，他还依旧做着与人划拳的姿势。瓜瓜一家及亲戚们打着白幛，要求追查杀人凶手。他们先是在县里，接着到地区、省里，硬说瓜瓜是揭发了168矿难的真实内幕而遭到报复的。瓜瓜事件如同晴天霹雳，给王畿建设和谐社会的好形势蒙上了阴影。

另一件事是孟亚峰在县委书记的位置上提升为省辖S市的副市长。在全县领导干部大会上，孟亚峰做了道别演讲。孟亚峰显得很激动，声音里带着颤抖。他说，组织上调我到S市任副市长，是对我的信任和激励。当我要离开我奋斗二十多年的王畿县，真是舍不得啊。此时此刻，我内心万分激动，千言万语不知从何说起。我衷心感谢九十万王畿人民对我的栽培，衷心感谢在座的近千名领导干部对我工作的支持。我十分怀念和大家一块奋斗的日日夜夜，十分珍惜和全县干部群众结下的深厚情谊。在我要奔赴 S 市的时候，我也希望同志们常到 S 市去作客，我会热诚欢迎大家、盛情接待大家。在王畿期间，由于本人秉性耿直，干事业唯恐落在后边，于是对同志们要求过严过高，关心同志们不够，甚至还会无意间伤害了个别同志的感情。我希望同志们谅解，也希望通过我的解释，同志们只骂我一时，不骂我一世。同志们，你们都是聪明智慧勇于担当者的化身，王畿有你们这样的干部那是王畿老百姓的福分。王畿县钟灵毓秀，人杰地灵，是一片神奇的土地，是干事创业的热土。希望各位在县长的带领下，发扬过去的团结拼搏精神，像支持我一样支持县长的工作，我坚信王畿的前程是灿烂辉煌的，王畿县在不久的将来一定能全国有地位、全省占龙头，到那时同志们庆功的时候不要忘了通知我一声，到那时我们再相会吧！再见，各位同志和朋友，再见，王畿在座的兄弟加战友！孟亚峰边讲边哭，不住地擦泪中断讲话，泪水感动了与会的各位，孟亚峰像对待瓜瓜一样安抚着与会者。刚才还唏嘘声不断的会场，在孟书记灌输了心灵鸡汤之后，逐渐平静下来。大家被孟亚峰声泪俱下的演讲深深打动，似乎孟亚峰的确人情味很浓，从而也使他们转眼间忘却了过去的恩恩怨怨。

孟亚峰在县党政领导干部大会之后，王畿县的电视新闻和《王畿晚报》又报道了他到 168 坑口煤电集团与总经理话别，勉励他以人为本、安全生产，建设全省第一煤电。陆耀发更加容光焕发，据说二十多家火电公司前来竞标，他不再是挖煤卖煤的小矿长了。他对着县级新闻单位，发誓要走出王畿、进入国家队，参与国际竞争。

孟亚峰没忘了看望瓜瓜的父母，语重心长地劝他们要注意身体，节哀顺变，相信组织不会放过一个坏人，还骂捣乱的人把天翻不过来。孟亚峰常常说一些让人们困惑的话，他既像在警告瓜瓜父母，但又似乎不是针对他们。这句话之后，孟亚峰又安慰他们，说闹和上访解决不了问题，耐心等待云开日出那天。

十六

瓜瓜的死忙坏了公检法的干警，因为孟书记提出要抓紧破案、抓紧起诉、抓紧判决。排查线索成了最难的问题。查三轮车出自哪家商行，在王畿县根本找不到。瓜瓜的亲友们打着幛子到处闯，说不找出凶手坚决不罢休。他们还要求县政府追认瓜瓜为革命烈士、为反腐英雄，尸体一定要在县殡仪馆举行告别仪式，骨灰必须进入烈士陵园。否则，不排除赴京上访。

王畿县的领导已经多次吃了上访人的亏，各级都下达有控制上访数量的指标。尽管各级都说信访是党和政府联系人民群众的桥梁和纽带，信访部门是爱民的窗口，但在实际工作中，又担心大批的上访影响上级和本级的工作秩序，于是也像搞经济工作一样从严限制信访的数量和批次。

瓜瓜翻车死亡，从出事的时间、地点、三轮摩托车物理指标的监测、推算，都排除了他杀的可能，结论是一起无证驾驶违章操作的交通事故。根据这台车的出厂时间、技术水平和安全系数看，虽然是新车，但却是十几年前的装备，况且又是一辆十几个厂家产品拼凑起来的大杂烩。如果是蓄意谋杀，那么犯罪嫌疑人的作案动机由来已久，实难追查；假定是瓜瓜贪占便宜，从谁手中得到此车，由于力不从心导致翻车进沟死亡，赠车人是谁，毫无证据。由于这个案子发生在煤窑镇通往县城的路上，且又在煤窑镇境内，县委常委紧急会议决定，按照属地管理、归口负责的原则，煤窑镇出资、公安局出警，协力侦破案件。在案件尘埃落定之前，煤窑镇要拿出财力人力，安抚死者家属，迅速处理后事，尽快平息上访事态。

郭琪信收到了孟亚峰的信息，要重点盯防何卓民和煤窑镇的二号车手，据查他们与瓜瓜一向素有往来，关系密切，其中一人与瓜瓜家还存在血亲关系。

由于忙于坑口煤电集团的开工庆典，这是王畿县一俊遮百丑的形象工程，孟亚峰指示他作出百分之百的努力，但郭琪信还是忽略与二号车手的进一步沟通。那一次的沟通基本属于失败，看样子二号车手中何卓民的毒害大深，面对态度恳切的郭琪信，竟出人意料地来了个一言不发。郭琪信无论如何讲自己跟前任代理书记何卓民有误会，强调与二号车手沟通不够，对方始终表现得深沉莫测，冷峻无比。郭琪信只好寄希望于下一次了。至于三号车手，郭琪信认为已经不成问题，双方已经达成共识，抽时间兑现承诺就万事大吉了。他万万没有想到，毫无耐心和修养的三号车手竟然放肆地打电话给他，说领导言而无信，既然如此，休怪下属无礼了。当郭琪信意识到情况不妙时，那个三号车手包括二号车手全部关了机，而且连人带车都找不到去向。

郭琪信把督导组推上了很重要的位置，说王畿县正处于青黄不接、新老交替的特定时期，人们的思想比较混乱。煤窑镇也一样、完全受县里的影响，人心扑朔迷离。他希望我多做一下同志们的工作，一号二号车手与我也感情较好，最听我的。说话中间，郭琪信没有明说何卓民的一些行为，但言外之意，是说何卓民由于对孟书记有成见，借孟书记提拔，新县委书记没到任的机会不顾一切地暗中煽风点火。

王畿县确实有些乱，干部人心不稳，百姓怨声载道，职工牢骚满腹，越级上访、违规游行，一波未平一波又起。不了解真相的人们，就把舆论的矛头直接指向了何卓民，指责他依仗和县长的战友关系，上蹿下跳，告状信直接发到北京，煽动群众闹事夜聚明散。这些天，我也有些生何卓民的气，不就是休息吗，至于闹吗？我开始讨厌他，把王畿弄得鸡犬不宁，难道就是我们的初衷吗？就能乱中夺权吗？小人之心，小人之举。

十七

心里别扭，但我还是忍不住收看了一条何卓民的信息。他告诉我，夜里的《焦点访谈》有王畿的事情。

那天夜里，我例外完整地收看了 CCTV 综合频道的节目，最令我难忘的是焦点访谈居然报道了王畿县隐瞒煤矿事故的问题，事故时间正好是县里三级干部会议召开的头天晚上。

……

何卓民，自从你调离煤窑镇之后，一直躲起来，原来是在收集情况、打探信息、上访告状啊，你不配做我的朋友，也愧对你曾经的中校军衔，对不起党和军队对你的培养。

我有些痛恨何卓民。他昔日在我心中刚正不阿、豁达大度、富贵不淫的形象顷刻荡然无存了。

《焦点访谈》之后，上级派来了联合调查组，把那起特大事故前前后后的问题悉数进行调查。我、郭琪信、高科长、尚主任、县长，还有很多人，都经常被通知到王畿县宾馆。

终于有一天，人们告诉我何卓民的狐狸尾巴到底还是露出来了。他拿着很多反映情况的材料、揭发信、检举书，好几斤重，在宾馆门前寻找时机。

为了断绝和何卓民的联系，我换了新的手机号码，希望这个败类永远找不到我。

十八

我、高科长以及尚主任再次被请到王畿宾馆，这里看起来比平时忙多了。并排停放着平常不多见的高级越野车，而且每辆车上都有"国家煤矿安全监察"的醒目黑体字，在这些车辆周围不规则地停放着有公安、检察标志的警车。像平素一样，王畿人在安排部署一项重要工作时，总是摆放一定数量的警车在负责戒备，他们把工作的场所保卫得严严实实，也许这就是最时髦的提法"人性化""人格化"服务了。这天，这儿的人员一下子增添了许多，有熟悉的，更多是陌生的，无论是熟人还是陌生人，都表现得相当严肃，就连那位一向嬉皮笑脸的门岗。也几乎变成营房门口威严不容侵犯的哨兵。我禁不住想起那位作家朋友在网上发表的文章《王畿也有华人和狗不能入内的事情》，说的是王畿第一次承办小型的陶瓷研讨会，来了两名外籍专家、于是一向门可罗雀的宾馆，顿时红火起来，仅警察、协警一下子来了八十多人进入临战状态，凡进入宾馆的人统统要过三道关，接受五次检查，否则一律不得入内。

我们三人并不是同一时间到达的，可能我们受请的内容是一样的。一个自称县纪委的年轻人在电话中说，我是县纪委，请你抓紧到县宾馆去一趟，具体事情你就不用打听了。这个年轻人很干脆地说着，很严肃地放下电话。我本来想问一下到宾馆干啥，而这位年轻的干部却没有给我机会。我习惯了，因为现在人们往行政机关、领导部门进，要经历很多关口，考试还要分成笔试和面试，之后有政审、有公示等，他们不论通过什么办法获得成功后，都像唐僧西天取经，历尽千难万险，费尽周折，能不高高在上吗？这些年，县委、政府发号施令都是通过他们直接发给局长主任。而语气大同小异，无一不是我是×委、我是××，仿佛一夜之间单位都成了自然人。

高科长和尚主任都在我之前到的，他们在宾馆的西花坛处不停地踱着步，掩饰不住那种忧虑和焦急。他们看见我，并没有打招呼，然而我们很快就产生了一种心照不宣的默契。我也随在他们身后踱步。这两位前几天还豪情满怀痛击帝国主义者的年轻人，这会儿表现得真让人着急，那种情绪上的落差简直不可思议。

我的腰间突突地颤抖起来，调整到振动模式的手机起劲地提醒我接话。是何卓民的，他说好不容易才获取了这个号码，有关紧事，立即要见到我。我这会儿的情况还不知怎样，心里十分不踏实，而面对他的恳求，又没有回绝的理由。我只是被纪委请了过来，他们怎样对待我尚不清楚，总不是为了不见何卓民而谎称自己被"双规"。在这种氛围里，许多角落都有眼睛盯着我们的时候，被视为异物的何卓民突然出现，会是什么样的效果傻瓜都能料到。然而，何卓民急不可耐的口气，他那坚硬迫切的态度，都不允许我推辞。我只好实话实说在宾馆院子里，这儿有一个花坛。

一支烟工夫，何卓民出现了，慌慌张张的样子。那位跟何卓民常开玩笑逗乐的门岗，拉着他的胳膊，直到他跨进门一丈多远了、还要求他拐回去登记。门岗还是何卓民当办公室副主任时帮他转的正式工，自从何卓民下野后，他们从前的缘分便终结了。明知何卓民是谁、偏要拉住他非让登记，真有点儿小学课本里列宁和卫兵的味道。何卓民就是何卓民，他大声说就是不登记。可能是何卓民手里厚厚的打印材料的缘故，刹那间从好几个方向跳跃出七八位工作人员，表情一样地呆板和冷峻，他们似乎面对着一名恐怖分子。其中一位还厉声斥责、拿着材料跑什么跑，要告状到信访局去，到纪检委到法院去，瞎掺和啥！何卓民的眼一下子大了圆了许多。他知道，王畿这地方的人最善于落井下石，凡是上边来人，只要他们知道，就会不顾一切地反映情况。弄得上边来人，县上设法把他们安排到部队招待所，把会场安排在部队礼堂里。何卓民也恼了，把材料摊开，让冲上来的七八个人看。嘴里说，你们真是狗眼看人低，看爷们是那种人不是！

何卓民专门让我看他的文章，展示他的成果。我了解写文章者的心情，一旦文章写好，那种兴奋，那种冲动甚至儿童般的天真，都会支配住人的神经。何卓民走了，气冲冲的，走时留给我一句话，让我不要世俗地看待他，还说念念旧情把拙稿看看，攒点劲儿，改好。趁着高科长、尚主任被请到二楼的时候，我坐在花坛边读起了他的第一篇文章。

何卓民的稿子沉甸甸的，他本人表现得神秘兮兮，让不知情者怀疑他是在递给我一份检举材料。瓜田李下，不识时务，难怪许多惊异的目光看看他再转向我。何卓民走了，而我的头顶不知啥时已经渗出了汗珠。

何卓民的稿件不止一篇，还有什么《古代官人作秀十例》《拍马溜须得到赏识的人们》《昔日王畿的辉煌》《王畿人的悲哀》……我耳畔又回响起劈里啪啦搓麻的洗牌声，进而又转换为文雅的声音，这声音之后又渐渐变得渺远了。接着，一位指法僵硬者的手伸在电脑的键盘上，在一字一句地写着艰辛的文字。在多少人为了做官、为了受宠而不择手段的今天，只有怪得出格的人才能坐下来，只有个别人才能淡泊名利，宁静致远。何卓民可能还不知道我们现在的处境，否则，就不会拿出厚厚的稿件请我"赐教"了。

厚厚的稿件最后，是何卓民写给我的信。信中写道，他几天前应邀去了趟曲阜，在战友们的陪同下参观了孔府、孔庙和孔林，孔林给了他莫大的启发和鼓舞。他说，孔林里葬着孔姓最光宗耀祖的人。纵观孔子后二千多年，孔家在政坛上、军事上、生意场上，都涌现出一大批高官贵人，但能够进入孔林的却寥寥无几。而《桃花扇》的作者孔尚任，只是一介文人，却葬在孔林中一个非常显眼的位置，使每一位参观瞻仰孔林的人油然而生敬意……何卓民的信很长，抒发了他的情怀，他十分羡慕中文系毕业的我，如果能在失意时也和他一道，扬起人生拼搏的帆，守望着纯洁、正直、博爱的净土，为人类的文明进步鼓与呼该多好。他信中还说，到现在他也不会玩牌，传说他打麻将赢了多少，是有人作践他。

十九

一个月后，王畿县新来了县委书记、县长，他们都很年轻。主持工作的县长因诸多原因调离了王畿县。

矿难的结论也作了内部通报。矿难共死亡矿工九人，其他十几人经查属非事故死亡。鉴于此事故生产副矿长为逃避追究，欺骗了矿长陆耀发，陆耀发当时外出，他又欺骗了镇里和县里。决定对副矿长追究刑事责任，其他责任人给予党内及行政处分。

瓜瓜的遇害案子仍在追查过程中，为此，煤窑镇已经拿出二百多万元。

……

县长在新的县委书记、县长到任前，无限眷恋地离开了王畿。尽管他走得暗淡、苍凉甚至是迷茫，然而还是有许多人默默地为他送行，其中有我、郭琪信、何卓民……

看着县长昂首挺胸、步履矫健、军人风采依旧的样子，我想起他曾经说过的一段话。那是在他接到上级通知要调离王畿的夜里，他对我们也像是对自己说的。他说，在飞行大队时，我们团结得很好，真是战友加兄弟，主要是经常回味第一位登上月球的那个宇航员的话。那位宇航员说：当我在宇宙太空观望地球时，它是那么小，同无数银色的星星一样，只是一颗蓝蓝的小钻球；在这样一颗小小星球上生活着的现代人，为什么不可以互相亲密，更多地享受人类应得的和平与温馨呢?!

县长的车渐渐远去了，留给我们的除了宇航员的话，就是那道彩虹一样美丽的征尘了。

蔚霞、蔚霞

一

　　蔚霞走进梁周寺学校的时候，校长不在办公室。虽然学校离自己家不远，而且本村很多孩子都在这里读书，但毕竟这是一个新的环境，从今天起可能一切都从零做起重新开始。因为她被贫下中农管理学校委员会正式通知，到这里当民办教师。从昨天开始，她就有意地装扮了一番自己，对着镜子自我感觉说得过去，自己才自查过关。她觉得自己的衣服虽然旧了点，但洗得干净且穿上特别合体。这是她用那次出差的生活补助费买的，她吃干馍喝自来水省出来的。比起城里下乡知识青年的衣服有些差距，却比起村里的姑娘们她可能有点奢华了。人是衣裳马是鞍鞯，蔚霞觉得穿这身衣服站在讲坛上才提精神。不知为什么，她出了家门便觉得脸上火辣辣的不好意思，甚至还有种不愿见到熟人的感觉。从村子到学校不到二里路，蔚霞觉得腿有点别扭，边走边看自己的脚后跟，怀疑自己是否走路的姿势不好看。在马庄村的玉米地里，几个锄地的农民发出笑声，蔚霞以为在笑自己，忙停下脚步朝自己的背后拍起来，她怀疑自己脊背上不小心弄上了灰尘或泥土。还不到下课的时候，几个教室里都传出分贝不同的讲课声，校园里没有一个人，蔚霞即使在这种环境中，也没有心思在校园里多走几步。校长办公室门口的墙上贴着一张告示，她假装看告示的样子，眼睛斜视着校长这个办公室。

校长办公室正好建在学校的正中，实际它是这座寺院的中殿。据说里面曾供奉着关羽的塑像，前边还有关平和周仓，"文革"开始的时候，有一位民办教师组织一伙学生把神像砸碎抛到寺院的外面。因为中殿后窗很大，站在中间可以观六路听四方，那位造反教师组织的风雷激战斗队的司令部就占领了这块阵地。后来，形势翻来覆去的变化，但这块阵地打那以后就一直归属于革委会主任、领导小组组长或校长，其实就是学校一把手。

蔚霞陌生人一般的站着，孤零零的很不是滋味。她后悔昨天不应该说了一句充满自信的话，原本贫下中农管理学校委员会的马主任，计划把她送到学校，一来为的是蔚霞是学校的新老师，初来乍到有诸多不方便，自己又不便开口讲这说那，二来管委会出面足以说明对学校工作的重视，加上在选人问题上双方有点小冲撞，趁机可以缓解一下气氛，对工作、对学校、对管委会，特别是对蔚霞都有益处。谁知蔚霞谦虚了一句，说别兴师动众的，我自己去就行了。她想自己去当民办教师，并不是托人求的，也不是花钱买的，自个儿报个到，学校分几节课就行了。她哪里知道其间还有别的情况。

蔚霞觉得校长办公室不愧是中殿，双扇门开在正中间，一边一个长方形的窗户，这座房子也特别像人的头，门如同鼻子和嘴，窗户就是眼睛。蔚霞想笑，这个建筑的后面竖着一根高高的旗杆，但没有挂任何旗帜。据说前多少年几经变换，今日是"反到底"，明天可能就是"全无敌"，七十年代中间开始这根飘扬旗帜的杆子真正成了光棍。蔚霞觉得它十分像连环画上杨戬追赶孙猴子，孙猴子在逃跑中变成了一座房子，尾巴无处放，只好竖起来变为旗杆。蔚霞思绪还在西游记里，猛然听到"嗯嗯"的鼻子为主的咳嗽。一位个子稍高、鼻子扁平且头发花白的中年男子站在她旁边，他的蓝色洗褪得发白的中山服左上边衣袋里别着两支钢笔。他问蔚霞找谁的同时，右手在裤子右下边袋里拉出一大串钥匙。开门时他略微点脚，那串拴在裤鼻上的绳子连着的钥匙很勉强地插进锁孔。蔚霞想这个中年人应该是校长。

"我找校长。"蔚霞说。

那开了锁的中年人并没有立即把门推开，而是边打量着蔚霞边把那串钥匙塞回裤袋。"你叫……"中年男子把腔拉得很长。

"我叫杨蔚霞，河沟口大队十八生产队人。"

"马主任通知你来的吧？又是霞。"中年男人好像不咋乐意又来了一位女教师，然而他显得无可奈何。

这时走来一伙人，其中一个大点儿的喘着气说"报告校长，我们捡到二分钱。"

"哦，您是张校长。"蔚霞腼腆地向校长问过好，想校长会以热情的态度欢迎他加盟。谁知校长双手使劲把门推开，接着又把门拉上，说："既然来了，就来吧，多多益善。不过，你能不能先回去歇两天，这里分工、工资保证不少你的。你回去先写份自传，要写上你的学历、经历和特长，最好再写一课的教案，二年级的语文，下星期一交给我。"

蔚霞悟出了，在校长眼里来报到的不应是她，而是另外一个人。蔚霞的情绪一下子从高高的巅峰落到了万丈深渊，后悔自己不该踊跃的接受这个任务，到寺里当民办教师。她活了二十几年，从没有这样被人冷眼看待。她站在那里，眼眶里不知啥时已积攒了满满的泪水，那座中殿好像率先动起来、接着东殿、西殿、大殿都在动。没有受过气的人遭受这种委屈，蔚霞实在受不了，她真想羞辱这位面似雷公的校长两句，然后离开这个鬼地方。这时，她高中时的三位同学连拉带扯地迎接住了她。

"昨天就听说你要来。真过瘾，咱们小字辈又添了新成员。"淑霞说。

"没想到，最叫人看不起眼的民办教师还有人争着当。"青霞撇撇嘴说。

她们把蔚霞挟持般地推进了那间门上写着李老师室的屋子里。这是一个把三间教室二一分开的屋子，采光本来很差，谁还用发了黄的报纸糊住了窗户。蔚霞觉得这地方格外压抑，她一点儿都不喜欢这种环境。她的同学李新运进屋后把电灯拉亮，接着轻轻地把门掩住。这才告诉蔚霞，校长本来推荐高丽竹来当民办教师，到了校管委那里变成了蔚霞。校长今早出门脸都吊得难看，像脑血栓患者，说不定他昨晚一夜都没睡呢。李新运像一位主人，向陌生的客人介绍着他熟悉的情况："学校除了张校长，还有高副校长，他还兼教导主任，人挺好，相当有水平。"

谁敲了两下门，大家停止说话且屏住呼吸，看着推开的刚刚嵌住一个人的门缝里，出现了一位中等身材笑容可掬、文质彬彬的男子。

"高副校长，真是梁周寺地邪说谁谁到呀。刚才还向蔚霞介绍你呢！"

高副校长全部身子都进到屋里，看着蔚霞问："你是杨老师吧？多秀致的人啊，你一来学校又添精锐部队增加新鲜血液了，欢迎欢迎，你一定会成为好老师的。办公室安排好了没有，跟校长说了没有？"对于高校长不叫蔚霞而称杨老师，蔚霞听着别扭，一点都接受不了，这种热情简直叫蔚霞不知怎么对付。

总之，蔚霞在十分陌生十分尴尬的感觉中，硬是忍耐到放学的钟声敲过。这时，她可以尾随着羊群般的学生，和她昔日的同学一块走出校门。即使那些过去不怎么熟悉的老教师，也都客气的和她搭腔问候，这一切过后，蔚霞觉得心里增添了温暖和安慰，或者说她讨厌这儿的意识有所淡化。她想，我既然早已有这种当教师的愿望，那么你张校长一人能阻挡得了我吗？

路上，有几个学生从她身边飞也似的跑过去，然后看也不看她就喊着：杨老师好。蔚霞顿时感到脸上很热。毕竟是人生第一次被学生称作老师。

二

　　蔚霞那年生了一场大气，在几乎要憋死难过死的煎熬中，不知为什么又坚强地挺了过来，使自己刹那间变得忘却了过去的一切，换了个人似地活得有勇气、有骨气、有节操，或者说有个性了！

　　她只记得自己快死的时候，并没打针，更没有求神拜佛拯救自己生命，延续自己青春的，完全是自己。她在冥冥之中，对天对地更是对自己，恨恨地发了个誓，给了她后来的一切。

　　那年她仿佛记得自己刚过了十五岁，穷人家的孩子当家就是早了一些，她十二岁已经替妈操持了三分之一的家务，还跟村里的老太太、大姑娘小媳妇一道，把家里的鸡蛋、红柿拎到集上、火车站台上卖钱养家。

　　运气好像就是比别人好，她的东西不知真好假好，反正打招呼，光顾的就是比别人多。她往集上、站台上一停，就有人问多少钱一个。按照经验，她先是说贵一点，顾客便还上一个价。她只要稍微一落价，准能成交。那么她就能先人一步回到村上，而且基本上没有影响过上午的功课。在车站的站台上，她总是喜悦地充满希望地盼着那班车，下午四点多的，因为这趟车过去，紧接着对开的那趟车半个小时后准能到达。一篮子的红柿，在这两列车过去基本能卖个底朝天。其他那么多的伙伴，有的打扮得花枝招展，再加上花言巧语，卖起红柿来竟有些望蔚霞兴叹。特别是车上那些旅客，好像人人都把焦点瞄住他，隔几个窗户、隔几节车厢都会招手说："姑娘，把红柿拿过来！"随着召唤，应召者肯定不是蔚霞一个，有时大伙开闸似地都涌过去。当那些奇怪的旅客只买蔚霞柿子时，同伙们有伸脖子、有伸舌头、翘鼻子，奇奇怪怪的鬼脸什么都有。这种无声的语言信息，可能她们都心照不宣。蔚霞根本不知道她们在做什么。她总是在这种时候提出帮她们卖或者帮她们拎仍然沉甸甸的篮子。可是，人们几乎都不愿买她的账，极不情愿地甩开她的手，好像是蔚霞影响了她们的生意。十多岁的孩子，还不知道眉眼高低，也不关心后来会发生什么。后来，她隐隐约约地知道，那些同伴们议论她的生意好，主要是脸蛋漂亮。蔚霞没照过镜子，从来没有发现自己比别人长得好看。她纳闷了好几天，人长得美与丑难道和买卖好坏也有必然联系吗？那次她在学校门口的小货摊上，买了一面比自己巴掌还要小许多的圆镜，反复照自己总是觉得跟别人一模一样，没有点滴超人的地方。十五岁那年的八方庙庙会，从那时起她开始在乎起自己的相貌了。她是帮妈妈买麦场用的扫帚而去赶会的。她只顾匆匆忙忙地穿行在熙熙攘攘的香客和买卖人中间，根本没有遇上跟自己打招呼的人。但她回家跟妈妈交账时，惊讶地发现自己的口袋里不知谁塞进一个叠得方方正正的信封。她先是像被蝎子蜇了似的把信封扔在地上，见妈妈并没有发现什么或者说没有丝毫的异样表情，便红着脸又捡起来被她抛弃了的怪物。这个信封里，有一张男孩的黑白照片，下面还打着"工农兵照相馆"的字样。她多次见过这个男孩，因为同在一所中学里，是比她高两级的男生。他们平时不认识，甚至见面连寒暄也没有，只是听说这家伙十分顽皮，学习成绩也不怎么样。出于一种新奇或者说好奇，她看完了那几行歪歪斜斜的字：蔚霞，你真美丽。美丽得我几乎入迷，在学校里多想跟你说句话，又怕被别人知道了笑话我。多么凄惨啊，我先给你一张照片，以后你照毕业照时，别忘了给我一张，温暖一下我这颗悲凉的心吧！蔚霞也说不清，就是这张傻乎乎的照片和那如同抄袭来的"便条"，像谁在平静的水中掷了一块石头……这之后，蔚霞对自己的言谈举止、衣着打扮就格外重视。

再往后，蔚霞成了一名人民公社的社员，就开始和那位欣赏自己的男社员真正的认识了。在卖红柿时，她差不多每次都领先别人卖完，哪知道还没有到那个年龄，她竟又领先别人被人欣赏了。

她家所在的叫河沟口大队第十八生产队。河沟口大队有十二个自然村组成，她家是杨寨自然村，那个赠照片写条子的小伙子就是河沟口村的，他们属于第一生产队。从那个八方庙会之后，蔚霞心里就发生了自己也说不上来的变化。有时候，她十分迫切的想看上一眼那个男孩子，看他是否跟照片上完全一样。更多的时候，她想起来他脸上就发热，觉得自己还是不见他好，见到他有什么话说呢。于是，她比以前少出门了许多，害羞、怯懦、甚至还有一种难以表达的心理活动，总之，她被一种复杂的东西压迫得好累好辛苦。

终于，在那悠扬的琴声里，她从沉重的压迫里走出来。算不上开放的农村，常常在一种死寂的状态中送走一个个夜晚，偶尔一阵音乐响起，便如同寒冬里吹来阵阵春风。那个夜里，谁站在寨墙角，吹奏起《小放牛》，而且传得很远，几乎全杨寨的人都能听到。打更巡逻的贫下中农认真盘问他，才知道这是个为了女孩子而失魂落魄的青年人，好在他也是贫下中农出身，还是同一个大队的，不仅没把他请进生产队队部，还同情地允许他尽情地吹。接下来便是《北风吹》和《天上布满星》，琴声还真的让村里的多情者潸然泪下。

"多好听的琴声，让人想起很久以前的事情。"妈妈深情地说。"妈——"。蔚霞想说什么，大概是觉得不合适，只喊了妈一声。"孩子，我听说河沟口那个男孩子有点想法，你不用不好意思，我从那地方过来的，不愿看着你走那么多弯路。不过，真的这孩子那么执着地求你，也未尝不是好事。这种事还是顺其自然，入俗随缘的好……"

妈都讲了哪些道理，蔚霞听到耳朵里的只有入俗随缘的话，夜半的口琴声简直是如泣如诉，描绘着人间的新一轮的童话故事。蔚霞的心飞向了泥土不时落下的寨墙角。

不管下田干活时，蔚霞怎样的靠近大伙，她背后照样有人拿嘴巴撇她，用眼睛乜斜她，还有人故意勾起夜里琴声的话题，接着就发出轰然的笑声。蔚霞脸唰地红了，继而在心中升腾起一缕那种被人嘲弄了的怒气。

蔚霞不知道什么叫男女恋爱，妈妈也不允许女孩子小小年纪就这么做。但是那个大她一点的男孩子一再递纸条，往她家里掷纸团，告诉她，他爱蔚霞，而且坚定不移、海枯石烂不会动摇。特别是那句重复多遍的"你是天下最漂亮的女孩"，不停地冲刷着她的心田，让它不得平静，不得不产生暖洋洋、热烘烘的感觉。

蔚霞是天底下最漂亮、优秀的女孩，对着镜子照呀照，起初的怀疑、妄自菲薄在镜子里化为乌有了，渐渐地一股又一股的是自信和宽慰。她相信自己，不论是比心之善良或是脑的聪慧，别人是难以超越和比拟的。蔚霞以自己的出面，苦口婆心地劝告，告慰了口琴的倾诉，但他们之间除了一定距离的思念和倾慕，始终被一种厚重的意识婉拒和阻隔着。

温暖她的一直是那句赞美，这种赞美让她把事情做得更热心更讨人喜欢。蔚霞真是个最好的姑娘，十里八村挑不出来。她赢得了河沟口大队几千人的心。她自豪、宽慰，后来坦诚地告诉妈妈，她真的很喜欢那个讨厌的男孩子。这种温暖的感觉，如同万里晴空、艳阳高照，然而在那次热闹非凡的欢送活动中，一团阴霾向她压过来……

那个冬天，递纸条的男孩子穿上了军装，说是要到中苏边境。据说那里要比河沟口大队的冬天冷好几十倍，男人站着尿尿能把尿冻成弓。蔚霞心里好一阵缓不过气，这种严寒的地方人怎么活呢。后来，蔚霞又听说为了参军的事，人们都争先恐后，闹得不可开交。她这才劝慰自己既然那么多人都争着去，就足以说明人可以生活下去。于是，她忐忑地等待着穿上军装的他，骑着自行车来到杨寨，告诉她"蔚霞，我当兵了。"她算着日子，一天、二天……她觉得饭也不香，梦也不甜。一直等到河沟口大队召开欢送新兵入伍的大会，她怀着一种失落的心情一步一步拖着两条仿佛被铁砣捆绑了的腿，向大队的会场走过去。她此时特怕路上的人们向她投来轻蔑的目光，尽管她和那个男孩子真的什么也没有。

会场上密密麻麻地到处都是人，用人山人海来形容一点也不过分。主席台上已经整整齐齐地坐上了人，蔚霞一眼就看见那个戴上红花的他坐在主席台的正中。绿军装使他更加英俊和潇洒了。蔚霞蓦地产生一种从未有过的冲动，走上主席台，告诉他他也是最漂亮的，并且把他最想得到的照片递给他。蔚霞下意识地把手伸进左边的裤子口袋里，照片还在。这时，会场上响起来刺耳的喇叭声："欢送大会现在开始。第一项……"

台下一阵骚动，人们都忘记了是在参加一个隆重的欢送大会，不由自主地跟着一个穿褪色中山装的人跑起来。随着主持人大声宣布"鸣炮奏乐"，台下穿褪色中山装的小伙子，拼命地狂奔、歇斯底里地大叫"别揍我，我学好"。知情与不知情者都被眼前的景致吸引了。张九斤校长的儿子起名张金乐，年幼时得过脑膜炎，由于河沟口大队远离城镇，尽管对校长家的公子抢救还算及时，然而照样留下了严重的后遗症。张金乐正常起来人模人样，一旦不正常起来，什么样的话都能出口。因此，张九斤经常把他圈在家里，对外掩人耳目地说让金乐在家自学，日后有机会要上大学。张金乐不给老子长脸，经常翻墙溜出家，哪里人多就往哪里挤。时间一长，人们便知道这家伙只有八成的智商，不时地追着他说出一些父母性生活的言论。他在会场里，不知谁骗他鸣炮奏乐，就是要揍他。于是，当主持人宣布鸣炮奏乐时他便忍受不住地大声喊叫，突然狂跑起来。主持人对着麦克风只是大喊安静、肃静，并没有批评训斥。因为他知道台下发生的事情与支书张七斤的侄子有关。不看僧面要看佛面，大会上批评人不好，况且还是欢送大会。

张金乐狂奔叫嚷着走远了，会场秩序又恢复得井井有条。蔚霞刚才冒出来的念头也随之消失，她只觉得手里的照片几乎要被手汗浸湿了。会议的议程到底有多少项，她模模糊糊的，最清楚的是亲友向新兵赠送红宝书。那位穿蓝裤子草绿上衣的姑娘，郑重其事的手捧《毛主席语录》走到他身边，把红宝书交给他后，亲切地握了握他的手，嘴里还说着什么。蔚霞想应该是嘱咐他到部队后要读毛主席的书，听毛主席的话，做毛主席的好战士。会议结束了，会场上只剩下她一个。她和他终于没能见上一面，说上一句话。

她脑子里一直被那个捧红宝书的姑娘占据着。她到底是他的什么亲属，但愿是姐姐、表姐，当然更好的是他姑姑、阿姨。她小声跟他说的是什么，千万不能是"你好帅，我喜欢你"这样的话。

这个傍晚来的比往日早，天阴的很重，一副要下雪的样子。蔚霞觉得自己的心思也像老天一般沉重。厨房里，妈已经点燃了那盏不停跳起灯花的煤油灯。看见这淡淡的灯光，她豁然轻松了许多。

这天夜里，雪下得很大。扑扑簌簌的落雪伴着她的思绪经历了无比众多的时间和无限广阔的空间。她离开欢送会的时候，公社武装部的专车把戴着大红花的他拉走了，听说那天下午就到县城，然后连夜就开赴大东北。蔚霞琢磨着落雪声，仿佛在聆听天籁之音，甚至幻想着当兵的他隐隐约约向她倾诉，之所以不理她，这是部队铁的纪律，也是国防建设的需要，一定要她宽恕和谅解。想到这里，她心里好受了许多。但她想假如见到他，她一定用拳头捶着他的脊背说不想理解和原谅他。她哭了，不知道是怨恨、是爱怜、还是激动。

雪一连下了好几天，整个杨寨村、河沟口大队都连成一片。蔚霞站在寨外的高岗上，遥望着很远的地方天地相接，连成洁白的世界。她想他已经到达部队，估计也属于这个雪的世界里，并且在他面前形成了弓一样的东西，他正不好意思地红着脸对她说，这儿真冷，真像河沟口人描绘的那样。

蔚霞：

　　我已经到部队两星期了，目前仍在紧张的训练当中，我是趁星期天休息半天的空隙给你写这封信。下雪了，东北原野的雪景十分壮观。望着这皑皑雪原，我想起了远方的你。你好吗？我真的好想你。在家时，我多次想当面对你说，你是天底下最优秀的女孩子，但又没有勇气说出来，只好写在纸条上塞给你或扔进你家。到部队后，觉得我多么傻，多么怯懦，连一点男子汉的味道都没有。你没有给我照片，也没有回答我一句深刻的话。现在我已没有勇气看到你的照片，也没有资格得到你的爱情。写到这里，我把泪水都洒在了信纸上。我又不敢痛快地哭，怕战友们产生什么想法。我默默地用泪水和着墨水给你写信。

蔚霞，我真没骨气。为了参军，为了顺利地进入军营，我只能按照张七斤书记和我父亲的安排，和张七斤的外甥女——一个比我大三岁的女人订了婚。你知道，作为一个农村的孩子，只有通过参军这条路，才能入党、提干或者转业安排工作。当然，那么多的农村小伙子都是叫嚷着"一颗红心，两种准备"，实际上一个比一个都入伍心切。在激烈的竞争中，我几乎要被淘汰出局，是我那个外号赛诸葛的父亲让人把比我大三岁的退过两次婚、发誓非军人不嫁的姑娘拉扯给我。她是张七斤、张九斤的外甥女，这桩婚姻自然带上了利益色彩。我如愿以偿地在强者如林的应征人员中脱颖而出，成为河沟口大队唯一的新兵。现在想起来，我这个人还算人吗？不管怎么说，事情已到这一步，我只能按他们设计的路走下去。父亲说，这姑娘不仅是张七斤书记的外甥女，还是一名民办教师，说不定哪天上边给指标就可转正，到那时，一个双职工家庭不就建成了。再说，男孩子当兵为什么，不就是为能走上幸福之路吗。父亲他们好像知道我的一切。我那些天魂不守舍的样子，像一具幽灵蹲在杨寨墙下拼命地吹琴，不仅杨寨生产队，整个河沟口大队都知道了这个爱情夜话。于是，父亲骂我没出息。接着他表现出天神一般的冷峻，说如果我再敢找你，他就与我脱离父子关系。最不该的是，他指出了你父亲是一个臭名昭著的流氓，说你也不会有出息，一辈子连一个民办教师也当不上。

……蔚霞，新兵二排的战友虎子不停地催我上街，就写到这里吧!

望你多多保重，今生我对不住你，下辈子一定加倍来偿还。

红渠于乌苏里

×年×月×日

读完信，蔚霞便开始生病。发高烧、说胡话，农村人说是吓人的病。她在生死界苦苦挣扎了二十多天，最终还是在人们尤其是妈妈的焦急等待中恢复了清醒。

她冷冷的冒出的第一句话便是：这一辈子我一定要当当民办教师。像和谁赌气一样，咬牙切齿地发誓说。

为了安慰她，妈妈也随着说：当，一定当！

三

张校长叫张九斤，是河沟口大队支书张七斤的堂弟。让蔚霞先回家休息几天，写什么自传，写什么教案，星期一再到学校来，看来是人情味十足的委婉手段。了解情况的人便不难看出，蔚霞面临的是一道厚实的关系墙，要把她挡在学校外边，尽管她身后也有支持她的管委会马主任，还有那些跟校长离心离德的高副校长一批人。在推荐一名教师进校时，候选人有两名，一位是杨寨生产队的杨蔚霞，另一位是高崖头生产队的高丽竹。贫下中农管理学校委员会的马主任竭尽全力推荐蔚霞，张校长全力以赴支持高丽竹。大队党支部书记张七斤似乎站在中间的立场上，或者说他超脱了眼前的一切，境界很高地说多听听大伙的意见。由于张七斤书记态度的暧昧，一直把这次会议推到了投票表决上。结果蔚霞得七票，高丽竹得六票。马主任当即就说，张书记，既然投票那就要说话算数，蔚霞比丽竹多一票，少数服从多数应该蔚霞进校。张七斤书记

拿一根火柴只顾在耳孔里掏着，没有搭理马主任。张九斤校长恼羞成怒地说："这样安排学校教师不合适，投票的人都真正了解情况吗？这样做不公平，有道德、有文化的人进不到学校来，作为校长我要为学校的发展负责，我不同意！"张九斤说的有道德是指蔚霞有太多的退婚历史，算不上有道德；了解情况指的是高丽竹的情况他自己最熟悉。马主任认识字不多，但认死理是河沟口大队首屈一指的，直得不会转弯更是妇孺皆知的。马主任针锋相对地说，"张校长，无非你和高丽竹有点好，人要顾点脸呀，太露骨了三里五村可要笑话的呀！特别是你当校长，跟教师不清楚，咋说服别人？咋叫其他教师服气你跟你好好干呢？"

马主任这几句话，说得张校长脸上的青筋暴露出来，连一边掏耳屎的张七斤书记也不得不停下来。"这样吧，蔚霞、丽竹都不错，今天投票决定也有不完善的地方。老马、九斤，看还有别的办法没有。"马主任说了句，我看投票的结果很公平，应该算数。张校长说，我不干，我当校长我也有选人用人的权利，这回我顶定了！马主任把巴掌朝桌子狠狠一拍："管委会宣布，杨蔚霞明天就到梁周寺学校报到，谁也挡不住。"马主任走了，桌上受巴掌震荡的茶杯还叮当叮当响着。

蔚霞从踏进校门开始，就觉得这块地方也不是一块净土，农村里的小戳挤、翻疙瘩、拉团伙在这里表现得更突出。张校长那一副不可一世的雷公脸令她心里乌云翻滚，高副校长笑容可掬、阿谀奉迎的姿态叫她为之恶心，其他的几位紧随高副校长挤眉弄眼、向新来者大献殷勤，让她难以接受。然而，既然踏进了这座有古寺改建而成的学校，就不能不适应这里的环境，这也是几年的夙愿得到实现，这也是人生的又一座里程碑。从那时刻起，她压抑住自己一向倔强的脾气，告诫自己打造好一个崭新的杨蔚霞，适者才能生存。于是她又觉得这儿的一切还可称得上是清新的。

校长下达写份自传，备个教案，过几日再到校的指令对蔚霞来讲也是能接受的，毕竟是校长，他要认真地对新来的教师负责。至于其间的一切，校长、马主任都没提过，蔚霞也就不得而知了。蔚霞回到家的第一件事，就是静下心来，认真地写好这篇非同寻常的自传。她猜想校长可能要通过这篇自传，了解她的文才，掌握她的动机，总之这包罗万象的一切都得体现在自传里。社会关系、个人经历、入校动机、处事态度、政治立场……这一切都向她涌来压来，一张张面孔、一道道问题都向她相继袭来。她从何写呢？手里设想能够下笔如有神的笔尖此刻表现得如此凝重和羞涩。

越是为下不了笔而懊恼愁闷的时候，越是登门造访者接二连三。每位进到家里来的人都称蔚霞为杨老师，好像她已经是梁周寺学校的资深老教师了。而且登门者似乎都特别喜欢这位新加盟者。

陈素素先来，她是一个人来的，好像也不代表学校的哪一派。只是告诉蔚霞，梁周寺学校虽然不大，它可如同麻雀一样五脏六腑应有尽有。她列举了几件事之后，用复杂两个字表达了她的感慨。陈素素正欲出门，梆梆的敲门声已经响了起来。领头的是被称为语文教研组长、一米六左右身高，稍微胖点儿的姑娘，她叫淑霞。在她身后还站着两个人，一个是皮肤有点黑，显得很健康的王贞莉老师，她胳膊里还夹着一沓子教学参考资料。另一位则是蔚霞中学时的同学何云霞。蔚霞在学校读书时跟她老是合不来，相互之间都不能包容。不知什么原因，自打蔚霞这次踏进学校门当老师，仅仅几小时工夫，她们之间那种抵触情绪便似乎早已无影无踪了。她们到来后，并没有直接说学校里的事，而是寒暄个没完。淑霞不愧是教研组长，她在聊了一阵子以后，向贞莉、云霞递了个眼色，接下来便转换了话题。

淑霞先说："蔚霞，不知道你清楚不清楚，这次学校添人斗争可激烈了。张校长要把他的相好往学校拉，简直都达到了不顾脸的地步。谁不知道高丽竹是他的情人。还说别人道德不好，退婚多，朝三暮四！"

蔚霞知道淑霞话中的意思，她最担心的最忌讳的就是别人指责她婚姻态度的问题。从淑霞的语气里，蔚霞也觉察到了故意夸张和挑拨的味儿。淑霞说到最后，她话转过来，"蔚霞，要说我们跟张校长相处并不差，前世即无仇后世也无冤，大不了是提醒你当个教师也不是一帆风顺，也充满着矛盾和竞争。你一定要坚定信心，一定要打胜仗，绝不能自暴自弃。高校长也在学校里为你鸣不平，说上一天班就让回去写自传，这不明摆着让你蔚霞丢人吗！"

淑霞话音刚住，贞莉就打起腔来："不光高校长，全校百分之六十以上的人都主持公道。明明蔚霞比高丽竹强，而且是票决过的，况且已经到岗了。张校长太不明智，你就是走后门也应该观察一下社情民意，也应该看看火候。"贞莉简直是在修补完善淑霞的意思，客观上起到了巴结蔚霞的效果。一块儿来的，云霞不能不说两句，否则，她来一趟的作用是什么呢。云霞说，"老同学，他们在欺负人、捉弄人，不让来应该丑话放在前头，人已经进校了，又想打退堂鼓赶人走。啥写自传、啥道德作风，就高丽竹是十面净八面光。蔚霞你主意要拿定，这次不让咱进来，谁也休想进成。老张敢堵住你，我们就告他男女生活作风问题，谁不知道吃人家的嘴短，拿人家的手软。蔚霞，我提供素材，准备告他张九斤老舅子！"蔚霞谢了她们的提醒和光顾。

不知什么时候马主任也来了，他坐在院子里跟蔚霞妈聊起来。蔚霞只听见他说"明知山有虎，偏向虎山行。咱蔚霞的杨老师当定了，要不跟他们没完"。马长旺用贼一样的警觉小心翼翼地扫了一眼岫岩，见她并没有腻烦的表现，又加了一句："他妈的张九斤，竟敢说咱蔚霞的父亲历史说不清，蔚霞的来历道不明。我当即顶住了他，骂他和高丽竹才是不清不明的。"马主任是在表白这件事他的功不可没。

蔚霞无论如何也想不到，因为这次当民办教师的事情，竟能产生这么大的震动。她们家就要成为地震的震中。她希望下星期赶快到来，把自传和教案交上去，据说还要试讲一节课，都需要时间。然而人来人去的疲于应酬，树欲静而风不止。蔚霞虽然对来访者十分烦恼和反感，但此刻不管她们出于何种用心，也只能耐心地接待，热情地欢迎，微笑着话别。蔚霞觉得这两天是她人生中最累的时段。

这星期的周末，来访者终于停止住了。天一擦黑，蔚霞觉得情绪好了许多。尤其是仰望满天闪烁着的群星，她似乎看到了许多期待的目光，勉励她加倍地写好自传，全力地写好教案，去迎接那胜利的一刻。她握紧了笔，文思像小溪一样欢快流动。

快写完的时候，妈妈轻轻地敲着房门"蔚霞，你的信。"蔚霞觉得奇怪，她刚刚走进校门，一封来自云南的信件竟能神秘地寄到学校，封皮上还写着杨蔚霞杨老师收。更令她惊讶的是，这封信的背面还标注着"春不暖花不开，不见蔚霞不能拆"。打开这封土里土气的信，蔚霞知道这是马主任当兵的儿子写来的，信里虽然没有向蔚霞寻求什么，但蔚霞依稀感觉到又一个危险的信息已经传递过来了。

为进校当教师的大队班子之争，为斗垮校长，副校长和老师们的良苦用心，学生们亲切呼唤杨老师的声音，本人的面子和影响，以及那封寄到学校的信件，都在告诉她蔚霞，人们心目中杨蔚霞已经是名副其实的人民教师了，若是再从学校里回到家，不论你怎么表白，都是大失体面的，人的名声比什么都重要啊！

杨蔚霞一定要争这口气，一定要走上讲台！

四

河沟口大队地处负图公社最西部的丘陵区。这里从每年的春天开始，一年四季都有不同姿色的野花竞相开放，万紫千红、百花斗妍，给这儿的沟沟壑壑很多神秘和美丽。

这儿曾是兵家必争之地。站在河沟口大队的高崖头生产队的麦田里，奔流不息的黄河就在脚下，不远处是一片林木繁茂的绿渚，那便是有着传奇童话的渡口，再往北极目望去，烟波浩渺的小浪底就尽收眼底。当年倭寇鬼子兵、中央军、青年军、八路军、解放军都在此出没，枪炮声还是这里老百姓昨天的回忆。皮定钧司令在这里武装渡河，老百姓鼎力相助，新中国成立又成为有着革命传统的地方。

山岭起伏、沟壑纵横。这里还有着独特的小气候，适宜各类物种休养生息。鸿雁、白鹳、黄莺、山雀、白灵、狼、狐、獾、猴等或作客或定居。山坡上防风、远志、山药、首乌等中药也驰名遐迩。晴天丽日，这儿绿岗幽谷、鸟语花香；阴雨霏霏，这儿云雾缭绕、狐鸣狼嚎……

因为这里历经战乱，人们便为此观念分歧；这儿因地势复杂，便常有土匪藏匿；因八路军在此受资助，人们便滋生一种自豪和光荣。还有，祖祖辈辈文化教育不够，这里人难免粗俗愚蠢，政治上糊里糊涂，往往紧跟形势，不顾一切。

昔日漫山遍野绿草黄花，在河沟口人战天斗地的呐喊声中，变成了牛肋把骨一样的层层梯田。偌大的"农业学大寨"的巨型大字，社员们整整书写了三年，最终这里又成为学大寨的先进典型。

那年麦收之后，一群从负图公社来的戴着红袖章的学生们，拿着扫帚一样的大刷子在河沟口大队部的墙上，写下了"破四旧、立四新"、"造反有理"等标语。一向表现积极的河沟口人都十分听话地把自家收藏的书画、报刊、花瓷用具等彻底地叫了出来，随着火焰升腾、铁锤挥动，这些被认为旧的东西全都被销毁殆尽。后来深挖严查坏人，这儿又涌现一批不同阶级的阶级敌人。有为老日送过情报的，有活埋过八路军的，有在西北军服过兵役的，还有绑票抢劫的，就连那在延安受不了苦返回家乡者，都被揪出来了。一千多口人的河沟口大队，一夜之间查出了历史反革命一百多人。这样大的成绩在负图公社广播站成为头条新闻。正当县上安排宣传小组来总结时，村里一位沉默寡言的老人颤抖着找到宣传小组，说是愿向上级自投案说他曾在阎锡山的军队里混过，他的连长是大胡子，不知是不是杀害刘胡兰的那个人……于是，原本定为先进的河沟口队，一下子成了后进。上级批评这个村阶级斗争搞得不够彻底，还有漏网的坏人。接下来，有女婿扭送岳父的、儿媳检举公爹的，弄得那些向异性目送秋波的人也被认定为流氓之后，整个河沟口大队有问题的达到全村人口的四分之一，这才被批准过关。

经历了无数次的批判会之后，河沟口大队共有九个人带着花岗岩脑袋投河自绝于人民，包括原来的大队支书、学校校长。

张七斤、张九斤、马长旺等就是一次次的斗争高潮的弄潮儿，最终都在河沟口出人头地。河沟口大队成立委员会时，张九斤、马长旺都没能入围。张九斤的功绩是曾于×年×月×日中考前夕，砸过考场，加之他本身就是学校教师，安排个梁周寺学校（河沟口大队学校）革命领导小组组长，后来改为校长，便成为顺理成章的事情。马长旺出身贫寒，其父母更是苦大仇深的老贫农，由于他的文化程度不高，脾气不随和，为此也没能进入大队革委会班子。组建班子时，马长旺作为清理阶级队伍的先进分子，参加了班子安排的会议。眼看所有的位子都有人选，仅剩下大队妇联的位子还空着，他便当仁不让的提出要干妇联主任。当时遭到了公社驻队干部的反对，说全国上下、负图公社各村，都是妇女当妇联主任，男人干这一角色简直是笑话。马长旺自恃劳苦功高，骂着说，妈的出力打江山时老子冲锋在前，坐江山时把老子忘到了九霄云外，不让干点啥老子就整天坐在大队里。马长旺当时掌管着大队广播室的钥匙，时不时地在广播喇叭里发号施令，有时深更半夜，有时正午时分。社员们最不想听到先使劲吹话筒、然后使劲拍话筒的声音，特别是马长旺怪里怪气通知会议、通知人取邮件，通知谁家的猪啃麦根的叫喊。马长旺在开喇叭后，吹吹拍拍感觉声音扩出去了的时候，总是先说一句"最高指示"。按常理说过最高指示以后，就应该货真价实地读上两句毛主席语录。而他准备不够，能切合

实际针对性的运用一段最高指示。比如谁家的鸡或猪跑到集体庄稼地吃麦苗或谁家小孩拿了公家东西，就用"要斗私批修"或"要大公无私"作为最高指示，而马长旺喊过最高指示后，直截了当地说起事情来。有次一个妇女跑到大队叫嚷队长对她耍流氓，马长旺就严肃地在广播上讲最高指示，有人白天耍流氓；有人偷生产队的白菜，广播上就说最高指示，有人偷白菜。久而久之，弄得河沟口大队在全公社大丢面子。直到这时，才有好心人劝告他，进不了大队班子，主要是因为他文化水平差，政治觉悟低。最高指示哪一页有"耍流氓"和"偷白菜"呢！

马长旺嘴上不承认，心里不服气，但从那时起他便重视起有知识的人们。还好，公社驻队干部为了消除广播室带来的消极影响，就赐给他一个贫下中农管理学校委员会主任的官衔。这本来是为了向他要广播室钥匙而施展的一个策略，然而马长旺却认为既然叫我管学校，我就要有职有权。儿子参军时，马长旺就许愿说，儿子要娶蔚霞，自己现在升官管学校了，蔚霞当上教师再说吧，让人们都知道马长旺虽然识字不多，儿媳妇可是学校教师。

他抓住了这次选拔教师的机会，在杨蔚霞毫无察觉的情况下，态度坚决地推荐蔚霞进校当老师。接着不知谁捎信把这个喜讯告诉了远在云南的儿子。那封"春不暖化不开，不见蔚霞不能拆"的来信，就从千里之外寄到了梁周寺学校。

就是因为河沟口大队的错综复杂，任何事情都可能反复无常，才出现了张九斤反对蔚霞进校的事情。

五

在蔚霞生病的日子里，妈妈讲述了一段隐瞒二十多年的往事。对蔚霞来讲，他是在浮想和朦胧中，隐隐约约地构建了那个年代的情景。黄河水从星潭涯上飞落到壮丽的小浪底，在这儿经过湍急的旋转后，逐渐地放慢了前进的步伐。不知从哪个朝代开始，就在这河流渐缓而拐弯的地方，形成了沙土堆积的岛渚，上面还长满了花草树木。当社长透露出要开发这个岛时，男女青年终于迸发出一股按捺不住的热情。一夜之间，报名进岛者数千人之多。什么决心书，挑战书、挺进宣言迅雷不及掩耳般铺天盖地地进了公社大院。社长说，热血青年激情高涨是件好事，但开发岛是一件新生事物，需要分期分批上人，需要有目的、有计划地稳妥推进。对开发工作的困难和问题，一定要保持清醒的认识。青年人的狂热、脆弱和心理波动，也要考虑在内，还有……社长当时并没有当着众人的面说还有什么，在小范围他指出，男女青年进驻孤岛，开始独立生活，千万不能壮志未酬却丑闻百出，社里不能看着女孩子进岛时孑然一身，一年不到就抱着婴儿，或者扛着大肚回来。社长的意思是要制订标准，选拔那些思想红、品行端、出身好的青年人前往开发。

这支青年队在百里挑一、政审体检、调查走访诸多程序之后，正式成立了。青年队成为负图公社广大青年的象征和骄傲。

杨寨村的男青年杨亦挺成了青年队第一任的队长。河沟口村同去的还有团员张七斤等。

青年队员们每月从岛上回来一次，休假四天，遇上天气变化，木船难以横渡，他们就把休假的日子集中到下个月累积进行。未经开发的处女岛，按照社长的意思是先发展果树，把百亩果园建成，再因地制宜地发展其他东西。由于没有农作物，农时季节对人们的严格要求在岛上就无关紧要。青年队员们可以像工厂里的工人一样有规律地生产生活。他们吃大锅饭，当然也难免有粮食、蔬菜供应不继的问题，遇到青黄不接的时候，岛上的野菜、野果、甚至禽兽便给青年队们充当食物。

由于是经过严格挑选而成立的青年队，人们都对他们的思想道德水平高看一眼，每个家庭都放心大胆地相信他们的配偶或子女从事着一项最宏伟的事业。特别是他们的妻子们，每逢该休假的日子，都会翘首远望景苑岛，巴望着那艘载着青年队员的木船早点在河中出现。杨寨村那位结婚不久的青年队长妻子也是等待中的女人之一。她叫仝岫岩，和杨亦挺是中学同校不同级的同学，仝家父亲是杨家父亲的磕头拜把子兄弟，仝杨联姻有着浓重的封建色彩。尽管如此，自从他们结婚后，在外人眼里，他们方方面面都体现了一种恩爱情深。只是在杨亦挺谈到景苑岛的事情，给仝岫岩平实的心里增添了一层忧患和迷惘。

那是休假的四天里，应该是第三个月的休息日。杨寨村笼罩着雾霭般的月光，夜进入了一天中最为静谧的阶段。杨亦挺向仝岫岩讲述着他的发现。他说在景苑岛上，有许多山洞，它们不知道建造于何年何月，但全部是人们精心挖成的。最为奇怪的是相当一部分山洞里都摆放着或堆砌着成双成对的骷髅。看得出来都是一男一女在一块的，有的人都变成白骨了，但仍然恩恩爱爱地纠缠在一起，很难把他们完全彻底地分清楚。杨亦挺深深地叹了口气说。最让人难忘的是一个山洞里，两位青年男女的衣服还基本完好，他们紧紧抱着合二为一的身体旁，还放着两只剧毒化学药品的瓶子。大概是因为他们服用了剧毒药品，尸体才得以没有受到狼虫虎豹的吞噬。不知为什么，他们选择这条路。从他们所在山洞遗留的太康饼干铁盒来看，他们在死之前，还有一段快活的时光。起码是吃完了饼干，享受了充分的幸福之后，双双喝下了要人命的毒药，弥留之即他们或许还是带着美好的憧憬。

仝岫岩哭了。为了不使抽泣声传得更远，拿被子角压住嘴巴。杨亦挺本来是向她介绍岛上的新鲜事，激发一下她的好奇心，从而使他们这晚的活动充满一种别样亢奋地达到高潮。没想到适得其反，仝岫岩的情绪被引导到极度的忧伤中。为了改善一下氛围，杨亦挺只好趁势说了句，世上有的人真是太不该了，幸福生活来自打拼和争取，而选择殉情的做法多么的自欺欺人，他们的所作所为是只悲不壮啊！这些人绝对不值得人们去同情去颂扬。连个名字都不敢留下，糊里糊涂地自杀，天无绝人之路，他们难道不能天涯海角去吗？

仝岫岩听着杨亦挺的描述，早已进入了角色。那些山洞里的骷髅，在她眼前和心里瞬间变成了杨亦挺，女身并不是她仝岫岩。接下来又变成了曾和她信誓旦旦的同班的他，然而他身旁的女身仍不是她仝岫岩。她感到很孤独，孤独中的自己又十分悲凉。他们都到了那个清静的花花世界，那个平凡的浪漫之地。她知道很多人曾给他介绍着女人，而他并没有厌烦的表现，接二连三地相着无聊的亲事，仿佛在表演给她看。直到这时，她才把自己的一切与人的命联系起来，她怀疑时间已经改变了他，自己在时间的流动中发生了些许的动摇。因为她从新婚以后发现杨亦挺并不属于庸俗之辈，他对仝岫岩的冷漠始终保持着理性的克制。她并没强求他做什么，似乎他更懂得强扭的瓜不甜的道理。杨亦挺的大度、理智、宽容深深地触动了她。相比之下，她心中的他却是那样地小肚鸡肠，几次追问她新婚之夜杨亦挺到底碰她了吗，还问这么多天难道没有一次，表现得对她的坚贞十分怀疑。如果说她心中的他的作为令她气愤的话，那么杨亦挺的表现进一步加快了她认命的心理蜕化。她为此哀伤起来，觉得自己既然嫁给他，就应该和他一起，即便去死，也应该不可分离。而今他一个人去了景苑岛，那又是一个神秘莫测的地方。

对于杨亦挺的劝说和表白，她更是不能苟同。一块去自杀的软弱不可同情，那么背井离乡、天涯海角的人不是更加的不负责任和残忍吗。你杨亦挺有朝一日抛弃我远走他乡了，这种局面那才叫残酷呢。后来，她渐渐地不再抽泣了，因为活生生的杨亦挺正完好地挨着她躺着，还把一条腿放在她的两腿之间。即便是死，也是他们紧紧地纠缠着。这时，她反倒觉得自己的幼稚可笑，觉得自己有一种看闲书掉泪的杞忧。她终于找到了床的感觉，并且带着一股不可阻挡的冲动翻过身，狠狠地压住杨亦挺，不由分说地啃住杨亦挺的嘴巴。接着使劲拱开他那紧闭的牙关，咬住那只坚挺的舌头。她好像是在生命的危急时刻抓牢了救生的物体。他好像也有了反应，开始用舌头搅动着她绵软的口舌。

接着他又把她压在身下，开始脱她仅有的那点衣服。他们到这种时候，呼吸变得失调和急促。接下来，他们在迷茫中轻轻地问着怎么样，还行吗，你呢……当杨亦挺觉得他们之间有关节响的声音时，仝岫岩突然拍他背上一巴掌，这也是一种语言，告诉他事情已经是最圆满的了。这一夜，他们的语言表现得丰富流畅，笼罩在岫岩身心的疑虑、忧伤一下子跑得无影无踪了。透过窗帘未盖严实的缝隙，仝岫岩觉得月光比刚才要柔美多了，甚至还有一种清新、亲切的滋味。不和谐的是，事毕杨亦挺像一个因鲁莽而做错事的孩子，嘴里不停地念叨着对不起三个字。

这以后的日子里，岫岩除了精心照顾公婆、下地干活儿，依旧是面对滚滚河水，遥望河对岸那郁郁苍苍的景苑岛，盘算着木船返航的日子。

终于有一天夜里，那是开发景苑岛一周年纪念日之后，仝岫岩被砸门声惊醒了。杨亦挺仓皇而狼狈地闯进家门，还鬼鬼祟祟地向身后看了看。他手中端着一件什么东西，好像是一件宝物十分娇宠地捧着。

"岫岩，我犯错了，犯罪了，比死罪还严重。我只求你原谅我，但……有时候大人有过，而孩子无错啊！"杨亦挺没有给仝岫岩接他话的机会，像犯罪嫌疑人在法庭上做最后陈述。这时，岫岩才看清他抱的是一个婴儿。

这孩子从何而来，是谁家的？难道是……岫岩问了许多，杨亦挺不知是什么原因，只说了一句"委屈你了，千万要善待这个孩子"。杨亦挺冒冒失失地走了，仝岫岩选择了静默，她目送着那个幽灵般的身影。她觉得那是个寒冷而恐怖的黑夜。岫岩一夜没有合眼。她眼前出现的一幕幕的景象，大多是无情地折磨她的事。当她觉得这孩子与杨亦挺有关的时候，真的想趁着夜色把孩子扔进东去的河里。但每当这种念头出现的时候，又一种意念很快又占了上风，这孩子也可能是因生活困难而被抛弃的，杨亦挺之所以不愿解释，主要的目的还是想让她善待孩子。这时，孩子如同猜透大人心思一样不安地哭起来，像青蛙一般叫着。仝岫岩感觉到这孩子可能是饿了。从那天夜里起，杨家添了一口人，村里人以为是仝岫岩亲生的，还说看人家不显山不带水的就到时候了。那个早晨的霞光特别好看，蔚为壮观，于是村里学校戴眼镜的先生就为孩子起了雅俗共赏的名字——蔚霞。

六

在杨家喜庆的鞭炮声里，一个人躲在家里黯然落泪。每一声爆竹响都仿佛是锋利的针尖在无情地扎他。这个人就是青年队团支部副书记张七斤。

两年前的月夜，他和恋人仝岫岩又一次来到望岛坪。这个地方是他们中学毕业后最有魅力的去处，每次来他们都是怀着一种美好的向往，或者说他们如同农民，在田地间辛勤地耕耘，目的是为了得到称意的收获。他们几乎每个能够会面的夜晚都来，谈天论地，说灯火侃鬼怪，无所不及，虽然他们表态时没有发誓赌咒，但各自要说的话都心照不宣。他们坚信人在做天在看，冥冥之中定有神明相助，有一天，真情感动上苍、影响全家父母，促成他们的事情。

然而，男女之事却截然不同于农民种地。就是那天夜里，岫岩告诉他，她要结婚了，和杨寨村的杨亦挺。这个突然的消息，比他们脚下的崖壁还要陡峭，虽然没让张七斤产生五雷轰顶的打击感，但他还是感到这么迅猛的"噩耗"让他承受不了。

"咋这么快？"张七斤低沉的声音。

"杨亦挺的父亲得了恶病，已经挺不了多久了。他想趁自己活着，亲眼见到儿子成家，为的是死而无憾。"

"那你怎么说了？"张七斤总想得到点可以慰藉自己的东西，尽管他知道现在说什么都无济于事，但还是要说。

岫岩看了看七斤，依稀觉得四只眼发出的幽微的目光交叉到了一起。她发现七斤的眼光里充满了焦急的期待。岫岩没有直接回答他。只是检讨自己太没用了，上过中学的人，竟不能说服没上过学的父母。她强调说新社会了，自己尚不能主宰自己的命运。

张七斤问岫岩爱自己吗，岫岩说那当然，并且不是一般的爱。

张七斤顺势说，"那咱们今夜就出走吧，跑得远远的。"

"那不行！"岫岩截断了七斤的话，一下子堵死了他私奔的念想。"我父母只有我一个，这样做了，可能我获得了爱情的幸福。如果两位老人为此而寻死觅活，那我也是痛苦的，而且背一辈子的感情债务。"

"那我们就从这儿跳下去，幸福、苦难、债务不一笔勾销了，"月夜，他们脚下的河水正用力冲击着岸边的泥石，不时地还发出冲撞后塌方的嗵嗵声。岫岩没有回答，她觉得自己并不是没有这个勇气，只是认为那样做太残忍、太狠毒、和太不负责任了。

七斤哭了，岫岩也哭了。号啕声、抽泣声和着河水打沿的轰鸣。这是一个无奈的时刻。然而，这一切又是那么的苍凉和无助。张七斤仰望那渺茫的天际穹窿，脑海里竟翻腾着一种想法，希望时空此刻凝结，永远保持静止的状态，那么……

远处已经传来了算不上嘹亮的鸡鸣。

"喏，它就是我，它在就是我在。"岫岩往七斤的手里塞着一大把头发。旧时候烈女们有青丝定终身的壮举，七斤觉得心里得到了安慰，刚才还是乱糟糟的心绪顷刻被理智梳理了过来。

他如同一位兄长，怜惜着远去的妹妹。"你走吧，不论出现什么情况都要保重，有机会的话就想想我。权当我就在你身边。有它在，我就拥有了一切，包括整个世界。"张七斤把那深情的头发举过了头顶，然后左右晃动，让它在黎明时的熹微晨光里飘舞着。

那个捐献青丝的凌晨，她告诉七斤，她为了杨仝两家老人的面子，不伤害杨亦挺。但其他方面的事情，永远也不会发生。意思是不会跟他做爱，更不会为他怀孕生孩子。

　　这个世界一切都在变，人也在变，人都成了扑朔迷离的家伙。杨家办喜事的唢呐声、鞭炮声虽然曾使张七斤为之哀伤，但他的心里还埋藏着甚至萌动着甜美的希望。杨全婚后两年多，他们没有孩子，也使七斤心里踏实。这突如其来的孩子却让张七斤六神无主，他的思想如同一条失舵的船，在苦难的海洋里漫无目的地颠簸着。

　　经历了昏昏沉沉的一周后，张七斤终于从混沌中走了出来。眼前豁然一亮，人生不能沉湎于融融春光和儿女情长中，男人的生命在于打拼，一个有成就的男人身后才会有美女们排起的长队。杨亦挺为什么能让不爱他的女人生下孩子，还不就是那顶青年队长的帽子在闪耀吗？那位对他割发代首、信誓旦旦的女人离他而去，坦然违约，不正是表明她的看不起平庸男人的心迹吗？张七斤重新回到景苑岛，对自己说一定要搏一回、赌一把。就是这个时候，岛上发生了一件与他日后关系很大的事情。

　　杨亦挺在杨家喜庆后一个星期死了。据青年队的几位目击者说，那天早晨，有一个女队员独自到景苑岛北边的雁宿滩拾雁翎，她可能是为村里的女孩子们捡的，雁翎的上部分可以做成漂亮的扇子，下部的空筒是制作毽子的材料。谁知她走得离那片晃沙滩太近了。那地方上边是硬的，下边便是不知深浅的烂泥污。那些陪她到雁宿滩边就止步的青年队员，眼睁睁地看着她陷了进去，而且越拔脚越陷得深，随之两条腿进去了，腰部，接下来……青年队员们拼命地喊救人，只见青年队长杨亦挺不顾一切地冲进去，然而，不仅没有救出陷进去的女青年，连同他自己也被埋没了全身。

七

　　杨蔚霞心里如同村北山脚下的河，巨浪翻滚，汹涌澎湃。她认为又一次被人嘲弄了，如果嘲弄人是下毒手的话，第一凶手便是张九斤，第二凶手便是非马主任莫属。张九斤存有私心，想安排自己的人，不择手段地排斥异己，不顾影响地抵抗会议研究形成的决议。马主任也够呛，你当不了家作不了主，为什么还要逞能，让人到学校溜达一圈，讨个没趣几乎被人赶出来。

不管怎么说，蔚霞既然迈出了这一步，或者说已经踏进了学校的门槛，就一定要走下去，一定要当教师。蔚霞本来已经心灰意冷，但想到多年来的夙愿，当初的发誓赌气，为此的努力，为此而放弃的许多，劲就来了，精神也来了。加上多少同事把希望的目光投向她，接二连三到家为她打气。她即使是石头也该为之感化了。她先是按照校长划定的试讲课范围，策划好教案，接下来便全力构思着写一篇《自传》。

关于父亲的事情，若不是写自传的需要，妈妈到死也不会告诉她。也许是提起父亲，妈妈就会为此而疼痛，或者妈妈不愿让蔚霞为他而费心思量。他毕竟是过去的人了，是那种年代的牺牲品，英雄也罢，见义勇为也罢，为情所困也罢，都已经成为历史，不能再影响到下一代。

妈妈说，父亲为了抢救那位落难的女队员，舍弃了自己的生命。他们是夏末秋初陷进泥潭的，即使当时没有全身陷进去，也是活不成的，沼泽滩里的甲烷足以使他们窒息死亡。打捞他们尸体，为他们下葬，一直是活着的青年队员们的迫切愿望，是那个进入冰封滩地的季节，队员们掘开了冻僵的泥土，找到了两个人的身躯，接着用拔河时才用的粗绳套在他们的胸部，大伙以整齐的号子如同拔萝卜一般地薅出了这两具尚未腐烂的尸体。队员们没有像文学作品中描述的呼唤着他们的队长，只是默默地把他们拖到稍为平展的地方，用装过粮食的旧麻袋把他们盖住。就是那年腊月十五日，那艘木船把两口尚未油漆的棺材送到景苑岛，供这两具尸体使用。老人们说年轻人死叫暴死，暴死的人棺材就只能用白的。当时队员们提议为杨队长召开追悼会，往上级部门申报烈士。但很快就得到批示，什么人还报烈士呢！社长提出了好多疑问。人们正是沿着社长的疑问，勾勒出了一幅又一幅婚外恋、生死恋、假英雄救美的场景画面。接下来，岛里岛外流传着胡编乱造的悲情故事、色情故事。这种疾风骤雨般笼罩负图公社的故事，一直到新任青年队长走马上任才有所减弱。于是，杨亦挺在当时被人们放肆的议论之后，就再也没有人提及了，好像他根本就没有当过青年队长，也从来没有来人世一趟一样。

蔚霞像是听妈妈讲了一个洪荒时代的童话。只是对妈妈一再强调的杨亦挺以自己的聪明智慧，做了一件十分悲壮的事情，这句话，感到意义非常，觉得含义极为深刻。但她没有让妈妈诠释这里的悲壮指的是什么。

《自传》写完的时候，蔚霞心中升腾起一种成就感，她感到无比的轻松和快活。动笔时对张九斤的愤恨和对马主任的抱怨全都烟消云散了。这时不知什么原因，她想起妈妈那次跟她讲的那句话，那是指陷入三角恋爱中的女人的。这次她杨蔚霞和高丽竹就和陷入三角恋爱的女人差不多，不同的是她们共同恋的不是人，而是一项被当时的人们引为豪迈的事业。当妈妈发现她为了那个参军的小伙子和一位民办教师确立婚约而失魂落魄、神不守舍、不可自拔时，曾告诫她，让她彻底放弃这件事。妈说，陷入三角恋爱中的两个女孩子，面对脚踩两只船的男子，千万不可执迷不悟。两个女子的处境就像拉皮筋的人，受伤的总是松手最晚的人。妈妈知道当时那个男孩爱着蔚霞，然后也许是出于社会的压力，或者是女方的社会地位的诱惑，给蔚霞鸿雁传书的同时，每次都一式两份地向对方传递情思。她那次听取了妈妈的话，率先松开了那根皮筋。但这次，她决不能松手，一定要取胜，让那些势利的人们看看，杨蔚霞也成了一名教师。她不自觉地在一张干净的稿纸上，流利地写上"拉紧皮筋"的字样。

蔚霞当教师的问题上，接二连三地失去机会，从表面上看是竞争对手太多太强。只有妈妈仝岫岩明白这一切都是由一个人决定。

当年岫岩和七斤看着黄河的怒吼，发誓不会怎么，也绝不会怎么。她果真与杨亦挺过着貌合神离、同床异梦的生活。她知道杨亦挺也有自己的秘密。那位叫姜新英的姑娘对天鸣誓，死也不会出嫁。后来杨亦挺的青年队长身后，也有这位青年队员。仝岫岩回首往事时，也痛悔自己所犯下的错误，她婚后尤其是认命后完全应该报名参加青年队，但她为了支持杨亦挺，甘愿留在村里，伺候他奄奄一息的老爹和那位佝偻身体的老母。她和姜新英中学时同桌、同床，是很要好的闺蜜。那个夜晚，杨亦挺呓语般地说对不起，一是对不起她仝岫岩，不该占有她，二是对不起姜新英，不该违背她的意志。但是仝岫岩之后解读"对不起"时，已经为时太晚、追悔莫及了。她承认，在婚姻上，拉皮筋时她松得迟了一步，活该承受这沉重又难忘的一切。

那天夜里，当杨亦挺颤抖的手，捧回家一个小小的生命时，她已经意识到这中间的一切。后来，当杨亦挺为了救一位青年队员而献身后，她就知道这一切迟早都会发生。她脑子当即像是钻进了许多足以使人致命的小虫子，难受、难忍，但她都承受了。

之所以她把自己给了杨亦挺，主要原因是她发现自己有眼无珠，看错了张七斤。她和杨亦挺成婚以后，本来张杨两家相距很近，难免街坊邻里说长道短，哪知张七斤那样没有肚量，他心里烦闷就借酒浇愁，常常喝酒喝得天昏地暗。时不时追问她跟杨亦挺美过没有还不算过分，最让人难忍的是，酒后敲着脸盆骂大街，甚至夸张地说了许多他和岫岩之间根本没有的事情。站大街上吹牛说岫岩下身部位的椭圆形周长多少，那个地带的芳草有多少根他都一清二楚，闹得村里人对岫岩的人格持否定态度。杨家的面子丢得几乎殆尽。杨亦挺以轻蔑的目光挑战说："仝岫岩，你这个不排场的女人，有脸嫁到杨家来。你赶快滚出去，你以为离了你，我就打一辈子光棍！"这一切激恼了仝岫岩，她反唇相讥地回了他："杨亦挺，我还不至于像有些人，把身体当肉对待，男女到一块理性没了，就剩下兽性。咱今天就验证一下，如果我没有原装的处女膜，你就把我投进河中喂鱼，如果我什么都不少的话，你必须帮助我恢复名誉！"那一夜，杨亦挺带着忏悔，带着对张七斤谎言的声讨，讲述着景苑岛上山洞里男女之间尘封的故事，不知是为了启发、开导，还是逗她开心，总之他讲了很多，没有准备地跟她有了第一次。

岫岩的名誉恢复了不少，主要来自杨家对他的关爱和坚定地自己的信心。经历了这一切后，岫岩对张七斤心灰意冷。当时村里那个大龄的光棍马长旺，是威信最打折的男人。岫岩对着撒酒疯的张七斤说："张七斤，别说我已经成了家，如果没成家的话，我宁可嫁给马长旺，也不会嫁给你这只癞皮狗。"当时的张七斤并没有发怒，他很冷静地说："岫岩，我知道，你说的只是气话。"

岫岩认为嫁到杨家后，吃苦耐劳，孝敬公婆，里里外外没有对不起杨家的地方，唯一缺憾就是没能给杨家生下一男半女。自从有了杨亦挺送回的孩子，岫岩表演了一个月的坐月子，不仅消除了许多闲言碎语，也为自己的生育问题挽回了颜面。

那以后，开始振奋的张七斤，如同一头睡醒的狮子，怒吼着开始了人世间的打拼，他从青年队副书记、副队长、队长，一直到河沟口大队党支部书记，成了负图公社有名气、有影响的人物。

再有公心的人，再成熟的人，再圆滑的人，也都会流露出私欲和幼稚的蛛丝马迹。他心里对岫岩有多爱、有多恨，只有他自己知道。在杨蔚霞当教师这件事上，岫岩却十分清楚，就是为了不向他低头，也就是说不肯原谅他张七斤，她才不愿为蔚霞的事向他求情，她只希望蔚霞早点嫁出去，嫁个真心爱她的男人，那么，蔚霞就会死了当教师的心，也让张七斤的梦想落空。

八

当年仝岫岩的那句羞辱张七斤的话一出口，连她自己都觉得未免太离谱，村里人更是觉得世界上的事情真是不可思议，一朵鲜花怎么就自愿地往牛粪上插呢，美丽的仝岫岩怎么看上了粗鲁丑陋的马长旺呢？

　　马长旺就是后来贫下中农管理学校委员会的马主任。马长旺没有上过学，童年时代放羊拾柴，少年时代种田看园。由于自己家没有土地，进入青年时代他便跟人在黄河渡口拉纤。由于马长旺风风雨雨二十年，累得过早驼背，二十多岁就像一个小老头儿。那年徐皮支队强渡黄河，马长旺还出了微薄之力，因为身材和相貌的原因，部队上劝他还是当个好老百姓。他当时就不服气，骂骂咧咧地说，×他妈，咱缺啥少啥了，部队上有的家伙也是两眼猪粪。全国解放的时候，不少跟他一块拉纤的人都成了这长那长，西服革履、衣锦还乡时，有的还从城市里带回了漂亮年轻的女人。他们见马长旺时，表现出一种当干部的傲慢和矜持，加上身边漂亮女子南腔北调，弄得马长旺与他们的距离拉大了许多。特别是当他们问到老马的婚事时，老马更是感到无比狼狈与低人一等。老马外表丑陋、家境又贫，二十五岁那年无奈与一个外地找不到家的傻女子成了亲。当他昔日伙伴们重逢的时候，只有他还回想起他们一起拉纤绳的身影，仿佛耳边还萦绕着哼呀嗨嗬的纤夫之歌。他认定这些人都变了，只有自己还是原汁原味的农家子弟。想到这里，他又抬高了自己的身价，觉得那些和洋女人交流鸟语的人才是不屑一顾的。他说话没有方式，不管对方能否接受，只管说。本来那些这长那长也想为他介绍点势头，见他这种态度，也就在离村时不与他打招呼悄悄上路了。

　　老马觉得自己并没有错，如果一定要承认错的话，就错在自己的命运不好。老马在村里，也会违心地瞎吹乱侃，以此自我安慰、自我解嘲。比如当年他很想入伍，只是没有批准，而他却说成是当年太恋家，犯了人都会犯的恋家的毛病，要不现在也弄个官当当。对于他没有找到女人只好跟一个傻子过生活，他说成都怪自己把好事耽误了。那年在船上时，那家茂源货栈的老板曾把女儿许给过他。那女孩子水灵得让人流口水，三里五村难找的美人啊！还有那天夜里，渡口一个漂亮的寡妇还拉他上床。总之，他觉得自己并不是人下之人，也不是妻命不透的人。

自从人们把岫岩的话捎给他之后，他更觉得自己是一个真正的男人。别人看不起他是有眼不识泰山，是不识货，岫岩这样说，才是客观公正地对待他。不知岫岩说过这句话后的感觉如何，他马长旺可是当真的。老马从那时起，尽管自己貌丑背驼，衣衫破旧，但他还是出门前照照镜子尽量做到齐整。过去他每星期至少与傻子发生一次男女之事，那以后他要求自己不要再做对不起仝岫岩的事，况且与一个傻子做那事跟强奸一棵树、强奸一块肉又有什么不同呢。他与傻子分居了，夜深的时候，他常常把手捂在自己阴茎上，盘算着如何实施那项工程。他在那东西强烈地勃起之时，总是拍拍它安慰说，留得青山在，不愁无柴烧，家门快开放了，回家的日子不会太久了。于是，老马总是带着希望钻进被窝，带着甜蜜进入梦乡，带着憧憬开始新的一天。他很充实，很开心。

他和杨亦挺家相距不远，而且打水、下地常常能见到她。他夜夜梦见她，摸过她的手，亲过她的脸，还与她做爱。当新的一天开始，他盼望见到她，真的见到了又觉得不好意思，夜间的那些事情好像对不起她。

不管怎么说，仝岫岩在他心里，就是他马长旺的妻子，他常常在暗处关注着她的动态，换句话说是在严密地监视她，不仅是担心她的移情别恋，更重要的是担心有坏人占了她的便宜。他这种带着觊觎色彩的关心和爱护一直延续了近二十年，真有点忠贞不渝的味道。这中间，马长旺还送走了那位视若摆设的傻女人，她是得肿瘤死的。老马带着略显憨厚的小马，又当爹又当妈地把小马拉扯成人。老马历史清白，为根正苗红的小马奠定了比较好的成长基础。在有历史问题比例较大的河沟口大队，小马参军、招工有着明显的优势。老马曾问小马，想当工人还是想当兵，小马不假思索便说想当兵，老马本来想让他进城当个工人，从此改变一下家里贫穷落后的面貌，没想到这孩子却想当兵。老马问小马为什么要当兵，他想小马一定会说为人民服务或保卫祖国，因为那时间多少识几个字的人都注重思想领先政治挂帅。哪知这个孩子说了一句接兵部队人员听了根本不会带这个兵的话。他说，我当了兵就可以把杨蔚霞娶到家，因为她很想嫁给一个当兵的人。老马很反感小马的话，哪有父子俩恋着母女俩的，这种事传出去不是传奇故事吗？老马当时说了句，你癞蛤蟆想吃天鹅肉是不是。那年征兵，老马确实没有为小马吃正劲。然而憨人憨福，小马最终还是以身体合适、政史过关、出身清白走进了军营。

后来，他又觉得小马的愿望很正常。马长旺当上贫下中农管理学校委员会主任后，竭力推荐杨蔚霞进学校当教师，应该说并不全是为了小马，恐怕还是为了多少年前仝岫岩那句对张七斤赌气的话。

只是小马从军营寄给蔚霞的那封信，他是怎么知道杨蔚霞到校当教师的事呢，千里迢迢，消息传得出奇地快。莫非还有其他信息渠道？

九

高丽竹是一个外观漂亮、喜欢整洁的姑娘。单就那张脸和身架，在那时的农村里，绝对算是姑娘中的佼佼者。

那年月，当个工厂的工人，穿上劳动布衣服，胸前印着××厂××号的字样，每个月领上三五十元工资，地位就不同于普通老百姓了。当时的青年人，都有走出农村的梦想。只要不在寒冬里，冻得浑身发抖还要站在麦地里浇水、锄苗，不在酷夏伏天钻进玉米地拔草，身上被带刺的玉米叶剐得血道子到处都是，特别是烈日当头，弯着腰挥动着镰刀收割着麦子……干什么都比干农活好。他们只好选择当个供销社的营业员、车间里当个车工、钻井队里当个电焊工，最后的选择是到学校里当个民办教师。

那年有个公社干部驻队到了河沟口大队高崖头生产队，一进村就号住了高丽竹。当然这个公社干部不愧是机关下来的，见了高丽竹虽然眼里放出火花，却掩饰成不屑一顾。他为了单独接触高丽竹，就声称要过细做工作，为了把生产队的革命和生产抓上去，决心要和全队社员一个个谈心对话。与别人如何谈心和对话，只有公社干部和谈话对象知道。跟高丽竹谈话，这家伙几乎是降了辈分，直呼高丽竹妹子，弄得高丽竹一下子脸红了起来。他又招呼高丽竹坐下，并且格外殷勤地倒一杯开水放在高丽竹面前。他没有正面看高丽竹，只是把目光从她那件方格衬衫隆起的地方一掠而过，然后煞有介事地停在墙上那张毛泽东去安源的油画上。他没有欣赏领袖当年的风采，把话题转到问候高丽竹的家庭和个人生活上。他还当即答应要在公社机械厂里给高丽竹安排份工作。

那次谈话后，高丽竹心里怀着感激和幸福，期待着当社办厂的工人。第一次谈话，是公社干部找高丽竹，之后，高丽竹直接找上门，当然这位涉世尚浅的女孩子主要是询问当工人的事。这位公社干部表现得依然热情，只是说那边已经打过招呼，还需要再跑跑。末了，公社干部还特别强调，社办厂指标少，要求去的人太多，并不是一件容易的事，说到这里他还特意摸了摸高丽竹的脸，说看这漂亮的脸蛋愁得成了林妹妹的模样，千万不敢愁出毛病，让我这个老大哥心痛死。那一次，公社干部要高丽竹夜里到公社去一趟，在那里跟机械厂厂长见见面，这个事就能板上钉钉儿了。那个晚上，高丽竹特意打扮了一下自己，到公社后院这位干部的房间里等待着厂长。夏天的夜晚，公社院子里稍微有点风，屋子里却闷得人汗流浃背。一个女孩子羞于到院子里，怕被人撞见了说长道短。不过，即使高丽竹站在院子里也不会被人瞅见，这是一个星期天的晚上，那些平时坚守岗位的"一头沉"干部，已于傍晚前离开这里沉到另一头去了。高丽竹闷热得透不过气，又不好意思说太热，只好小声嘟囔着："厂长是不是又有啥事了"，她本来应该说："叔叔，厂长是不是有啥事了。"话到嘴边，又觉得不太礼貌，因为这位公社干部一直称她为妹子。公社干部坐在紧挨门的桌子前，那里有一个窗户，不知为什么窗户紧闭着，上面糊了一层发黄了的报纸。他不停地摇动着电话的手柄，之后总是不耐烦地骂着，这熊总机偷牌去了，为啥不在岗位呢。他所说的偷牌既不是扑克，更不是麻将，是另类意思，高丽竹听不懂。再往后，他生气地电话也不摇了，干脆骂厂长不讲信用，说过去在他手下干时如何听话，而今有权了，翅膀也硬了。公社干部在骂过总机和厂长后，安慰起高丽竹来了。他说，妹子，甭急，厂长迟早要来，不来他坏良心。高丽竹信以为真，只能故作沉气地静坐着。公社干部又说，妹子，你热得很的话，只管把衣服解开，只穿个背心也没人笑话。接着他又骂世界上男女不平等，只兴男的穿裤头背心，女同志为什么不能呢……

那一夜，厂长最终也没有来，高丽竹实在热得受不住了，只好把衬衫脱下来。她相信公社干部思想好、觉悟高，是正派人，根本没想到一向在村子里温文尔雅的驻队干部，此时竟变成了一只饿狼，发疯似的向她扑过来……为了那份社办厂的工作，她终于噙着眼泪，忍受了这屈辱的一切。后来，她知道那天夜里公社干部以替别人值班为名，把值班电话拿了过来，电话线根本没有接通，至于那位机械厂厂长要来，只不过是蒙骗她而已。

那件事之后，这位公社干部还是以厂长太傲为由，拖着一直没有把事办成。而幼稚的高丽竹一点也没有怀疑他什么，并且多次自觉地钻进这位干部的被窝。进厂的事情没有办成，高丽竹遇到了最不愿发生的麻烦。又是个星期天，正当公社干部爬在她身上，发出打夯一般的嗵嗵声时，公社干部的妻子检查丈夫是否在加班，把他们逮个正着。

她不仅挨了打、受了骂，末了那位四十多岁的黑不溜秋的女人还警告说，再勾引俺老头子看不打断你的腿。她明明被人勾引、诱惑，出了问题屎尿盆子一下子扣在她头上。而那位想方设法奸污了她的男人，此刻现了原形。他对妻子说。他主要是革命意志不坚定，在香花迷雾和糖衣炮弹面前丧失了立场、原则。还发誓说，一定要以此为戒，举一反三，不会再犯类似错误，即使今后遇到杨贵妃、赛金花也不会动摇。他的妻子原谅了他，把怒气全部发泄到高丽竹的身上。

那夜她不知怎么离开这个给了她羞耻的公社大院。她没有勇气再回到河沟口大队高崖头生产队。她觉得最能走通的路子就是结束自己。公社对面的药店里还闪烁着灯光，她说睡不着，就买了半瓶的安眠药。

……

　　真正清醒过来的时候，她已经躺在家里，身边坐着爹妈、弟弟妹妹，还坐着人称铁娘子的大表嫂。大表嫂是高崖头生产队的妇女队长。说起话来底气十足如同高频动圈喇叭。见高丽竹醒过来，大家也跟着松了口气的时候。表嫂说："醒过来就好，只要咱人活着，其他事情慢慢处理。有剩饭没剩事，公社干部也不能便宜了他，舅子！"舅子两个字被表嫂说得格外响，如同这两个字是现代汉语语气词，而且是加了着重号的语气词。表嫂示意让其他人都出去，只有她留在高丽竹身边时，动圈喇叭又响起来："表妹，不是你嫂子事后批评你，你看那舅子公社干部尖嘴猴腮，两只色迷迷的眼睛像黑豆一样。喊你单独说话，又许愿给你安排工作，你信以为真。我当时说让你别坐晕车，你不服气，你说公社干部觉悟高、心眼好，这回，你见识了吧！"高丽竹自认倒霉地说："嫂子，有些事情是躲不过去的，这件事都怪妹子实在。我想经官动府也不是啥好的事，我想咱吃个哑巴亏算了。"表嫂咬着牙说："你憨蛋死了，要是这件事我们忍气吞声，那以后保不住更多方面受人欺负。你不愿出头就算了，嫂子我出面就足够了。"

　　嫂子这种性格是逐步培养成的。当年表嫂跟表哥在大坝工地上相识，发展成了恋爱关系并且同居。后来表哥又认识了一个比表嫂漂亮的姑娘，下决心与表嫂分手。表嫂认为自己已经把身心都交给了一个男人，而这个男人却另寻新欢。她不甘心，流着眼泪向表哥说非他不嫁，想以此打动表哥。哪知表哥铁了心，骂表嫂眼里流尿也不会再打动他的心。表嫂在绝望之际，大闹了表哥的订婚仪式。表嫂那天腰里别着炸药卷，手里掂着切菜刀，一副要拼命的样子出现在表哥家门口。她大声喊着表哥的名字，说今天的订婚仪式必须撤销，或者把订婚的四样礼送给她，否则，她将砍死表哥，然后与参加仪式的人同归于尽。嫂子的异常行动，使大家为之恐惧，也使表哥的父母率先妥协，表哥也无奈地顺从了她。

表嫂说，女人的悲哀在于懦弱，只要你奋起反抗，作用力和反作用力总是相当的。后来，高丽竹并没有出面，表嫂一人弄得那位公社干部乖乖地拿出一千元的精神赔偿费。为了不在高丽竹那里产生负面影响，她们没有告状追究公社干部的法律责任。

表嫂还教了高丽竹如何对付男人，特别是那些好色贪财又做贼心虚的男人。强将手下无弱兵，高丽竹成熟了。她再也没有上那些色迷迷男人的当，相反，她在男女问题上总是随心所欲，不见兔子不撒鹰，或者只打梆子不卖油。

既然当工人没戏，那就退而求其次，当个民办教师也不错。当民办教师，登上三尺讲台，也是她的愿望之一。为此，她使出撒手铜，牢牢地把握着张九斤校长，使他骑虎难下，欲罢不能。

十

张七斤和张九斤虽然在人们心目中是堂兄弟，但实际上是同父同母的亲兄弟，只是张七斤从小过继给了他们的五叔。

张九斤为了高丽竹到校当民办教师的事情，找到了张七斤帮忙。张七斤明知弟弟的绯闻，故意装作什么闲言碎语都没听到的样子问他为什么要让她去，是工作需要还是贫下中农们推荐的。

张九斤被问得红了脸，但很快就有了理由。他说："七哥，这件事实际是咱自家的私事，斗私批修这种形势下，按理说咱不应该这样办，可是机遇来了不抓住就溜走了。"七斤让他直说，批评他拐弯抹角。他这才对七斤说，高丽竹是张金乐的未婚妻。

张七斤信息灵通，可从未听说过他那个弱智侄儿有这桩艳福，他先是为之一惊，但很快就理解了其中的奥秘。他批评九斤这么大的事，为什么事前不向兄弟们透个信儿。这么漂亮的女孩，张家是否能盛得下，金乐是否能驾驭得住。末了，他还是指出办私事一定要注意影响，特别是当干部的，无数双眼睛都在紧盯不放。张九斤知道七哥是在绕圈子、打官腔，就问咋办好，张七斤说，这件事还是学校和贫管会协商处理，最好拿出个能说服人的理由，大队支部最后根据情况再拍板吧。

张九斤没有收到预想的效果，对张七斤有了意见，心想你有权不使过期作废，我张九斤一生也用不了你几回，不是遇到了小小的麻烦，才不会低三下四求你老七。

不管张九斤怎样理解，不管他能否明智地对待高丽竹当教师的问题，张七斤认为自己的一番话没有错。九弟当校长就令许多同事不服气，他本人在生活上检点不够。他借口高丽竹是儿子的未婚妻，那不是明摆着给弱智的儿子扣上一顶绿帽，如果他张七斤也从家族出发，糊糊涂涂地认定这门亲事，别人一定会笑他是个糊涂支书。他回绝了九弟，那是婉言回绝，因为人与人之间看透不说透，说透不朋友，劝酒不劝色谁都明白。

张七斤在这次民办教师选用上并不是全部处于公心。如果没有自己的私心杂念，那么在张九斤找他时，不论什么情况他都可能选择顺水推舟的办法，一方面显示他在人事问题上的超脱，一方面又在张九斤那里落了人情。

那年他醉酒多次闹事并且口无遮拦，弄得仝岫岩与他彻底撕烂了脸面，还当众骂他个狗血喷头。那以后他在女人方面心灰意冷，却在干事业，走正道上热血沸腾，他后来在景苑岛当上了团支部书记、青年突击队队长，还当上了公社革委会委员、河沟口大队党支部书记。应该说事业上有所成就。那年，杨亦挺意外死亡，天赐给他一个破镜重圆的机会。但一想起仝岫岩羞辱他、贬低过他的话，他热切的心一下子又冷却下来。他要求自己发奋工作，学一学古代志士卧薪尝胆的精神，学一学愚公移山的毅力，相信锲而不舍，金石可镂。仝岫岩好像号准了他的脉搏，猜透了他的心思一样，任凭他事业有成，仕途顺利也从没有一点儿接近他的表示，特别是前两次学校里学生增加，急需民办教师时，仝岫岩明明知道只要跟张七斤打个招呼，女儿的夙愿就可以实现，张七斤也希望这种时候仝岫岩能够找他。然而，打赌似的，仝岫岩宁可一次次打击女儿的纯真之心，也没去见他一面。张七斤一直等到学校、公社文教组催促他，才放弃了当家做主的机会，让副支书、学校革委自行决定。副支书、副主任可是毫不客气，闺女、儿媳、侄女努力往里边塞。相比之下，他这种做法，还在社会上产生了积极的影响，一致反映他大公无私。那年全公社推荐学毛著先进分子，张七斤还榜上有名。张七斤在那根精神支柱支撑下，熬过了不惑之年，本该打光棍的马长旺之子都入伍成了解放军战士，而十多岁就有志同道合女朋友的他，无奈维持着貌合神离的婚姻。每当产生这种念头的时候，他禁不住一阵心寒。但一想到杨蔚霞当教师心切，又一次次落榜，可怜天下父母心，她仝岫岩铁石心肠也会为之动摇，他把希望和赌注都放在这儿了。到时，岫岩一开口，他会豁出一切成全杨蔚霞，同时，他也会向岫岩摊牌，说二十多年了，他张七斤在改造客观世界的同时，也在改造着主观世界；过去他张七斤在有些问题上确实有不够争气的地方，但这些年已经克服得差不多了；实践证明，他张七斤始终不渝，况且他们曾面对脚下滚滚大河鸣过誓。他不愿真心为九弟服务，归根结底还在于他有自己的事等着去做。

他相信仝岫岩会向他走来的，他们毕竟……张七斤兴奋起来，觉得日子过得很甜美。

十一

离张校长让交《自传》和《教案》还有两天时间，蔚霞收到了一封信和一张书面通知书。这封信不知谁在院子外扔进家里的，他们用信纸包住一小块石头，很准确地落在院子当中。信上写的是：杨蔚霞，人贵有自知之明。当教师并不是什么人都能的，那是高尚的职业，三尺讲坛也是神圣的，不允许那些道德低下、思想落后的人去亵渎和玷污。你想想：你是什么出身，你以为杨亦挺是烈士吗？他是什么东西，他救的是什么人，作为青年队长，勾引了多少女青年，破坏了多少幸福的家庭？你们有勇气听一听张七斤、张九斤等青年队员的回忆吗？蔚霞，你也不是什么好东西，你为什么要当教师？你追求的第一个小伙子，他离你而去，选择了学校的女教师，而你在失落的时候，发誓要当教师。第二个小伙子是邻邦大队支书的儿子，他和你谈对象的条件就是答应你嫁给他以后可以成为学校教师。他为什么断绝了和你的关系，他发现了你的问题和秘密。你第三次恋爱是你姑姑介绍的，他是一个合同工为什么也黄蛋了呢？现在，有一个在云南当兵的傻蛋，他想娶你，他的父亲不顾一切地帮助你。看看你的历史，你配当教师吗？哪儿是为人师表的呀！……信还很长，蔚霞没有读完，她觉得肺都要炸了。仝岫岩读完，泪水禁不住潸然而下。没想到一向不支持蔚霞当教师的仝岫岩，竟当庭发出了令人意想不到的誓言："这个教师我家杨蔚霞一定要当，当定了！"

那份书面通知是杨寨生产队的会计送来的。内容是：经研究，晚上八点在梁周寺学校召开全体教职工扩大会议，邀请杨蔚霞等同志届时参加，会议决定如何宣读《自传》和试讲课文内容等事宜。

不速之客一般的匿名信和会议通知，像冲击黄河堤岸的巨浪一波又一波，使蔚霞心潮起伏，她想起了那句夜长梦多的老话，更能体会其中广泛而深刻的含义。从她进校门到回家写《自传》，她已经收到了学校的三次通知，第一次规定了《自传》的内容，第二次让她准备一篇《教案》试讲用，第三次也就是这次，谁知道又在玩什么花样。这封匿名信又勾起了她对往事的回忆——

梁周寺学校里派性斗争发展到了相互为敌的地步，矛盾分歧演变成你死我活的斗争。比如，A派发现B派有不轨行为，就拼命地捉拿现行。功夫不负有心人，A派终于在深夜两点多把B派的一男一女两个教师堵在房间里，这样就又一次空出了两个岗位。杨蔚霞才有了这次站出来让组织挑选的机会。偏在这个节骨眼上，她姑为她介绍了一名回家探亲的军人。由于她一心想着当教师的事情身在曹营心在汉，那位军人感到她不够热情，就放弃了。当别人问起她们事情的时候，这位战士竟说杨蔚霞不够纯洁，生活作风问题严重。实际上，那位战士三两句没说上，就抱住想亲她，她实在受不住这位邻邦大队支书儿子的纠缠，嚷着让他滚蛋的。后来那位化肥厂的合同工，她们也只是见过一次面。合同工听说蔚霞谈过两个，便提出先检查检查再说。蔚霞觉得合同工太庸俗，便说了句："你们男人咋都这样爱动手动脚的。"平常一句话，被合同工分析成蔚霞肯定让人动过，要不是她咋能说出你们男人咋都是这样的话呢。他们停止交往是小事，一下子把蔚霞宣扬得成了不检点的女子。至于马长旺家儿子的信，蔚霞至今还不知小马到底用意何在。

想来想去，蔚霞觉得这一切都跟那年打赌当民办教师有关，要是早点找个婆家嫁出去，什么闲话也不会有的。

由于会议扩大到她们这里，杨蔚霞只有按时到了学校。进了会议室，她发现高丽竹已经提前到了，而且还特意换上了崭新的衣服。梁周寺学校虽然都知道有两股势力，但当大家到一起开会时，却表现得十分和谐和融洽。那个外号叫苗排长的老师先给大家表演了一段口技，幽暗的灯光下，好像真的有鸡鸣、狗吠和驴叫。在一阵掌声中，那位叫赵指导员的老师给大家背诵了一段生意经：东风不买盐、西风不卖棉；门前一盘碾，门里买鸡蛋……会前的节目丰富多彩，令人心旷神怡。喝彩声一直到支书、副支书、校长、马主任等走进来才逐渐停下来。

会议开始了，那位副支书主持着会议。会场上的教师们似乎还沉浸在刚才的亢奋中不能自拔。只见那位叫韩大欣的老师，拿着笔在记着什么。之后他把写好的纸揉成一个纸丸，扔在了杨蔚霞身边那个老师胸口上，那位老师好像早有准备地展开，借着微弱的光线费力地看了看，然后在蔚霞眼前一闪，是告诉她不是反动东西。蔚霞看到纸上写着：小婊子今天打扮得跟白骨精一样！他们骂的是高丽竹，因为恨校长，也恨起了高丽竹。

……会议结束了。这个会议主要是通过了竞争的程序：×月×日上午宣读自传，大家评议；×月×日下午试讲课文；《李时珍》《再见了，亲人》任选一课；×月×日下午根据师生投票、打分情况，校委会、贫管会拿出录用意见，最后大队支部决定录取结果并宣布录用名单。

为了支持女儿，仝岫岩根据《再见了，亲人》中的情节，专门请来了她的叔叔——一位参加过抗美援朝的志愿军班长。她对女儿说："孩子，妈知道前几次为什么你不被录用。"蔚霞说因为父亲的问题。岫岩说："不，是你叔叔的问题。""那怎么办？""我来办吧！"仝岫岩要亲自打张七斤的铁疙瘩锁了。

十二

高丽竹似乎稳操胜券。她漫不经心地准备讲《李时珍》这篇课文。张九斤还专门为她拿来了《教学参考》，专门嘱咐她只要不出现明显的差错，事情就能水到渠成。

张九斤不仅个头大，高丽竹还觉得这家伙的脑袋也特别大，不足之处就是脑袋里灌的不是脑浆而是玉米面糊。高丽竹轻松地就让他就范，而且月经期还让他干那事，事后还哭着说把处女的贞洁都给了他。高丽竹骂他是野兽，他连连点头称是，心里还美滋滋的，觉得自己在夕阳西下时，又品尝了黄花菜。

高丽竹通牒说，事情弄不成就告你强奸。

张九斤根本不敢说弄不成的话，他太害怕"强奸"两个字了。连忙说："我们是通奸，是通奸。"他强调着。

高丽竹提高了声调说："标准是强奸，那可是五到七年的事！"

十三

马长旺又一次到杨家来，什么实质性的话也没说。他像是要向仝岫岩解释什么，见只有蔚霞在家，就猫着腰走了。他可能还不知道小马写信的事，或者知道了，不好意思见蔚霞，有意识地回避着。

仝岫岩在大队部里见到了张七斤。两位昔日的恋人，这会显得非常尴尬。此前他们都有重逢的意思，但没想到重逢后这么压抑和不自然。

"多少年了。"张七斤先打破了僵局，本来想说"多少年了，我还是我。"可他只说了一半。

"干得不错嘛！我终于到你下巴底下求涎水喝了。"

"哪里的话，咱俩……"

他们的话真的有越套越近的味道，毕竟不是一般关系。正当张七斤把两只椅子并在一起请仝岫岩坐下的时候，大队院子里响起了歇斯底里的喊叫声：

"大队部着火了，快救火呀……"

大队部院子里一大堆玉米秆不知被谁点燃了，火势熊熊，烟雾弥漫着大队部的整个院子。那些诚实的社员们，挑着水、扛着掀、呼喊着投入到救火之中。

张七斤觉得奇怪，这火早不着，晚不着，偏偏这个时候，就他妈地燃起来。很快，他眼前一亮，心里也豁然开朗了。他知道，这火是造不成损失和危害的。

……

十四

杨蔚霞在一阵阵掌声和喝彩中轻快地走下了讲坛。对于这次流畅地讲完那篇描写中朝友谊的记叙文，特别是那些感人肺腑、扣人心弦的段落和语句，在她的精心描绘和诱导下，让学生和旁听的业内人士都全身心进入了战火纷飞的朝鲜战场，仿佛都亲眼看见那依依惜别的场面。课堂如此之静，这在复课闹革命之后好长一段时间是少见的，用一根针落地都能听到声音来比拟一点也不夸张。杨蔚霞在教学条件极为简陋的情况下，使用了情景教学法。她借来了公社电影队的幻灯，还有厚厚一沓子反映志愿军赴朝作战，以及和朝鲜人民休戚与共、鱼水情深的图片。她赢得了师生、旁听者的信赖和好评。

蔚霞这会儿没有获胜的兴奋，也不愿意听到别人说高丽竹如何把《李时珍》这篇课文做得味同嚼蜡。她不知道为什么这时候心里那么脆弱，两行热泪不由自主地爬在了脸上。她好像今天根本没有登上讲坛一样，好像什么事情都没有发生过一样。当掌声再次响起的时候，她听到大队支部最后的决定，还看到高丽竹双手捂脸扭着身体冲出教室的影子，还有张九斤校长苍白的雷公脸。

杨蔚霞不知道该怎样表达对大家的感激之情，当多少年的愿望终于实现的时候，她脑子里突然间变得一片空白，此前她想好的情真意切的话都不知道躲到了哪里。她只好给在座的各位包括那些目光炯炯的孩子们，深深地鞠了一个九十度的躬。

月亮悄悄地来到了学校的上空，把校园里映照得如同白昼，使这座平常不起眼的学校显得出奇神圣。

那些同事们三三两两地议论着什么，不时地发出爽朗、称意的笑声。杨蔚霞没有同他们任何一伙人在一起。她眼前不停地闪现着张校长那苍白的脸，闪现着那位讲《李时珍》的竞争者，更多的还是妈妈期待的目光。她要抓紧时间回到家里，跟妈妈讲她站在那神圣的讲坛上，用她的努力为学生讲了一堂催人泪下的课。

月亮护送着她，走上了农村的田间生产路。正是玉米拔节的季节，从地里发出此起彼落的噼啪噼啪的声音。不是被兴奋和爽快占据着思想，她一定对这种响声感到惧怕。她很少夜间走路，尤其是一个人。学校离杨寨生产队足有四里路，这个有月光的夜里，她用了十几分钟就走到了村边。寨墙已经进入了她的眼帘，村东头杨长河家那只烦人的狗开始叫起来，大概听到了寨墙外边的动静。蓦地，一条黑影晃了一下出现在蔚霞面前，挡住了她的路。她不禁头皮一阵发麻，浑身好像触了电一样。她正要喊，前面那个人"扑通"跪在了地上。他叫着蔚霞的名字，哀求着救他一回吧。蔚霞莫名其妙地问他是谁，有什么事。

这人说他叫张金乐，是张九斤校长的儿子。他说自己今年二十多岁了，连个媳妇也没有。前不久他爹张九斤为他介绍了一个姑娘叫高丽竹。条件是要能让高丽竹到学校当民办教师，她就嫁给张金乐，否则……

张金乐不停地磕着头，头把地碰得咚咚响。张金乐的苦苦哀求，召来了杨寨生产队夜间打更巡逻的人。蔚霞让他起来，他死活也不肯，还说了句，"俺爹说你要是不答应，就让我跪死在这里。"

十五

太阳从梁周寺学校东墙外那排挺拔的公孙树枝条里探出头来，把崭新的光辉洒在书声琅琅的校园里。

是新的一天，清脆悦耳的预备铃中断了读书声，飘荡在每个教室的上空，它如同一首动听的乐曲吸引着每位师生。

上课铃在预备铃后敲响了。原本竞争着要登讲坛的人，尤其是已接到通知获胜了的杨蔚霞老师，在几十双期待的眼睛里始终没有出现。她试讲的《再见吧，亲人》曾让学生情不自禁地流下了激动的泪水，并像高超的魔术大师精彩的表演，留给观众经久不息的眷恋和回味。但她最后还是没有来，多少人为杨蔚霞而抱憾着。这事件作为一条新闻，后来的历史事件，永远记录在梁周寺学校的校志上。

杨蔚霞在霞光初现的清晨离开了杨寨生产队。

她并没有忘记河沟口大队这个令她神伤、令她起誓的地方。她决定马上订婚、结婚，成全姑妈做媒人的愿望。前几天还骂她的姑妈，缺乏动物蛋白的脸上终于泛起了红光，说还是蔚霞，从小就是个聪明伶俐、听话懂事的孩子。婚后，蔚霞没有了包袱，没有了幻想，也没有发誓、赌咒要怎样怎样。她从起初的养鸡养鸭，发展到开铁矿打煤窑，《黄河报》上经常刊登她发家致富的专访稿。每次记者采访，她无一不叮嘱再三，说只是借了时代的光，搭上了政策的车，才有了今天，千万不要写她。那个高丽竹呢，在她的对手意外地蒸发之后，理直气壮地踏进了校门，在民办教师的位子上工作得十分卖力。只是她与张校长的暧昧关系，永远镌刻在几十名教职员工的心中。为了缓解强大舆论挤压，也是为了保住校长岌岌可危的地位，更是为了人民教师的道德和名节。她于当教师的次年，不由分说地嫁给了张校长的儿子，那位在鸣炮奏乐中拼命狂奔、抱头鼠窜、憨态十足的张金乐。这之后，无论张校长怎样宠爱高丽竹，高丽竹怎样爱戴张校长，再也没有人发表议论了。老公公善待儿媳妇本来就是天经地义，只是那位张金乐先生，会时常做出一些亲痛仇快、让张校长万分尴尬的举措，甚至还大庭广众之下模拟张校长和高老师亲昵的动作。

洞房花烛，张金乐得到了高丽竹违心的配合。她为了不看到恶心的张金乐，一口气喝了八两白酒，而后在一种无知觉的状态下被架上了婚床。那夜，张金乐说他快活了五六个回合。从未尝到过伊甸园禁果甜蜜的张金乐，经受不住街坊邻居居心叵测的打探，动物般地回味着告诉人们，这种事要美死人的。一晚上都不舍得停下来，下床尿泡尿的工夫都不想耽误……描述得流氓成性的家伙们说，金乐，甭说了，再说我们的包子棚都搭起来了。

不过，张家的日子从没有太平过。张金乐经常和父亲翻脸。那是他动物的本能得不到发泄时，就会像一头发怒的野猪，吼叫着冲向父亲。有人趁机撺掇张金乐抓贼抓脏、捉奸捉双。功夫不负有心人，张金乐果然把父亲和妻子按捺在被窝里，而后反锁房门，大功告成般地冲出家门大喊开戏了。张金乐当众斥责着，说他娶个媳妇自己还没有父亲用得多。张九斤也示意大伙，他是神经病，不要相信他。后来，张金乐把父亲逼急了。父亲瞪着眼捣着张金乐的脑袋骂道："死孩子，排场了她就是你媳妇，不排场就让她当你妈！"

十六

一九七七年底，蔚霞参加了高考。那年她刚好二十五岁。文件规定，工人、农民、知青、复员军人、干部和应届高中毕业生，只要政治历史清楚，拥护中国共产党，热爱社会主义，热爱劳动，遵守革命纪律，决心为革命学习，具有高中毕业或相当于高中毕业的文化水平，身体健康，年龄不超过二十五岁，实践经验比较丰富并钻研有成绩或确有专长的，年龄可放宽到三十岁。蔚霞说，老天爷，长眼啊，我好幸运啊！

蔚霞考上了陕州师范学校。那是一所百年老校，是优秀园丁的摇篮，河沟口大队二十多个考生，唯她报考了师范学校，后来也唯她一个被录取。蔚霞很感恩社会，觉得自己赶上了最好的时代。他说，那些年，为了当一名民办教师，自己虽然没有"头悬梁，锥刺股"，但也用了劲，费了神，虽然那次没有如愿以偿，但功夫不负有心人。离开家的时候，蔚霞说自己舍不得离开，毕竟是生于这里，长于这里啊，乡愁会陪伴她一生。她打心底感谢帮助过她的人。即使那些磨难，她也不怨恨。她说，还是十分感谢马长旺叔叔、张七斤书记，还有那位殚精竭虑刁难她的张九斤校长……

蔚霞是陕州师范的校花。在校时，她不时收到痴情男同学写给她的"保证书"，言之凿凿，信誓旦旦。她好像早已超越了青年男女"爱得发狂"的时期，对一切热情洋溢的来信统统不予理睬。不料，这种冷处理的办法，竟然招来更大麻烦。痴情不断升级，后来发展到"非你不娶"、"石榴裙下死，做鬼也风流"这样的誓言出现。蔚霞没有隐瞒自己的身世，她不愿那些男同学失魂落魄，借学校举办的为青春放歌的演讲比赛，蔚霞的《神圣的讲坛》，讲述了自己蹉跎岁月的故事。

她之后还是不断地收到校友们的情书，其中那位文学社莫磊同学，写给她的信竟是一首抒情诗：

> ……
> 蔚霞，蔚霞
> 你是和煦的阳光，
> 你是妙曼的云霞，
> 你是雅致的珍珠，
> 你是圣洁的荷花，
> 你是幽梦的老家……

蔚霞读着信笑得很灿烂，使人想起渺远天际蔚为壮观的朝霞。

"过奖了。我可不敢当"！蔚霞腼腆地说。

追赶文化的老人

季节就是个怪物。进入十月份就明显地感到气温被季节绑架了，尤其是来两场缠绵细雨，人们就议论说一场秋雨一场凉，季节不饶人。对季节反应最快的就是人，赤臂露胯准土黄的人们，转瞬间就变得花花绿绿了。其次，就是有灵性的植物群落。高大的公孙树转身金灿灿、杨柳树绿中透黄、乌桕树全树冠染红，树下那些名贵的月季、菊花、韭兰、蝴蝶兰等五彩缤纷，树木和花草之间，小乔木和香樟旁的紫叶李、美人梅展现着天生丽质的紫。这又是一个植物群落疯狂表现的烂漫季节。

老人坐在北汝火车站广场的角落里，面对着争艳斗奇、万紫千红的景象，竟然有一种麻木的感觉。要是放在平常，他脑子里就会闪现出许多关于秋季的词汇，有些他肯定习惯性脱口而出。比如："霜天红叶、层林尽染""雨搓金缕细，烟囊翠丝柔""秋高气爽，天高云淡""花团锦簇""战地黄花分外香"……

他曾经是家乡有名的文化老人，是没有进过学堂而"学富五车"的土秀才。在乡邻夸奖时，他禁不住就流露出骄傲和自豪，嘴上虽然说着"不行不行"，但心里却美滋滋地。走出模范山到了北汝市，依旧有好多人听他聊天，听他描述，人们都高看他，公认他肚子里有许多文化。可是，这个时候，他竟在心里骂自己是最没文化的人，是一瓶子不满半瓶子晃荡的文化屌丝。如果说还有些词汇萦绕他的话，那就只能是"白痴"、"无知"这一类的东西了。

老人无意欣赏眼前的景物，然而又经不住这些植物群落的诱惑。秋风挟带着凉意，撩拨着那些树枝、抚掠着那些花草，婀娜、绰约、娇柔、妩媚，在老人那里简直成了搔首弄姿和恣肆调情。

老人在两个小时前，做了一件自认为既没文化、又失脸面，还害人匪浅的事情。他来到火车站，就是要快速离开这里，重新回到他生活了几十年的老家模范山。在那里，他有面子、有尊严、有人仰慕、有用武之地，总之，只有那里才是他的乐园。火车有两趟路经模范山，一趟是上午十一点钟的，早已错过了，还有一趟是傍晚七点钟的，还要等待两个多小时。老人觉得等待是无事生非、无中生有、节外生枝的东西，是折磨人、杀害人的软刀子。尽管如此，他还必须要接受着，树欲静而风不止啊。

火车站广场四周，有许多形状不同的花卉池子，菱形、梯形、三角形、平行四边形、椭圆形、长方形，简直就是几何图形的博览场。老人对面的三角形池子旁，是一段相对开阔的甬道，被十多位男女组成的乐队占领着，有的拉弦子、有的敲梆子、有的击鼓打镲，在乐队对面站立着五六位男女，他们轮流奉献着自己拿手的唱段。这里的乐声、唱声通过那两个黑黑的长方体音箱，飘荡在广场的每个角落。北汝市是曲剧的发源地，热爱唱戏听戏的人们遍布城乡。老人在模范山时，曾经组建过一个"模范山曲剧团"，很受群众欢迎。来到城市里，老人依旧热爱家乡戏，常到文化馆参加活动，是名副其实的曲剧票友。按道理说，离进站还有两个多小时，自己应该站到那条甬道处，即使不唱，但充当观众为戏友们捧捧场，既消磨了时间又做了有益之事，一举两得。自己毕竟是曲剧人口啊！

这会儿，他没有情绪，就什么事情也懒得去做，就感到自己脑壳里原有的东西全部跑掉了。老人安慰自己说，可能情绪和文化有着密不可分的关联，有情绪时就有文化，没有情绪时就没有文化。他认识一个曲剧艺术家，登上舞台就发挥得淋漓尽致，打情骂俏胜过东北二人转演员，好多词语在表演中油然而生，而且使用得恰到好处。有一天，艺术家竟然说他上不了台，上了台也表演不成。究其原因，艺术家说他妻子得了重病，正住在医院 ICU，自己这些天一点情绪也没有。

老人没有情绪，就不想去描绘秋天的景色，也不想在曲剧友人那里露脸。他这时候，不自觉地检讨起自己的过失，往事也随之涌上心头。

老人叫石文山，北汝市最偏僻的山区——模范山青坪镇人。石文山小时候并不叫这个名字，那时的名字自己也忘了，后来这个名字还是在扫盲班上老师给起的。石文山记事的时候，家里很穷，吃不饱穿不暖，根本就不上起学。那时，他每天天不就赶着一群羊到山坡上放，他曾经把那些羊视为自己的伙伴、好友和同学。从而，他还天真地想，这些羊伙伴们都没有自己聪明，也没有自己本领大。他能设法把这些伙伴弄到一个个绿草茂盛的地方尽情地吃、纵情地玩，然后再侦察到一个溪水长流的山沟，让它们开心地喝水。那些羊吃饱喝足了，就很感激他，围绕着他撒欢、蹭痒。羊群的主人家也很高兴，就给他增加一个馒头，令他十分满足。后来，他牧羊的技术也与时俱进。他发明了一系列的号令，不用喊破嗓门大声吆喝，只用口哨就把羊群指挥得令行禁止。他吹一声高音的，羊群就紧急集合，他吹两声，羊群就跟他一起转移，吹三声羊群就去找水，轻轻一吹，羊群就温顺地停下来，一只只喝醉了酒似地卧倒在山坡上开始假寐。他很欣慰，俨然自己就是一个指挥千军万马的将军。有一天，他指挥着他的队伍，不小心闯进了一所小学校，那是个下午，许多孩子正在大声叫喊着"学而时习之，不亦乐乎，""有朋自远方来，不亦乐乎"……他不知道这些孩子吆喝的是什么，以为他们是在欢呼，抑或是唱歌，甚至还觉得这些孩子们跟羊群差不多，饥了、饿了，遇到危险了，就声嘶力竭地叫起来。尽管他的东家不止一次地安慰他不要这山望着那山高，要专心致志地把羊放好。东家说，读书为什么，不就是为了生活吗？放羊能换来吃好穿暖，比靠读书换来吃的穿的，还要捷径。东家轻视读书人，贬了一番后，还得意地摇晃着脑袋挖苦说："一阵昏鸦唱晚风，诸徒齐逞好喉咙！"不论东家怎样诱导他，都没有改变他对读书学文化的向往。他很羡慕这些同龄的孩子们，相比之下，自己对学文化的向往，很像饥饿的乞丐发现了好吃的食物，口水都要流出来了。学校是一块儿圣洁的地方，他和他的队伍最终被教书先生呵斥着离开，离开前，不知为什么，一串泪珠竟禁不住滚落出来。从那时起，他开始心有旁骛，指挥羊群的骄傲和自豪换成了自卑和茫然。他虽然照样早出晚归，但脑子里始终抹不掉小学校孩子们读书的情形。

模范山迎来了新社会的曙光。家乡解放了，石文山放下了牧羊鞭。别人读报纸、读文件，讲政策，他只能听，觉得有文化的人就像当年牧羊的自己，而自己却像那些温顺、懂规矩的羊。再后来，他参加了扫盲班，认识了人民币上的五分、一角、二角、五角、一圆……他庆幸自己终于不再是睁眼瞎子了。他很谦虚，知道自己的瓦罐里有多少米，因此，逢到学文化的机会，从不放过。日子久了，石文山就对学文化有了兴趣，不知道怎样表达心情，就说自己上瘾啦。等到自己孩子七岁的时候，他就迫不及待地把孩子送到学校。听到孩子朗读第一课，他动情地哭了起来。孩子大声朗读着："爷爷七岁去要饭，爸爸七岁去讨荒，今年我也七岁了，高高兴兴把学上……"孩子的课本上，有好多教育孩子们感恩社会、报效祖国的文章，还有很多启发孩子们心智的古代故事，连大人们都很喜欢。石文山就把自己视为小学生，每天都读书、写字，觉得新社会人民当家做主人，才有了学文化的机会，要倍加珍惜。他勉励着自己。

石文山把孩子的课文背得滚瓜烂熟，一是增加自己的文化知识，二是拿课文上的句子、故事来开导孩子、教育别人。孩子没有轻视他，相反很信服他的说教。因为课文上就有很多讲述旧社会穷人的孩子上不起学、做童工、当羊倌、披星戴月、忍饥挨饿、挨打受气的文章。石文山学着学着就感到了压力，发现自己的脑子不够使，好多东西老是记不住，于是就有了放弃的念头。他觉得自己这一生就这个样子，"斗"大的字认不了几"升"，"文盲"这顶帽子看来是摘不下来了。他唯一的愿望就是要求子孙们努力读书，考上中学考上大学，毕业后当国家干部，当工作人员，当众能读文件、读报纸，还能写文章、替人写信，那都是受人尊敬的啊！

石文山就这样过着，虽然还学文化，但没有了起初的冲动和热情。得过且过的日子，他感到舒适安泰，这种时候他记得最牢固的一句成语就是"心广体胖"，虽然他把"胖"字读错了，但他觉得这个成语跟自己的现状十分吻合。终于有一天，他因为知识的不足受到奚落，自己才从心里发毒誓要把中断的文化学习再延续下来，还制订了一个学习计划，从学汉字、学成语开始，雷打不动、风吹不散。不学文化就死去吧！他几乎天天警钟长鸣，不忘誓言，砥砺前行。

遭受羞辱的那年，石文山四十七岁。儿子从部队上要返乡订亲，作为长辈，他不容推辞地要做好必要的准备。虽说正处在"破四旧立四新"的年代，红白大事都要从简办理，但有些礼品还是不可减免的。谁都知道男女青年订婚，时兴"小四样"，女方赠送给男子的四样礼一般是金星钢笔、塑料皮笔记本、松紧口布鞋和尼龙袜子；男方送给女方的则是小手帕、凡立丁裤子、的确良衬衣和一斤毛线。石文山的儿子因执行任务假期批不下来，和媒人商定礼品先由家里长辈代为办理，等儿子回家探亲时，就直接把婚结了。所谓的媒人，实际上是儿子上高中时的同学，据说介绍的对象也是儿子的同学。石文山说："啥媒人，玩猴吧，你们三个是高中同学，什么话不能说？虽然一个在部队、一个在地方，没有花前月下，但少不了鸿雁传书，你一封亲爱的，我一封我想念你，日子长了，还不就谈成了。自谈就是自谈，还安插一个媒人来当灯泡，何必呢？"石文山拾着听人说儿子谈的对象是一位工作人员，自然十分称心如意，在农村，谁家孩子找个对象是吃商品粮的，尤其是上班挣钱的，那绝对是凤毛麟角、打着灯笼也难找的。当然，儿子是解放军战士，将来也是有前途的。他对这门婚事上了心，且不说什么郎才女貌，起码也算得上门当户对，何况他们还可能是青梅竹马呢！对筹办礼物，石文山十分积极，他对妻子保证，这回他亲自上，保证把礼物备齐备好，让孩子们满意，让妻子夸奖。

模范山青坪镇唯一的商店，就是青坪供销社百货门市部，它就坐落在青坪镇十字街的东北角。店里很多人，指名道姓般地选择着商品，把两个营业员忙得马不停蹄。那年头物资比较短缺，有不少东西是不在货架上摆放的，只有通过后门儿才能买到。石文山自认为自己买的大都是大路货，十拿九稳都能买到，就信心十足地走了十几里山路到了镇上。他进门的一刹那，几乎要惊呆了，等待购物的人几乎要把柜台挤倒。他耐心地站在后边，相信人再多也有轮到自己的时候。百货商店迎门货架最上边，挂着一只脸盆大小的钟，正在"嘀嗒嘀嗒"地响着，那支细长的箭头般的指针，像山里拉磨的驴，一圈又一圈地转着。常常是那钟的长针转三五圈，才会有一个买东西的走出来，而且是表情各异。买到自己如意东西的人，欣喜便挂在脸上，那是十分得意的微笑。有的则不仅脸面哭丧着，还嘴里不亭地辱骂着什么，一定是对门市部不满意，或对售货人员有意见。石文山觉得那挂钟的短针已经挪动了好几个字了。前面还站着好多人，自己的身后也挤了好多人。他心里安慰自己不要着急，这走掉的人就像地里密密麻麻的萝卜，拔一个就出一个坑，总有拔净的时候。

前边已经有所稀疏，石文山向前又跨出了好几步。营业员和顾客们对峙的动作和表情可以看得清清楚楚了。这柜台里边一共三个人，两女一男，没有一个面带笑容的。顾客问话，他们都似乎没有听见，或者不情理地回答："没有"，好像顾客亏欠他们什么东西似的。石文山看不惯眼前的这一切，觉得天天学习，天天"斗私批修"，可这小小营业员就是不会进步，要是轮到自己，他们还是那样慢待，决不饶他们。突然，石文山听到身后有拖拉机急促的马达声，"啪啪啪"地加过油门后，很快就灭火了。这时有几个人相继大声喊叫：
"哎——让让！"就在人群闪过一条缝隙之后，还有人在叫嚷："让开让开，要
卸货了！"有工作的人就是有地位，有地位的人催促老百姓让路，就像当年石
文山驱赶羊群。石文山心里一阵不舒服，但又说不出什么道理，商店里那么多
人，都能接受这种"羊群"待遇，自己又没长三头六臂，有什么不可忍受的？
从人缝中抬进去好几麻袋东西，还有好几卷布料，后面就是一只只木箱、一个
个纸盒，石文山知道这些都是紧缺物资。那几个人把从拖拉机上卸下来的货，
全部抬或搬到商店后边的屋子里，大概是拆分后再摆放在柜台货架上。石文山
心里很踏实，思忖着这次来得正是时候，几样东西备齐不成问题，实在是天助
吉人。

　　柜台里那个男的往后屋去了，只剩下两个女的在应酬着顾客。那男的很可
能就是这个商店的领导，俩女同志对他十分抬举，有个还两眼放光地笑着称他
为主任。石文山觉得那个女孩子很贱，那么多人买东西，忙得不可开交，还嬉
皮笑脸，特别是那男的走近她的时候，还有意拧掐她的手臂，而她竟然很高兴
地默认了。石文山心里想，自己的儿子找媳妇，宁肯找一个在地里干活的，也
不要这种有工作的。不纯洁的女人辱没祖先哪！柜台内外不时地发生冲突，顾
客抱怨营业员态度不好，营业员憎恶顾客蛮不讲理。最严重的是一个营业员和
一个老汉对骂起来，老汉说那女营业员一副吊死鬼脸，肯定找不到婆子家。那
女营业员根本不示弱，骂老汉是一个老杂毛，还骂着自己一辈子不嫁人，也不
会嫁到老杂毛家。对骂的十分激烈，还是那个人称主任的男人走出来，和几个
急着购物的顾客一道安抚着老汉，这场口水战才算暂停。别看这次对骂与石文
山无关，但他从心里站了那个老汉一边，觉得这个女营业员太烧包、太欺负
人。于是，他对那女营业员印象极其不好。

　　终于轮到石文山站到柜台前了。他问一个女的："有凡立丁裤子布吗？"
态度虔诚和蔼。那女的没有看他一眼，脸朝一边回答："没有，早卖完了！"

石文山又问："有粉红或湖蓝色的确良吗？"那女的依旧不看他一眼，很傲慢地说："你这人咋这么奇怪，尽背天书，没有啥你问啥！"石文山有些上火了，但他还强压住自己的火苗，说："我咋知道有没有这些东西，刚才你们卸了一拖拉机东西，成卷成箱，真的就没有这两种布？"女营业员这才瞪了他一眼，这种眼神简直比发疯的公牛还要瘆人。石文山马上给自己定了位，咱是来为儿媳置办礼物的，没有必要跟一个营业员计较那么多，就深深地吸了一口气，然后轻轻地吐了出来，心平气和地问有没有红花的小手帕。这次有货，女营业员气冲冲地走到另一个货柜，取了一个手帕，"啪"地扔到石文山面前，十分像狗主人喂狗。石文山这下子有些别扭了，但他没有立即发作，而是想等把能买的东西买好后，故意不走，多问几样东西，我不买但我可以问啊！那柜台上明明写着"百问不烦，百拿不烦"。

石文山买了小手帕和毛线，并没有马上离开，而是问其他东西。遇到没有的，他摇摇头，表示遗憾，遇到有的，他左挑右拣，感叹着东西质量今不如昔。那女营业员本来就态度生硬，面对故意找事的石文山，就更加不耐烦了。她说："你这人，要买就买，不买拉倒，别磨蹭着浪费时间，我们还有事呢！"石文山说："你知道我不买？我就是要问问，你不要态度不好嘛！"石文山慢条斯理，表现出一种烦人的皮笑肉不笑表情。他故意逗女营业员生气的。那女营业员说："哪有你这种买东西的，真是岂有此理！"石文山把"岂有此理"听成了"球呲理"，"日娘我球呲理谁了，呲她娘了！"石文山的骂声震惊着整个百货商店，马上招来了店内外的许多人。他毕竟是在山坡上牧羊出身，一声叫喊上百只羊马上归队，起码能传一公里以内。见人们围观，石文山顿时来了劲头，骂女营业员的爹才是"老杂毛"，骂他的球呲了女营业员的娘！没骂过街的人，就像没有溃过坝的水库，一旦决口那种势头猛不可挡。

还是那位男主任走过来，称呼石文山大叔，还劝他消消气，果真打动了石文山。他不再骂了，那男主任开始评理。他先是批评了女营业员态度不好，需要改正，又告诉石文山"岂有此理"不是骂人"球呲哩"，是一句成语，意思是没有这个理儿。石文山恍然大悟，但又不甘认输，只好没趣地站在一旁，想找点茬子来为自己解嘲。时间不长，石文山果然发现了百货商店的"不正之风"。

在大伙儿都排队购买东西的情况下，石文山看见一个漂亮女孩，不排队就挤到了前面，一言不发只是挥了一下手臂，女营业员就拿过来一样东西交给女孩，女孩动作麻利地把东西塞进自己衣袋里，之后才掏钱结算。石文山知道，当下物资紧缺，好多东西都供不应求，虽然大力倡导斗私批修、提倡一心为公，可是商店的营业员们嘴上说的是马列主义，实际上做的却是修正主义。刚才那口恶气没有咽下，何不抓住机会对女营业员迎头痛击？

石文山一个箭步冲过去，拦住了那个漂亮女孩，并当众大声宣布说："这个商店风气不正，大家买东西没有，大白天走后门，我抓了一个现行！"他心想，这下看那个狡辩的男主任怎样解释，看刚才骂人的女营业员还有啥屁可放！石文山的举动很有号召力，那些买不到东西的群众很快就形成了统一战线，他们这时也想戳穿百货商店的黑幕，让他们明白广大人民群众的眼睛是雪亮的。那个漂亮女孩被眼前这个疯子一般的男人吓呆了，她一阵抽搐，不寒而栗。石文山认为这女孩是心虚的表现，就安慰她说："闺女，你不用怕，这事不能怪你，只能怪你们开后门选错了时辰。开后门就应该偷偷摸摸的，像偷吃的老鼠那样！"女孩说："你说的不对，不是走后门，真的不是！"石文山说："做错事的人啥时间承认自己错了？你还犟嘴呢！"

还是那位男主任，他又以判官的姿态出面协调，不过这一次他是先和女营业员谈了话之后走出来的。他问石文山："这位同志，你发现了有人走后门？"石文山说："是，是我亲眼看到的！"石文山看了一眼那个姑娘，见她正垂着头，羞愧地看着自己的脚尖，就更加理直气壮。他先是轻蔑地看了一眼柜台里的女营业员，又扫视了一下出面解决问题的主任，"哼"地一声，像是发泄胸中的怒气。主任说："同志，咱们现在就处理这件事，人、物都没有离开，或者说是人赃俱获，你说对不对？"石文山说："太对了！俗话说，捉奸捉双、抓贼捉赃！"主任又说："我现在就让他们把你说的开后门的东西拿出来，但咱有个条件，拿出来后，你也买一件吧？"石文山不假思索就脱口而出："好，我发誓买一件，开后门的东西不买就亏了！"主任让那姑娘把装进衣袋的东西拿出来，姑娘不情愿地说："我不想拿，让营业员说说那是啥不就得了！"姑娘还没说完，石文山就议论开始了："开后门的东西，就是不敢拿出来，敢做不敢为！"可能是石文山的话激怒了小姑娘，只见她"噌"地从衣袋里掏出一个小纸盒，然后"啪"地一声摔到地上，嘴里还骂了一句"娘那脚，真欺负人呀！"摔到地上的是一个扑克牌一样的盒子，那是当时最流行的月经带。姑娘可能刚出现那种情况，不好意思，买的东西就迅速收藏了起来。主任没有说话，定睛看看石文山。石文山的脸唰地染上了红色。他兑现了诺言，买了一个月经带。虽然不算破费，可石文山买月经带又有何用呢，自己的老伴早就不需要了。

那天之后，石文山心里骂自己，没有文化真的很背包，没有文化太丢人，特别是"岂有此理"，弄成"球呲哩"，无地自容啊！这还不算严重，那天凑巧并没有几个熟悉的人在场，即使这是一起惊天大笑话，也抹黑不了他多少。一介种庄稼的草根之人，没有人知道这个笑料源自他石文山。还是后来，当儿子探家订婚时，石文山才确定了事情的严重后果。那天"开后门"卖货的营业员，竟然是自己的准儿媳。他脸红得发烫、内心愧疚得发痛，表情尴尬得发僵。好在，这桩婚事没有"胎死腹中"。然而，那种悔恨，那种羞惭，很快就化成了学文化的冲动，石文山觉得命可以不要，但文化不能没有。

石文山像对待小学生一样对待自己，买回教科书和作业本，每天都到小学校里请教老师。他觉得自己就应该这样，虚心使人进步。他很用功，常常把新学的字词也在地上，写在残墙断壁上，把学到的成语写在自家门旯旮里，开门关门就看得见。年龄大了，人们说人过三十不学艺，而他已经奔五了，精力尤其是记忆力已经下降了不少，再不努力就啥也学不会了。好在石文山把文化浅的羞耻当作警钟长鸣，因此学而不厌，信心十足。他走到哪里，就求教到哪里，三人行必有我师，处处留心皆学问。但凡能帮助他记忆的位置，基本上都涂鸦般地有他的字迹，石文山在村子里简直成了学文化迷。他的学习方法就是勤奋，记忆方法也很独到。比如说，他把英国首都伦敦，记成排队上厕所（轮流蹲）；把新西兰首都惠灵顿，记成他表妹，表妹叫惠玲；把澳大利亚最大城市悉尼，记成把萝卜洗净，洗泥……石文山说没有办法，只有这样才能记住好多东西。石文山为了不让人讨厌，从不往街道两旁耀眼的地方胡写乱画，并不是他的字迹难看，相比之下，他的字迹还算能拿出手的那种。他看不起那些到处留下"到此一游"的家伙，滚水不响，半瓶子晃荡，识球几个字！有本事你把字刻在天安门两旁的华表上，看不枪崩了你！石文山说，好端端干干净净的地方，被人污染了多不光面，多像那些放狗的家伙，让狗把大便留在会场。写诅咒的词、骂人的话，更是缺德。几年后，他们村头的白石灰墙上被人用黑墨写上不合时宜的广告："安民告示，本村张大嘴家，新进种猪一头，有需要者早晚不误……"石文山当着大伙的面，把张大嘴批评了一顿，说他"不懂机器乱膏油，这广告是戳笑话的"，坚持让他抓紧涂抹掉。张大嘴说："你这几年学了几个屁字，就漏能开了，管事不少！"石文山说："嗨，不服气，你可以考考我呀！"张大嘴识字读书也不多，会背几句"白日依山尽"、"床前明月光"等。他过去拿这些来难为石文山可能还有效果，当下肯定不行了，三、五岁的孩子都会背诵，石文山早"轻舟已过万重山"了。于是就出了一道自己也只是略记三五句的《三字经》，说："石文山老哥，《三字经》你要能背下来六句，我屁不放一个就乖乖把这条广告涂抹干净，否则，你可少管闲事，文雅不文雅，只要管用就行！"石文山故意咳了两声，清了清嗓子，就开始说："人之初、性本善，性相近、习相远，苟不教、性乃性，教之道、贵以专……"见石文山流水一样地往下背，没一点磕磕绊绊的表现，张大嘴马上做了一个拦车的姿势，说："哥呀，打住吧，你不用背了，我把广告立马涂抹掉。"从那以后，村子里的人们开始对石文山刮目相看，再没有说他大老粗，再没有人看不起他说他没文化。

石文山年复一年地学文化勤奋不辍，渐渐地就发现报纸上、书本上的错别字，有些使用不恰切的语句他也能发现，一段时间，纠错又成了石文山的爱好。无意中，他发现记账的秀才把人的名字写得有些不对，所谓秀才就是村里人对记账人的戏称，就像社员们把穿中山服的人称呼为"老社长"一样，他们把胸前别一支钢笔的人称为"秀才"。其实，"老社长"、"秀才"都是在新社会的"扫盲班"进修过。记账员把一个叫刘小菊的社员写成了"六小车"。石文山问他这是谁，他说是刘小菊，就是坡底下那个大个子女人啊！再问"菊"怎么写成"车"呢？答："下棋的时候，不是都说车、马、炮吗？车不就是和菊字一样嘛！"石文山不屑一笑，说："差得远，十万八千里，一个是菊花的菊，一个是车辆的车，除了在棋盘上，其他地方都不读车啊！"由于石文山对文字学习的痴迷，他就对别人使用汉字十分敏感，分辨正误也上了台阶，指点别人的错误，一两次还行，多了别人就反感了，在一旁说他发神经。有个年轻人把社员下班说成了"妻离子散"，石文山说应该是七零八散或分散开来，那年轻人眼一白，说："我想咋说咋说，碍你啥事"。石文山吃了没趣，但这种纠错的习惯还在继续，而且在发扬光大。

石文山后来又刻苦学习英语，叽里咕噜地在村边的水沟旁、在马家柿子园，都有他的声音。其实，他也是皮毛，把汉语礼貌用语让自己上小学的孙子用英语说出来，他记在纸上，就照着背诵，其实他还是在背汉语句子。

学英语的动力来自那次的在北汝市的一辆公交大巴上。那是从蒋姑山开往江山一号东北大舞台的5路车，当大巴行驶在望嵩路和宋宫路交叉口时，一辆电动三轮车突然违规窜到了快速行进的大巴车前方。大巴车这天坐人不算多，但还是有不少站立的人，石文山座位的前边，站立着几个年轻人，他们有说有笑，旁若无人。石文山猜测着这些人可能是汝北师院的学生，女孩子几乎统一的双肩背小包，男孩子个个都是斜挎胸包。对于突然窜出来的红色三轮电动车，司机本能地来了一个急刹车，大巴里的人们禁不住惊叫起来。由于强大的惯性力，使车内的乘客在惊叫中乱成一片，倾斜、栽倒、磕碰弄得人们狼狈不堪。石文山只顾欣赏窗外的行道树，大都是清一色的香樟，树下还栽植着整齐的薰衣草。他正要用一个什么成语来表达，就被突然的惊叫和混乱叫停了。在慌乱中，一个女孩失去重心，飞快地向他砸过来。女孩的两只无所适从的手，竟向他的胸口抓起来。石文山还没反应过来，女孩就狠狠地倒在他的怀里，两只手死死地按住他的双腿。小女孩的失控，让石文山的胸口和裆部很疼痛。大巴有惊无险地避开了那突如其来的灾祸，依旧往前平稳地行驶着。车内也开始恢复正常的秩序，人们整理着衣帽和行囊。石文山急忙按住自己疼痛的胸口，女孩一脸愧疚地看着他。看到石文山表情痛苦，就连忙道歉起来。女孩可能习惯了，很自然地用英语表示歉意。

　　石文山在汉语上下劲很大，应该说已经有了造诣，但英语却一窍不通。他把女孩的道歉听成了谩骂，以为女孩是骂他"骚味"，就马上火冒三丈。石文山想，现在的年轻人，以为上了两天大学就学富五车满腹经纶了，她一定是看不起我石文山，觉得我不过就是一个文盲。石文山恼怒地吼："别有眼不识泰山，别以为我没上过学就没有文化，老子没上过中专可参加过中专教材的编写！"市农民中专编写的教材中，的确有石文山提供的一些民间传说，比如《宋宫宴酒的故事》和《杨六郎造酒遗址》等。那女孩正为砸在石文山身上而愧疚，见他又误解了她的道歉，就连忙赔理说："您误解了，我没有看不起您！"刚才正因为"骚味"这个词，石文山青筋暴露、怒火中烧。见女孩又拿这个词强调，石文山真的感到忍无可忍，好像一桶炸药被点燃，轰隆一声火光一片了。石文山骂着："岂有此理！明明你死丫头按住了我的裤裆，还骂我骚味，我在模范山一带是有名气的人，一不偷二不抢三不反对共产党，拐卖妇女、玩弄女人的腌臜事我从不沾边，你竟敢说我腌味！咱今天就理论理论，不给个说法咱不到底！"

这时，车上好几个人都来解释。石文山说他们为女孩说情，坚持着让女孩指出他哪方面腌。在救援无效的情况下，女孩哭了，她心里十分委屈，觉得自己是"秀才遇到文盲"，有理也难说清，没想到，女孩这一哭，竟然让石文山的怒火开始变弱。石文山批评说："女孩子出门，特别是到了公共场所，一定要讲究说话方式，千万不能信口开河、信口雌黄，一定要实事求是，对人负责！"石文山把成语俗话揉到一起，彰显自己文化水平。那几个女孩的同学，见石文山态度有所缓和，就同他聊起天来，聊着聊着就谈到了英语的礼貌用语，就把"腌味"的意思解释到位了。

石文山像当年的"岂有此理"一样，又闹出了笑话。他忽然觉得自己的头胀得很大，而且还在继续变大；觉得自己的脸很热，而且温度还在不断升高。好在大巴到了江山一号别墅，大家都匆匆下车各奔东西了，要不石文山还真的无地自容呢！后来，他很害怕人们盯住他，或者用手或东西指他，真的很怀疑别人看见他议论说："就是这个人，连英语的道歉话都听不懂，把'Sorry'当成了'腌味'羞羞羞！"

石文山心里思忖着，别人能学会英语，我为啥就学不会呢？他暗自下了决心，别人能办到的自己一定能办到！他依然很谦虚，每天都向开了英语课的孙子请教。问孙子"你好"英语怎么说，"再见"怎么说，过后，他把这些东西用一个本子记录下来，时间一长，他就记了半个本子，害怕忘记了，就不断温习，担心别人笑话他这么老了还学英语，就悄悄走到村外、小河边、树林里，纵情地背诵着石文山式的英语。

他的确很有意思，很搞笑，把英语讲得十分滑稽。比如：他把早上好，说成孤独猫宁；把再见说成骨朵白；把谢谢读成桑可有俺有马骑；把对不起读成稍微……

有天，有个高鼻子蓝眼睛团队来模范山旅游，石文山为了显示中国人的礼貌，老远跟人家打招呼："哈喽，骨朵有！"还真的有人回应说："桑可有，俺有马骑！"石文山很自豪，觉得自己又多了文化知识，可以用英语和老外搭腔了！

多少天来，模范山人都对石文山高看一眼，一直到他迁居北汝市区，人们还羡慕地说：人家老石，就是行，有文化、有能力，就应该进到城里去，这样他肚子的文化才不会浪费！

石文山迁到北汝市不久，就发现自己在儿子家里是文化最低的人。有天乘车到孩子的单位去，堵车时，看到好多车的后面都喷着小字。有的是："哥开的不是车，是心情"，"你不要打喇叭，有本事你就飞过去哟"，"脚下有两个板板儿，踩哪个呀"，"哥吸的不是烟，是郁闷"……几乎每辆车上都喷有字，可能仅机关工作人员的车没有，石文山的孙子研究生毕业后进了机关，他的车后边什么字也没有。尽管对有些调侃的小字看不惯，接受不了，但石文山只是看在眼里，别扭在心里，并没有说出来。现在社会上看不惯、难接受的东西多的是，你骂骂街也解决不了问题，还不如省口气暖暖肚子呢！

也有憋不住的时候。那是他在公园门口的停车场上，看到一辆白色的桑塔纳后边喷着两排小字："天上灰机灰过来，灰过去，你看见木牛？"石文山横竖看不懂，心里就想，时代真的是在超常规发展啊，我不停地学文化，可就是跟不上时代的步伐啊！特别是市里，灰机都上了天，可自己还没见过。他百思不解又自愧不如，一个模范山的文化人，竟是这般地落伍。一个善于学习的，最显著的特点就是执着，一是打破砂锅纹（问）到底，二是不耻下问和较真，三是决不放过任何获得知识的机会。他看到有几个中年人路过，就说："同志，请您告诉我这上面写的'灰机'是什么？"有的全当没有听见，只顾走自己的路；有的看了他一眼，回答说不懂得。有个热心肠的停下脚步，看看车上的字，又看看石文山，说那是人闲着没事闹着玩的。有个中年女人路过，告诉老人那叫涂鸦。问来问去，那么多人过去了，并没有谁给石文山一个囵圙的回答。石文山很失望，少气无力地站在那里，木呆呆的活像一尊泥塑。好长一阵子过去，车主来了，老远就"叽"的一声用遥控钥匙开了车门，车身上的灯还忽闪忽闪地，仿佛在告诉石文山，主人的车主人玩，车上的文字主人懂。开车的是个女孩子，石文山很恭敬地说："姑娘，你好，我想问问你车后的'灰机'是啥玩意？"姑娘微笑着，很友好地看了看石文山，又把目光指向身后。姑娘身后还跟了两个男孩子，石文山猜想着可能是姑娘的两个弟弟。那两个男孩中的矮个子，说石文山连这都不懂，太没文化了。姑娘马上截住了男孩的话，告诉石文山，这是最近网络上最流行的话，调皮话，灰机就是飞机，木牛就是没有。闹着开心呢！小白车开走了，那个男孩子又留下一句话，"真是不读书不看报不上网的没文化人！"汽车尾气的味道让石文山呛得要咳嗽，男孩留下的那句话让石文山感慨万千。石文山伫立在那里，心里骂那男孩轻浮张狂，你们什么网络语言，是质量最差，最没文化的东西，几十年前老子就经历过这些东西，别看那时还不兴电脑、手机，也没有网络。那时，全村最不会表达的人也不过如此说话！

石文山年轻时也属于比较俏皮捣蛋的那类人，别看他放羊娃不识几个字，但经常做一些五十步笑百步的事情。他口齿清晰，就笑话那些结巴嘴、豁子嘴的人，在大庭广众面前学人家说话，以此博得大伙的笑声。那年，村里一个豁子嘴男人娶媳妇，据说新媳妇也是豁子嘴，很般配的。这也引起了村里好事者的兴趣，包括石文山。豁子嘴结婚那天，好事者相约半夜听房，就是躲在一对新人的新房近旁，偷听豁子男女怎样行房事，怎样对话。他们觉得听正常人房事很有趣，听豁子嘴对话或许更有故事呢！石文山他们在大伙例行了闹房活动之后，佯装散伙了，之后又悄悄地潜伏在豁子的新房后边的窗下。他们隔着窗户纸，看到房内灯光里两个朦胧身影晃动着，继而依稀听到他们亲昵的对话。男豁子说："发份儿飞风。"女的应和着："飞风飞要！"和豁子嘴朝夕相处的好事者，当然听得出男豁子说的是"耍会儿吹灯"，女的几个字很好翻译，她回应说"好，吹灯睡觉。"屋外听房者忍不住大笑起来，惊动了屋内的新人。男豁子很生气地破门而去，大骂听房者"蛆猴不于"（猪狗不如），好事者就被驱赶走了。然而，"发份儿飞风"和"飞风飞要"却成了村内外甚至更大范围里人们的笑料。

现在细想一下，那里话语最不流利的人，说出的东西跟几十年后最时髦的网络语言一个水平。这能说是时代发展了，知识爆炸了，人类文明了？石文山离开停车场时，还在心里骂那熊孩子狗屁不通，把豁子嘴的话当成宝贝。

石文山很鄙视网络，不屑一顾所谓的网络语言。就是在抵触心理支配下，他做出了一件令他无法面对的事情。

中午，孙子有事匆匆离家，竟忘了带手机。然而有些事情就是邪乎，偏偏这时，孙子的手机上的微信接踵而至。开始是在家木牛，接着是气死宝宝，然后是老司机你小目标；一会儿"香菇"，一会儿"蓝瘦"……

石文山嫉妒网络上的粉丝们，更讨厌他们动不动就使出洪荒之力。他勤快一回，就替孙子回了微信，微信他也是刚玩没几天，属于菜鸟级水平。石文山回的是："闲着没事学点正经东西，邪门歪道弄脏了传统文化！"那边问："你是谁？"石文山答："你爷。"那边忍不住了："我是你奶奶！"……

总之，事情弄大了，石文山戳了一个天大的窟窿。他把孙子热火朝天的恋爱一盆水几乎要泼灭。他后悔了、难过极了。他要马上离开北汝市，这里不需要他，模范山才是他安度晚年的地方。

坐在火车站广场，石文山十分空虚，更多的是万分委屈。电脑流行的今天，老人不甘寂寞，他在适应社会进度方面的确做到了与时俱进，他要用实际行动来追赶时代的潮流。其实，这也是一种延年益寿的措施。他在一本书上看到，人，除了注意科学饮食、戒烟限酒、适量运动外，脑子要多接触新事物，多在社会上活动，多和年轻人交流，精神就会好，就可以有效地避免阿尔茨海默症。他开始在电脑上读文章、打字记日记，唯独排斥那些豁子嘴语言。正因为自己的固执，铸成了大错。

广场上的灯次第亮起来。音乐喷泉附近已经堆聚了大量的人，音乐响起来，五彩缤纷的灯光交织起来，闪烁着梦幻一般的靓影，泉水兴奋得起舞了。人们欢呼雀跃，享受着这里的美好。石文山心里说："此地纵然风光好，我却思念模范山。我走了，就如我当年的来！"他听到了火车站开始售那趟车票的通知声，北汝火车站通常是在火车进站前二十分钟开始售票。石文山迫不及待地起身，走向售票处。

石文山没有坐上火车，他在售票口被儿子、儿媳、孙子和一个陌生女孩拦截住了。看到陌生女孩，他脑子里很快闪现了"菇凉"这个词，还是网络流行语。

没有走出火车站广场，全家就和好如初了，并没有埋怨他的鲁莽，那"菇良"还向爷爷作了深刻检讨。他们在北汝最大的饮食广场用了餐，很快活的。石文山觉得自己如同处在梦幻里，很温馨、很幸福。

那天夜里，老人收到了一条微信，是有关语言方面的。微信归纳了当下最流行的网络名词，什么"狗带""友谊的小船""没想到你是这样的"……他不再腻烦，练习着接受它们。他认真地读起来，使劲地记忆着，像当年认字、读成语、背单词那样努力。石文山心里告诫自己，要不学习，不定哪会儿还要铸成大错呢！他要求自己即使用上洪荒之力，也要掌握网络语言。

石文山终于累了，读着记着就渐渐地进入梦乡。他梦见蓝天丽日，自己在秋高气爽、百花飘香的氛围中健步走着。突然，他听到了一阵哨响，无数只鸽子从地面飞向空中，越来越多，越飞越高，之后又飞向更高更远的地方。一会儿，他面前的高空中，飘游着许多形态各异、色彩斑斓的云朵，依稀听到旁白音在说，云朵似乎代表着多元的文化……这时，有人对着他高喊：知识、信息趋于爆炸的年代，学文化更像逆水行舟不进就退。他感到身后有人在推他，边推边催促道："快呀，石文山，快去追赶文化啊！"石文山顿时腾空而起，像当年的夸父逐日那样，朝着饱含文采的云朵追去。

石文山很兴奋，腾飞的速度不停地加快。他很在意地面上有个戴红领巾的小男孩的话："那个爷爷飞得真快真高，在追赶文化呢！"

"黄河人" 往事（代后记）

　　还是老地方——黄河孟津水文站偏东那个废弃的坝子上。我静心看激流、观漩涡、听水声，遥想当年浊浪翻滚、汹涌澎湃、一泻千里。俱往矣！眼前的黄河，早已没有了昔日桀骜不驯的任性、咄咄逼人的气势和豪情万丈的威武，也没有了激浪冲刷河岸而发出的闷雷一般"打沿儿"声。然而，静观河面上的任何漂流物作参照，就会见识一个现象：凡是有分量的物体，都沉淀下去，那些密度低的都一路随波逐流。看现象悟道理，人类的大河何尝不是如此？我写过好多黄河边的人和事，作家任见先生称我为"黄河人"。很高兴得到这种称谓，《北鸟南飞》依旧是黄河边、北汝河边的故事。暮春，"黄河人"循着那句广告词："银滩秀、凤凰山美"，到孟津摘草莓，还有为了忘却的纪念，背着刚写完的书稿驻足这里。我与昔日银滩和拉石头的凤凰山，乃至方圆好远好远，都有很多放不下的拉扯。既然是黄河人，就在黄河边儿打捞一点儿孩提时代的记忆——

　　那是一个朦胧而又遥远的日子。依稀、懵懂、恍惚而又深刻，可能这就叫少不更事。后来我只能捕捉住那时的一个片段：我在迷离中睁开眼，是在遮天蔽日的树下。场面让我惊讶：前呼后拥的身边，站着仪态威严的祖父、冷漠无奈的祖母，还有满目期待的姑奶奶及她的团队。他们把一根漂亮的红丝带系在我脖子上，还鼓励说听话的孩子就是好孩子。这里是蒋庙村，"河图洛书"中

"河图"的呈现地就在村东不远处，因此这儿也称得上有文化氛围的地方。我感到陌生和压抑，难受得想哭。那时候我还没有学会"绑架"这个词，也不知道大人带小孩儿到亲戚家玩耍，有时候竟是斯文的"绑架"。

在昔日孟津城，我们家算得上书香门第，祖父的祖父乔学海是清朝五品官员，祖父的伯父乔仙芝、父亲乔芸芝均是国子监监生，后来虽然家道中落，但耕读持家依然是家训的内容之一。当我能看懂人们表情时，祖父留给我的印象特别刻骨铭心，他始终就是一副严肃、刻薄、呆板的面孔，俨然就是一尊被人们供奉的塑像。后来读巴金的《家》，我就觉得祖父特像高家那位至高无上的高老太爷。他和《红楼梦》里的贾政也很相似。他的威严、冷峻或与他生活的环境有关。《乔氏族谱》之外的《乔家轶事》专题记载了祖上的庆典活动，说"四世同堂""五世其昌"庆贺时，孟津县长还专程执匾额道贺。儒家思想、封建礼教在这个"大宅门"里根深蒂固，守甲、传甲、祖庆，儒厚、慎厚、仁厚，其昌、泰昌、忠义，看名字就可见一斑。虽然到了祖父这一代仅有他的弟弟在省政府供职，而祖父只是孟津县城乡出名的大厨。尽管如此，祖父身上依旧"捆绑"着封建大家庭长者的操行和做派。我们的大宅院通常静寂肃穆，有的老屋常年锁门，布满蛛网，好像舍不得打开，似乎其间的腐朽藏物怕阳光照射后挥发掉似的。还有的房子只有过年过节祭祀时才让人进出，平时总是神秘兮兮的。四奶屋、五奶屋、十奶屋，黑乎乎的门板令人恐惧。一个人进入"大宅门"，身形影影绰绰、回声扑扑咚咚，大白天足让人毛骨悚然，夜深时就倍感阴森恐怖。我曾想，我们的"大宅门"肯定也有故事和传说，只是"高老太爷"统治下，没人敢说而已。祖父没讲过大宅门的旧事，好像这里从古到今就是恪守祖训、平静如初，没发生过事情。他的言谈举止就是传统美德和行为规范，久而久之，绝对服从他就成了家风。对祖父，我们大家都选择敬而远之，然而关键时刻还得唯他马首是瞻。一声令下，我们就跟他到了蒋庙。

蒋庙村很美，春夏之交，绿树成荫、惠风和畅、鸟语花香，不远处的黄河不时发出"打沿儿"的轰鸣和拉纤人高亢的号子。蒋庙红墙碧瓦、郁郁青青、香烟袅袅、紫云缭绕，虽有盈门香客，但不失安谧；虽无逼仄曲径，却突显幽深。姑奶奶知书达礼、大气精明，待人接物无不体现她的"大家闺秀"姿态。她在蒋庙村乐善好施，威信很高，只是表叔连生了五个姑娘让她耿耿于怀。姑奶奶特立独行免不了争强好胜，她不甘心"香火"出问题，就亲自执导了一个"续火"大片。不知道她读过多少书，她好像对中国姓氏文化很有研究，她对在场者，主要是我，讲了"蒋""乔"都出自"姬"姓，黄帝时还为一支，追根溯源，乔亦蒋，蒋亦乔。姑奶奶讲得头头是道，大家听得津津有味，一向喜欢表态的"高老太爷"，终于找到了充足的理由，顺势就把"蒋亦乔"赐给了我。原来，套在脖子上的红丝带竟是那样庄严。那以后，我十分像一个走读生，乔窑是"百草园"，蒋庙是"三味书屋"。姑奶奶用心良苦地给我讲有关乔窑、有关蒋庙以及黄帝陵的故事，使我充实和快乐。只可惜，随着她老人家病逝，这美好人生大片的演出就不得不戛然而止。

黄河边儿著名的龙马负图寺、刘秀坟、梁周寺、王铎故居、乔窑天窑、八方庙沟、蒋庙，都留下了我成长的脚步和烙印。我的倔强个性，被大人们不断吐槽，尤其是那个大片，他们都认为我态度不端正，对不起姑奶奶，办了件"糗事儿"，为此不待见我。我也很内疚，"蒋亦乔"有什么不好？由于任性，我小时候不消停地犯错，常常做出一些匪夷所思的事情。看了刘知侠的《铁道游击队》，就在乔窑组织了有王强、彭亮、鲁汉的队伍，天窑墙壁上还记录着这些；在县城看了足球比赛，回来后就把学校大门当球门踢，不巧就踢到怀孕女老师的肚子上；看了《罗盛教》，十冬腊月跳进黄河渠打捞水桶，发烧三天不退……

"节前到我家里补考的，都站起来！"读《钢铁是怎样炼成的》，我觉得自己十分像保尔·柯察金。"很多年过去了，面对行刑队，奥雷良诺·布恩地亚上校将会想起，他父亲带他去见识冰块的那个遥远的下午。"看《百年孤独》，我努力记下那些长得出奇的名字，诸如霍塞·阿卡迪奥·布恩地亚，觉得他们和我竟那么投缘。很喜欢库普林的《亚玛街》，"远在修筑铁路很久很久以前，有一伙马车夫住在南方一座大城市的远郊区，他们有的是官府包的，有的是拉散座的，干的都是祖祖辈辈都干过的营生。因此这片地方便叫做马车夫镇或者马车夫，或者干脆叫亚玛街。"描写基层群体的生活，刻画好人民大众的形象，讲述正能量好故事，一直是我的追求。"老婆子分明是常常在讲丹柯的燃烧的心……老婆子闭了嘴，望着草原，在那边黑暗越来越浓了。"高尔基的小说让我禁不住想起慈祥的姑奶奶。

那部未了的"电影大片"，留给我无尽的牵挂和思念，尤其那天姑奶奶近乎乞求的眼神，仿佛扎根在我的心里。托尔斯泰说："每个人的心灵深处都有着只有他自己理解的东西。灵魂的要求是为了他人的好处。"1996年的冬天，我专程去了趟乔窑和蒋庙，默默地告慰祖父和姑奶奶，为了那个片段，我没有辜负您：除了"蒋亦乔"这个笔名外，我给新生的孩子也起名蒋怡娓！不知道对孩子来说算不算一种绑架，也许她不会这样认为。一向任性的我，当时并没有考虑那么多。

一位老作家曾语重心长地告诫我："永远不要中断和你描写对象的联系，要永远生活在你所描写的对象之中。"我爱我成长、工作过的地方，尤其爱那些勤劳、智慧、勇敢、正直的人们。黄河和北汝河，跨越两大流域，是人类文明的摇篮，它们都是我写作素材的丰富宝库和不竭源泉。《北鸟南飞》成书时，正值江山集团兰桂坊火爆登场、乐达金马生意兴隆、宋宫汝酒醇浓飘香的吉庆时节，作者十分感谢刘太斌、李小江、李玉兴、石敏先生及蔡瑞萍女士的支持和帮助，由衷祝愿他们生意兴隆、财源广进、万事如意、幸福安康！

作　者

2017 年 5 月 22 日于汝州